AF138046

MANFRED FASCHINGBAUER

Osserblut

MÖRDERSUCHE IM BAYERISCHEN WALD Moritz Buchmanns Urlaub im Bayerischen Wald endet unverhofft, als der Kriminaloberkommissar an den Tatort eines grausamen Verbrechens gerufen wird. Alois Huber wird in seiner Scheune ermordet aufgefunden – neben ihm sitzt seine blinde Enkelin. Das Mädchen wiederholt die Worte, die ihr der Täter zugeflüstert hat: »Opa war nur der Erste.« Eine Warnung, die Buchmann und seinem Team wenig Zeit lassen, wollen sie weitere Morde verhindern. Dabei treffen sie auf eine gespaltene Region und viele mögliche Täter. Schließlich wollte Huber einige seiner Grundstücke an die Investoren eines umstrittenen Pumpspeicherwerks am Osser verkaufen. Dabei stand der Tote sowohl Profiteuren als auch Gegnern des Projekts im Wege.

Manfred Faschingbauer, 1963 in Bad Kötzting geboren, lebt mit seiner Familie in Blaibach im Bayerischen Wald. Die dramatischen Ereignisse während des Höhepunkts der Flüchtlingswelle im Sommer 2015 sind für ihn Anlass, Moritz Buchmann erneut in seiner Heimat auf Mördersuche zu schicken. Er lässt seinen Kriminaloberkommissar dabei einen Weg von Zweifel und Angst gehen, der ihn an seine persönlichen Grenzen führt. »Osserblut« ist sein erster Kriminalroman im Gmeiner-Verlag.

MANFRED FASCHINGBAUER

Osserblut

KRIMINALROMAN

GMEINER

Personen und Handlung sind frei erfunden.
Ähnlichkeiten mit lebenden oder toten Personen
sind rein zufällig und nicht beabsichtigt.

Die automatisierte Analyse des Werkes, um daraus Informationen
insbesondere über Muster, Trends und Korrelationen gemäß § 44b UrhG
(»Text und Data Mining«) zu gewinnen, ist untersagt.

Bei Fragen zur Produktsicherheit gemäß der Verordnung über die allge-
meine Produktsicherheit (GPSR) wenden Sie sich bitte an den Verlag.

Immer informiert

Spannung pur – mit unserem Newsletter informieren wir Sie
regelmäßig über Wissenswertes aus unserer Bücherwelt.

Gefällt mir!

Facebook: @Gmeiner.Verlag
Instagram: @gmeinerverlag

Besuchen Sie uns im Internet:
www.gmeiner-verlag.de

© 2017 – Gmeiner-Verlag GmbH
Im Ehnried 5, 88605 Meßkirch
Telefon 07575/2095-0
info@gmeiner-verlag.de
Alle Rechte vorbehalten
8. Auflage 2025

Lektorat: Sven Lang
Satz: Mirjam Hecht
Umschlaggestaltung: U.O.R.G. Lutz Eberle, Stuttgart
unter Verwendung eines Fotos von: © dcwcreations/shutterstock.com
Druck: Custom Printing Warschau
Printed in Poland
ISBN 978-3-8392-2111-2

78396 Worte
344 Seiten
Ungezählte Stunden

Für Marianne
Danke für deine Geduld

PROLOG

Die Lippen des Mädchens bewegten sich unablässig. Lautlos formten sie Worte, die Karl nicht verstand. Nichts, aber auch gar nichts hätte ihn auf den Anblick vorbereiten können, der sich ihm im Dämmerlicht der Scheune bot. Dabei hatte der Tag so gut begonnen.

Vogelgezwitscher hatte ihn geweckt und als er sich aus seinem Bett gekämpft hatte, schwebten winzige Staubflocken im Licht lange vermisster Sonnenstrahlen. Beim Blick aus dem Fenster des alten Schusterhauses suchte er Wolken am Himmel, fand aber keine. Minuten später erreichte ihn die frohe Botschaft zwischen weich gekochtem Ei und Honigbrötchen über das Radio: Das Wetter versprach so zu bleiben, denn auch für Montag kündete die Sonne ihren Besuch im Bayerischen Wald an.

Na also! Hatten die Bad Kötztinger wieder Glück. Schönes Wetter bedeutete viele Gäste beim Pfingsttritt und damit hohe Umsätze für Schausteller und Festwirt. Und nicht zuletzt einen trockenen Weg für Ross und Reiter hinaus ins Zellertal. So würde auch Karl einen angenehmen Pfingstmontag verbringen, wenn er und seine Kollegen von der Polizeiinspektion Bad Kötzting die Pilgerstrecke sicherten. Noch aber war es nicht so weit und als er sich heute Morgen auf den Weg hinab in die Dienststelle machte, konnte er nicht ahnen, dass ihn wenig später ein Notruf gleich wieder herauf nach Engelsgrub führen würde.

Die Frau klang völlig aufgelöst. Kein Wunder, war sie sich doch sicher, einen Schuss drüben auf dem Ledererhof gehört zu haben. Also setzten sich Karl und sein junger Kollege Daniel in ihren Dienst-Audi und fuhren herauf in den Osserwinkel, in das Tal zwischen Ossermassiv und Mühlriegel.

Um den alten Bauernhof zu finden, brauchte er das Navi des Polizeiautos nicht. Schließlich war Karl Loibl in Sankt Ulrich geboren und kannte hier Land und Leute. So auch das Mädchen und den alten Mann, neben dem es kniete und dessen Hand es hielt.

»Da in der Scheune«, hatte Maria Obermeier die beiden Polizisten empfangen. »Dort hat es geknallt. Genauso wie im Fernsehen. Das war ganz bestimmt ein Schuss!«

Und dann wollte sie doch tatsächlich noch vor den Staatsdienern den Tatort betreten, doch Karl hatte die 60-jährige Witwe und Nachbarin des Ledererbauern freundlich, aber bestimmt zurückgehalten. Und während Polizeimeister Daniel Beierl seine liebe Mühe hatte, Marias Neugier zu bremsen, war Karl vorsichtig in die Scheune gegangen.

Hier stand er nun, bemüht, die Fassung zu wahren. Sein Kopf versuchte, die von seinen Augen eingefangenen Eindrücke zu verarbeiten und dabei Emotionen und Panik auszuklammern. Ein Unterfangen, das Karl nicht leichtfiel, übertraf doch das sich ihm bietende Bild alles, was ihm sein bisheriger Polizeialltag abverlangt hatte. Im Dämmerlicht der Scheune durchfuhren Entsetzen und Grauen Karl Loibl. Es war nicht nur das Mädchen – von dem er, wie alle im Dorf, Name und Schicksal kannte – und auch nicht Alois Huber, der auf dem Boden lag und offensichtlich tot war. Nein, es war der Zustand des alten Mannes, den er nicht fassen konnte. In Karls Augen brannten sich Bilderserien, die er nie mehr vergessen würde. Er sah das

Loch in der linken Schläfe des Bauern vom Ledererhof, das auch ohne kriminalistische Ausbildung als Einschussloch zu erkennen war. Karl hoffte, dass ihn die Kugel sofort getötet hatte und nicht erst der Sappie, dessen Stahlspitze aus dem weit geöffneten Mund ragte. Frisch geschliffen und messerscharf hatte sich das Werkzeug durch den Hinterkopf des Mannes gebohrt, hatte dabei Zähne in blutige Stumpen verwandelt und trat vorn zwischen Ober- und Unterkiefer wieder heraus; eine groteske, stählerne Zunge, die der Tote Karl höhnisch herausstreckte.

Mühsam zwang er seine Augen, nach unten zu wandern. Dorthin, wo der Mörder das Arbeitshemd des Alten aufgerissen und dessen dürre Brust bloßgelegt hatte. Die Knöpfe sind abgerissen, dachte Karl und wunderte sich zugleich, dass ihn diese Nebensächlichkeit überhaupt erreichte. Immerhin war das Zeichen, welches der Täter in die Haut seines Opfers geschnitten hatte, viel interessanter. Es waren keine Ritze, sondern tiefe Schnitte, die den Kreis und das Dreieck bildeten. Die Haut klaffte weit auseinander und dort, wo sich die Schnitte trafen, weinte sie blutige Tränen.

»Oh, mein Gott.« Ein Ächzen riss Karl aus seiner Erstarrung. Daniel hatte Maria Obermeier endgültig des Feldes verwiesen und sich in die Scheune gewagt. Freilich nur, um sich sofort wieder umzudrehen, hinauszustolpern und das Frühstück dieses Morgens großzügig in die Büsche nebenan zu verteilen.

Karl erinnerte sich seines Berufes und trat näher zu Lisa heran. Das kleine Mädchen hielt noch immer die Hand des Toten, während ununterbrochen lautlose Worte ihren Mund verließen. In diesem Augenblick war Karl fast schon dankbar dafür, dass Jochen und Gabi Schreiners Zieh-

tochter blind war. Wie auch hätte sie diesen Anblick verkraften können?

Er beugte sich zu ihr herunter und kniete sich neben
sie: »Was? Was sagst du, Lisa?«

Sie schien ihn nicht zu hören. Vorsichtig, fast schon
zärtlich umfasste er ihre Hand, die sich schlagartig verkrampfte. Ihr Kopf ruckte nach oben und mit pupillen-
losen, weißen Augen starrte sie ihn an. Karl fuhr erschrocken zurück, als Lisa wieder den Mund öffnete und mit
klarer und lauter Stimme schrie: »Opa war nur der Erste!«

Dann sank sie bewusstlos in seine Arme.

PFINGSTSAMSTAG

ICH

Das Eichhörnchen bemerkt mich nicht. Aufrecht sitzend ruckt sein Kopf wachsam hin und her und zwingt mich, so regungslos zu bleiben wie der Stein, an den ich mich lehne. Unter mir rauscht, wie seit Jahrtausenden, glasklares Wasser zwischen Felsen und vom letzten Sturm gefällten Baumleichen den Berg hinab. Meine Hand tastet feuchtes Moos, das sich an Granit klammert, der hier im Zusammenspiel mit Bäumen und Wasser die Landschaft formt. Ich gebe zu, ich wundere mich ein wenig, dass ich allein bin in diesem Paradies, doch an diesem Maivormittag stört kein Mensch den kleinen Nager und mich. Noch immer erkundet sein Blick die Umgebung und noch immer hat er mich nicht bemerkt. Über uns glitzern Blätter in der Sonne, die sich durch das Dach der Bäume einen Weg bis zum Waldboden bahnt. Ein seltener Gast in diesen regenreichen Tagen.

Noch vor einem Jahr wäre es undenkbar gewesen, dass ich die Bekanntschaft mit dem fleißigen Tierchen gemacht hätte. Wie auch? Selbst wenn ich durch irgendeinen unbeschreiblichen Zufall von den Rieslochfällen gehört hätte, der Name dieses kleinen Paradieses hätte nie und nimmer Eingang in meine Gedankenwelt gefunden. Und schon gar nicht wäre es den Kaskaden glasklaren Wassers, die ihren Weg herab vom Arber suchen, gelungen, mich aus München hierher zu locken und die Hänge des Bayerwaldkönigs hinaufzutreiben.

Wie konnte aus einem überzeugten Großstädter, wie ich es war, ein wahrer Naturfreund werden? Ein ermordeter alter Mann, eine bis in die Mitte des letzten Jahrhunderts reichende Tragödie und eine Frau namens Claudia haben es geschafft, dass ich meine Wanderschuhe – K2 Mountainrunner – anziehe, und Freude am Spiel eines Eichhörnchens empfinde.

Jetzt frage ich mich, wie dieser Genuss so lange an mir vorbeigehen konnte.

In meinem früheren Leben hätte ich mich solcher Gedanken geschämt. Ein Moritz Buchmann war für die Stadt gemacht und für nichts anderes. Landleben und Natur überließ ich dankend anderen und der Outback jenseits der Stadtgrenze Münchens stand gleichbedeutend mit einer Sperrzone.

Und heute? Ich wage es kaum zu sagen. Klar, es ist in erster Linie Claudia, die die Distanz von München zum Bayerischen Wald von Lichtjahren auf akzeptable zwei Stunden Fahrt reduziert. Claudia, die es geschafft hat, mir Lebensfreude und den Glauben an Liebe zurückzugeben. Doch dann haben die von Anfang an regelmäßigen Besuche Kirchbachs und seiner Umgebung und nicht zuletzt die Wanderungen mit der neuen Frau meines Lebens einen vollständigen Wandel meiner Weltanschauung herbeigeführt. Es begann damit, dass ich Berge und Wälder, Bäche und Wiesen nicht nur als notwendiges Beiwerk zu Claudias Gesellschaft akzeptierte, sondern erst bestaunte, dann bewunderte und irgendwann anfing, die Gegend zwischen Dreisessel und Kaitersberg zu lieben. Und auch seine Bewohner, gleich ob Mensch oder Tier. Sogar ein kleines Eichhörnchen, das mich noch immer nicht entdeckt hat.

Und dann passiert es: das Handy! Nichts Besonderes, nur ein Standardklingelton. Mein kleiner Freund auf der anderen Seite des Baches verharrt für einen Sekundenbruchteil, dann springt er in einem einzigen Satz auf einen Baumstamm, klettert behände und flink diesen hinauf und ist verschwunden. Und mit ihm der Zauber dieses Augenblicks. Meine Erstarrung löst sich und ich taste nach dem Störenfried.

Der Mann, der sich heute Morgen nach einem ausgiebigen Frühstück von Kirchbach auf nach Bodenmais gemacht hat, ist noch immer Kriminaloberkommissar. Jawohl, so ist das! Und dabei war ich mir absolut sicher, dass die spektakuläre Aufklärung des Mordes an meinem letzten Bayerwaldtoten meiner stockenden Karriere den nötigen Anschub geben würde. Doch weit gefehlt! Natürlich sei man mit mir sehr zufrieden und natürlich würde man mich bei der nächsten Beförderungswelle berücksichtigen, so hatte man mir versichert. Doch bald schon war mir schmerzlich bewusst, dass andere Qualifikationen weitaus schwerer wiegen im bayerischen Behördenapparat. Einem anderen Kollegen gelang es, eine Einbruchserie in Münchner Nobellokale aufzuklären. Na gut, ich gebe zu, so nebenbei auch noch den Mord an einem Sternekoch, dessen Spezialität offensichtlich das Lieblingsmenü des amtierenden Polizeipräsidenten war. Und schon war meine Planstelle besetzt. Beim nächsten Mal würde ich sicher berücksichtigt werden, so sagte man mir.

Oder auch nicht. Und was soll ich sagen? Inzwischen ist es mir egal! Mein Einkommen reicht für meinen Lebensstil allemal. Also bin ich weiter ein Kriminaloberkommissar, der sich in diesem Sommer mit mehr oder weniger langweiligen Fällen herumschlagen musste. Als wäre dies nicht genug Ungemach, wurde mir auch noch ein übermotivierter und besserwisserischer Jungkollege zugeteilt. Vielleicht wollte die Personalabteilung meine von Routinefällen geschonten Nerven wenigstens ein wenig strapazieren. Wenn ja, dann ist ihnen das mit Sven Straubmann gelungen. Eigentlich wollte ich keinen Partner und schon gar keinen Neffen eines Abgeordneten, der seine Zeit im Maximilianeum absitzt und das Seine dazu beigetragen hat, dem Sohn seiner Schwester zu dessen Traumjob zu verhelfen. Doch da ist nichts zu machen. Also bleibt mir nichts anderes übrig, als auch diese Pfingsttage – wie so viele Tage in den letzten Monaten – hier im Bayerischen Wald zu verbringen, auf der Flucht vor dem Präsidium, vor der Langeweile und vor Sven.

Ich kenne diese östlichste Ecke des Freistaats inzwischen ganz gut. Nicht ohne Stolz konnte ich meinem Freund Marcel Biedermann vor zwei Wochen vermelden, dass ich mit dem Dreisessel nun auch den südlichsten der Berge dieser Region erklommen habe. Zugegeben, er schien nicht sonderlich beeindruckt. Schon gar nicht angesichts seiner Pläne, in diesem Jahr seiner Sammlung von Naturabenteuern eine ausgiebige Andenexpedition hinzuzufügen. Natürlich kennt er mich gut genug, um zu wissen, dass die Tausender des Bayerischen Waldes für einen Naturverächter, wie ich es den größten Teil meiner inzwischen 40 Jahre gewesen bin, Herausforderung genug sind. Und dennoch konnte mein Bericht vom Dreisessel nur kurz sein Interesse wecken. Die meiste Zeit dieses Abends im Rubico haben wir damit verbracht, über die kommende Südamerikatour des erfolgreichen Anlageberaters zu reden. Beruflich erfolgreich, wohlbemerkt, denn Marcel ist ebenso bindungsunfähig, wie ich es vor Claudia war. Seit er sich nach zahllosen gescheiterten Beziehungen sein Versagen dem weiblichen Geschlecht gegenüber eingestehen musste, gibt er sich exzessiv der Natur hin und kann seither mit Fug und Recht als Outdoorexperte bezeichnet werden. Vor drei Tagen ist Marcel aufgebrochen und inzwischen sitzt er wohl in einem Geländewagen oder schläft in einem Zelt.

Nichts für mich jedenfalls! Ich bin auf dem Weg hinauf zur Chamer Hütte. Soll sich mein bester – und einziger – Freund ruhig in der Welt herumtreiben. Mir reicht Bayern! Wo ich seit einem Jahr die Ruhe des Bayerischen Waldes genieße. Sofern sie nicht durch ein Handy gestört wird. Und dabei wollte ich den Plagegeist in meinem Zimmer in Kirchbach lassen.

Unerreichbarkeit! Ein Luxus in dieser Zeit, der mir in diesem Augenblick nicht gegönnt ist. Widerwillig nehme ich den Anruf entgegen, umso mehr, als es sich um meine Dienststelle beim Landeskriminalamt München handelt.

»Guten Morgen, Herr Buchmann«, dringt die unverschämt fröhliche Stimme Svens an mein Ohr. Kriminalkommissar Straubmann, genau gesagt. Richtig! Die Nervensäge mit dem Landtagsonkel.

»Guten Morgen!« Ich bemühe mich, meiner Stimme die Verärgerung über die Störung nicht anmerken zu lassen. »Wurde der Ministerpräsident ermordet, oder warum stören Sie mich im Urlaub?«

»Ha, ha«, klingt es gekünstelt aus dem winzigen Lautsprecher, »diesen Fall würde ja wohl jemand anders übertragen bekommen.«

Was? Frechheit!

Was erlaubt sich dieser Polizist von Onkels Gnaden eigentlich? Will er damit andeuten, Moritz Buchmann sei nur für unbedeutende Fälle geeignet?

Natürlich weiß ich, dass meine Vorgesetzten genau das denken. Und da hilft auch meine mehr als passable Aufklärungsquote nicht. Die Eintragungen in meiner Personalakte wiegen schwerer. Die Zeit nach der Trennung von Andrea …

Ja, der geschniegelte Möchtegernermittler am anderen Ende der Leitung hat recht. Aber muss, nein, darf er das so unverblümt sagen? Ich versuche, meine Wut zu kontrollieren. »Also, was ist los?« Ich muss das Gespräch voran- und zu einem hoffentlich raschen Ende bringen.

»Nun, was wird schon los sein? Ein Mord natürlich.« Svens Stimme klingt nicht so, als würde sie den Tod eines Menschen verkünden. Das passt zu ihm.

»Na, dann klären Sie ihn doch auf. Ich bin immerhin im Urlaub.«

»Genau das ist es ja. Sie sind bestimmt wieder im Bayerischen Wald, stimmt's? Und genau dort ist der Mord passiert. In Ihrem Revier sozusagen.«

Noch so eine Spitze! Ich bemerke, wie sich Schweiß auf meiner Stirn bildet. Ich kann es nicht verhindern. Und er kommt nicht vom Aufstieg zu den Wasserfällen. Nein, ganz bestimmt nicht. *In ihrem Revier!* In der Provinz. Wäre der Mord in München passiert, würde er ihn selbst verfolgen. Er oder ein anderer Kollege, dessen Personalakte keine Einträge über diverse Alkoholgeschichten ziert.

»Und wie Herr Kriminalrat Schulz vermutet, sind Sie ohnehin in der Gegend und könnten kurzfristig am Tatort sein«, drängt sich Svens Stimme in meine düsteren Gedankengänge.

»Und wo ist mein nächster Toter?«

»In Engelsgrub, einem Ortsteil der Gemeinde Sankt Ulrich! Wie schnell könnten Sie denn dort sein?«

20 Minuten zu Fuß nach Bodenmais, halbe Stunde mit dem Auto über den Arber, zehn Minuten Toleranz. »Eine

Stunde.« Meine Stimme kann nicht ausdrücken, wie sehr sich meine Begeisterung für diese Sache in Grenzen hält.

»Sehr gut! Ich werde die Kollegen vor Ort informieren, dass Sie kommen. Und Frau Güßbacher von der Direktion Regensburg ist auch schon unterwegs.«

»Mel.« Meine Stimmung nähert sich schlagartig dem Wetter des Tages: sonnig, nur um gleich wieder umzuschlagen.

»Ach übrigens, Herr Buchmann. Es ist natürlich nicht Ihr Toter, sondern unserer. Schließlich bin ich ja Ihr Partner. Ich komme ebenfalls.«

✳

»Sie haben Ihr Ziel in 200 Metern erreicht.« Die freundliche, unverbindliche Stimme meines Navis hat mich zielsicher über den Arber vorbei an Sankt Ulrich über die Umgehungsstraße hierher nach Engelsgrub geführt. Die letzte Mitteilung war nicht mehr erforderlich. Bereits von Weitem ist der Tatort zu erkennen. Nicht wegen seiner idyllischen Lage am Ortsrand des kleinen Dorfes westlich von Sankt Ulrich. Nein, es sind die Menschen, die mich auf den letzten Metern zu meinem Ziel geleiten. Mühsam auf Abstand gehaltene, sichtlich erregt diskutierende Schaulustige, Einsatzfahrzeuge des Roten Kreuzes und der Polizei und die zugehörigen Uniformierten und nicht zuletzt die unsichtbare, aber doch spürbare unheilvolle Stimmung zeigen, dass hier Außergewöhnliches geschehen ist. Mein Dienstausweis, den ich immer bei mir trage, öffnet mir den Weg durch die Absperrung und die Zufahrt zum Hof von Alois Huber. Der Name des Opfers, den mir Sven Straubmann ebenso wie die Adresse des Tatortes durchgegeben hat, war mir vor einer Stunde noch völlig fremd. Und doch bin ich den Weg zurück von den Wasserfällen nach Bodenmais fast gelaufen und habe den Geschwindigkeitsbeschränkungen auf der Strecke über den Arber nicht den gebührenden Respekt erwiesen, sodass ich nur knapp 45 Minuten nach dem Anruf Engelsgrub erreiche. Das verschafft mir mindesten zwei Stunden Vorsprung vor meinem Partner und auch Mel sollte aus Regensburg erst in einer halben Stunde eintreffen. Zeit genug also, um mich in Ruhe umzusehen.

Der Bauernhof des Verstorbenen macht einen mäßig gepflegten Eindruck. Der sonst im Bayerischen Wald übliche Blumenschmuck an den Fenstern fehlt. Im obligatorischen Gemüsegarten neben dem Haus wuchert Unkraut. Aber Haus, Scheune und Stall befinden sich nach meiner ersten Einschätzung in tadellosem Zustand. Das ganze Anwesen duckt sich in den Schatten des mächtig hinter den Wiesen aufragenden Ossers, des Hausbergs aller ihn umgebenden Ortschaften.

»Grüß Gott! Sie sind sicher Herr Buchmann.« Ein uniformierter Polizist reißt mich aus meinen Betrachtungen und hält mir die Hand entgegen. Der kräftige Händedruck verrät ihn als Einheimischen. Unverkennbar nicht das sanfte Händeschütteln eines Städters. »Karl Loibl von der Polizeiinspektion Bad Kötzting. Mein Kollege und ich waren als Erste am Tatort. Wenn Sie mir folgen wollen?«

Karl, den nicht nur sein Händedruck, sondern auch sein Dialekt zweifelsfrei als jahrelangen Bewohner dieses Landstrichs verrät, führt mich zu einer kleinen Scheune etwas abseits der übrigen Gebäude. »Sie waren aber schnell hier aus München«, startet er den Versuch, ein Gespräch in Gang zu bringen.

»Bin im Urlaub hier«, erkläre ich kurz angebunden. »Drunten in Kirchbach.«

»Aha, deshalb.« Karl Loibl, den Sternen auf seiner Schulter nach Polizeihauptmeister, scheint auch kein Freund vieler Worte zu sein. Wieder ein Indiz für seine Abstammung. Inzwischen haben wir die Scheune erreicht. Die Gesichtsfarbe des Uniformierten vor der Tür verrät, dass der Mord nicht in die Schublade *Standard* gelegt werden kann. Vermutlich keine schöne Leiche, denke ich. Der Polizist nickt uns stumm zu. Seinem Gesichtsausdruck nach zu urteilen, ist er froh, uns nicht an den Ort des Verbrechens folgen zu müssen. Karl Loibl lässt es sich nicht nehmen, voranzugehen. Ich folge ihm mit einem unguten Gefühl im Magen in das Halbdunkel vor mir. Im ersten Augenblick kann ich nichts erkennen. Durch Ritzen in den Wänden und ein trübes Milchglasfenster versuchen einige wenige Sonnenstrahlen das Innenleben der Scheune der Dunkelheit zu entreißen. Offensichtlich handelt es sich um eine Werkstatt. Hämmer, Sägen, Hobel und diverse andere Werkzeuge sowie Maschinen, deren Funktion ich nicht kenne, zeugen davon. Obwohl mein geschultes Auge sich bemüht, die Umgebung als Ganzes zu erfassen, ist es dann doch die Leiche auf dem Boden, die meinen Blick gefangen nimmt.

Nicht meine erste Leiche, wahrlich nicht. Aber sicher die am grauenvollsten zugerichtete meiner Karriere. Der Notarzt hat zwar bereits den Tod Alois Hubers festgestellt, eine Diagnose, die jeder Mensch hätte treffen können, doch niemand hat den Toten bisher zugedeckt.

Die meisten Opfer, die mir während meiner Zeit bei der Mordkommission begegnet sind, sahen auch im Tode noch manierlich aus. Vergiftet, ein kleines Loch im Kopf oder auch schon einmal ein Messer im Rücken. Alois Huber jedoch ist kaum mehr als Mensch zu erkennen. Ein Metall-keil hat sich durch den Hinterkopf des Mannes gebohrt und ragt nun aus dessen Mund heraus. Dabei hat dieser Keil Zähne und Kiefer durchstoßen. Übrig geblieben ist eine undefinierbare Masse aus Blut und Knochen, die unweigerlich von dem Loch in der Schläfe des Toten ablenkt.

Da ist es ja, denke ich mit Blick auf die Einschussstelle. Seltsam tröstlich, dieser Gedanke an das vertraute Muster. Hoffentlich hat ihn die Kugel getötet und nicht dieses Ding, denke ich, nicht ahnend, dass Karl Loibl vor einer knappen Stunde den gleichen Wunsch hegte. Ich knie neben der Leiche nieder. Was ist das? Ein etwa ein Meter langer dicker Stiel und ein vielleicht 30 Zentimeter langer stählerner und verdammt spitz aussehender Haken, der dem Toten aus dem Mund ragt.

Der Polizist neben mir ahnt meine Unwissenheit. »Ein Sappie«, erklärt er. »Der Alois war ein Waldbauer. Den Sappie brauchte er zum Holzfällen. Man schlägt ihn in die Baumstämme, um diese zu sichern oder zu ziehen.«

Oder um jemandem den Schädel einzuschlagen! Ich nicke benommen. Ein wahres Mordwerkzeug. Mein Blick gleitet nach unten. »Und was bedeutet das?« Ich deute auf das von einem Kreis umgebene Dreieck, das sich blutig von der blassen Haut des Toten abhebt. »Welcher Täter ritzt seinem Opfer Zeichen in die Brust? Das sieht ja fast nach einem Ritualmord aus.«

»Die Osserriesen. Ein Dreieck für den Berg und ein O für Osser. Nicht sehr einfallsreich, ich weiß«, erklärt Karl Loibl. Auf meinen fragenden Blick fährt er fort: »Die Osserriesen sind eine Bürgerbewegung gegen das Pump-speicherwerk am Osser.« Scheinbar ist mein Gesicht weiter ein einziges Fragezeichen, sodass sich mein örtlicher Kollege genötigt fühlt, weiter auszuholen. »Am Osser soll ein Pumpspeicherwerk gebaut werden. Oberbecken, Leitungen, Unterbecken. Das hat die Bevölkerung hier aufgebracht. Die Menschen fürchten um den Erhalt ihrer Heimat. Es vergeht keine Woche ohne Versammlungen, Diskussionen und Protestaktionen. Am radikalsten sind die Osserriesen. Sie belassen es nicht beim Reden. Da fliegen schon mal Farbbeutel gegen die Vertreter der Investoren oder es werden Straßensperren aufgestellt. Auch Autos wurden schon zerkratzt oder beschmiert und Reifen zerstochen. Das da«, er deutet auf die schmale Brust des Toten, »ist ihr Zeichen.«

Ach ja! Ich erinnere mich. Während meiner Tage in Kirchbach lese ich schon mal die örtliche Zeitung. Ich habe mich zwar mit den unzähligen Leserbriefen und Leitartikeln über das Großprojekt am Osser nicht näher beschäftigt, aufgefallen sind sie mir dennoch. Ich will gerade fragen, welcher Täter so dumm sei, sein Zeichen am Tatort zurückzulassen, da wird schwungvoll die Scheunentür aufgerissen und mein neuer Partner Sven tritt voller Elan auf den Plan.

Wieso ist der schon da?

Der Verwunderung folgt Belustigung. Karl Loibl und ich blicken uns an, und wäre die Situation nicht so unpassend, wir würden beide hellauf lachen. Kollege Straubmann lebt offensichtlich in einer dieser CSI-Serien. Zumindest dem Outfit nach. Dunkler Anzug, weißes Hemd, Krawatte und Sonnenbrille wollen jedoch nicht ganz zu seinem erschrockenen Gesicht passen, dessen Farbe beim Anblick der Leiche über Grün ins Weiße wechselt. Ich gebe zu, ich registriere das nicht ganz unzufrieden.

»Was ist denn das?«, stammelt er benommen.

»Das, lieber Kollege, ist ein Sappie. Und Sie kommen jetzt mit und befragen die Leute da draußen nach Einzelheiten, während wir auf die Spurensicherung warten. Ich werde mich noch ein wenig mit Karl hier unterhalten.« Der gemeinsam unterdrückte Lachanfall hat ohne die üblichen Höflichkeitsfloskeln zum Du zwischen uns beiden geführt. Außerdem ist mir der hiesige Landpolizist auf Anhieb sympathisch. Ein Privileg, das sich Sven erst erarbeiten muss.

Im Augenblick nickt er benommen und dankbar, diesen Ort verlassen zu dürfen. Ich packe Karl am Arm und ziehe ihn beiseite. Der ortskundige Polizist scheint bei all dem Geschehen bisher die Nerven behalten zu haben. Noch ein Pluspunkt für ihn. Wir gehen ein paar Schritte hinauf zum Obstgarten und setzen uns auf eine Bank unter einem Kirschbaum. Ein wahrlich romantischer Ort, wären die Umstände andere. Und er verliert noch mehr an Glanz, als Karl mir das bisherige Geschehen erzählt.

SVEN

Sven Straubmann stapfte beleidigt davon. Nicht nur, dass sich sein Chef und auch dieser Dorfpolizist über sein Äußeres amüsiert hatten! Nein, ihm wurde auch noch die in seinen Augen minderwertigste Aufgabe zugeteilt: Befragung der Zeugen. Welche Zeugen? Was sollte das neugierige Pack da draußen schon gesehen haben? Die tuschelnde Menge jenseits der Absperrbänder war doch erst hier, seit sich die für dieses Kaff sensationelle Tat herumsprach. Das war doch wirklich nicht sein Niveau. Warum hatte Buchmann nicht einen der Dorfpolizisten damit beauftragt? Diesen Loibl zum Beispiel. Mit dem verstand sich der Herr Oberkommissar ja prächtig. Eigentlich hatte er ja nichts gegen Buchmann. Dieser schien nach allem, was man so hörte, ein fähiger Polizist zu sein. Und als ihm nach all den Mühen endlich das Zeugnis zum Kriminalbeamten ausgestellt worden war, hatte er seine nicht unerheblichen Verbindungen spielen lassen, um der Mordkommission Moritz Buchmanns zugeteilt zu werden. Auch wenn dessen Ruf im Präsidium nicht vor Glanz erstrahlte, so hatte doch die spektakuläre Aufklärung des Mordes in der Arberseewand vor einem Jahr Buchmann vor allem bei den jüngeren Kollegen zu einer Art Vorbild werden lassen. Etwas, wovon dieser sicher keine Ahnung hatte.

Und jetzt dieser Fall. Sein erster Außeneinsatz, sein erster Mord. Hier im Bayerischen Wald, wo sich sein Chef anscheinend bestens zurechtfand.

Also mach, was er dir sagt!, gebot sich Sven. Deine Chance in dieser Geschichte wird noch kommen. Dann kannst du zeigen, was du drauf hast.

Sven Straubmann war zutiefst überzeugt, einen guten, nein, einen hervorragenden Kriminalpolizisten abzugeben. Und das würde er gleich in seinem ersten Fall beweisen. Auch Moritz Buchmann würde das am Ende zugeben müssen. Also los! Auch wenn es nur eine Zeugenbefragung war. Er würde sein Bestes geben!

ICH

»Scheiße!«

So unerwartet die Person, die dieses Wort gebraucht, so passend ist dieses, um unsere Situation zu beschreiben. Mir lag es selbst im Mund, doch Mel ist mir zuvorgekommen. Melanie Güßbacher ist vor wenigen Minuten zusammen mit der Spurensicherung aus Regensburg eingetroffen. Ich würde sie am liebsten umarmen, halte mich jedoch zurück und belasse es bei einem herzlichen Händedruck. Wir haben schon des Öfteren zusammengearbeitet und uns verbindet mehr als die übliche Kollegialität. Ich glaube, hoffen zu dürfen, dass mich Mel mag. Sie hat sich nicht verändert. Im Gegensatz zu mir. Die von der archaischen Landschaft des Bayerischen Waldes und nicht zuletzt von Claudia Schedlbauer in mir entfachte Leidenschaft für ausgedehnte Wanderungen hat meine körperliche Konstitution seh- und spürbar verbessert. Mel hat das nicht nötig. Selbst ihre Frisur ist noch dieselbe. Warum auch etwas Perfektes ändern? Ein weiterer Wagen mit Regensburger Nummer fährt vor. Frau Dr. Niebauer, Gerichtsmedizinerin und vor einigen Jahren kurzzeitig meine Lebensgefährtin. Sehr kurzzeitig.

Immerhin reicht es noch für ein kurzes Winken in meine Richtung. Dann folgt sie der Spurensicherung, um Alois Hubers Leiche zu untersuchen. Während die Kollegen in der Scheune ihrer Arbeit nachgehen, informieren wir Mel über die bisherigen Fakten. Karl taucht noch einmal in den Albtraum der Erzählung vom Fund der Leiche ein, wenngleich nur in eine Kurzfassung.

Schlimm genug! Er macht dies mit professioneller Akribie und scheinbar emotionslos. Ich fange an, den einfachen Polizisten zu bewundern, ahne ich doch, was sich im Innern des Mannes wirklich abspielen muss.

»Opa war nur der Erste?« Mel wiederholt die Unheil verkündenden Worte, mit denen Karl Loibl seinen Bericht beendet.

»Scheiße!« Ich zucke entschuldigend mit den Schultern.

»Glaubt ihr, das ist ernst gemeint?« Karls Stimme verrät Angst. »Ein Serienmörder? Das wäre ja eine Katastrophe für meinen Ort.«

Hoffentlich nicht!, denke ich. Und wenn ich Mel ansehe, weiß ich, dass sie diesen Wunsch mit mir teilt. Und doch wissen wir, es ist eine trügerische Hoffnung. Ein angekündigter zweiter Mord. So etwas macht man nicht ohne Grund. Selbst ein irrer Mörder nicht, der einen alten Mann erschießt und ein blindes Mädchen dazu missbraucht, seine Botschaft zu verkünden.

Plötzlich wünsche ich mich zurück zu den Rieslochfällen und meinem Eichhörnchen.

*

Der Chef der Spurensicherung und Sven Straubmann kommen zusammen den Weg zum Obstgarten herauf. Als ich Mel mit meinem neuen Partner bekannt mache, lächelt sie. Trotz seiner Aufmachung kein höhnisches Lächeln, eher ein freundliches, ja interessiertes. Und auch ihr Händedruck fällt etwas länger aus, als nach meinem Empfinden nötig. Bestimmt, weil er die Sonnenbrille weggesteckt hat. Jetzt sieht er nicht mehr ganz so lächerlich aus. Mel wird ihn doch nicht sympathisch finden?

»Herr Buchmann war so freundlich, mich zu diesem Fall hinzuzuziehen«, meint Sven jovial.

Ich weiß genau, was sich hinter dieser Floskel verbirgt. Es klingt doch sehr nach: Herr Buchmann braucht meine Hilfe, um den Fall zu lösen.

Was soll's? Es gibt jetzt Wichtigeres. Thorsten Schneider zum Beispiel, dessen Leute die Scheune mit den Mitteln modernster Kriminaltechnologie untersucht haben. Und Renate Niebauer. Bemüht um einen nichtssagenden Gesichtsausdruck gesellt sie sich ebenfalls zu uns.

»Servus, Renate.«

»Hallo, Moritz. Bist du inzwischen auf Morde im Bayerischen Wald spezialisiert?«

»Könnte man meinen. Vielleicht sterben die Leute hier ja gerade dann, wenn ich da bin.«

Sie lächelt säuerlich, dann kommt sie zur Sache: »Der Tod wurde mit ziemlicher Sicherheit durch den Schuss herbeigeführt. Dieser wurde vermutlich aus etwa zwei bis drei Metern Entfernung abgefeuert. Die Pistole wurde dem Toten nicht an die Schläfe gesetzt. Es gibt keine Schmauchspuren und für einen größeren Abstand ist die Scheune zu klein. Da müsste der Täter schon von draußen geschossen haben. Dieser Pickel ...«

»Sappie«, belehrt sie Sven.

»Ach was? Und wer sind Sie?«

Ich hole mein Versäumnis nach und mache meinen jungen Kollegen mit meiner alten Gefährtin bekannt.

»Also gut: Sappie.« Wohlwollend registriere ich, wie die leitende Gerichtsmedizinerin der Kripo Regensburg Sven einen vernichtenden Blick zuwirft. »Dieser Sappie«, knüpft sie an ihre unterbrochene Erklärung an, »hat den Kopf glatt durchbohrt. Dabei wurden auch der erste und zweite Halswirbel und der Gaumenknochen zertrümmert. Die Schnittwunden auf der Brust wurden voraussichtlich mit einem Messer verursacht. Einzelheiten kann ich natürlich erst nach einer genaueren Untersuchung in Regensburg feststellen.«

»Natürlich. Und was hat die KTU gefunden?«, wende ich mich an Schneider.

»Bisher leider wenig Hilfreiches.« Er klingt enttäuscht. »Fußspuren des Mädchens und des Toten, jede Menge Fingerabdrücke, Haare, Blut. Alles andere muss erst im Labor ausgewertet werden. Die Sache mit dem Sappie war sicher nicht geplant. Reiner Zufall, dass er da lag. Wenn wir die Kugel hätten, könnten wir mit etwas Glück das Kaliber und den Waffentyp feststellen.«

»Du benötigst dafür Glück?« Mel sieht Schneider fragend an.

»Vor allem eine intakte Kugel. Hätte der Täter auf die Stirn des Toten gezielt, wäre da sicher nichts zu machen. Der Schädelknochen ist dort am dicksten.«

Renate Niebauer nickt bestätigend. »Die Kugel wäre zwar in den Kopf eingedrungen, hätte sich aber so stark verformt, dass Rückschlüsse auf die Waffe unmöglich wären.«

»Da aber der Schuss von der Seite kam«, fährt Frau Dr. Niebauer fort, »ist die Kugel durch die Schläfe eingetreten. Der Schädelknochen ist im Bereich der Schläfe äußerst dünn. Ich denke, Kollege Schneider sollte eine schöne Kugel zu sehen bekommen, nachdem ich diese aus dem Kopf geholt habe.«

»Was du hoffentlich schnell machst«, beende ich ihren Vortrag.

»Für dich doch immer«, lächelt sie mir zu, nur um dieses Versprechen gleich einzuschränken. »Wenn ich mit der Leiche in Regensburg bin.«

»Dann machen wir uns gleich auf den Weg«, meint Schneider. »Ich denke, ich kann euch den Waffentyp noch heute präsentieren. Alles andere dann morgen. Ich lasse ein paar Kollegen hier, die die Scheune gründlich auf den Kopf stellen.«

Ich verabschiede Schneider mit Handschlag. Beinahe erwarte ich, dass mich Renate auf die Wange küsst, doch zum Glück lässt sie das bleiben. Auch wir reichen uns nur die Hände. Nicht dass wir im Streit auseinandergegangen wären, aber es war eben nur eine kurze Affäre. Sie verabschiedet sich von den anderen: »Servus Mel, auf Wiedersehen Herr Loibl, Herr Straubmann.« Ach ja, Sven! Er kennt ja die Einzelheiten noch nicht. Ich wiederhole deshalb in wenigen knappen Sätzen Karl Loibls Bericht.

»Ein Serienmörder?« Sven blickt uns der Reihe nach an. »Wenn das bekannt wird, gibt's eine Panik.«

»Richtig.« Jetzt ist es an mir, meine Kollegen ernst anzusehen. »Und deshalb darf es nicht bekannt werden.« Die drei nicken ernst, während ich mich leise ärgere, dass es Sven ist, der die Gefahr einer Panik erkannt hat.

Ich weiß, das wäre meine Aufgabe gewesen.

*

»Wo seid ihr untergebracht?«

»*Hotel Zur Post.*«

Natürlich, wo auch sonst? Seit ich meinen Aktionsradius von München hinaus aufs Land erweitert habe, ist mir klar, dass es in jedem Dorf eine *Post* gibt.

»Mitten auf dem Marktplatz«, ergänzt Sven mit Blick auf sein Navi eines nagelneuen Dienst-Audis des Landeskriminalamts.

»Schaut mal nach, ob wir dort unsere Einsatzzentrale einrichten können. Was denkst du, Karl?«

»Hm. Wäre hier im Ort sicher nicht schlecht, aber ich glaube, wir sollten dann doch lieber die Inspektion in Kötzting nehmen. Dort haben wir alles, was wir brauchen, und so weit ist es ja auch nicht. In 15 Minuten können wir hier sein. Mit Blaulicht sogar in zehn.«

»Also gut. Seht ihr zwei euch mal die Post an. Wäre gut, wenigstens ein Besprechungszimmer dort zu haben.«

»Eins, wo wir ungestört sind«, nickt Mel zustimmend.

»Und dann richten wir unsere Zentrale in Kötzting ein.«

»Gut«, stimme ich zu. »Und wir beide unterhalten uns mal mit Frau Obermeier. Mal sehen, was die neugierige Nachbarin sonst noch alles über unser Mordopfer zu erzählen hat.« Sven nickt begeistert. Endlich passiert mal was! Der Satz steht ihm ins Gesicht geschrieben.

✳

Die Familie Obermeier ist sichtbar weniger gut gestellt als die des Mordopfers. Das nachbarliche Anwesen duckt sich förmlich unter die große Scheune des Ledererhofes und wirkt dennoch gepflegt und aufgeräumt. Maria Obermeier scheint die Sache gut im Griff zu haben. Und sie hat uns schon erwartet. Ich habe kaum an die Tür geklopft, als sie selbige auch schon öffnet. »Grüß Gott, die Herren Kommissare. Was kann ich für Sie tun? Sie wollen sicher wissen, ob ich gesehen habe, wer den Alois umgebracht hat. Der Alois ist doch umgebracht worden, oder? Aber ich hab nichts gesehen, tut mir leid. Nur gehört hab ich was. Den Schuss, ja, den hab ich gehört. Und auch gleich die Polizei gerufen. Das war doch richtig so, oder?«

Sven zuckt erschrocken ob der auf uns einprasselnden Wortlawine zurück. Auch ich halte kurz die Luft an. Im ersten Augenblick habe ich den Eindruck, Resi Bielmeier gegenüberzustehen. Die Ähnlichkeiten sind aber nur von kurzer Dauer und beschränken sich auf das Mundwerk der beiden Frauen und die Tatsache, dass beide Nachbarinnen von Mordopfern sind. Maria Obermeier unterbricht gerade ihren Wortschwall, um Luft zu holen. Eine vielleicht einmalige Gelegenheit, die ich sofort nutze: »Natürlich, Frau Obermeier, war es richtig, die Polizei zu rufen. Und dazu hätten wir ein paar Fragen an Sie. Mein Name ist Moritz Buchmann. Und das ist mein Kollege Sven Straubmann. Wir ermitteln in diesem Fall. In diesem Mordfall«, präzisiere ich mein Begehren. »Können wir in die Stube kommen?«

Jetzt hat sie es aus erster Hand: Ihr Nachbar ist tot. Ermordet.

Na und? Bald wissen es ohnehin alle im Osserwinkel. Und dennoch: Diese Frau ist raffinierter, als es ihr Äußeres verrät. Der Blick, mit dem sie Sven und dessen Aufmachung mustert, trieft vor Verachtung. Kein Wunder. Es wird Zeit, dass sich mein Partner hier draußen wie ein normaler Mensch kleidet, sonst wird er nie Informationen bekommen.

Sie zögert kurz. Entweder weil ihr bewusst wird, dass ihr Nachbar gestorben ist oder weil wir in ihr Haus eintreten wollen. Der kleine Hof ist ihr Reich. Neugierige Fremde sind hier wahrscheinlich nicht willkommen. Dann jedoch besinnt sie sich darauf, dass sie Polizisten vor sich hat. Mit einem Winken bittet sie uns hinein. Wir betreten eine Bauernstube, wie ich sie des Öfteren gesehen habe. Sven lässt seinen Blick umherschweifen, während ich das Frage-Antwort Spiel beginne.

»Frau Obermeier. Können Sie mir erläutern, was genau passiert ist?«

»Das habe ich ja Ihren Kollegen schon gesagt.« Sie räuspert sich. »Na gut. Ich war draußen im Garten. Hab die Schnecken bei den Erdbeeren eingesammelt. Die fressen alles auf, die Viecher. Du kannst nichts anbauen, was die nicht fressen. Ich schmeiß die dann in kochendes Wasser. Andere streuen Salz drauf oder spießen sie auf. Aber glauben Sie mir, kochendes Wasser ist das Beste.«

»Sie waren also im Garten.« Ich will mir das Ende von Maria Obermeiers Schnecken gar nicht vorstellen.

»Ja, das sagte ich doch schon.« Sie schüttelt genervt den Kopf.

»Und dann haben Sie den Schuss gehört?«

»Ja doch. Ich hab mich nicht hingetraut und da hab ich die Polizei gerufen.«

»Und davor?«

»Was davor?«

»Vor dem Schuss. Ist Ihnen nichts aufgefallen? Haben Sie niemanden gesehen?«

Nach kurzem Überlegen: »Nein. Niemand außer dem Alois und der Lisa. Der Alois war oft in seiner Werkstatt. Hat dort die Sachen für seine Waldarbeit repariert. Der Alois ist ja ein Waldarbeiter.«

War, denke ich und … hoppla, Lisa. Mal sehen, was die Obermeier so über die Enkelin des Toten erzählt. Vielleicht weiß sie mehr, als ich aus Karl Loibls kurzem Bericht entnehmen konnte. Maria Obermeier lässt sich nicht lange bitten: »Seine Enkelin. Seit dem Unfall haben sich ja alle um sie gekümmert. Gestern Abend ist sie dann wieder zu ihrem Opa. Sie ist dann oft ein paar Tage hier geblieben. Wenn ich so überlege, war die Kathrin dann auch wieder öfter da.«

Langsam, langsam. Maria Obermeiers Erzählung driftet wieder vom geraden Weg ab. Ich muss sie wieder zurückholen, sonst verliere ich den Faden: »Unfall? Was für ein Unfall?«

»Na, der mit der Lisa. Das arme Ding. Und ihren Eltern. Der Albert und die Manuela sind beide mit dem Auto umgekommen. Vier Jahre ist das jetzt schon her. Sind in einen tschechischen Laster gefahren. Peng! Und tot. Beide. Nur die Lisa nicht. Das kleine Ding war damals erst drei Jahre alt, als ihre Eltern gestorben sind. Sie hat's überlebt. Aber dafür ist sie blind. Seit ihrer Geburt.«

Sven blickt nachdenklich an die Decke. »Lisa ist also sieben Jahre alt und ohne Eltern. Wo wohnt sie jetzt? Im Waisenhaus?«

»Waisenhaus? Warum das denn? Der Jochen und die Gabi, das ist die Schwester von der Manuela und der Kathrin, die wohnen seit fünf Jahren drunten in Arrach. Die haben damals die Lisa aufgenommen. Und manchmal bringen sie die Kleine herauf zu ihrem Opa auf den Hof. Früher, da kümmerte sich auch die Kathrin um sie. Seit sie Direktorin geworden ist, drüben bei den Tschechen, da hat sie nicht mehr viel Zeit. Deshalb ist sie wohl gestern auch da gewesen, weil sie die Lisa sehen wollte.«

»Und wer ist diese Kathrin?«

»Frau Dr. Kathrin Huber. Die Tochter vom Alois. Der wollte zwar einen Sohn haben, aber dann hat's nur zu drei Mädchen gereicht. Und die Manuela ist dem Alois noch vorausgegangen.« Automatisch zeichnet ihre Hand ein Kreuz auf ihre Stirn, ihre Augen huschen kurz zum Herrgottswinkel. »Als die Kathrin dann auch noch zum Studieren gegangen ist, anstatt den Martin Aschenbrenner zu heiraten, haben sich die beiden nicht mehr vertragen. Und seit der Sache mit dem Osser, da flogen zwischen ihnen erst so richtig die Fetzen.«

Aha, jetzt wird's interessant!

»Die beiden haben also gestritten. Hm, und was hat das mit dem Osser zu tun?«, mischt sich Sven in das Gespräch ein. Vermutlich hat er sich vor seiner Abfahrt aus München über die grundlegenden örtlichen Gegebenheiten informiert. Sonst würde ihm der Osser sicher nichts sagen.

»Na, das Speicherwerk oben. Wegen dem Strom und so. Die Kathrin leitet doch den Kampf gegen diese Leute und der Alois wollte denen den Wald verkaufen. Und seine Wiese. Früher hätte er nie verkauft, aber seit seine Anna tot ist, da hat den Alois der Wald nicht mehr interessiert, glaube ich. Ja, seit der Sache mit dem Osser, da sind die beiden wie Hund und Katze aufeinander. Die Kathrin hat sich kaum noch blicken lassen. Ich glaub, die ist nur noch wegen der Lisa gekommen, wenn die auch da war. So wie gestern. Hat aber nicht lange gedauert, dann haben sie und der Alois wieder gestritten. Ich hab dem Alois sein Geschrei bis hierher gehört. Immer dieselbe Leier. Er wolle die Kathrin nicht mehr auf dem Hof sehen und so.«

Na, da wirst du deine Ohren aber auch gespitzt haben, damit dir nichts entgeht! Zum Glück für mich, fügt mein Verstand lautlos hinzu.

»Aber heute haben Sie die Kathrin nicht gesehen?« Svens Stimme klingt fast desinteressiert. Seine Aufmerksamkeit gilt den Bildern, die auf einer Kommode aufgereiht die Geschichte der Familie Obermeier erzählen.

»Nein, heute war sie nicht hier. Nur der Alois und die Lisa. Die haben sie vorhin aus der Scheune getragen. Das arme Ding. Ein Glück, dass sie sich das nicht mit ansehen musste.«

Wenn die Alte nur wüsste, was für ein Glück das Mädchen wirklich hatte. Die Erinnerung an den Anblick der Leiche jagt mir noch jetzt einen Schauer über den Rücken.

»Vermutlich wäre sie sonst auch tot.« Wieder Sven aus dem Hintergrund.

»Lisa? Tot?«

»Wenn sie den Täter gesehen hätte«, führe ich den Gedanken meines Kollegen zu Ende.

Die alte Frau nickt verstehend.

»Und Sie haben niemanden aus der Scheune kommen sehen?«

»Nein. Da war keiner! Jedenfalls nicht auf dieser Seite.«

Sie hat sicher recht. Der Neugier dieser Frau wäre niemand entgangen. Aber Lisa! Sie war am Tatort gewesen. Blind. Hat sie alles gehört? Könnte sie den Täter anhand seiner Stimme identifizieren? Sicher nur, wenn sie ihn kennt. Das Gehör von Blinden ist für gewöhnlich überdurchschnittlich ausgebildet. Vielleicht ist das eine Chance. Lisa könnte ein Schlüssel zur Lösung des Falles sein.

Während diese Gedanken in meinem Kopf nach Ordnung suchen, sehe ich mich in Maria Obermeiers Stube um. Eine Bauernstube wie gemalt. Holzofen und Kanapee, Holzdielenboden, Herrgottswinkel und die Kommode mit den Bildern, die Sven noch immer betrachtet.

Die alte Frau bemerkt sein Interesse an den Schwarz-Weiß-Fotografien. Drei Männer, zwei mittleren Alters, in der Mitte ein Jugendlicher, die Arme um die Schultern der beiden gelegt. Einer der älteren den Arm auf dem Jungen. Eine andere Aufnahme zeigt Maria Obermeier, etliche Jahre jünger, zwischen zwei diesmal jüngeren Männern.

»Korbinian, mein Mann. Ist den Asbesttod gestorben.« Auf Svens fragenden Blick fährt sie fort. »Der Hof war zu klein zum Leben. Da hat der Korbinian aufm Bau gearbeitet. Hat Asbestplatten gebohrt und gebrochen. Der Doktor meinte, das Zeug habe dem Korbinian seine Lunge zerschnitten. Mit so einer wirst du dann halt nicht älter als 50.«

»Und wer ist das?« Mein Kollege nickt verstehend und deutet auf das andere Bild. »Auch Korbinian. Da war er noch ein paar Jahre jünger. Und mein Kurt. Der muss da so um die 15 oder 16 gewesen sein. Der dritte ist der Alois. Er hat uns manchmal geholfen, wenn wir mit der Arbeit nicht mehr über die Runden gekommen sind. Er hat sich auch mit dem Kurt ganz prima verstanden. Die anderen Kinder im Dorf haben sich oft über den Kurt lustig gemacht, aber der Alois hat denen dann eine aufs Maul gegeben. Bald hat sich keiner mehr getraut, meinen Buben zu verspotten.«

Ich trete näher heran. Der junge Mann zwischen dem toten Ehemann von Frau Obermeier und dem jüngst Verstorbenen lässt seine Schultern hängen, besitzt ein freundliches Lächeln, das seine kalten starren Augen und sein dichtes wirres Haar kontrastieren. Wieder läuft ein Schauer über meinen Rücken, ohne dass ich weiß warum. Irgendwas mit dem Kerl stimmt nicht.

»Kurt, mein Junge. Müsste eigentlich gleich nach Hause kommen.«

»Ihr Sohn lebt bei Ihnen?«

»Natürlich, wo denn sonst?«

»Ich dachte nur. Hat er keine eigene Familie?«

»Familie? Dazu bräuchte er ja eine Frau. Einen wie meinen Kurt will ja keine. Und er will auch keine. Nein, Herr Kommissar. Mein Bub ist und bleibt bei mir. Wo ist er heute bloß? Ist schon den ganzen Vormittag unterwegs.«
Sie geht zur Tür und vor das Haus.

Ganz so wie eine Ehefrau, die ihren Liebsten von der Arbeit erwartet.

»Nein, mein Kurt braucht keine Frau.« Sie scheint für einen Augenblick unsere Anwesenheit vergessen zu haben. Dann wendet sie sich wieder uns zu: »Ist wie der Karl, der vorhin die Lisa herausgetragen hat. Der findet sich auch keine.«

Es ist Zeit für uns zu gehen. Im Augenblick werden wir ohnehin nichts mehr erfahren. »Danke, Frau Obermeier. Wir gehen dann jetzt. Sollte Ihnen noch etwas einfallen, rufen Sie mich bitte an.« Ich drücke ihr die obligatorische Visitenkarte in die Hand. »Und was glauben S', Herr Kommissar. Wer hat den Alois umgebracht?« Ich zucke nur die Schulter und lasse Maria und ihre Neugier zurück.

MARIA

Marias Blick folgte den beiden Männern, bis sie hinter einem der Einsatzfahrzeuge verschwanden. Langsam drehte sie sich um und ging zurück ins Haus. Sie dachte an Lisa. Das arme Ding! Sie hatte beobachtet, wie der Loibl Karl – der Bub vom Dietmar, der genau wie ihr Kurt keine Frau fand und der gleich nach der Schule zur Polizei gegangen war – das Mädchen herausgetragen hatte und wie es dann von den Sanitätern fortgebracht worden war. Und in der Scheune? Da lag der Alois! Ihr Nachbar seit Menschengedenken. Alois, mit dem sie hier am Fuße des Ossers ihre Kindheit verbracht hatte. Mit dem sie erst gespielt und Jahre später noch mehr gemacht hatte. Damals, als ihr Korbinian – Gott hab ihn selig – im Krankenhaus gelegen war, weil ihn der Max, das Kaltblut, getreten hatte. Und jetzt war er tot, der Alois.

Ein seltsames Gefühl machte sich in ihr breit, das sie so schnell nicht mehr verlassen würde. »Wo ist nur der Bub?«

Sie hatte Kurt den ganzen Tag noch nicht gesehen.

ERSTES ZWISCHENSPIEL

Was für ein Aufstand! Polizei und Rotes Kreuz und Massen von Schaulustigen. Dabei war doch nur ein alter Mann gestorben. Zugegeben, die Todesart war schon spektakulär und der Anblick der Leiche noch mehr. Es war schon erschreckend anzusehen gewesen, wie sich das Eisen durch Alois' Kopf gebohrt hatte. Was für ein Zufall, dass die Spitze des Sappie nach oben gezeigt hatte und auch nicht verrutscht war, als der Kopf des Alten darauf gefallen war. Das Ergebnis war fast noch besser als die Idee mit dem Zeichen der Osserriesen. Wie perfekt Kreis und Dreieck doch geworden waren. Fast schon genial, die Widerstandsgruppe gegen das Pumpspeicherwerk ins Spiel zu bringen. Jeder in Sankt Ulrich würde die Verbindung zu Alois Huber erkennen. Und trotzdem! So unvermeidlich der Tod des Alten auch gewesen war: Beinahe wäre alles schiefgegangen. Da war das Mädchen gewesen. Lisa. Oh Mann! Wie gut, dass sie blind war, und noch besser, sich sofort ein Tuch vor den Mund zu halten und die Stimme zu verstellen. Lisa! Ihr durfte nichts geschehen. Ob es richtig gewesen war, sie miteinzubeziehen?

»Opa war nur der Erste.«

Zu spät, sich darüber Gedanken zu machen. Es war eine spontane Idee gewesen, geboren aus der Situation.

Soweit von hier oben zu erkennen war, löste sich die Menge auf dem Ledererhof langsam auf. Anscheinend hatten sie nichts mehr zu begaffen. Die Leute hatten genug gesehen, um die nächsten Kaffeerunden und die Dorfstammtische mit Tratsch zu füllen. Nur die Polizei war noch da. Hier oben, am Rande des Waldes, ließen Ruhe und Frieden nichts von dem Geschehen dort unten erahnen. Es war an der Zeit, aufzubrechen.

ICH

Ich stecke noch immer in meiner Wanderkleidung und langsam meldet sich mein Magen. Da kommt es ganz gelegen, dass wir Mel und Karl in der *Post* treffen werden. Dorthin hat es mich bei meinen Wanderungen im Osserwinkel schon des Öfteren verschlagen, sodass ich den Gasthof und dessen hervorragende Küche zu schätzen weiß.

»Sie kennen sich mittlerweile hier ja schon ziemlich gut aus, muss ich feststellen«, meint Sven, während ich das Glück nutze, auf dem Marktplatz in einen der seltenen Parkplätze zu rangieren.

»Tja, mein Lebenswandel hat doch Spuren hinterlassen. Nachdem wir jetzt hier sind, hoffe ich, Sie haben noch andere Klamotten dabei als diesen Agentenfummel. Es würde nicht schaden, wenn Sie sich als Erstes umziehen würden. Die Leute hier im Wald halten Sie sonst für einen Inkassobeauftragten.« Schadenfroh beobachte ich Röte in sein Gesicht steigen. Sven verlässt das Auto ungewöhnlich schnell, eilt hinüber zur Eingangstür des Hotels und verschwindet hinter dieser. Ich folge ihm etwas gemächlicher. Langsam lasse ich meinen Blick über den Marktplatz schweifen. Diesen ziert, wie die übrigen Orte des Osserwinkels auch, in diesen Tagen eine Flut von Plakaten. Die meisten gegen, nur wenige für das Pumpspeicherwerk. Karl und Melanie haben unsere Ankunft bemerkt und die Gaststube verlassen, um mich noch am Eingang des Hotels abzufangen. »Sven zieht sich noch um«, komme ich ihrer Frage zuvor.

»Hoffentlich etwas Vernünftiges«, meint Karl grinsend. »In der Aufmachung lassen ihn die meisten Leute hier nicht mal in ihr Haus.«

»Seit wann arbeitest du eigentlich mit ihm zusammen?« Mel scheint amüsiert über mein säuerliches Gesicht.

»Sven Straubmann wurde mir vor vier Wochen zugeteilt. Keine Ahnung, warum Schulz denkt, gerade ich könnte einen Neuling ausbilden.«

»Warum nicht? Bei deiner Erfahrung. Und wo du doch so gut mit jungen Menschen kannst.«

Ich zeige ihr einen Vogel.

»Gib ihm etwas Zeit«, antwortet sie grinsend. »Ich glaube, er ist ganz in Ordnung. Du weißt doch, dass wir alle am Anfang etwas übereifrig waren. Er will sich eben beweisen. Das legt sich bald. Wirst schon sehen.«

Ich nicke zuversichtlich und denke: Na hoffentlich! Dann wende ich mich an Karl: »Wenn es dir nichts ausmacht, könntest du uns noch eine Weile mit deiner Gegenwart beehren. Ich denke, wir werden dich und deine Kenntnisse von Land und Leuten noch länger benötigen.« Und deinen gesunden Menschenverstand auch, füge ich hinzu, lasse diesen Gedanken jedoch unausgesprochen.

Karl nickt verstehend. »Wenn mich nachher einer von euch zur Dienststelle fährt, kein Problem. Daniel, mein Kollege, ist schon zurück nach Kötzting gefahren. Der erzählt jetzt gerade sicher seine Version des Einsatzes. Ich glaube, da wird die Leiche noch schlimmer aussehen.«

Obwohl das kaum möglich ist.

Der Aufmarsch unserer Polizeiwagen vor der *Post* erregt erste Aufmerksamkeit. Wie auch in Kirchbach, so beeindruckt das Hotel gleichen Namens in Sankt Ulrich mit einer historischen Fassade, die sich über drei Stockwerke in den heute blauen Himmel streckt. Mit dem durch einen Übergang verbundenen Nebenbau und dem Tor zum Hinterhof ist es das größte Haus am Platze.

Der Ort am Fuße des Ossers steht in Konkurrenz mit Bodenmais, hat den Kampf um den bedeutendsten Fremdenverkehrsort des Bayerischen Waldes jedoch schon vor langer Zeit verloren. Dennoch flanieren hier zu dieser mittäglichen Stunde Paare und Gruppen von Touristen über den Marktplatz. Ein quengelndes Kind fordert laut ein zweites Eis ein, junge und ältere Gäste des Bayerischen Waldes suchen nach den verlockendsten Angeboten auf der Mittagskarte eines Restaurants. Ich bin froh, bei Claudia wohnen zu können, und kann es kaum erwarten, dass sie von ihrer Auslandsreise zurückkommt. Morgen will sie wieder da sein. Hurra, endlich sehe ich sie wieder. Dabei ist sie doch erst seit zehn Tagen für ihren Arbeitgeber in Norwegen. Zehn Tage ohne Frau waren noch vor Kurzem für mich normaler Alltag. Zehn Tage ohne Claudia sind ein Albtraum. Wie sehr ich doch sie und Kirchbach vermisse. Dort geht es wesentlich ruhiger zu. Und in 20 Minuten kann ich hier oben in Sankt Ulrich sein. Während ich mir zu dieser Situation gratuliere, wende ich mich an Mel: »Gibt es hier ein Zimmer, in dem wir uns ungestört unterhalten können?«

Ich bemerke den Mann erst, als dessen Hund neugierig an meinem Bein schnüffelt. Ein Jäger, denke ich, und folglich ein Jagdhund, doch ich werde sogleich eines Besseren belehrt.

»30 Ster liegen schon oben«, sagt der stoppelbärtige Endvierziger gerade zu einer Frau etwa gleichen Alters. »Die verfluchte Seilwinde hat sich wieder verhängt. Sonst hätte ich noch fünf reißen können."

»Reicht auch so für heute«, meint die Frau, die ich als Gattin des Baumreißers und Chefin des Hauses identifiziere.

»Servus, Charlie! Warst wieder im Wald?« Karl schüttelt dem Bärtigen die Hand.

»Da draußen ist's mir am liebsten. Da ist man allein und hat seine Ruh.« Dem kann ich nur zustimmen.

»Charlie, wir brauchen ein Zimmer, wo uns niemand zuhören kann.«

»Seid's wegen dem Alois da?«

Na so was! Hat er nicht gesagt, dass er allein im Wald war? Aber von dem Mord weiß er trotzdem. Hat sich wohl schon bis zu Hase und Igel rumgesprochen.

»Kommt's mit!« Wir folgen ihm durch die Eingangsdiele in das Nebenzimmer zur Linken. »Das Poststüberl dürfte da passend sein!«

Poststüberl? Natürlich! Wo auch sonst?

»Und was zum Essen wollt's sicher auch, oder?«

Da permanentes Hungergefühl konzentrierter Tätersuche sicher nicht zuträglich ist, lassen wir uns die Speisekarte bringen, die von der Bedienung, die zeitgleich mit Sven erscheint, hereingebracht wird. Während Karl und ich einen Sauerbraten bestellen, belassen es Mel und Sven bei einer Salatplatte. Es ist an der Zeit, die Ermittlungen in Gang zu bringen. Und dazu müssen wir erst einmal mehr über Alois Huber und die Sankt Ulricher Verhältnisse wissen. Wer könnte da mehr liefern als Karl Loibl?

»Also, Karl. Vielen Dank, dass du uns bei den Ermittlungen unterstützen willst. Ich denke, wir werden dich in den nächsten Tagen noch oft mit Fragen löchern. Da du von hier stammst, kennst du die Verhältnisse ja bestens. Du hast gesagt, du bist sogar aus Sankt Ulrich, oder?

Vielleicht kannst du uns da etwas ausführlicher erklären, was es mit diesem Zeichen der Osserriesen auf sich hat?«

»Die Osserriesen! Tja, wo soll ich da anfangen? Am besten mit der Energiewende, denke ich. Seit regenerative Energien massiv vom Staat gefördert werden, suchen clevere Investoren nach den lukrativsten Anlagemöglichkeiten. Sonne, Wind und eben auch Wasserkraft. Und da die Österreicher so erfolgreich mit ihren Pumpspeicherwerken sind, haben sich in Regensburg einige einfluss- und geldreiche Leute zusammengetan und die OBAWAG gegründet.«

»OBAWAG? Nie davon gehört«, unterbricht ihn Sven.

»Ostbayerische Wasserkraft AG. Ziel ist die Errichtung eines Pumpspeicherwerks auf dem Osser. Schon als die Pläne durchsickerten und noch bevor Details bekannt waren, formte sich der Widerstand. Aus Stammtischrunden wurden Bürgerbewegungen und eingetragene Vereine. Inzwischen gibt es ein halbes Dutzend dieser Gruppierungen, die sich zu einem Aktionsbündnis zusammengeschlossen haben. Und die radikalste nennt sich *Die Osserriesen*. Der Osserriese ist eine alte Sagengestalt, dessen Geschichte hier jedes Kind kennt«, kommt er der Frage zuvor, die Sven ins Gesicht geschrieben steht. »Das Aktionsbündnis und all die anderen Gegner des Projekts tragen ihren Kampf im Rahmen der Legalität aus. Nicht so die Osserriesen. Leserbriefe, Bürgerversammlungen und Unterschriftenaktionen werden nach ihrer Ansicht die Zerstörung der Natur nicht verhindern. Sie greifen deshalb zu anderen Mitteln.«

»Andere Mittel?«, will diesmal Mel wissen.

»Straßensperren, Drohbriefe, zerkratzte oder besprühte Autos, Farbbeutel gegen Vertreter der Investoren und so weiter.«

»Also alles illegal«, stellt Sven fest.

Karl nickt verdrossen. »Bisher haben wir außer den Teilnehmern von Sitzblockaden niemanden erwischt. Natürlich vermuten wir zu wissen, wer sich hinter den Osserriesen versteckt. Ehrlich gesagt«, Karl sieht uns der Reihe nach an, »kann ich mir beim besten Willen nicht vorstellen, dass einer von ihnen den Alois auf dem Gewissen hat. Ein Mord ist doch eine ganz andere Hausnummer.«

»Und das Zeichen auf Alois' Brust?«, wendet Sven ein.

»Eine Ablenkung? Vielleicht will jemand den Osserriesen die Schuld zuschieben.«

»Es könnte aber auch eine Warnung sein«, überlege ich. »Hältst du das für möglich?«, frage ich Karl.

»Tja, ich gebe zu, es gibt da ein oder zwei Leute, die auch ich nicht kenne. Den harten Kern sozusagen. Die Menschen hier sind, wie soll ich sagen … von Haus aus etwas rebellischer und stehen Aktionen, die sich gegen die Staatsmacht richten, nicht ablehnend gegenüber. München und auch Regensburg sind weit weg. Manches spielt sich hier nach eigenen Gesetzen ab. Und wenn dann die Polizei oder jemand von außen kommt, halten alle zusammen.«

»Eine Mauer des Schweigens? Nun machen Sie mal halblang! Wir sind doch hier nicht auf Sizilien.« Svens Stimme schwankt zwischen Spott und Unglaube.

Schon befürchte ich, dass Karl angesichts der unverhohlenen Arroganz des Kollegen verärgert aufbrausen würde, doch er bleibt die Ruhe selbst. Unsere Getränke werden gebracht. Die Unterbrechung beruhigt die Situation.

Karl trinkt einen Schluck, während er Svens noch immer provozierenden Blick ruhig erwidert. »Sie werden schon sehen«, nimmt er dann den Faden der Unterhaltung wieder auf.

»Wir leben zwar hier nicht mehr hinter dem Mond, aber ein bisschen anders gehen die Uhren hier im Wald schon.«

»Aber du bist doch von hier«, meint Mel. »Dir müssten die Leute doch vertrauen.«

Aha! Die beiden sind also auch schon per Du. Hab ich gar nicht mitbekommen.

»Bis zu einem gewissen Punkt ja. Hoffen wir, dass es reicht, um den Mörder von Alois zu finden. Ich weiß nicht, ob die Menschen hier in dieser Beziehung recht gesprächig sein werden. Immerhin gibt es nicht wenige, denen der Tod vom Alois recht gelegen kommt.«

»Wieso das denn?«

»Alois Huber war ein wichtiger Bestandteil bei der Umsetzung der Pläne für das Pumpspeicherwerk.« Auf einmal hat Karl Loibl auch Mels komplette Aufmerksamkeit. »Das Oberbecken und die Druckleitungen zum Unterbecken sollen zum größten Teil auf seinen Grundstücken errichtet werden. Und Alois war bereit zu verkaufen.«

»Damit hat er sich sicher nicht nur Freunde gemacht«, stellt Mel nachdenklich fest.

»Das Wort *unbeliebt* mit ihm in Verbindung zu bringen, wäre eine schamlose Untertreibung.«

Na prima! Damit gehört der Tote zu einer der beiden Arten von Opfern, die ich am meisten fürchte. Tote ohne Freunde haben tausend potenzielle Mörder, und Tote mit Freunden haben keinen.

»Also käme für den Mord an Alois Huber jeder Gegner des Projekts infrage«, zieht Mel die gleiche Schlussfolgerung.

»Und jetzt, wo er tot ist. Wie geht es da weiter?«, will Sven wissen.

Karl zuckt mit den Schultern. »Alois hatte noch zwei Kinder. Gabi und Kathrin. Gabi und ihr Mann werden auch verkaufen. Das haben sie zumindest schon verlauten lassen. Kathrin sicher nicht. Sie ist die Sprecherin des Aktionsbündnisses und damit eine der treibenden Kräfte des legalen Widerstandes gegen das Pumpspeicherwerk.«

»Und wie schätzt du sie sonst so ein?«

Karl überlegt kurz: »Nun, Kathrin ist charmant, eloquent und selbstbewusst. War sie schon immer. Sie ist erfolgreich, sozial engagiert und in Sankt Ulrich äußerst beliebt. Umso mehr, da sie jetzt der Kopf des Widerstands ist. Sie hat Tausende von Unterschriften gesammelt und geht bei den zuständigen Behörden in München und Regensburg ein und aus.«

»Ist sie auch politisch aktiv?« In mir keimt da so eine Idee.

»Nicht, dass ich wüsste. Obwohl sie sicher viele Anhänger hätte, wenn es um das Amt des Bürgermeisters ginge.«

»Das heißt, wenn Frau Dr. Huber den Hof erbt, ist das Pumpspeicherwerk Geschichte. Auch wenn sie nur ihren gesetzlichen Erbanteil bekommt.«

»Dr. Huber?« Mel sieht Sven erstaunt an.

»Dr. Huber. Sagte jedenfalls die Nachbarin. Und ich glaube kaum, dass sie die Erbin sein wird.«

Ich auch nicht. Ich gönne Sven diesen kleinen Triumph und lasse ihn vom Gespräch mit Maria Obermeier berichten.

»Kathrin Huber stand mit ihrem Vater nicht besonders, und gestern hatten die beiden eine lautstarke Auseinandersetzung. Nicht die erste zwischen den beiden«, beendet Sven seinen kurzen Vortrag.

»Seit wann ist das Verhältnis zwischen Vater und Tochter zerrüttet?«, frage ich Karl, der sicher mehr darüber weiß.

»Seit sie weggegangen ist. Alois wollte, dass Kathrin einen Bauernsohn heiratet. Den Martin Aschenbrenner, wenn ich mich richtig erinnere. Der hätte dann beide Höfe führen können. Zusammen wäre das dann eine der größten Bauernfamilien der Gegend gewesen. Der Alois hatte ja keinen Hoferben. Nur Töchter. Als die Kathrin dem Martin den Laufpass gegeben hat und zum Studieren nach Leipzig gegangen ist, na ja, da kam es zum Bruch mit dem Alois. Ihre Mutter, die Anna, hat ihre Tochter stets unterstützt und sich dabei auch mit ihrem Mann überworfen. Der Alois war schon ein rechter Sturkopf, das muss man schon sagen. Jedenfalls hat er seither mit Kathrin kaum mehr gesprochen. Selbst als diese promovierte, hat dies ihren Vater nicht mit dem Stolz erfüllt, den Eltern in diesem Fall normalerweise zeigen. Als dann die Anna gestorben ist, war es ganz aus zwischen den beiden. Ich glaube, Kathrin kam nur noch auf den Hof, wenn Lisa da war. Sie liebt das Mädchen und kümmert sich um es, wie alle anderen übrigens auch.«

»Hm. Das bedeutet, das Pumpspeicherwerk wird nach aktuellem Stand nicht gebaut, wenn die kleine Lisa, Kathrin Huber und Gabi Schreiner zu gleichen Teilen erben«, komme ich auf die Fakten zurück. »Als Erbengemeinschaft müssten alle mit dem Verkauf der Grundstücke einverstanden sein.«

»Wenn aber Alois Huber Kathrin enterbt hat, stünden die Ampeln wieder auf Grün für die OBAWAG«, fügt Sven hinzu.

»Das heißt, wir müssen nach einem Testament suchen. Mel, das könntest du übernehmen.«

»Am besten fragen wir einfach die beiden Schwestern. Sie werden wohl wissen, was ihr Vater mit ihnen vorhatte.«

Karl nimmt einen Schluck. »Der Alois hätte der Kathrin seinen Hof nie gegönnt.«

Mel blickt nachdenklich auf die Jagddarstellung an der Wand: ein Wilderer, vom Jäger gestellt, am Boden ein toter Hirsch, im Hintergrund Wälder und Berge. Der Klassiker schlechthin. »Aber«, sagt sie dann, »wie bringt uns das weiter? Wir gehen doch wohl nicht ernsthaft davon aus, dass jemand einen Mord begeht, nur um dieses Pumpspeicherwerk zu verhindern?«

»Wer weiß. Wir sollten nicht nur an Naturschützer und Heimatliebhaber denken. Immerhin handelt es sich um ein beachtliches Vorhaben. Gibt es Konkurrenzplanungen, die wegen der Maßnahme hier scheitern könnten? Bauunternehmer, die ein Interesse an anderen Projekten haben? Banken? Vieles ist möglich, viele Interessen sind denkbar. Wir müssen alles in unsere Überlegungen einbeziehen.«

»Hm.« Sven starrt in sein fast leeres Wasserglas, als wolle er die Kohlendioxidperlen darin zählen. »Es gibt vielleicht noch eine andere Spur.« Ohne aufzusehen, fährt er fort. »Der Sohn von Maria Obermeier. Kurt! Er wohnt bei seiner Mutter, war aber laut deren Aussage heute den ganzen Tag noch nicht zu Hause.«

Kurt? Der unheimliche Kerl auf dem Bild? Wie kommt Sven auf so eine Idee?

»Bei der Arbeit?«, meint Mel nur, doch Karl pulverisiert diese These im selben Augenblick. »Kurt Obermeier arbeitet nicht. Er ist, nun ja, er ist geistig behindert. Nichts Aufregendes. Keine Krankheit im eigentlichen Sinn. Es gab wohl Probleme bei seiner Geburt. Sauerstoffmangel oder so. Kurt stottert und denkt vielleicht etwas langsam, aber ansonsten ist er ein harmloser Kerl.«

Mit eiskalten Augen, denke ich.

»Er war nie wegen aggressiven Verhaltens auffällig?«

»Nicht, dass ich wüsste.«

»Hm. Frau Obermeier schien mir ausgesprochen beunruhigt darüber zu sein, dass Kurt noch nicht zu Hause war. Es ist so ein Gefühl, wissen Sie? Ein ungutes Gefühl. Mehr nicht, gebe ich zu. Im Augenblick jedenfalls.«

»Ein Gefühl? Behalten Sie Ihr Gefühl mal für sich. Wir sind hier, um Fakten zu sammeln und auszuwerten. Oder haben Sie auf der Kriminalakademie einen Kurs *Gefühle* belegt? Die lassen Sie mal lieber in München.«

Mel starrt mich erstaunt an.

Oh Mann, Moritz! Das war keine Glanzleistung von mir. Von wegen keine Gefühle. Habe ich mich nicht soeben von meinen eigenen hinreißen lassen? Und habe ich nicht selbst einige Fälle mehr mit meinem Bauch als mit meinem Kopf gelöst? Wie dem auch sei: Jetzt ist es zu spät. Die Worte können nicht mehr rückgängig gemacht werden.

Also weiter im Text. Ich bin der Chef und dafür verantwortlich, dass die Ermittlungen Fortschritte machen. Und davon sind wir noch weit entfernt. Also los jetzt! »Sven, Sie werfen Ihr Laptop an und finden alles heraus, was das Netz über die OBAWAG hergibt. Doch zuerst fahren Sie mit Karl nach Bad Kötzting. Karl, könntest du alle verfügbaren Unterlagen über die Osserriesen besorgen und Sven mitgeben? Wohl oder übel werden wir uns mit ihnen beschäftigen müssen.«

»Wir haben einige Vernehmungsprotokolle und Adressen. Die könnt ihr gerne haben.«

»Wissen eigentlich Gabi Schreiner und Kathrin Huber vom Tod ihres Vaters?«

»Gabi wurde sofort informiert, als Lisa ins Krankenhaus gebracht wurde. Sie und ihr Mann sind jetzt dort und wissen natürlich über alles Bescheid.«

»Bestimmt keine leichte Situation für sie. Aber sie gehören zum engsten Umfeld des Opfers. Wir müssen wissen, mit wem wir es zu tun haben. Mel, das könntest du übernehmen. Fahr nach Cham und nimm dir die beiden mal vor.«

»Geht klar«, meint Mel. »Und Kathrin?«

»Tja, da sieht die Sache schon anders aus.«

»Warum das?« Sven kann den spöttisch zweifelnden Unterton einfach nicht aus seiner Stimme verbannen.

»Kathrin hat vor zwei Jahren den großen Karrieresprung geschafft. Nach ihrem Wirtschaftsstudium war sie bei verschiedenen Firmen, auch im Ausland, beschäftigt. Ich kann nicht sagen, wo genau, aber es hat nie lange gedauert, bis sie die Stelle wieder gewechselt hat. Dann haben sie drüben in Babylon ein neues Casino gebaut. Nicht irgendein Casino: Das *Lucky Star* toppt alles bisher Dagewesene. Sowohl von der Größe als auch vom Ambiente. Und natürlich auch was den Umsatz betrifft. Und der Spielbankdirektor dort heißt Dr. Kathrin Huber. Mit Umsatzbeteiligung, wie sie in einem Anfall von Prahlerei jeden wissen ließ. Seither residiert sie in einem riesigen Haus, fährt einen neuen Sportwagen und hat drüben in Arnbruck sogar ihr eigenes Segelflugzeug stehen. Und auch sonst zeigt sie sich gern generös. Das geht von der Freirunde im *Café Milano* bis zur großzügigen Spende für den Fußballverein. Es sieht ganz so aus, als ob sie den Laden drüben im Griff hat. Aber sie ist nicht erreichbar.

Ich weiß das, weil ich sie mal dienstlich anrufen wollte. Der Hausalarm ihrer Villa hatte sich eingeschaltet. Fehlalarm, durch einen Marder ausgelöst. Kathrin erklärte mir später, dass ihr Handy während ihrer Zeit im Casino aus ist. Das verlangen die Inhaber der Spielbank, sagte sie. Und die Nummer ihres Geschäftshandys kennt angeblich nicht einmal Gabi, obwohl sich, soweit ich weiß, die beiden Schwestern ganz gut verstehen.«

»Also müssen wir warten, bis sie wieder in Sankt Ulrich ist?«

»Ist das Casino nicht nur nachts offen?«

»24 Stunden. In Tschechien herrschen andere Geschäftspraktiken. Und an einem Tag wie heute erst recht.«

»Pfingstgeschäft! Alles klar«, sagt Mel.

»Wir warten nicht. Ich würde mir diese Frau Dr. Direktor mal gerne näher ansehen. Ich fahre gleich los. Ihr wisst ja, was ihr in der Zwischenzeit zu tun habt. Wir treffen uns dann in der PI Bad Kötzting.«

»Ins Casino?« Mels Blick tastet mich von oben bis unten ab. »In dem Aufzug?«

Richtig! Ich habe ganz vergessen, wie ich den Tag begonnen habe: Dreiviertelhose und Wanderstiefel, dazu ein Funktionshemd. Ich zucke verlegen mit den Schultern. »Werden mich schon reinlassen.«

＊

Ich spüre einen Hauch von schlechtem Gewissen, als ich den Grenzübergang bei Furth im Wald überquere. Falls er nicht gerade im Außendienst ist, sitzt in einem der Zollgebäude mein Kollege und Kumpel Wolfgang. Wie war das doch gewesen vor einem Jahr? Zollhauptkommissar

Niebel hatte ein paar der Zahnräder in meinem Kopf in Bewegung gesetzt, die dann schließlich ins Getriebe der Maschine, die man gemeinhin Gehirn nennt, eingegriffen und mich auf die Spur des Drogenhändlers Stefan Kausche geführt hatten. Ohne die Informationen meines Kollegen aus alten Tagen wäre mir der Zusammenhang zwischen der Jugend des ermordeten Georg Koller in der Napola und dem Drogenlabor in der Scheune des Opfers wohl bis zuletzt verborgen geblieben. Das Versprechen, Wolfgang und dessen reizende Familie zu besuchen, war mir damals leicht über die Lippen gegangen. Leere Worte! Wie das nun mal so ist mit guten Vorsätzen und deren Umsetzung im Getriebe des Alltags.

Ich lasse den verlassenen ehemaligen Kontrollbereich der ebenfalls ehemaligen Tschechischen Republik hinter mir und befinde mich auf fremdem Staatsgebiet. Hier ist meinen Polizeibefugnissen ein Ende gesetzt. Ich kann nur hoffen, dass Kathrin Huber dennoch Rede und Antwort stehen wird.

Bei Tageslicht betrachtet hinterlässt das Areal östlich des Grenzbaches einen weitaus unspektakuläreren Eindruck als bei meinem letzten Besuch. Duty-free-Shop, Tankstellen, Bars und Bordelle, Casinos und die Budenstadt des Vietnamesenmarktes lassen ohne Beleuchtung doch viel vom Glanz und Glamour des nächtlichen Klein Las Vegas vermissen. Eine Ausnahme macht hier das *Lucky Star*. Auch im hellen Schein der Nachmittagssonne und schon von Weitem ist erkennbar, dass die Investoren an nichts gespart haben. Prunk und Luxus sollen die Leute in dieses Spielerparadies locken und ihnen das Geld aus ihren Taschen ziehen. Ich lasse die anderen Spielbanken links liegen und fahre auf den Parkplatz dieses auf einem

Hügel über den anderen thronenden Tempels des Glücksspiels. Ein säulengesäumter Aufgang führt vorbei an einem etwas kitschigen Brunnen. Marmordelfine wetteifern miteinander, Wasser in die Luft zu spritzen. Die Schwingtür wird von einem Bediensteten im Livree bewacht. Misstrauisch mustert er mich mit dem gleichen Blick, wie es Mel vor einer halben Stunde tat. Nach kurzem Überlegen entscheidet er, dass mein Äußeres selbst den legeren Kleidungsvorschriften tschechischer Spielbanken nicht genügt. Glücklicherweise ist er der deutschen Sprache mächtig. Sicher, weil sich ein Großteil der Kundschaft des Etablissements aus dem westlichen Nachbarland rekrutiert. Ein paar Erklärungen später zückt der Uniformierte ein winziges Funkgerät und nach kurzem Wortwechsel in tschechischer Sprache winkt er eine junge Frau heran. »Herr Buchmann möchte zur Frau Direktor!«, weist er sie in Deutsch an. Ich nicke ihm noch dankend zu, dann folge ich der Frau. Das Kopfschütteln des Portiers im Nacken führt unser Weg nicht durch den Spielerbereich, sondern zu einem unauffälligen Fahrstuhl, der uns auf einer Galerie über dem Erdgeschoss wieder ausspuckt. Von hier habe ich freien Blick auf das Große Spiel. Im Gegensatz zum Kleinen Spiel mit seinen Geldautomaten und einarmigen Banditen sorgen hier die Anhänger von Roulette, Black Jack und Pokerspiel mittels ihrer Leidenschaft dafür, dass die Taschen der Inhaber des Casinos gut gefüllt sind. Diese haben sich das Ganze aber auch eine Stange Geld kosten lassen, wie ich beeindruckt zugeben muss. Unter mir erstreckt sich eine künstliche Lagunenlandschaft. Die einzelnen Tische sind eingebunden in kleine Inseln, nur erreichbar über Stege und Brücken. Trotz der frühen Stunde rollt die Kugel bereits an mehreren Tischen.

»Bitte sehr. Hier entlang!« Meine Begleitung führt mich in ein leeres Vorzimmer und von dort in ein geräumiges Büro. »Die Frau Direktor kommt gleich.« Damit verlässt sie mich. Ich befinde mich in einem puristischen, aber elegant möblierten Raum. Weiße Wände, ein gläserner Tisch, weiße Ledermöbel, ein Schreibtisch mit in die Tischplatte integrierter Tastatur und Bildschirm. Die Außenwand aus Glas, durch welches Tageslicht auf abstrakte Bilder und Plastiken mir unbekannter Künstler fällt. Hinter dem Schreibtisch einige Bilder aus Kathrin Hubers Privatleben. Kathrin beim Golfen, Kathrin beim Tontaubenschießen, Kathrin beim Segeln und Kathrin im Fitnessstudio. Daneben Urkunden von Taekwondo-Wettbewerben. Kathrin Huber scheint Wert auf körperliche Fitness zu legen.

Ein Bild erweckt mein Interesse: die Direktorin dieser Spielbank auf einer Berghütte. In modischer Wanderkleidung strahlt sie zufrieden in die Kamera. Das Lächeln teilt sie mit vier anderen Personen. Zwei davon sind mir aus Fernsehen und Presse bekannt. Dr. Jürgen Keller tummelt sich als Staatssekretär im Umweltministerium und Friedrich Müller genießt die Vorzüge eines Vorstandsvorsitzenden der WWSB, der Wind-Wasser-Sonne-Förderbank. Frau Doktor pflegt gute Kontakte, das muss man schon sagen. Ich überlege, ob ich die beiden anderen schon irgendwo gesehen habe, kann mich aber weder an den dunklen Mann mittleren Alters noch an die Frau mit Sonnenbrille erinnern. Dennoch kann es nicht schaden, sich die Gesichter einzuprägen. Soll ich ein Foto vom Foto schießen? Lieber nicht! Vielleicht, nein, wahrscheinlich sogar wird dieser Raum, wie alle anderen hier auch, von Kameras überwacht und ich will nicht schon von Anfang an Kathrin Hubers Vertrauen verspielen. Außerdem erübrigt sich die Überlegung in der nächsten Sekunde.

Kathrin Huber betritt schwungvoll ihr Büro: »Guten Tag, Herr Buchmann, richtig?« Sie begrüßt mich mit dem erwartet kräftigen Händedruck.

»Guten Tag, Frau Dr. Huber.«

Karl Loibl hat recht. Kathrin Huber gehört zu jenen Menschen, die die Gabe besitzen, die Leute vom ersten Augenblick an für sich einzunehmen. Das gewinnende Lächeln wirkt weder arrogant noch einschüchternd, ihre Stimme klingt weich und doch nicht sanft. Kurzes brünettes Haar umrahmt ein Gesicht, das von jedem Mann als hübsch bezeichnet werden würde. Sie trägt einen dunklen Hosenanzug, der ihre sportliche Figur betont. Ihr Äußeres gepaart mit einem weltmännisch sicheren Auftreten schnürt das Gesamtpaket Dr. Kathrin Huber. *Niveau* und *Seriosität* sind die Worte, die mir, ohne es zu wollen, durch den Kopf gehen. Und doch fehlt etwas. Zumindest in Bezug auf mich lässt sie die Ausstrahlung vermissen, die einen Mann auch dann noch an eine Frau denken lässt, wenn er das nicht tun sollte. Ganz im Gegensatz zu Claudia! Der Gedanke an sie kommt spontan und unbewusst. Ja, ich gebe zu, ich vermisse sie mehr, als ich es für möglich gehalten habe. Es wird höchste Zeit, dass sie zurückkommt. Bald schon, morgen ist es so weit, tröste ich mich. Dann kehre ich zurück zu Kathrin Huber. »Sie wundern sich sicher über mein Äußeres«, eröffne ich das Gespräch mit der nötigen Erklärung, »Sie können mir glauben, ich habe mir diesen Tag ganz anders vorgestellt.«

»Bitte, nehmen Sie doch Platz. Man sagte mir, Sie arbeiten für die Kripo. Was also könnte einem deutschen Kriminalbeamten den Ausflug in die Natur verdorben haben?«

»Mord.«

»Mord? Hier in Babylon?« Sie korrigiert sich selbst. »Nein, nicht hier. Was täte ein deutscher Polizist außerhalb seines Zuständigkeitsbereichs? Ist zu Hause etwas passiert?« Sie wirkt völlig gelöst. Nichts deutet auf Anspannung oder gar Angst hin.

»Frau Huber. Ihr Vater ist tot. Es tut mir leid, aber er wurde vor etwa fünf Stunden erschossen.«

Jetzt sinkt Kathrin Huber doch in das weiche Leder ihres Direktorensessels zurück. Der Sekundenzeiger der Uhr an der Wand schafft eine halbe Umdrehung, ehe sie sich wieder gefangen hat. »Wie? Warum?« Ihre Augen suchen meine. Ich habe Erschütterung erwartet, doch die Tochter von Alois Huber bleibt gefasst. Ich halte meinen Bericht so kurz wie möglich. Dennoch kann ich ihr einige Details nicht ersparen.

»Ermordet? In seiner Werkstatt?« Kathrin Huber schüttelt den Kopf. Übliche Reaktionen auf das Unbegreifliche. Szenen, die ich schon oft erlebt habe. Zu oft!

»Frau Dr. Huber. Ich muss Sie leider mit einigen Standardfragen aus dem Handbuch des kriminalistischen Ermittlers belästigen. Hatte Ihr Vater Feinde?«

»Nun, Alois war nicht gerade beliebt in St. Ulrich, aber Feinde? Nicht, dass ich wüsste.«

Alois, nicht Papa. Das Verhältnis zwischen Tochter und Vater muss wahrlich zerrüttet gewesen sein. »Also niemand, dem er im Wege stand?«

Sie blickt mich verstehend an. »Sie denken, weil Alois die Grundstücke verkaufen wollte!«

»Der Zusammenhang lässt sich nicht von der Hand weisen, finden Sie nicht?«

»Aber ein Mord? So weit würde doch niemand gehen.«

»Auch die Osserriesen nicht?«

»Die Osserriesen? Warum sollten sie?« Sie beantwortet ihre Frage selbst. »Ach, Sie denken, weil ich die Grundstücke erbe. Und da ich nicht verkaufe, wäre das Projekt am Osser gestorben. Ist das nicht ein bisschen weit hergeholt?«

»Möglich, aber im Augenblick ermitteln wir in alle Richtungen. Also, was halten Sie von den Osserriesen?«

»Ich kenne kein Mitglied der Osserriesen, dem ich das zutrauen würde.«

»Sie kennen Mitglieder dieser Gruppierung?«

»Als Sprecherin des Aktionsbündnisses und gebürtige Einwohnerin von St. Ulrich kennt man alle Gegner des Pumpspeicherwerks. Im Gegensatz zu den Osserriesen haben wir uns jedoch entschlossen, mit den Mitteln des Rechtsstaates gegen die Zerstörung des Berges vorzugehen.«

»Hat Ihre Entscheidung mit Ihrer Karriere zu tun? Mit illegalen Aktionen in Deutschland wären Sie als Spielbankdirektorin auch in Tschechien kaum mehr tragbar.«

»Damit hatte es nichts zu tun. Es geht ums Prinzip, um Rechtstaatlichkeit. Einige der Osserriesen wollen das Projekt mit allen Mitteln verhindern. Ich bin mir nicht sicher, wie weit sie gehen würden, wenn alle rechtlichen Möglichkeiten ausgeschöpft sind. Petitionen, Klagen und Eingaben könnten nicht zum gewünschten Erfolg führen. Das würden sie nie akzeptieren. Hier im Wald gibt es einige Leute, die das Gesetz notfalls selbst in die Hand nehmen.« Nachdenklich lehnt sie sich zurück. »Nach Alois' Tod erben meine Schwester und ich die Grundstücke oben am Osser. So hat er es geregelt. Der Hof und das Geld für Lisa. Gabi und ich bekommen den Wald. Gabi würde verkaufen, ich, wie schon gesagt, nicht. Glauben Sie wirklich, dass jemand in diese Richtung kalkuliert?«

Die Suche nach dem Testament hat sich damit erledigt. Mel hat recht. Einfach die Schwestern fragen. Klar doch. Und Karl hat sich getäuscht. Alois hat Kathrin nicht enterbt.

»Das wäre immerhin möglich. Wundern Sie sich nicht darüber, dass Sie von Ihrem Vater in dessen Testament überhaupt bedacht werden?«

»Ich habe schon lange aufgehört, mich über Alois zu wundern. Wir hatten uns nicht mehr viel zu sagen.«

»Worum ging es bei ihrer letzten Auseinandersetzung gestern Abend?«

»Sie sind ja gut informiert. Maria Obermeier, richtig? Unser Streit? Ich weiß schon fast nicht mehr, worum es gestern ging. Es ist immer dieselbe Leier. Der Hof, das Speicherwerk, Mamas Tod. Ein Wort ergibt das nächste. Am Ende sind wir auseinandergegangen und die Kluft zwischen uns war größer als zuvor.«

»Haben Sie je versucht, Ihr Verhältnis wieder auf einen normalen Stand zu bringen?«

»Früher ja. Doch seit Mama tot ist, hat sich Alois immer mehr abgeschottet. Er wollte mit niemandem etwas zu tun haben. Ich glaube, früher hätte er nie einen Teil des Hofes verkauft. Zuletzt war ihm alles gleichgültig. Manchmal denke ich, er wollte nur die Leute im Dorf ärgern. Wäre die Mehrheit für das Bauprojekt, er hätte es verhindert. Mein Vater war schon sehr eigen, wissen Sie?«

»Ein Sturschädel?«

Sie nickt gedankenverloren.

Dann steht sie auf und blickt durch die Glaswand hinaus auf den Parkplatz und den Brunnen. »Er hat mir nie verziehen, dass ich den Hof nicht übernommen habe. Der Ledererhof ist seit acht Generationen im Besitz der Familie Huber und so sollte es nach seinem Willen auch bleiben. Ich hätte einen Bauern heiraten sollen. Aber ich bin nicht für die Landwirtschaft geboren. Das konnte er nicht akzeptieren.« Sie dreht sich wieder zu mir um. »Weiß Gabi schon davon?«

»Ja. Sie hat es erfahren, als sie zu Lisa ins Krankenhaus gerufen wurde.« Ihre Augen weiten sich erschrocken. Meine Worte haben ihr einen Schrecken versetzt.

»Lisa? Was ist mit ihr? Was hat sie mit der Sache zu tun?« Urplötzlich erhält die Fassade, die sie umgibt, Risse. Nichts ist mehr zu sehen von ihrer ursprünglichen Sicherheit. Ich habe zunächst die Anwesenheit des Mädchens bewusst ausgespart. Erst jetzt vollende ich meinen Bericht über den Tathergang. Ich bemühe mich, Kathrin Huber genau zu beobachten.

»Opa war nur der Erste? Was soll das bedeuten? Weitere Morde? Und Lisa? Wie geht es ihr?« Ihre Worte kommen jetzt gehetzt, abgehackt. Sie hängt wirklich an ihrer Nichte, denke ich.

»Dem Mädchen geht es gut.« So gut es einem eben geht, nachdem man einen grausamen Mord mit angehört hat, schränke ich meine Diagnose ein. »Sie ist im Krankenhaus in Cham. Dort gibt es eine Tagespsychiatrie mit ausgebildeten Fachleuten. Außerdem ist Ihre Schwester da.«

»Und der Mörder?«

»Wir können nur hoffen, dass wir es nicht mit einem Serientäter zu tun haben. Oder dass wir ihn fassen, bevor er erneut zuschlagen kann.«

Ich sehe, dass die Direktorin der lukrativsten Spielbank an der deutsch-tschechischen Grenze im Augenblick nichts mehr zur Klärung des Falles beitragen kann.

»Frau Huber. Das wär's für den Augenblick. Noch mal

mein Beileid zum Tod Ihres Vaters. Bitte halten Sie sich die nächsten Tage zu unserer Verfügung.«

»Danke. Ich werde sehen, ob ich mich von hier loseisen kann. Schließlich gibt es jetzt zu Hause einiges zu klären. Und ich möchte mich mit meiner Schwester treffen. Und Lisa besuchen«, fügt sie noch hinzu.

»Natürlich. Ach ja, eine Routinefrage noch: Wo waren Sie heute Vormittag zwischen acht und neun Uhr?«

»Ich? Zu Hause. Gestern bin ich von unserem Hof aus direkt hierher gefahren. Es ist abends etwas später geworden. In diesem Job gibt es keine geregelten Arbeitszeiten. Aber das kennen Sie ja, oder? Heute bin ich bis acht Uhr liegen geblieben. Dann kam Jana. Jana Breitmoser, meine Haushälterin. Ich koche selbst, aber für den Haushalt habe ich einfach kein Händchen. Jana kümmert sich darum und auch ums Haus. Heute war sie nur kurz hier. Hat mir frische Brötchen und die Zeitung gebracht. Jana ist eine Perle. Die gute Seele des Hauses. Manchmal frage ich mich, ob der Anton überhaupt weiß, was für ein Glück er mit ihr hat. Sie ging wieder um etwa halb neun. Und ich bin dann um etwa halb elf gefahren.«

»Und in der Zwischenzeit?«

»Na, eine Runde joggen, Frühstück, Duschen und so weiter. Ich habe mir Zeit gelassen. Heute wollte ich den Tag mal locker angehen. Die letzte Nacht gab es im Casino Unstimmigkeiten mit der Abrechnung. Nach dem Stress hier dachte ich, ich gönne mir ein paar Stunden Ruhe.«

»Verstehe. Noch mal danke. Wir melden uns sicher wieder bei Ihnen.« Damit drehe ich mich um und gehe zur Tür.

»Herr Buchmann!«

»Ja!«

»Bei dem Streit gestern. Mein Vater sagte etwas Seltsames.«

»Ja?«

»Er beschimpfte mich, ich wäre so verrückt wie der Kurt.«

»Kurt Obermeier?«

Sie nickt. »Kurt ist geistig behindert, aber ein netter Kerl.«

»Was ist dann seltsam daran?«

»Mein Vater sagte noch, das läge uns beiden wohl im Blut.«

»Im Blut? Was könnte er damit gemeint haben?«

Sie zuckt mit den Schultern. »Ehrlich gesagt: Ich habe keine Ahnung.«

MARIA

Maria Obermeier konnte sich nicht erinnern, jemals so viel Angst empfunden zu haben. Die Unruhe hatte sich bereits vor einigen Tagen eingestellt, als Kurt den Brief gefunden hatte. Den Brief, in dem ihre Schwester Annemarie schon damals, wenige Tage nach Kurts Geburt, den Verdacht geäußert hatte. Annemarie war während des Krankenhaus-

aufenthalts ihres Schwagers ein paar Wochen in Engelsgrub gewesen, um ihre Schwester bei der harten Arbeit
auf dem Hof zu unterstützen. Dabei waren ihr vielleicht
die begehrlichen Blicke des jungen Alois Huber nicht entgangen, die schüchternen Berührungen, die regelmäßigen
Besuche. Ein freundschaftlicher Stups, ein kurzer Kontakt
der Hände, ein tiefer Blick in die Augen. Annemarie war
eine gute Beobachterin gewesen und sie konnte eins und
eins zusammenzählen. Später, als sie von der Schwanger-
schaft der Schwester erfahren hatte, war ihr, wie vielleicht
manch anderem auch, klar gewesen, dass Korbinian nicht
Kurts Vater sein konnte. Und sie hatte diese Ahnung nicht
für sich behalten, sondern Maria damit konfrontiert. Sie
hatte sich jedoch gescheut, ihrer Schwester die Anschul-
digung ins Gesicht zu sagen, und so hatte sie ihr einen
Brief geschrieben. Und sie, Maria, hatte den Brief nicht
vernichtet! Sie hatte ihn versteckt und schließlich vergessen. Und Kurt, ihr Kurt hatte ihn gefunden. Wie dumm
von ihr und wie dumm, dass er lesen konnte. Dabei war
sie nie so stolz gewesen wie damals, als er ihr mit stam-
melnden Worten die ersten Sätze aus der Zeitung vorge-
lesen hatte. Sie hatte viel Geduld, Zeit und auch Geld aufgebracht, um ihm dies beizubringen. Ihr Sohn sollte am
Leben teilhaben können, so gut es eben ging. Doch dann
fand er die Zigarrenschachtel und ihren Inhalt unter den
alten Bettlaken, die sich im Schrank des seit Jahren unge-
nutzten Kinderzimmers stapelten. Der dumme Brief, den
sie hätte vernichten sollen und doch entgegen besseren
Wissens aufbewahrt hatte. Er hatte Kurt in ein Gefühlsge-
witter gerissen, wie sie es seit dem Tod seines Vaters nicht
mehr erlebt hatte.

Seines Vaters!

Maria schüttelte verzweifelt den Kopf. Kurt hatte einen Vater gebraucht, eine Rolle, die Korbinian perfekt ausgefüllt hatte. Seinen Tod hatte ihr Sohn wochenlang nicht verwunden. Und er hatte auf die plötzliche Leere mit einer nie gekannten Aggressivität reagiert. Am Schluss waren Medikamente nötig gewesen, um ihn zu beruhigen. Als alles vorüber gewesen war, hatte das Leben ohne Korbinian seinen Lauf genommen. Maria hatte den kleinen Hof, so gut es eben ging, weitergeführt. Ihre ebenso kleine Rente reichte gerade, um sie und Kurt über die Runden zu bringen. Kurz darauf hatte er sich wieder so verhalten wie zuvor. Sie konnte nicht sagen, ob das an den Medikamenten lag, die er von da an regelmäßig verabreicht bekam. Jedenfalls war alles wieder wie früher. Ihr Sohn sprach und dachte langsam, aber bei der Arbeit auf dem Feld und im Wald erwies er sich als brauchbare Hilfe.

Bis er den Brief gefunden hatte. Zuerst hatte er sich fast genauso verhalten wie nach dem Tod ihres Mannes. Doch nur für ein paar Stunden. Dann war alles ganz anders verlaufen. Völlig unerwartet hatte Kurt sich von ihr zurückgezogen. Nicht nur von ihr, sondern von der ganzen Welt. Sie hatte gehofft, dass sich das wieder legen würde, dass ihr gemeinsames Leben seinen gewohnten Gang gehen würde.

Bis heute! Bis sie den Schuss gehört hatte. Es war, als wäre sie getroffen worden. Eine unsichtbare Kugel hatte ihr Herz durchbohrt.

»Kurt, nein!«, hatte sie geschrien, doch niemand hatte sie gehört. Sie war in Panik geraten und hatte die Polizei gerufen. Und jetzt wusste sie unwiderruflich, dass Alois Huber erschossen worden war. Sie musste Gewissheit haben. Die Antwort auf ihre Fragen lag oben auf dem Dachboden.

Maria quälte sich die Leiter hinauf unter das Dach. Staub und Spinnweben empfingen sie. Durch gläserne Dachziegel fiel spärliches Licht. Gerade genug, um die Holzkiste zu finden. Ihr verstorbener Mann hatte sie hier oben versteckt und in ihr die Geheimnisse seines Lebens. Die alten SS-Abzeichen seines Vaters und das Parteibuch der NSDAP, Schützenschnur und Eisernes Kreuz, und ganz unten, eingewickelt in ein öliges Tuch, die Pistole. Sie wusste nicht, woher er sie hatte und welches Fabrikat es war. Sie interessierte sich nicht für solche Dinge. Deshalb hatte sie ihrem Mann auch nie erzählt, dass sie die Waffe gefunden hatte, damals, beim Stöbern auf dem Dachboden. Einmal hatte sie die schwere Pistole in die Hand genommen und gespürt, wie eine gewisse Faszination von diesem Ding ausging. Nur für Sekunden, dann hatte sie sie, erschrocken über sich selbst, wieder in das Tuch gewickelt und vorsichtig ganz unten in die Kiste gelegt.

Und jetzt? War die Waffe noch da? Wusste auch Kurt von ihr? Vor Aufregung und Angst zitternd setzte sie sich neben die Kiste. Sie wagte es kaum, den Deckel hochzuheben, doch sie hatte keine andere Wahl.

Maria öffnete die Kiste und schob all die anderen Dinge beiseite. Ihr Herz stand still.

Die Waffe war verschwunden! In diesem Augenblick hörte sie die Tür. Es war diese ganz spezielle Art, ins Haus zu kommen. Fast sanft den Knauf drückend, die Tür schnell öffnend, fast lautlos in die Diele tretend und dann langsam die Tür wieder schließend. Sie hätte den Besucher unter Tausenden erkannt. Kurt war endlich nach Hause gekommen.

MEL

»Kannst du mir erklären, was das da eben war?«, wandte sich Mel an Sven, kaum dass Moritz den Raum verlassen hatte. Sven stocherte in den Resten seines Salates und sah sie fragend an. »Was meinst du?«

»Soll das ein Witz sein? Wieso ist dich Moritz so angegangen? So kenne ich ihn gar nicht?«

»Wie gut kennst du ihn denn?«

»Moritz? Wir haben in bestimmt schon fünf Fällen zusammengearbeitet. Letztes Jahr hat er den Mord an einem alten Mann fast im Alleingang aufgeklärt.«

»Ich weiß. Stand in den Zeitungen. Außerdem habe ich mir die Akte Georg Koller durchgelesen. Moritz Buchmann ist ein durchaus fähiger Ermittler. Aber das meinte ich nicht. Wie gut kennst du den Menschen Buchmann?«

Mel zögerte. Gute Frage! Wie gut kannte sie Moritz eigentlich? Sie wusste, dass er eine Trennung der eher harten Art hinter sich hatte, dass danach sein einziger Freund Johnnie Walker hieß, bis Marcel Biedermann in sein Leben getreten war und ihn aus dem Sumpf gezogen hatte. Moritz hatte ihr auch seine Liebe für die Großstadt München und seine Abneigung dem ländlichen Raum gegenüber nicht verschwiegen. Und schließlich war ihr nicht entgangen, dass diese Abneigung im letzten Jahr in gemäßigte Begeisterung umgeschlagen war und dieser Umschwung nicht zuletzt mit dem Namen Claudia Schedlbauer zusammenhing.

Das war's! Nicht wirklich viel, das musste sie zugeben. Aber musste es mehr sein? Schließlich sah sie Moritz höchstens einmal im Jahr für eine längere Zeit und das auch nur, wenn sie ein Mord zusammenführte. Und in diesen Tagen hatte er sich stets als loyaler und – ja, das Wort passte – treuer Kollege erwiesen. Privat führten sie ihr eigenes Leben und von dem wussten sie gegenseitig nicht mehr, als nach ihrer Meinung nötig war.

»Gut genug, um zu wissen, dass sein Verhalten dir gegenüber äußerst ungewöhnlich war. Hat er dich wirklich für diesen Fall angefordert?«

Sven schwieg verlegen, dann folgte ein kaum erkennbares Kopfschütteln. »Ich wollte diesen Einsatz, habe mich darum beworben«, sagte er leise. Er stand auf und sah ihr in die Augen. »Als ich zur Kriminalpolizei ging, hatte ich eine etwas romantisierende Vorstellung von der Arbeit hier. Doch dann habe ich die Aufnahmeprüfung nicht geschafft. Das hieß dann Innendienst. Ich bin ziemlich gut am Computer und so wurde ich auch eingesetzt: Internetkriminalität und so weiter. Acht Stunden am Tag in einem Kämmerlein beim LKA vor dem Bildschirm. Die Ergebnisse per E-Mail an die Arbeitsgruppe, ein Treffen pro Woche. Ich war total desillusioniert. Dann bekam ich eine zweite Chance. Die Möglichkeit einer zweiten Prüfung und diesmal habe ich es geschafft. Ich habe während der folgenden Ausbildung gebüffelt wie verrückt. Bin sogar einem Schützenverein beigetreten, um meine Schießergebnisse zu verbessern. Der Lohn war der viertbeste Abschluss meines Jahrgangs. Meine Abschlussarbeit schrieb ich über den Fall Georg Koller.«

»Wow. Das heißt, du bist ein Fan von Moritz?«

»Na ja, das vielleicht nicht gerade. Aber seine Erfolgsquote ist schon erstaunlich hoch. Obwohl das in der Personalstelle anscheinend niemand bemerkt.«

Mel überlegte: »Schön, du hast dich für diesen Fall

gemeldet. Du wolltest einen Außeneinsatz. Und Schulz hat deinem Gesuch stattgegeben. Das erklärt aber nicht, warum Moritz dich offensichtlich nicht besonders mag.«

Sven starrte auf den Boden. Das Ganze war ihm erkennbar peinlich, doch er schien Mel zu mögen. »Da gibt es noch die Sache mit meinem Onkel.«

»Dein Onkel? Was hat denn der damit zu tun?«

»Theodor Steindl ist Landtagsabgeordneter. Das ist nicht weiter schlimm, aber er meint, der ganzen Verwandtschaft verpflichtet zu sein. Ich denke, er will uns nur beweisen, welchen Einfluss er hat. Und ich Idiot habe ihm bei einer Familienfeier mein Leid geklagt. Damals, als ich noch im Kämmerlein saß. Er sah sich daraufhin genötigt, meine Einsatzleitung anzurufen und sich zu beschweren.«

»Ach du dickes Ei!« Mel konnte sich gut vorstellen, wie die Kollegen auf diesen Anruf reagiert hatten.

»Genau! Monsterdickes Ei! Hat sich rumgesprochen wie ein Erdbeben. Damit hatte ich meinen Ruf weg. Alles, was ich in der Folge geschafft habe, wurde meinem Landtagsonkel zugeschrieben.«

»Klar. Mit so was sammelst du auf der Beliebtheitsskala Minuspunkte. Hast du nicht versucht, den Kollegen die Sache zu erklären?«

Er zuckte mit den Schultern. »Um das Ganze noch schlimmer zu machen? Aber was soll's! Ich werde in diesem Fall mein Bestes geben und beweisen, dass ich es kann. Alleine kann.«

»Nicht allein. Wir sind ein Team, das darfst du nie vergessen. Wir lösen unsere Fälle gemeinsam.«

Sven nickte ernst. »Dann lass uns damit anfangen. Ich fahre nach Bad Kötzting. Hoffentlich hat dieser Loibl die Unterlagen schon beisammen.«

»Nicht *dieser* Loibl! Karl Loibl ist ein guter Polizist. Auch wenn er kein Kriminalbeamter ist, hat er uns durch seine Kenntnisse von Land und Leuten Einiges voraus. Du solltest das respektieren.«

»Tu ich ja.«

»Dann sag das auch.« Damit ließ sie ihn stehen. Sie hatte noch genug zu tun. Gabi und Jochen Schreiner mussten noch einige Frage beantworten.

ICH

»Aah! Die wohlige Wärme des Wassers ist ein Genuss. Dampfschwaden ziehen durch das kleine Badezimmer und lassen Spiegel und Fenster beschlagen. Diese Wohltat könnte nur noch Claudias Anwesenheit steigern. Anstelle mit mir die Badewanne zu teilen, ist sie jedoch gerade dabei, ihre Arbeit in Norwegen abzuschließen und sich dann – hoffentlich – so schnell wie möglich auf den Weg hierher zu machen. Vorfreude ist zwar angeblich die größte Freude, aber so langsam bin ich ihrer überdrüssig. Claudia im Arm zu halten, wäre mir deutlich lieber.

Na, wenigstes werde ich so nicht von meiner Ermittlungsarbeit abgelenkt, versuche ich der Situation etwas

Gutes abzuringen. Nicht gerade mit durchschlagendem Erfolg. Die Badewanne allein ist nur ein bescheidener Trost. Außerdem hätte ich gleich die Polizeiinspektion aufsuchen müssen. Doch ich hatte genug von Wanderstiefeln und Funktionshemd. Also habe ich Bad Kötzting erst einmal links liegen lassen und bin nach Kirchbach heimgefahren. Na gut, *heim* ist wohl nicht ganz richtig. Meine Heimat liegt noch immer an der Isar und nicht am Regen. Aber nach nun zahlreichen Aufenthalten im Bayerischen Wald ist das Haus Schedlbauer fast zu einer zweiten Heimat für mich geworden. Dazu tragen nicht zuletzt Theresa Bielmeier und Rosa Geiger ihren erheblichen Anteil bei. Mit den beiden älteren Damen bin ich regelmäßig in Kontakt. Rosa verwöhnt mich so oft wie möglich mit ihrem unvergleichlichen Kaffee und dem neuesten Dorftratsch. Und sie überwacht das Ergebnis ihrer Arbeit: Denn sie war es, die mich mit Claudia bekannt gemacht hat. Die dralle Mittfünfzigerin, mit dem Talent ein geniales Frühstück zu zaubern und nebenbei meine Gedanken zu lesen, ist sichtbar stolz auf den Lohn ihrer Bemühungen. Angeblich war es ganz einfach gewesen. Claudia hatte Wort gehalten und mich als Wanderführerin auf die Gipfel der Bayerwaldberge geführt. Die Chemie stimmt, hatte ich meinem Freund Marcel erklärt. Dann, kaum dass die Glocken von Sankt Elisabeth in Kirchbach das neue Jahr eingeläutet hatten, zog ich von Rosas *Pension Sonnenschein* ins Haus Schedlbauer um. Mit der Billigung von Claudias Eltern und von Rosa Geiger, der ich nun zwar als Gast fehle, aber als Freund erhalten bleibe.

Ich drehe das Wasser noch eine Stufe heißer. Ergebnislos! Der erhoffte Effekt bleibt aus. Für gewöhnlich treibt das fließende Wasser die Räder der Maschine in meinem

Kopf an wie das Rad einer Mühle. Es ist diese Maschine, die am Beginn der Ermittlungen still und regungslos vor sich hin zu rosten beliebt. Dann, mit zunehmenden Informationen gefüttert, setzen sich erst einzelne, dann immer mehr Zahnräder in Bewegung, nehmen, angetrieben von Indizien, Beweisen, Verhören und Spuren, andere mit und wenn dann die ganze Maschine läuft, gut geölt und ohne zu ruckeln, präsentiert sie mir den Täter. Doch davon bin ich noch weit entfernt. Nur einige wenige Zahnräder drehen sich träge, einsam und ohne in die Mechanik der Maschine einzugreifen. Osserriesen, Pumpspeicherwerk, Aktionsbündnis, OBAWAG, Lisa, Gabi, Frau Dr. Huber und Maria Obermeier steht auf ihnen geschrieben. Noch nichts, was sie verbindet. Und auf einem abgelegenen Rädchen, ganz hinten in der Mechanik, prangt der Name Kurt Obermeier. Warum hat Kathrin Huber den behinderten Sohn der Nachbarin ins Spiel gebracht? Genau wie Sven. Übersehe ich etwas?

»Es liegt uns beiden wohl im Blut.« Damit kann ich nichts anfangen.

»Opa war nur der Erste.« Damit schon.

Die Sache kann noch hässlich werden. Aber so richtig hässlich. Es hilft nichts. Ich komme nicht weiter. Ich stelle das Wasser ab, steige aus der Wanne und ziehe mir warme Sachen an.

Es wird Zeit, mich auf den Weg zu machen.

*

»Servus. Bitte, kommt doch herein.«

»Danke. Ich sehe, wir haben ein richtiges Besprechungszimmer.« Mel und ich haben uns vor der PI Bad Kötzting getroffen und das kleine, moderne Gebäude gleichzeitig betreten.

»Natürlich. Wenn man schon neu baut, dann auch richtig.« Wir folgen Karl Loibl in den hellen, zweckmäßig eingerichteten Raum am Ende des Flures. Die hiesige Vertretung der Staatsmacht versteckt sich hinter einem Autohändler und einem Supermarkt, ist aber gut zu erreichen. Das Navi lasse ich aus, denn seit dem Tod von Georg Koller kenne ich den Weg in die Pfingstreiterstraße. Sven ist noch nicht hier. Die Neuigkeiten müssen noch warten. Karl Loibl tischt Gläser und Wasser auf. Der Polizeihauptmeister scheint – trotz der für ihn sicher ungewohnten Situation – die Ruhe selbst. Ich kann mir gut vorstellen, wie es in ihm aussieht. Ein Mord ist hier nichts Alltägliches.

Ein Mord ist nie etwas Alltägliches!

Der Provinzpolizist geht mit dem Geschehen äußerst professionell um. Ein guter Polizist!

»Wo ist Sven?«

Die Frage erübrigt sich. Sven hat die Polizeiinspektion ebenfalls gefunden. »Hallo, zusammen!«

Wir setzen uns. Mit wem soll ich beginnen? Ich entscheide mich für Melanie. »Nun gut. Fangen wir an. Gabi und Jochen Schreiner«, spiele ich ihr den Ball zu.

»Hab ich noch einzeln befragt«, nimmt Mel die Vorlage auf. »Die beiden befanden sich am Krankenbett von Lisa, als ich dort ankam. Dem Mädchen geht es, soweit ich das beurteilen kann, nicht so prächtig. Lisa hat seit dem Mord nichts mehr gesagt. Ich konnte mit einem der Psychologen dort sprechen. Er meinte, sie blockt im Augenblick alles ab. Die Behandlung hat noch nicht richtig begonnen und er konnte nicht sagen, wie lange es dauern wird, bis er zu ihr durchdringen kann. Immerhin ist sie erst sieben Jahre alt. Da wiegt so ein Erlebnis noch schwerer als bei einem Erwachsenen. Ich hab mir dann Jochen Schreiner vorgenommen.

Ich habe den Eindruck, Jochen hatte auch zu Alois Huber einen relativ guten Draht. Unser Opfer scheint ansonsten nicht sonderlich beliebt gewesen zu sein. Jochen sagte, Alois habe sich fast mit dem ganzen Dorf zerstritten. Es war ihm völlig gleichgültig, was die Leute über ihn dachten. Auch als bekannt wurde, dass er an die OBAWAG verkaufen wollte und aus dem Dorfgeschwätz Beschimpfungen und Drohungen wurden, hat ihn das kalt gelassen.«

»Weiß Jochen Schreiner, was Alois mit dem Geld vorhatte, das er für die Grundstücke bekommen hätte?«

»Du meinst, ob er und Gabi den Rahm abgeschöpft hätten? Laut Jochen hat sich Alois darüber nie ausgelassen. Aber ich denke, die beiden konnten sich Hoffnungen auf eine kräftige Finanzspritze machen. Und ich glaube, sie hätten es auch nötig.«

»Warum das denn?«

»Jochen hat gestern gearbeitet. Obwohl er ein Familienmensch ist und an Pfingsten sicher lieber zu Hause gewesen wäre. Er arbeitet in einer großen Elektrofirma in Zandt und hat freiwillig Feiertagsschicht geschoben. Wegen der Zulagen, sagte er. Also braucht er Geld.«

»Aber damit hat er auch ein Alibi«, spricht Sven unsere Gedanken aus.

»Und Gabi?«

»Hat kein Alibi. Sie arbeitet als Kindergärtnerin in Rimbach und war gestern zum Zeitpunkt des Mordes zu Hause. Sie hat nach ihrer Aussage die Zeit, in der Lisa bei ihrem Opa war, genutzt, um den Haushalt wieder einmal auf

Vordermann zu bringen. Etwa um halb zehn hat sie sich kurz mit der Nachbarin unterhalten. Ich habe das überprüft. Die Nachbarin bestätigt, dass sie mit Gabi gesprochen hat. Aber für den Rest des Vormittags gibt es keine Zeugen, die Gabis Aussagen belegen.«

»Hätte sie ein Motiv?«

Mel schüttelt den Kopf. »Wenn Kathrins Aussage stimmt, hat Lisa Anspruch auf den größten Teil des Erbes. Den Hof und das Geld. Wie viel das ist, müssen sie noch ermitteln. Der Wald, den Kathrin und Gabi erben, würde erst durch das Pumpspeicherwerk richtig wertvoll. Gabi weiß, dass sie ihn ohne ihre Schwester nicht verkaufen kann. Warum also sollte sie ihren Vater wegen des Erbes töten?«

»Irgendwelche andere Gründe? Welchen Eindruck haben die Schreiners auf dich gemacht, Mel?«

»Na ja, sie haben sich mit Alois ganz gut vertragen. Soweit das eben möglich war. Ich würde nicht behaupten wollen, dass Gabi ihren Vater geliebt hat. Alois war anscheinend niemand, dem man große Gefühle entgegenbringen konnte. Mit Ausnahme von Lisa. Sie war wahrscheinlich der einzige Mensch, an dem er gehangen ist. Und sie mochte ihren Opa auch. Sagen jedenfalls übereinstimmend Gabi und Jochen. Wenn es da nicht noch etwas Verborgenes zwischen ihnen und Alois gibt, sehe ich im Augenblick keinen Grund für die beiden, seinen Tod zu wollen.«

»Dann doch ein Gegner des Pumpspeicherwerks«, überlegt Sven.

»Möglich. Aber die Osserriesen? Sie hätten wohl kaum ihr Zeichen am Tatort und in diesem Fall sogar am Opfer hinterlassen.«

»Kaum«, meldet sich Sven. »Ich habe mir die Liste der Bad Kötztinger Kollegen durchgesehen. Diese ist zwar sicher nicht vollständig und die fanatischsten unter ihnen sind auch den hiesigen Kollegen nicht bekannt. Einige stammen sogar aus Tschechien. Vielleicht können wir herausfinden, ob sie dort schon als kriminell aufgefallen sind?«

»Gut, das erledige ich. Ich brauche noch ihre Namen.« Ich denke an Wolfgang Niebel. Ich werde meinen alten Freund wieder einmal um einen Gefallen bitten müssen. Als Leiter der Zollinspektion Furth im Wald hat er sicher die nötigen Kontakte zu den offiziellen Stellen östlich der Grenze. Und auch zu manch inoffizieller.

»Ich kann mir aber beim besten Willen nicht vorstellen, dass jemand von diesen Leuten einen Mord begehen würde«, fährt Sven fort. »Aber es könnte ja noch andere Interessen geben, die gegen eine Verwirklichung des Bauprojekts sind.«

»Ach ja? Dann lassen Sie mal hören.«

»Tja, ich habe die OBAWAG ein bisschen durchleuchtet. Gewerbeanmeldung, Eintragung im Handelsregister und diverse Internetseiten der Firma.«

»Und?«

»Auf den ersten Blick nichts Auffälliges. Eine nicht börsennotierte AG mit dem Geschäftsführer Dr. Holger Tandetzki. Keine unseriösen Geschäftspraktiken bekannt, keine Insolvenzen. Das ist aber auch kein Wunder, wurde die Gesellschaft doch nur gegründet, um im Bayerischen Wald ein Pumpspeicherprojekt durchzuführen. Interessanter wird es beim Blick auf die Anteilseigner der Firma. Herr Martin Schweiger vom Bankenverband und Frau Dr. Inge Rohrmüller sind hier ebenso vertreten wie einflussreiche Geschäftsleute aus Regensburg und Umgebung.«

»Frau Rohrmüller? Die Bundestagsabgeordnete? Da schau her.« Mel lehnt sich genüsslich zurück.

»Ja, aber Hauptaktionär ist die WWSB. Die Wind-Wasser-Sonne-Förderbank. Sie hat sich auf die Förderung ökologischer Projekte spezialisiert. Und sie ist gleichzeitig der wichtigste Geldgeber für das Projekt.«

»Neben dem Staat als Zuschussgeber«, ergänzt Karl Loibl.

»Und damit dem Steuerzahler«, sagt Sven und nickt.

»Woher weißt du das?«, will Mel wissen.

Sven grinst breit. »Oh, ich habe einen guten Freund bei der Bezirksfinanzdirektion.«

»Damit sind diese Informationen illegal beschafft und helfen uns nicht weiter.« Mein Einwand klingt spießig, trifft aber zu.

»Müssen sie auch gar nicht.« Sven wirft einen Blick auf sein Laptop vor ihm. »Alle diese Personen und Geldgeber können nur daran interessiert sein, dass das Projekt durchgeführt wird, und kommen damit als Täter oder Hintermänner nicht infrage. Aber …« Er sieht sich genüsslich um. Ich gewähre ihm die dramaturgische Kunstpause. »… der Osser ist nicht der einzige Berg, auf dem ein Pumpspeicherwerk gebaut werden soll. Es gibt noch eine weitere Variante im unteren Wald bei Passau. Das Pumpspeicherwerk Riedl nutzt das Kraftwerk Jochenstein und damit die Donau als Unterbecken. Dennoch ist auch Riedl umstritten. Wie immer gibt es eine Bürgerinitiative. Und mächtige Geldgeber. Die Österreicher mischen mit der Verbund AG mit, Deutschland mit der Rhein-Main-Donau AG und der E.ON-Wasserkraft. Weder die Frau Bundestagsabgeordnete noch die WWSB sind hier mit von der Partie. Die haben, als sie ausgebootet wurden, die OBAWAG gegründet und ihr Projekt am Osser gestartet.«

»Aber was hat das Werk in Riedl mit dem am Osser zu tun? Wo liegt die Verbindung?« Karl Loibl sieht Sven neugierig an.

»Es soll geheime Absprachen geben, wonach im ostbayerischen Grenzgebiet politisch nur ein Pumpspeicherwerk durchzusetzen ist. Mehr sei der Region ökologisch nicht zuzumuten.«

Wohl eher wahltaktisch nicht, denke ich.

»Und es geht hier um EU-Mittel. Fest steht jedenfalls, dass nur ein Pumpspeicherwerk gefördert wird.«

»Das heißt: keine Zuschüsse und Bewilligungen für Riedl, wenn am Osser gebaut wird«, folgert Mel.

Sven nickt. Ich muss im Stillen zugeben, dass unser junger Kollege gute Arbeit geleistet hat. Hätte ich ihm so nicht zugetraut. Hier liegt ein nachvollziehbares Motiv.

»Über welche Summe sprechen wir hier eigentlich?«, will Mel wissen.

»Für das Projekt am Osser sind derzeit 150 Millionen veranschlagt«, antwortet Karl. »Stand erst letzte Woche in der Zeitung.«

Mel pfeift leise durch die Zähne. »Da kommen wir einem Mordmotiv doch schon deutlich näher, was?«

»Töten, um den Osser zu verhindern und damit Riedl zu ermöglichen? Möglich, ja! Aber das würde auch bedeuten, dass es noch mehr Tote geben wird.«

Karl schluckt. »Gabi und Jochen Schreiner.«

»Kathrin Huber erbt erst, wenn auch sie tot sind.« Meine Worte klingen kühl und sachlich. Innerlich zittere ich bei dem Gedanken.

»Apropos Kathrin Huber. Was hast du bei ihr herausgefunden?« Mel sieht mich fragend an.

»Kathrin Huber? Hm. Eindeutig eine bemerkenswerte Frau.«

»Ach ja? Und was macht sie so bemerkenswert?«

»Nun, Kathrin Huber ist eine gut aussehende, eloquente, charmante und sympathische Frau. Eine Frau mit Format eben. Es wundert mich nicht, dass sie allseits beliebt ist.«

Karl Loibl nickt bestätigend. »Bis auf wenige Ausnahmen hat sie nur Freunde hier. Nur wenige neiden ihr ihren Erfolg. Wohl auch, weil sie sich gegen das Pumpspeicherwerk engagiert und auch sonst für soziale Projekte eintritt. Für Morgen hat sie zum Beispiel eine Benefizveranstaltung für die in Sankt Ulrich lebenden Asylbewerber organisiert. Zusammen mit dem Kindergarten und dem Frauenbund sollen die Kinder der syrischen Familien, die in der Asylunterkunft leben, mit deutschen Kindern zusammengebracht werden, um sie besser zu integrieren. Den Anfang soll ein Begegnungstag im Lohberger Tierpark machen.«

»Hört sich vernünftig an«, meint Sven.

»Wie hat sie auf die Nachricht vom Tod ihres Vaters reagiert?«, will Mel wissen.

»Emotional eher kühl. Das Verhältnis zwischen den beiden war offensichtlich seit Jahren mehr als angespannt. Laut Kathrin Huber hat ihr der Vater nicht verziehen, dass sie die Familientradition auf dem Hof nicht fortsetzen wollte. Ich hatte nicht den Eindruck, der Tod ihres Vaters habe sie erschüttert. Sie reagierte eher kalkulierend. So als ob sie die Folgen für sich abschätzen würde. Aber als ich Lisa erwähnte, ist sie in Panik geraten. Sie macht sich Sorgen um sie. Wenn das gespielt war, war es aber richtig gut.«

»Ich sagte ja schon, dass sie an dem Mädchen hängt«, erklärt Karl. »Sie ist das einzige Bindeglied zwischen Kathrin und ihrer Familie. Obwohl sie, soweit ich weiß, mit ihrer Schwester und Jochen keinen Streit hat.«

»Kathrin Huber wird die nächsten Tage in Sankt Ulrich verbringen. Sie muss sich schließlich um die Formalitäten im Zusammenhang mit dem Tod ihres Vaters kümmern. Sie steht uns für weitere Fragen somit zur Verfügung.«

»Was meinst du, käme sie als Täter infrage?«

»Sie hat für die Tatzeit kein Alibi. War angeblich allein zu Hause. Aber ein Motiv sehe ich nicht. Wenn wir sie auch nicht von unserer Liste streichen sollten, so denke ich doch, wir müssen uns mehr auf die Konkurrenzsituation zwischen den beiden Bauprojekten konzentrieren. Sven, Sie recherchieren weiter in der Riedl-Sache. Mel, du könntest morgen mal bei den lokalen Zeitungen vorbeischauen. In den letzten Monaten wimmelten die vor Artikeln und Leserbriefen um das Pumpspeicherwerk. Vielleicht findest du hier etwas Brauchbares, Drohbriefe oder so was. Ich werde mich mal in der Gemeinde umhören. Wir treffen uns spätestens um zehn Uhr in der *Post*.«

»Äh!«, räuspert sich Sven. »Ich würde gern die Obermeiers im Auge behalten. Die Sache mit Kurt Obermeier scheint mir doch noch etwas unklar zu sein.«

»Ich verstehe Sie nicht. Sie haben uns soeben die erste vernünftige Spur aufgezeigt. Konzentrieren Sie sich auf diese und lassen Sie die Geschichte mit dem Obermeier. Sie haben heute gute Arbeit geleistet. Verderben Sie diesen Eindruck jetzt nicht.« Soll ich Kathrins Hinweis auf

Kurt Obermeier erwähnen? War es überhaupt ein Hinweis? Ich entscheide mich für Nein.

»Noch etwas«, unterbricht Mel meine Gedanken. »Die KTU hat die Tatwaffe festgestellt. Alois Huber wurde mit einer CZ 75, Kaliber 9 mm erschossen.«

»Kein Wunder«, meint Karl. »Tschechisches Modell. Die kann man drüben bei den Vietnamesen an jedem zweiten Stand kaufen. Wird schwierig sein, den Weg der Waffe zurückzuverfolgen.«

»Na gut. Das war's für heute. Morgen geht es früh los. Karl, eine Sache noch. Ich weiß, dass wir für Gabi Schreiner keinen Personenschutz anfordern können. Dafür ist die Beweislage zu dünn. Unsere Vermutungen reichen da nicht aus. Könnt ihr von der PI dennoch ein Auge auf Sie werfen? Keine Rundumbeobachtung. Nur hin und wieder vorbeischauen?«

»Gut. Aber unsere Inspektion ist mit dem Pfingstritt voll beschäftigt. Hochsaison sozusagen. Ich werde dennoch versuchen, ein paar Minuten für die Schreiners abzuzwicken.«

»Danke. Bis Morgen dann.«

Wir trennen uns und ich glaube, uns alle beschäftigt der gleiche Gedanke: Hoffentlich war Opa doch der Letzte!

JANA

»Schau dir die Schnecken an!« Günther pfiff leise durch die Zähne. Auch Anton sah den beiden jungen Urlauberinnen nach, bis die Tür zur Touristinfo gegenüber ihn dieser Freude beraubte.

»Prost.« Günther hob sein Weizenglas – das zweite –, um mit Antons sechstem Weizen anzustoßen.

»Prost«, antwortete dieser. Die beiden Nachbarn ließen diesen Pfingstsamstag vor dem *Milano* ausklingen. Sie hatten einen harten Arbeitstag hinter sich und sahen es als ihr gottgegebenes Recht an, nun die Zeit totzuschlagen. Nicht dass Anton wirklich gearbeitet hätte, und es war auch nicht zum ersten Mal in dieser Woche, dass er seinen Alkoholspiegel in Regionen trieb, die für Normalbürger in einem Vollrausch enden würden. Anton Breitmoser aber spürte kaum die drei Liter Bier, die er in der letzten Stunde getrunken hatte. Diese konnten dem Berg von einem Mann nichts anhaben. Außerdem war er gut im Training. Nun gut, sein körperlicher Zustand war schon besser gewesen. Damals, als er den elterlichen Hof geerbt und sich mit Feuereifer daran gemacht hatte, diesen zu führen. Einige missglückte Geschäfte später hatte er erkennen müssen, dass er nicht das Zeug zum Bauern hatte. Er hatte Futter zu teuer gekauft und Fleisch zu billig verkauft. Ein völlig überdimensionierter Traktor hatte schließlich die letzten Geldreserven aufgezehrt. Seiner enormen körperlichen Kraft stand einfach sein mangelnder Geschäftssinn im Weg. Der Abstieg des Hofes und seines Jungbauern war im gleichen Tempo erfolgt. Dabei hatte Anton den Niedergang durch rasch steigenden Alkoholkonsum professionell beschleunigt. Auf dem täglichen Stundenplan standen ein paar Bierchen mit seinen Freunden, genauso wie Frühstück und Abendessen.

So auch heute. Na ja, Günther Aschenbrenner zählte nicht gerade zu seinem engsten Freundeskreis, doch was es heute zu besprechen gab, betraf nur sie beide.

Der ebenso junge wie ebenso erfolglose Nachbar des Moserhofes betrachtete Anton mit einer Mischung aus Angst und Neugier. Jeder in Sankt Ulrich hatte Angst vor den fast zwei Metern Jähzorn und Kraft, die in Anton Breitmoser steckten. Muskelbepackt und unberechenbar war er zum Schrecken jedes Dorffestes und jedes Bierzeltes geworden. Schlägereien endeten schnell, wenn er sich ins Getümmel der fliegenden Fäuste und hinterhältigen Tritte warf. Nur einmal war eine dieser Auseinandersetzungen schlecht für Anton ausgegangen. Günther konnte sich nicht mehr an den Anlass für das Fest erinnern. Irgendein Vereinsjubiläum wahrscheinlich. Jedenfalls hatte es in einer der üblichen Raufereien geendet, in deren Verlauf einer der Tische auf Antons Knöchel gelandet war und diesen zertrümmert hatte. Seither zog der Moosbauer das linke Bein etwas nach. Auch wenn er sich bemühte, diesen Makel zu verstecken – so gut es eben ging –, war er für jeden Sankt Ulricher schon von Weitem am Gang zu erkennen. Anton war deshalb jedoch nur einmal verspottet worden. Thomas Wieser war der Unglückliche gewesen, der die Gefahr unterschätzt hatte. Seither hatte niemand, der mit dem eigenen Aussehen seiner Nase und seiner Zähne zufrieden war, den Bauern vom Moserhof auf den Vorfall angesprochen.

Günther Aschenbrenner und Anton Breitmoser kannten sich von Kindesbeinen an, doch war aus der Bekanntschaft nie Freundschaft geworden. Obwohl ihre beiden Anwesen zu dem zählten, was die Leute zwischen Arber und Hohem Bogen als *Einödhöfe* bezeichneten, waren sie sich bisher aus dem Weg gegangen, so gut das eben ging. Bis die Gerüchte um den Osser die Runde gemacht hatten. Anton und Günther verband ab da eine Zweckgemeinschaft, die wieder zerbrochen war, als Tandetzki und seine AG sich für Alois Huber entschieden hatten.

Doch der war jetzt tot.

Anton hatte seinen Nachbarn aufgehalten, als dieser mit dem Traktor vom Feld kam. Er hatte ein Treffen im *Milano* vorgeschlagen. »Ein paar Bierchen, und wir müssen reden. Über den Huber Alois«, hatte er gesagt.

Günther wusste sofort, über was Anton reden wollte. Es ging um Geld. Darum, dass sie beide zu hoch gepokert und verloren hatten, dass Alois Huber der lachende Dritte gewesen war.

Bis heute Morgen jedenfalls.

Da hatte jemand entschieden, dass sich der Ledererbauer lange genug über den Deal mit der OBAWAG gefreut hatte. Vielleicht war das ja die zweite Chance für die beiden gescheiterten Jungbauern. Ja, sie mussten reden, auch wenn Günther das mulmige Gefühl nicht loswurde, das ihn beschlich, seit ihn Anton heute aufgehalten hatte. Dennoch, es konnte nicht schaden, sich ein Bierchen zu genehmigen.

Marion, die blonde Bedienung, brachte Anton gerade das siebte Bier. Nicht gut für Jana, dachte Günther. Gar nicht gut! Er kannte die Gerüchte um Anton und seine ukrainische Frau. Und er wusste, dass es nicht nur

Gerüchte waren. Nein, es war sogar noch schlimmer, als es die Flüsterparolen im Ort verkündeten. Als Nachbar wusste er es besser. Sie hatten ihre Höfe im selben Jahr geerbt. Fast ebenso gleichzeitig hatten sie die einst stattlichen Anwesen mit ihren beträchtlichen Flächen an Wiesen, Äckern und Wäldern an den Rand des Ruins gebracht. Der Hammer des Zwangsversteigerers hatte sich nicht nur über sie erhoben, nein, er war bereits im Begriff, auf sie niederzufahren und ihre dummen Köpfe zu zertrümmern.

Wirklich dumme Köpfe, dachte Günther, die wir da auf unseren Schultern tragen. War es bei Anton der Alkohol, so hieß Günthers Untergang Glücksspiel. Dabei hatte er stets geschuftet wie ein Tier. Als seine Mutter gestorben war und sich sein Vater nur ein Jahr später entschlossen hatte, ihr zu folgen, da hatte er den elterlichen Hof mit der Absicht übernommen, »Die Sach zusammenzuhalten«, wie man so sagte. Am Anfang war alles gut gegangen. Fleißig und geschickt hatte er Flur und Tier lukrativ verwaltet. Stets zur Seite hatte ihm Sabine gestanden, die Frau, die ihn liebte und die er liebte. Sabine, die lange über seine Schwäche hinweggesehen und noch zu ihm gehalten hatte, als sich schon alle in Sankt Ulrich die Mäuler über seine Spielsucht zerrissen hatten.

Ja, alle wussten es! Der Günther Aschenbrenner war dabei, den Bauernhof, den schon seine Urgroßeltern geführt hatten, Stück für Stück in die Spielbank zu tragen. Erst war er immer im Casino in Bad Kötzting gewesen, bis das Management ihm Hausverbot erteilt hatte, ehe er sich zugrunde richten konnte. Ein kurzer Hoffnungsschimmer für Sabine, der im Spielerparadies jenseits der Grenze schnell erloschen war. Günther liebte seine Frau und er liebte das Spiel. Und diese Liebe hatte sich als stärker erwiesen und war in Tschechien zügellos geworden. Hier regierte Geld und nochmals Geld, während das Wohl des Spielers in den Hintergrund rückte. Jetzt regierte auf seinem Hof nicht mehr er, sondern *Black Jack*. Dieser hatte sich auch Sabine geschnappt, die den Kampf gegen die Sucht ihres Mannes lange geführt und am Ende verloren hatte. Und doch waren es die Gedanken an seine Frau, die ihn davon abgehalten hatten, ganz aufzugeben. Vielleicht konnte er in ein normales Leben zurückfinden. Aber davon war er so weit entfernt wie der TSV 1860 München vom Gewinn der deutschen Fußballmeisterschaft. Im Innersten wusste er das. Und er brauchte Geld. Geld, um den Hof zu retten. Oder war es Geld, um weiterspielen zu können? Günther verdrängte diese Wahrheit in Erinnerung an bessere Zeiten.

Und Anton Breitmoser? Auch er brauchte Geld. Antons Dämon hieß Alkohol, und auch auf dem Moserhof würde der Bauer bald Jack heißen, aber mit Nachnamen Daniels. Die beiden Männer, die sich im bisherigen Leben aus dem Weg gegangen waren, verband nun ein gemeinsames Interesse, auch wenn Günther tief im Innersten ahnte und fürchtete, dass ihn sein Pakt mit Anton ins Verderben reißen würde.

Und das hatte, wie so vieles in diesen Tagen, mit dem Berg zu tun, an dessen Fuß der Ort lag. Der Berg, der zur von der Regierung postulierten Energiewende beitragen sollte. Das Pumpspeicherwerk konnte sie beide retten. Hätte sie retten können, wenn nicht der Lederbauer gewesen wäre. Es waren die Druckleitungen und das Oberbecken gewesen, die ihrer beider Geschick hätten wenden können. Der Verkauf der Grundstücke hätte beiden Luft zum Atmen verschafft. Aber sie hatten zu viel verlangt, sodass die Planer den Verlauf der Rohrtrasse und damit auch die Lage des Oberbeckens von heute auf morgen verändert hatten. Hinüber durch Alois Hubers Wald und auf Alois Hubers Wiesen. Damit war der Untergang von Günther und Anton besiegelt – vorerst. Denn heute hatte jemand Schicksal gespielt. Alois Huber war tot. Die Karten würden neu gemischt werden.

Anton schleppte denselben Gedanken mit sich. Schon seit Längerem hatte er Alois Huber als Wurzel des Übels ausgemacht. Seines Übels, an dem er selbst keine Schuld trug. Natürlich nicht. Und war es so falsch, den alten Huber zu hassen? Taten dies nicht alle hier? Zumindest der Teil Sankt Ulrichs, der gegen das Bauprojekt am Osser war? Doch jetzt war der Alte tot, und Anton hatte sich entschlossen, sich und seinen Nachbarn wieder ins Spiel zu bringen. Nicht, dass ihn das Schicksal von Günther Aschenbrenner interessiert hätte. Der gleichaltrige Mann, der in der Schule nur zwei Reihen vor ihm gesessen hatte, war ihm gleichgültig. Aber nun bestand wieder die Möglichkeit, dass Geld in ihre Kasse gepumpt werden könnte. Deshalb musste er sich mit Günther treffen.

»Die Sache mit dem Alois ist für uns gar nicht so schlecht.«

Erschrocken musste Günther feststellen, dass Anton der Mord anscheinend nicht berührte. Hatte er heute Mittag nicht den gleichen Gedanken gehabt, als er an der Tankstelle in Arrach von dem grausigen Geschehen auf dem Ledererhof gehört hatte? Er sah sich nervös um. Niemand war in der Nähe, niemand belauschte sie. »Ich glaube, jetzt werden unsere Grundstücke wieder interessant.«

»Klar! Wenn die Kathrin erbt. Die verkauft doch nie an die Typen. Und dann bleiben nur wir. Und ich sage dir, diesmal wird es nicht so billig. Die sollen noch sehen, dass es ein Fehler war, uns auszubooten.«

Günther nickte. Anton hatte recht. Die Planungen der Investoren waren schon zu weit fortgeschritten. Sie hatten bereits zu viel Geld in das Projekt investiert. Nun sollte auch für Günther Aschenbrenner und Anton Breitmoser ein Stück vom Kuchen abfallen. Ein weitaus größeres Stück als bisher. Schließlich wollten sie ja satt werden.

Was aber, wenn Kathrin Huber nicht erben würde? Und so würde es sicher kommen. Schließlich hatte der alte Huber keinen Hehl daraus gemacht, was er von seiner Tochter gehalten hatte. Er hatte sicher ein Testament gemacht. Ein Testament zugunsten von Gabi. Sie und ihr Mann würden alles erben. Und Lisa natürlich. Der Alte hat die Kleine angebetet. Als Vormund des Mädchens würde Gabi auch ihren Anteil verkaufen und ihre letzte Hoffnung zunichtemachen. Es war nicht nötig, das zu erläutern. Anton kannte die Verhältnisse auf dem Ledererhof. Und er lächelte, als Günther seine Bedenken dennoch vortrug. »Ja, die Gabi. Sie war dem Alois sein Liebling. Aber das heißt nicht, dass sie auch erben muss. Und dann bitten wir zur Kasse. Wirst schon sehen.«

»Aber wenn es ein Testament gibt?«, wagte Günther einen letzten Einwand.

»Scheiß aufs Testament! Scheiß auf Gabi! Und scheiß auf den Osser! Dieses Mal werden wir nicht leer ausgehen. Wirst schon sehen.«

Anton grinste. Sieben Bier und ein gutes Quantum Verschlagenheit grüßten aus seinen Augen und ließen Günther erschauern.

SVEN

»Buchmann liegt falsch!« Niemand hörte Svens beschwörende Wiederholung der Worte, die sich schon während der Besprechung in seinem Kopf geformt hatten. Er war allein in seinem Auto auf dem Weg zurück nach Sankt Ulrich. Melanie wollte noch den Lokalredaktionen der beiden regionalen Tageszeitungen einen Besuch abstatten, und Karl Loibl hatte schlicht und einfach Dienstschluss. Und diesen hatte er sich nach dem für ihn sicher aufregendsten Tag seines bisherigen Polizistendaseins redlich verdient.

Dienstschluss, das war ein Wort, das im Vokabular von ermittelnden Beamten der Kripo und erst recht nicht in dem von Sven Straubmann vorkam. Nicht, wenn man in einem Mordfall steckt und noch so gut wie nichts vorweisen kann. Die Zeit rann dahin und ließ Spuren erkalten und Hinweise verwischen. Das wusste Sven. Er musste mehr Informationen über das Pumpspeicherwerk Riedl sammeln. Also gut. Würde er eben wieder in die Welt des Netzes eintauchen.

Er erreichte den Hauptort des Osserwinkels kurz vor Sonnenuntergang. Der Marktplatz wurde um diese Stunde von Paaren und kleinen Gruppen bevölkert. Eine kaum greifbare Stimmung lag in der kühlen Abendluft. Neugierde, Angst, Sensationslust und Entsetzen vermischten sich zu einer Collage der Gefühle und übten auf Einwohner und Urlaubsgäste eine seltsame Faszination aus. Sven ging, ohne die Gaststube aufzusuchen, in sein Zimmer. Ein letzter Blick auf den Marktplatz, ein letzter Gedanke: Buchmann liegt falsch! Dann klappte er sein Laptop auf und machte sich an die Arbeit.

ICH

Genüsslich sinke ich in den Gartenstuhl. Die Nacht verspricht kühl zu werden. Und dann beginnt es tatsächlich noch zu regnen. »Für die Jahreszeit zu kalt«, wie die Moderatoren der Wetterberichte das in verharmlosende Worte packen. Dabei hat das trockene Wetter den ganzen Tag gehalten. Na, wenigstens am Montag soll es wieder schöner werden. Eine wärmende Jacke und der Balkon vor Claudias Zimmer erlauben es mir, diese Abendstunde trotz des einsetzenden Nieselregens im Freien und allein zu verbringen. Das Telefonat mit Wolfgang hat das Gedankengetriebe in meinem Kopf nicht in Bewegung setzen können. Ehrlich gesagt, habe ich das auch nicht ernsthaft erwartet. Wolfgang meinte, dass ihn mein Anruf nicht überraschte. Der Mord sprach sich gerade in Polizeikreisen schnell herum. »Wieder dein Fall?«

Er war so freundlich, das schlechte Gewissen in meiner Stimme zu überhören. War ich doch im letzten Jahr wirklich oft in der Gegend gewesen. Und hatte ich nicht meinem alten Freund versprochen, ihn und seine Familie zu besuchen? Und jetzt? Es bedurfte eines weiteren Mordes, um mich wieder an Wolfgang zu erinnern.

In dessen Stimme schwang jedoch kein Funken eines Vorwurfs mit, als er sagte: »Wie kann ich dir helfen?« Schlicht und einfach. Entweder ist Wolfgang Niebel der am wenigsten nachtragende Mensch dieser Welt oder – und das kommt der Wahrheit wohl näher – er ist selbst gefangen in einem Gefängnis aus Beruf, Familie und Stress, das ihm kaum Zeit lässt, seinen Freund zu kontaktieren oder ihn sogar um ein Treffen zu bitten. Um die für uns beide etwas unangenehme Situation zu überbrücken, kamen wir sofort auf die Ermittlungen zu sprechen. Leider ohne Ergebnis. Es existieren nach Wolfgangs Wissen weder Akten über die Mitglieder der Osserriesen noch über gewaltbereite Ökoaktivisten in der Region. Das Pumpspeicherwerk am Osser und der Widerstand dagegen ist eben ein deutsches Problem und als solches findet es auch kein gesteigertes Interesse bei den tschechischen Kollegen. So weit geht die Zusammenarbeit nicht. Auch die Tatwaffe verspricht kein Licht ins Dunkel zu bringen. Wolfgang bestätigte Karl

Loibls Aussage: Die CZ 75 ist Massenware. Ein Standard-
modell tschechischer Waffenbaukunst, bei jedem illegalen
Händler zu bekommen. Wolfgang versprach dennoch, die
Ohren offen zu halten, und wir verabschiedeten uns von-
einander. Natürlich nicht, ohne uns zu versichern, uns
demnächst privat zu treffen. Wieder einmal.

Der Regen wird stärker. Aus feinen Tropfen werden
kalte Finger, die nach mir greifen und mich ins Haus zwin-
gen. Die Ergebnisse dieses Tages sind mehr als dürftig, die
Zusammenhänge zwischen Alois Huber und dem Pumpspeicherwerk locker geknüpft und wenig Erfolg versprechend. Die entsprechenden Räder in meinem Kopf drehen
sich träge und langsam. Kurt Obermeier sitzt unbeweg-
lich auf einem winzigen Zahnrad in einer Ecke. Ich kann
nur hoffen, dass der morgige Tag mehr Erkenntnisse bringen wird.

Und keine weiteren Toten!

Das vor allem!

Von dieser düsteren Hoffnung begleitet, gleite ich in
den Schlaf.

SVEN

Schwere Regentropfen prasselten gegen das Fenster und übertönten die dunkle Stille, die Sven umgab, seit er sein Laptop und das Licht ausgeschaltet hatte. Er beobachtete die Tropfen auf den Scheiben und die Schlieren, die das Wasser darauf zurückließ. Maria Obermeiers Sohn wollte ihm nicht aus dem Kopf gehen. Vielleicht dachten sie alle viel zu kompliziert? Ihre Gedankenwege führten sie hinauf auf den Osser, obwohl die Antwort so nahe liegen konnte. Sven dachte an Mordfälle, von denen er in seiner Ausbildung gelesen hatte. Wie oft war der Täter im näheren Umfeld des Opfers zu suchen, hatte nahezu neben den Ermittlern gestanden, während deren Blick in die Ferne gerichtet und blind für alles Nahe war.

Was sollte er tun? Fast automatisch schlüpfte er in seine Jacke, packte den Poncho aus der Reisetasche – seit er bei einer Observierung einen stundenlangen Regenguss über sich hatte ergehen lassen müssen, hatte er immer einen dabei – und verließ die Gemütlichkeit der *Post*. Der Marktplatz war jetzt wie leer gefegt. Er wandte sich nach rechts und ging los. Vorbei an Gaststätten und Pensionen, hinter deren Fenstern Licht und Wärme lockten, trugen ihn seine Füße unbewusst in Richtung Ledererhof. Bald ließ er Sankt Ulrich hinter sich zurück. Der Fußweg hinüber nach Engelsgrub war recht gut beleuchtet, und das Trommeln der Regentropfen auf die Kappe seines Ponchos beruhigte seine Nerven. Er hatte keine Eile.

20 Minuten später erreichte er den Ort des Verbrechens. Erst jetzt bemerkte er, dass er nasse Füße hatte. Außerdem

wurde ihm langsam kalt. Vorsichtig betrat er den Hof. Sein Blick suchte die Scheune, in der Alois Huber sein Ende fand. Die Schatten der Obstbäume verstärkten das Dunkel der Nacht. Einzig ein fahler Lichtschein aus einem der Fenster von Maria Obermeiers Haus wies ihm den Weg. Darauf konzentriert, nicht auszurutschen oder über etwas zu stolpern, näherte er sich dem hellen Finger, bis er dessen Spitze erreichte.

Die Fensterläden standen offen. In der Stube, in der er heute Nachmittag mit Maria Obermeier gesprochen und den Verdacht geschöpft hatte, der ihn nicht mehr losließ, standen sich zwei Schatten gegenüber. Der kleinere der beiden fuchtelte wild mit den Armen, der größere nahm mit gesenktem Kopf die augenscheinlichen Beschimpfungen hin. Plötzlich und ohne Vorwarnung eskalierte das Geschehen. Die Hand des kleinen Schattens holte weit aus und landete mitten im Gesicht des anderen. Sven vermeinte, das Klatschen zu hören, wusste jedoch, dass lediglich sein Verstand den Ton zu den Bildern hinzugefügt hatte. Der Regen verschluckte jedes andere Geräusch. So auch die Gestalt, die urplötzlich aus der Dunkelheit auftauchte.

»Was tust denn da?«

Sven blickte in ein zerfurchtes, ausgezerrtes Gesicht. Es gehörte einem kleinen Mann, dessen Alter schwer zu schätzen war, aber irgendwo jenseits der 70 liegen musste. Tropfen perlten von einer breiten Hutkrempe, unter der listige Augen zu Sven aufsahen. Dieser überwand den kurzen Augenblick des Erschreckens. »Beobachten.«

»Beobachten. Aha. Wegen dem Alois, gell?«

Sven nickte und auch der alte Mann deutete ein Nicken an. Im Haus Obermeier erlosch das Licht und ließ sie im Dunkel zurück. Da der Regen beschlossen hatte, diese

Nacht zu beherrschen, tippte Sven dem Unbekannten auf die Schulter und deutete hinüber zur Scheune, deren Dachvorsprung Schutz versprach. Der Mann nickte wieder, ging voraus und Sven folgte ihm. Als sie die trockene Stelle erreichten, konnte er endlich die Kopfbedeckung seines Ponchos zurückschieben. In die Stille nach dem Trommelwirbel der Regentropfen hörte er den Alten fragen: »Bist von der Polizei, gell?«

»Mordkommission«, bestätigte Sven, während er die Nässe von sich schüttelte und versuchte, seine klammen Füße zu bewegen. Eng an die graue Bretterwand gedrückt grinste ihn der Alte an. »Und Sie? Was tun Sie hier draußen bei dem Mistwetter?«

»Ich? Hab gesehn, wie du da rumgeschlichen bist. Hab mich gefragt, wer du bist. Jetzt ist's mir klar. Meinst, die Obermeier hat was mit dem Alois sein Tod zu tun, gell?«

Sven überlegte. Seine nächsten Worte galt es, mit Bedacht zu wählen. Vielleicht konnte ihm der Kerl weiterhelfen. Aber ohne Weiteres würde er sein Wissen kaum preisgeben. Nicht dieser Menschenschlag hier. »Ich wüsste nicht, was die beiden mit dem Mord zu tun haben könnten.«

»Nein? Warum stehst dann rum da bei dem Sauwetter?«

»Ich wollte noch mal mit Maria Obermeier sprechen. Sie ist aber nicht allein.« Er deutete zum Licht im Fenster.

»Der Große ist Kurt?«

»Der Kurt, ja.« Der Alte schwieg einige Herzschläge. »Hast das g'sehn? Wie sie ihm eine g'langt hat?«

»Ja. Kommt das öfter vor, dass die beiden so aneinandergeraten?« Sven ahnte, dass der Unbekannte nicht zum ersten Mal Augen und Ohren hier vorm Hause Obermeier hatte.

»Öfter? Nein! Eigentlich noch nie. Die Maria hat dem Kurt immer zugehaltn. Obwohl er ein bisschen plemplem ist.«

Sven zuckte zusammen ob der Ausdrucksweise des Alten, bemühte sich aber, seine Stimme entspannt klingen zu lassen. »Und Kurt? Wie ist der so?«

»Na, wie ich schon sage. Er ist halt als Depperl geborn. Aber harmlos und sogar hilfsbereit. Der Kurt ist ganz in Ordnung für so einen, wie der ist. Nur damals, als der Korbinian gstorbn ist, da ist er fast durchgedreht. Ist tagelang rumglaufn wie verrückt. Und angschaut hat der einen. Zum Fürchtn war das! Fast wie gestern! Oben im Wald. Der Kurt hat mich fast übern Haufn gerannt. Als ich ihm gsagt hab, er soll besser aufpassn, da hat er mich nur angschaut. Mit diesem Blick! Genau wie damals. Ich bin ihm dann lieber aus dem Weg gegangen. Kraft hat er ja, der Kurt. Aber sonst ist er harmlos. Bis gestern halt. Und dann das!«

»Was?«

»Na, die Watschn.«

»Ach ja.«

»Das ist schon komisch, gell?«

»Wie standen denn die Obermeiers zu Alois Huber?«, wollte Sven noch wissen, doch der Alte schien ihn nicht mehr zu hören. Gedankenverloren hob er seinen Hut und fuhr mit der Hand durch das lichte Haar. »Vielleicht hat er's ja endlich rausgefundn?«, murmelte er leise.

Herausgefunden? Was herausgefunden?

Die Frage lag auf Svens Lippen, blieb jedoch dort. Im Haus Obermeier erstrahlte ein Licht, lenkte ihn ab und erlosch wieder. Als sich Sven erneut dem Alten zuwenden wollte, war dieser verschwunden.

BANKGESCHÄFTE

Im vierten Stock der WWSB brannte noch Licht. Genau gesagt im Büro von Carolin Lommer, Leiterin der Kreditabteilung und Mitglied der Vorstandschaft. Soeben hatte Radio Charivari berichtet, dass ein grausamer Mord die Idylle des Osserwinkels zerstört hatte. Seither musste Carolins Laune als eisig bezeichnet werden. Kein Wunder, hatte sie doch ihr berufliches Schicksal mit dem Bauprojekt am Osser verknüpft. Während die übrigen Vorstandsmitglieder der Bank zurückhaltend auf die Vorschläge der OBAWAG reagiert hatten, war es Holger Tandetzki gelungen, Carolin von den Chancen für alle Beteiligten und vor allem die WWSB zu überzeugen. Fehlende Planungssicherheit, Widerstand der Bürger, unklare Rentabilitätsprognosen, Naturschutzverbände und einiges mehr hatten Olaf Schmidt und die anderen Mitglieder des Vorstands ins Feld geführt. Sie hatte sie alle ignoriert und sich damit dem charismatischen Tandetzki und seinem Pumpspeicherwerk ausgeliefert. Sollte alles gut gehen, stand am Ende ein Hundertmillionen-Deal für ihre Bank zu Buche, wenn nicht … Sie verwehrte dem Gedanken, sich zu entfalten. Es durfte kein *wenn nicht* geben.

Jetzt war eines der Grundstücke, die sie benötigten, in Gefahr. Der Besitzer war tot. Ermordet! Was oder wer steckte hinter der Sache? Natürlich wusste sie vom Konkurrenzprojekt bei Passau. Und natürlich auch von den politischen Vorgaben, nur ein Pumpspeicherkraftwerk in Ostbayern zu verwirklichen. Für das mit 35 Jahren jüngste Vorstandsmitglied der WWSB stand außer Frage, welches das war. Den Strom würde der Osser liefern.

Aber sie hatte mächtige Gegner. Die Firmen, die hinter Riedl standen, spielten in der Oberliga. Sie würden keine Mittel – und davon hatten sie wahrlich genug – scheuen, um ihr Projekt durchzusetzen.

Carolins Finger trommelten nervös auf die Glasplatte ihres Schreibtischs. Ihr Körper sehnte sich nach Nikotin. Eine Zigarette wäre der Situation angemessen. Ihr Blick streifte die Schublade, in der sie die halb volle Schachtel wusste. Doch sie blieb eisern. Sie hatte das Päckchen bewusst in Griffweite gelassen, um ihren Willen jeden Tag in den Kampf zu führen. Und selbstverständlich, um diesen zu gewinnen.

Auch heute!

Alois Huber war tot. Jetzt galt es, den Deal so schnell wie möglich über die Bühne zu bringen, ehe noch etwas Unvorhergesehenes geschah. Sie wusste, was als Nächstes zu tun war. Die Entschlossenheit, welche sie erst in diese Führungsposition gebracht hatte, kehrte zurück. Sie griff sich das Telefon und wählte eine Nummer, die nur wenige Eingeweihte kannten. Bereits nach zweimaligem Klingeln hob die Person am anderen Ende ab.

MARIA

Maria Obermeiers Körper zuckte. Ihr Kopf ruckte von links nach rechts, von rechts nach links. Sie wusste nicht, ob sie träumte, aber wenn dem so war, wünschte sie sich, aufzuwachen. Doch der Traum ließ sie weder zur Ruhe kommen, noch gestattete er ihr die Flucht zurück in die Realität.

Ein Traum zwischen Lust und Entsetzen. Er entführte sie in die Vergangenheit. Maria lag nicht mehr in ihrem Bett. Sie stand in der Stube, die sich im Lauf der Jahrzehnte kaum verändert hatte. Ofen, Möbel und Tapeten an der Wand waren in beiden Welten die gleichen. Nur das Fernsehgerät und einige weitere elektrische Helfer waren neu und zeugten von den Jahren zwischen den beiden Bildern.

Maria blickte mit jungen Augen aus dem Fenster hinaus in einen sonnigen Tag. Seit zwei Wochen war sie nun allein zu Hause. Korbinian, der Mann, der sie vor zwei Jahren an den Traualtar geführt hatte, lag im Krankenhaus in Kötzting. Seither lastete die Arbeit auf dem Hof allein auf ihren schmalen Schultern. Wäre da nicht der Alois gewesen, sie hätte es wohl kaum geschafft, die Tiere zu versorgen, die Felder zu bestellen und sich auch noch um Haus und Wald zu kümmern. Und nächste Woche wollte ihre Schwester kommen und ihr helfen. Annemarie hatte ein paar Wochen freigenommen, draußen in Straubing, wo sie im Haushalt eines Rechtsanwaltes arbeitete. Natürlich hatte Maria keine Knechte und Mägde. Hierfür war das Anwesen einfach zu klein. Korbinian Obermeier und seine junge Frau rangen dem Land mit ihren Händen gerade das Nötigste ab. Alois, der Sohn des Huberbauern, war zur Stelle gewesen und hatte seine Hilfe angeboten, kaum dass sich die Nachricht vom Unfall ihres Mannes herumgesprochen hatte.

Maria beobachtete Paul, den Kater, der träge unter dem Holunderstrauch neben der Scheune lag. Nicht einmal dem Schatten einer vorbeifliegenden Schwalbe gelang es, den Jagdinstinkt der alten Katze zu wecken. Auch der junge Mann, der jetzt den Weg heraufkam, schien Paul nicht zu interessieren.

Maria strich ihre Schürze glatt und fuhr sich mit beiden Händen durch die Haare, dann trat sie vor die Tür. Es war eine adrette Frau, der Hubert Frisch zuwinkte, als er ihrer gewahr wurde. Kein Mädchen mehr, nein, eine Frau, nach der sich die Männer im Dorf umdrehten, auch wenn sie wussten, dass sie Korbinian gehörte. Hubert hatte von jeher ein Auge auf sie geworfen, und das wusste sie auch. Als sie den Sohn von Berta und Franz Obermeier geheiratet hatte, war Hubert für Wochen aus ihrem Leben verschwunden. Er hatte sich als Erntehelfer draußen im Gäuboden verdingt, um sein ärmliches Einkommen in der Schusterwerkstatt seines Vaters aufzubessern. Nach seiner Rückkehr war alles so gewesen, als wäre nie etwas zwischen ihnen vorgefallen. Und so war es ja auch, obwohl das sein sehnlichster Wunsch gewesen war. Maria hatte schon damals geahnt, dass Hubert sie nicht aus seinem Herzen verdrängt hatte. Sein Blick verriet ihn damals und heute.

Korbinian war nicht hier und es war Kirchweih in Sankt Ulrich. Und das bedeutete Tanz! Konnte sie sich diesem Vergnügen hingeben? Eine verheiratete Frau, deren Mann schwere Stunden durchmachte? Einem Funken Spaß und Lebensfreude die Tür öffnen, während er litt? Christl und

Hedwig, Freundin und Cousine, hatten ihr zugeredet und sie davon überzeugt, dass Korbinians Schmerzen kaum gelindert würden, nur weil sie verdrießlich zu Hause saß. Und deshalb hatte sie sich mit Alois, dem hilfsbereiten Burschen vom Ledererhof, verabredet. Sie würde Hubert erneut enttäuschen müssen. Fast fürchtete sie den Augenblick, da sie ihm sagen musste, dass er ein zweites Mal zu spät gekommen war. Noch strahlten seine Augen, doch sie wusste, die erwartungsvolle Freude in ihnen würde in wenigen Sekunden verblassen.

»Servus, Maria«, grüßte er schon von Weitem.

»Servus.« Ein paar Sätze später erstarrte sein Gesicht zur Maske. Jetzt waren es Wut und Enttäuschung, die ihr aus seinen Augen entgegenschlugen. »Es tut mir leid.« Mehr brachte sie nicht hervor.

»Das wirst du noch bereuen. Das wird der Alois noch bereuen. Ja, ihr beide!« Es war ein Flüstern, heiser und tränenerstickt.

»Es tut mir leid.«

Mit diesen Worten wachte sie auf. Verstört öffnete sie die Augen. Ihr Blick tastete zum Wecker. Der nächste Morgen war bereits näher als der letzte Abend. Die Erinnerung an die Zeitreise hielt sie noch einige Minuten wach. Dann übermannte sie wieder der Schlaf, nur um in einen anderen Traum zu verfallen.

Es war derselbe Tag und doch war alles ganz anders. Diesmal waren es nicht Maria Obermeiers Augen, durch die sie die Geschehnisse dieses Abends betrachtete. Es war, als schwebe sie engelsgleich über dem Sankt Ulricher Marktplatz. Von dort oben beobachtete sie das Fest. Alt und Jung hatten sich vor dem *Gasthaus Zur Post*, vor dem Kirchenwirt und vor den anderen Wirtshäusern versammelt. Überall tranken und lachten die Menschen. Ein Blick auf die Kirchturmuhr zeigte ihr, dass das Ende dieses Festtages nahe war. Aus den offenen Fenstern des Saales der *Post* schwappte Musik auf die Straße. Bier war reichlich geflossen, das war nicht zu übersehen. Moral und Hemmungen lösten sich unter seiner Wirkung auf. Burschen und Mädchen hatten ihre sonst echte oder auch nur gespielte Scheu abgelegt. Der Tanz bot Gelegenheiten, die Distanz zwischen den Geschlechtern zu überwinden. Anzügliche Witze der Burschen und das verschämte Gekicher der Mädchen drangen zu ihr herauf. Von hier konnte sie auch in die vom Marktplatz abzweigenden Gassen und Hinterhöfe sehen. Schon hatten sich hier vereinzelte Paare versteckt, um im Schatten Küsse und mehr auszutauschen. Erste Rempeleien und Sticheleien unter den jungen Männern ließen erahnen, dass die Fäuste noch fliegen würden in dieser Kirtanacht.

Dann sah sie sich aus dem Tor der *Post* kommen.

Mit Alois.

Sie hatten getanzt und ihr Gesicht glühte vor Erregung und Anstrengung. Natürlich hatte sie darauf geachtet, nicht zu eng an ihrem Tanzpartner zu stehen, nicht zu oft zu tanzen. Sie hatte alle Fragen nach dem Zustand von Korbinian geduldig beantwortet, mit Pfarrer und Bürgermeister gesprochen, und sich bemüht, nicht den Anschein von ungezügelter Lebenslust und Freude zu erwecken. Im Innern aber glühte sie, genoss die Musik, den Tanz, das Gelächter und die Berührung von Alois. Sie hatte nicht gewusst, dass er ein so guter Tänzer war, und er hatte sich mehr als galant erwiesen. Nichts Aufdringliches war in seinem Verhalten zu spüren gewesen. Und dennoch war sein Verlangen, seine Leidenschaft allgegenwärtig, wenn er seinen Arm um ihre Taille legte, sie über den Tanzboden wirbelte, dass ihr der Atem stockte. Sie sah, wie ihr junges Ebenbild mit Alois zu einer Gruppe Burschen und Mädchen ging, sich unterhielt, lachte, noch an diesem und jenem Glas Bier oder Wein nippte. Langsam näherte sich die Nacht ihrer Mitte und sie wusste, es war an der Zeit, das Fest zu verlassen.

Alois begleitete sie, nicht nur des gleichen Weges willen. Sie gingen weiter, fort vom Trubel im Herzen des Ortes, hinaus in die Dunkelheit der Straße, hinüber nach Engelsgrub, dort, wo ihrer beider zu Hause war. Den Lärm des Festes hinter sich lassend erreichten sie den Ortsrand. Maria sah sich und Alois, und sie sah, dass noch jemand die beiden beobachtete. Hubert Frisch folgte ihnen. Doch er erreichte sie nicht. Franz Greil und Sepp Schmuderer, zwei Freunde Huberts, torkelten herbei, griffen sich ihren Kumpel und zerrten ihn zurück ins Zentrum von Lachen und Singen, Schreien und Streit, Tanzen und Trinken. Das verbotene Paar aber war verschwunden. Maria hatte sich durch Hubert und seine Freunde ablenken lassen. So sehr sie sich auch umblickte, sie fand ihr jüngeres Ich nicht mehr.

Also wachte sie erneut auf. Diesmal war nicht nur ihre Stirn schweißnass, auch ihr Nachthemd klebte an ihrem Körper. Die Erregung des Traumes hatte von ihr Besitz ergriffen. Was, dachte sie, wenn sie mit Hubert auf den Tanz gegangen wäre? Wäre das alles nicht passiert? Oder vielleicht doch? Und wäre dann jetzt Hubert tot und nicht Alois? Welche wirren und unnützen Gedanken!

Noch einmal schlief sie ein, nur um wenige Minuten später schreiend wieder hochzufahren. Sie hatte Alois gesehen. Und die Pistole, die auf seinen Kopf gerichtet war.

Auch die Hand, welche die Pistole hielt, hatte sie gesehen, nicht aber die Person dahinter. Alois' Gesicht löste sich in einer Explosion aus Blut und Knochen auf. Er fiel und ihr Blick folgte ihm. Der Tote landete nicht auf der Erde. Nein, er fiel auf eine andere Leiche, auf Huberts Leiche. Auch sein Gesicht zierte der Einschuss einer Kugel. Die beiden Toten starrten zu ihr herauf. Mit blutigen Lippen grinsten sie Maria Obermeier an.

Sie hatte das Licht angemacht und beobachtete ihre Hände. Sie zitterten, wie ihr ganzer Körper. Die vierte Stunde dieses Pfingstsonntags war angebrochen. Maria wusste, sie würde in dieser Nacht keinen Schlaf mehr finden.

PFINGSTSONNTAG

MEL UND SVEN

»Und du denkst, dieser Kurt ist mehr als nur der Nachbar unseres Opfers?« Melanie beobachtete ihren Kaffee, in den die Milch die von ihr gewünschte Farbe zauberte. Sven nickte, ohne dabei von der Scheibe Vollkornbrot aufzublicken, auf die er penibel genau Butter und Marmelade strich. Die beiden hatten sich heute Morgen in der Gaststube der *Post* getroffen. Sie waren zur gleichen Zeit am Frühstücksbuffet eingetroffen und hatten eine stille Ecke des Nebenzimmers aufgesucht, um in diesen zweiten Tag der Ermittlungen zu starten. Jeder, der sie dort sitzen sah, hätte in ihnen eines der typischen Touristenpaare vermutet, die um diese Jahreszeit den Ort bevölkerten. Der Rest des Teams, zu dem jetzt auch Karl Loibl zählte, war noch nicht hier. Mel wollte diese Gelegenheit nutzen, um Sven noch einmal auf den Zahn zu fühlen.

Noch ehe sie ihn auf sein offensichtlich gestörtes Verhältnis mit Moritz ansprechen konnte, lenkte Sven das Gespräch jedoch auf ihren Fall. »*Vielleicht hat er's ja endlich herausgefunden?* Aber was hat er herausgefunden? Es muss etwas mit Alois Huber zu tun haben. Sonst hätte es der Alte nicht bei dieser Gelegenheit gesagt. Findest du nicht?« Sven sah seine hübsche Kollegin forschend an.

»Schon möglich.« Mel schob ihre Kaffeetasse zur Seite und begann, kleine Obststücke in ihren Naturjoghurt zu rühren. »Und die Obermeier hat ihrem Sohn eine gelangt?«

Wieder nickte Sven. »Ihrem *behinderten* Sohn.« »Und noch etwas: Sowohl Maria Obermeier als auch der alte

Mann behaupten, Kurt sei völlig ausgerastet, als Korbinian Obermeier gestorben ist.«

»Na und? Der Tod des Vaters ist ja wohl Grund genug, nicht gut drauf zu sein.«

»Nicht gut drauf? Ja, aber Kurt soll völlig von der Rolle gewesen sein. Und aggressiv. Obwohl er sonst eher der friedliche Typ zu sein scheint.«

»Und?«

Sven klopfte auf sein Ei, entfernte die Schale und schnitt das obere Drittel ab. »Perfekt weich gekocht«, murmelte er anerkennend.

»Und?«, wiederholte Mel. Worauf wollte ihr Kollege da hinaus? Der Frühstücksraum der *Post* füllte sich immer mehr mit Gästen. Entgegen der Vorhersagen versprach das Wetter heute keine Jubelrufe. Entsprechend gedrückt war die Stimmung unter den Touristen, die trotzdem freundlich zu ihnen herübergrüßten. Mel antwortete mit einem Lächeln, ehe sie sich wieder Sven widmete.

»Kurt ist geistig behindert«, meinte dieser. »Vielleicht könnte uns ja sein behandelnder Arzt Auskunft geben? Wäre doch gut möglich, dass Kurt in außergewöhnlichen Stresssituationen auch außergewöhnlich reagiert. Vielleicht bekommt er Medikamente, die seine Aggressivität unterdrücken oder so.«

Mel sagte nur ein Wort: »Arztgeheimnis. Ohne einen konkreten Verdacht geht da gar nichts.«

»Schon klar. Ich dachte nur. Es müssen ja keine Details sein. Nur eine oberflächliche Einschätzung. Nicht von einem Psychologen. Der Hausarzt würde schon reichen. Der weiß sicher genug über seinen Zustand.« Mel lehnte sich zurück. Ihre Joghurt-Obst Schüssel war leer. Frisch gepresster Orangensaft beendete ihr Frühstück. Sven bevorzugte Multivitaminsaft als Muntermacher für den Tagesanfang.

»Ich weiß nicht. Das Ganze überzeugt mich nicht. Vielleicht wenn du noch mehr Informationen zusammentragen kannst. Ich denke, der alte Mann von letzter Nacht weiß noch mehr. Du solltest noch mal mit ihm reden. Wie heißt er eigentlich?« Mel beobachtete amüsiert, wie sich Svens Blick senkte. Der kunstvoll bemalte Keramikbecher, der für die Tischabfälle da war, rückte in den Mittelpunkt des Universums von Sven Straubmann. Er stocherte mit seiner Gabel zwischen Eierschalen und Aludeckeln, als gäbe es dort einen Hinweis zu finden. Dabei zuckte er mit den Schultern. »War weg, ehe ich ihn fragen konnte.«

Ein Anfängerfehler. Sven wusste das. Jetzt musste ihm Maria Obermeier weiterhelfen. Gleich jetzt. Er musste die Sache in Angriff nehmen, ehe ihm Moritz Buchmann andere Aufgaben zuweisen konnte. Bis zur Lagebesprechung musste er einen Schritt weiter sein. Besser noch zwei. Aber dazu benötigte er Mel. »Könntest du vielleicht die Sache mit dem Arzt für mich erledigen? Ich wäre dir echt dankbar.«

»Und du?«

»Ich rede noch mal mit Maria.«

»Also gut. Aber versprich dir nicht zu viel davon. Und außerdem: Moritz wird es nicht gefallen, dass du eigenmächtig ermittelst.«

Zum zweiten Mal an diesem Morgen rückte der Abfallbehälter in den Mittelpunkt von Svens Interesse.

»Schon möglich! Aber ich kann's ja mal versuchen. Vielleicht kann ich den großen Meister ja überzeugen.«

MEL

Dr. Vera Strauß starrte nachdenklich auf die Tür, durch welche die junge Polizistin soeben ihr Sprechzimmer verlassen hatte. Sie war an diesem Wochenende als Notdienst für die Region zwischen Arber und Osser eingeteilt, und das bedeutete: Pfingstfeiertage ade! Auch für ihre Sprechzimmer- und Arzthelferinnen, die es sicher bevorzugt hätten, drunten in Bad Kötzting auf der Festwiese zu sein, statt hier in der Praxis weinende Kinder, alte Menschen und kleinere Unfälle zu versorgen. Obwohl das Wartezimmer an diesem Sonntag bereits am Vormittag voll war, hatte sich die Kriminalbeamtin, als die sie sich vorgestellt hatte, nicht abschütteln lassen. Die einzige Allgemeinmedizinerin des Ortes hatte schließlich eingewilligt und war sich nun unsicher, ob sie nicht zu viel ihres Wissens preisgegeben hatte.

Vera Strauß behandelte nun seit fast 20 Jahren die kleineren und größeren Leiden der Menschen hier oben im Osserwinkel und sie konnte nicht ohne Stolz behaupten, dass sie bei ihren Patienten beliebt und geachtet war. Vielleicht lag es aber auch nur daran, dass man hier froh war, überhaupt noch einen Arzt zu haben. Früher hatte es drei Praxen gegeben, jetzt drängten sich Junge und Alte im Wartezimmer, um in einen der zwei Behandlungsräume gelassen zu werden. Heute mussten sie etwas länger warten. Vera rief sich das Gespräch noch einmal ins Gedächtnis. Natürlich hatte auch sie Alois Hubers Tod aus der Routine ihres Landarztlebens gerissen. Und natürlich wollte sie, dass der oder die Täter schnell gefunden wurden. Nur deshalb hatte sie der Kriminalbeamtin ihre Zeit geschenkt, obwohl diese ohne Anmeldung in ihrer Praxis erschienen war. Irgendwie konnte Vera das auch verstehen. Als passionierter Krimifan wusste sie, dass die Chancen auf eine Aufklärung sanken, je länger die Tat zurücklag. Deshalb die Eile der Polizei. Was sie nicht verstehen konnte, war die Richtung, in die die Ermittlungen zu laufen schienen.

Gut, Kurt Obermeier war kein gewöhnlicher Mensch. Eine schwierige Geburt für Mutter und Sohn, während der das Hirn des Säuglings minutenlang ohne Sauerstoffversorgung gewesen war. Ein Umstand, der zum Tod führen konnte. Nicht so bei Kurt, der zwar überlebte, aber dessen Geist schon geschädigt war, noch ehe seine Eltern ihm einen Namen geben konnten. Vera war zwar beileibe keine Psychologin und konnte auf diesem Gebiet der Medizin nur mit einem äußerst oberflächlichen Wissen aufwarten, aber, als Korbinian Obermeier gestorben war und Kurts Aggressivität nur noch medikamentös behandelt werden konnte, wurde sie als seine Hausärztin hinzugezogen. Schließlich musste hierbei der körperliche Zustand des Patienten berücksichtigt werden und den kannte sie nun mal am besten. So wusste sie auch, dass er Tranquilizer zu sich nahm. Die Psychopharmaka waren mit ihrem Einfluss auf das zentrale Nervensystem durchaus in der Lage, Kurts Bewusstsein in einer Weise zu verändern oder zu beeinflussen, die niemand vorhersehen konnte. Und sie wusste auch, dass die Dosierung in den Wochen nach Korbinians Tod fast schon die Grenze des medizinisch vertretbaren erreichte. Aber Kurt als Mörder? Warum sollte er seinen Nachbarn töten?

Die Polizei ist auf dem Irrweg, dachte sie und schüttelte den Kopf. Dann drückte sie auf den Knopf der Sprechanlage und wies ihre Sprechstundenhilfe an, den nächsten Patienten hereinzubitten. Es war ein Junge mit einem gestauchten Knöchel.

»Fußball. Gestern Nachmittag«, sagte die besorgte Mutter nur. Vera machte sich an die Behandlung und ein paar Minuten später hatte sie das Gespräch mit Melanie Güßbacher fast schon wieder vergessen.

ICH

Die rote Ampel gibt mir Gelegenheit, über die nächsten Schritte nachzudenken. Als ich heute Morgen aufwachte, musste ich mir eingestehen, keinen wirklich guten Plan für diesen Tag zu haben. Meine Gedanken sind seit dem ersten Augenaufschlag auf diesen Fall gerichtet. Entsprechend spartanisch fiel mein Frühstück aus. Auch während der Fahrt herauf nach Sankt Ulrich war mir kein Geistesblitz gegönnt. Ein Anruf bei Karl brachte mir die Handynummer des Bürgermeisters von Sankt Ulrich. Diese ist, wie die der anderen Würdenträger der umliegenden Gemeinden auch, in der Polizeiinspektion hinterlegt, sollten unvorhergesehene Notfälle eine Zusammenarbeit zwischen Gemeinden und Polizei erfordern. Noch vor dem

Frühstück habe ich mich mit Sankt Ulrichs Gemeindeoberhaupt zu einem Gespräch verabredet. Nicht sehr Erfolg versprechend, aber ein paar zusätzliche Informationen über das Opfer und die Personen in seinem Umfeld können nicht schaden.

Aber was mache ich mit Sven? Es ist keine drei Minuten her, dass ich seinen Anruf entgegengenommen habe. Länger brauchte mein Kollege nicht, um mir seine Überlegungen und das Ergebnis dieser darzulegen. Und um mich zu überzeugen, dass seine Spur durchaus nicht ins Dunkel führen muss. Es wäre schließlich nicht die erste Familientragödie, die auf diese Weise endet. Kurt Obermeier, geistig behinderter oder zumindest eingeschränkter Nachbarssohn.

Und vielleicht sogar der Sohn des Opfers.

Das hat schon was. Jedenfalls eine Indizienkette, die man nicht vernachlässigen darf. Wie aber weiter vorgehen? Sven allein darauf ansetzen? Gut, der Junge hat seine Sache mehr als ordentlich gemacht. Und dabei hatte er nicht einmal die Information, die Kathrin Huber mir gegeben hat!

Das gleiche Blut! Das passt doch genau. Alois Hubers Worte, die ich Sven vorenthalten hatte und ihm erst jetzt verriet. Ein weiterer Mosaikstein, der das Bild in Svens Kopf nahezu vervollständigt. Er ist überzeugt, auf der richtigen Spur zu sein. Es fällt mir nicht leicht, aber ich muss mir eingestehen, dass mein junger Kollege auf dem besten Weg ist, ein guter Ermittler zu werden. Auch wenn er kein Ersatz für Stefan ist und auch kein Kumpeltyp wie Mel oder Karl Loibl.

Und dennoch! Ich muss mich zusammenreißen und den Jungen akzeptieren. Aber ihn allein auf Kurt Obermeier ansetzen? Immerhin ist es Svens erster Außeneinsatz und wenn seine Vermutungen zutreffen, könnte Kurt noch bewaffnet und damit potenziell gefährlich sein.

Also was sollte ich machen?

Vielleicht war es das schlechte Gewissen, das mir zu schaffen machte, vielleicht Mels vorwurfsvoller Gesichtsausdruck, mit dem sie mein Verhalten Sven gegenüber missbilligte. Jedenfalls habe ich meine Zustimmung und Sven damit freie Hand gegeben. Hoffentlich kein Fehler, denke ich jetzt, wo es zu spät ist.

Die Ampel springt auf Grün. Ich fahre nicht weiter in Richtung Arber, sondern biege links ab, dem Ortskern Sankt Ulrichs entgegen. Den Anlass für diese kurze Unterbrechung meiner Fahrt liefert mein Magen. Nur Kaffee und ein Brötchen waren ihm etwas zu dürftig heute Morgen. Der Supermarkt am Wegesrand verspricht eine Bäckerei, und diese Abhilfe. Der Duft frischer Brezen bestätigt meine Hoffnung, dass die Backstube auch an diesem Sonntagvormittag geöffnet ist. Ich kaufe zwei davon und verwöhne mich noch mit einem Becher heißer Schokolade. Meine Begeisterung darüber mündet in Unachtsamkeit und als ich mich schwungvoll umdrehe, stoße ich mit jemandem zusammen. Nur gut, dass der Deckel auf meinem Becher denjenigen davor bewahrt, von mir mit heißer Flüssigkeit überschüttet zu werden. Das Ganze ist nicht weiter schlimm, doch als ich mein Gegenüber sehe, ist mir dieser kleinen Fauxpas peinlicher als eigentlich nötig. Die Erklärung dafür ist ganz einfach: Ich bin auch nur ein Mann! Und das Wesen, mit dem ich zusammengestoßen bin, ist keine Frau, sondern ein Engel! Angefangen vom blonden Haar bis zu … ach was! Keine Erklärung! Da passt einfach alles. Und sie scheint auch zerbrechlich wie ein Engel zu sein. Mit schmerzverzerrtem Gesicht reibt sie sich den Oberarm, dort, wo ich sie anscheinend berührt habe. Nur leicht berührt, weshalb mich ihre heftige Reaktion verwundert. Und dennoch! Es tut mir leid und das stammle ich auch in unvollständigen Sätzen hervor. Ich muss mich anhören wie ein Idiot. Die Tüte Brezen in der einen Hand und der Kaffeebecher in der anderen vervollständigen dieses Bild. Reiß dich zusammen, Moritz! Noch mal von vorn: »Entschuldigen Sie vielmals. Meine Schuld! Ich hätte besser aufpassen müssen.«

»Macht nichts.« Ihre Stimme passt zu ihrem Äußeren wie ein Taktstock in die Hände eines Dirigenten. »Ist nichts passiert.« Sie ringt sich ein Lächeln ab, das noch bezaubernder wäre, würde nicht der Schmerz ihre Lippen umspielen. Das wundert mich nun doch ein wenig.

»Lassen Sie mich Ihnen wenigstens helfen.« Ich nehme den Becher in die eine und ihre Tasche, die sie fallen ließ, in die andere Hand. Wieder lächelt sie und wir verlassen die Bäckerei hinaus auf den Parkplatz. Ich habe ein Auto erwartet, doch sie steuert auf den Fahrradständer zu. Mit einem »Vielen Dank« nimmt sie mir die Tüte ab und stellt sie in den Korb auf ihrem Rad. Ich will nicht noch auffälliger mein Interesse an ihr zeigen und verabschiede mich, nicht ohne mich noch einmal zu entschuldigen.

✻

Wenige Minuten später fahre ich auf den Parkplatz des Bayerwaldtierparks in Lohberghütte. Dorthin hat der Freundeskreis zur Integration von Asylbewerbern ebendiese eingeladen, um den Menschen aus dem Nahen Osten die heimische Tierwelt näherzubringen. Und um diesen den guten Willen der Einheimischen zu beweisen. Eine durchaus begrüßenswerte Aktion, muss ich zugeben. Es bedarf keiner weiteren Erklärung, dass auch der Bürgermeister der Gemeinde Sankt Ulrich bei dieser morgendlichen Veranstaltung dabei sein muss.

Ich finde den Tierpark auch ohne die auffälligen Hinweisschilder am Straßenrand. Schon mehrmals habe ich mir vorgenommen, Tiere, die sich bei meinen Wanderungen geweigert haben, gesehen zu werden, aus der Nähe zu betrachten. Luchs und Wolf will ich in freier Wildbahn ohnehin nicht unbedingt begegnen. Ein Überbleibsel aus meinem früheren Leben. Leider habe ich es bisher nicht geschafft, die beiden in mein Urlaubsprogramm einzubeziehen. Nun gut, dann eben heute.

Der trotz der morgendlichen Stunde nahezu vollständig gefüllte Parkplatz beweist, dass die Willkommensaktion bei allen Beteiligten gut ankommt. Da ich nicht auffallen will, kaufe ich mir eine Eintrittskarte. Bereits nach wenigen Metern bin ich verwirrt. Wenig überraschend habe ich Tiere erwartet, doch es sind Plakate, die mir als Erstes ins Auge springen. Ihre Aussage ist ebenso wenig zu übersehen wie ihre Schöpfer. *Rettet den Osser*, *Kein Pumpspeicherwerk auf dem Osser* und *Für unsere Heimat* – und jeweils darunter Kreis und Dreieck der Osserriesen. Das alles vor dem Hintergrund drastischer Fotomontagen, die das geplante Bauwerk in die Berglandschaft des Bayerischen Waldes projizieren. Die Darstellungen sind weitaus aggressiver und sicher überdimensionierter als alles, was ich in Sankt Ulrich und Umgebung bisher zu sehen bekommen habe. Die Gegner des Pumpspeicherwerks nutzen ganz offensichtlich die heutige Veranstaltung, um ihren Widerstand zu dokumentieren.

Ich gehe weiter, vorbei am in Tierparks mittlerweile unumgänglichen Streichelzoo. Auf der anderen Seite des Weges lehnen zwei Männer lässig am hölzernen Zaun, der die Besucher vom Taubenkobel trennt. Die beiden könnten unterschiedlicher nicht sein. Der eine bringt trotz gut und gern 1,90 Metern Körpergröße kaum mehr als 70 Kilo auf die Waage, der andere verteilt mindestens zwei Zentner unvorteilhaft auf etwa 1,65 Meter, wobei sich der meiste Teil davon in der Bauchregion versammelt. Ihre Arbeitskleidung und ihre Worte verraten sie als Beschäftigte des Zoos. »Diese Osserriesen nerven inzwischen ganz schön«, meint der kleine Dicke. Der andere nickt nur bestätigend. Ich heuchle Interesse für die beiden unglaublich fetten Schweine, die sich in ihrem schlammigen Gehege wie im Paradies fühlen und auch so benehmen. Hinter mir lamentierten die beiden weiter. »Hast du der Kathrin Huber ihre Rede gehört?«

»Ja, das kann sie, die Kathrin. Setzt sich ganz schön für die Asylanten ein, was?«

»Tja, die Kathrin. Ob sie das alles so meint, wie sie es sagt? Bei der weißt du ja nie.«

»Die Kathrin ist ein ganz ausgebufftes Luder. Die dreht alles so, wie's ihr in den Kram passt.«

»Stimmt schon«, meint der andere. »Gestern noch ham s' ihren Vater umbracht und heute tut sie so, als ob nichts gwesn wär.«

»Ich hätt nicht gedacht, dass die so eiskalt ist.«

»Wer?«

»Na, die Kathrin. Depp!«

»Ach ja, die Kathrin. Na, die hat sich mit ihrem Vater gar nicht mehr vertragn. Da war's ihr wohl egal, ob der lebt oder nicht.«

»Ja schon, aber ermordet? Das muss ihr doch zu denkn gebn, oder? Vielleicht hams die auf sie auch noch abgesehn?«

»Auf wen?«

»Auf die Kathrin. Depp!«

»Ach ja, die Kathrin. Und jetzt steht die obn mit den Bürgermeistern und schlägt sich den Bauch voll. Mit dem Büfett!«

»Genau. Und wir können das blöde Zeug von den Osserriesen wieder wegmachen.«

»Die blöden Plakate.«

»Als ob das was nützn würd. Die baun das Stromwerk so oder so. Wollen ja auch einige andere, hab ich ghört.«

»Traut sich aber keiner laut sagn.«

»Klar. Und die Gemeinde? Der Bürgermeister sagt, dass die Gemeinde neutral bleibn muss. Obwohl, wenn das mit der Gewerbesteuer stimmt! Würd doch nichts schadn, oder?«

»Sagen die einen.«

»Und jetzt ham die auch noch den Vereinen Geld angeboten. Wär doch nicht schlecht. Dann könntn die Fußballer noch ein paar Tschechen kaufen. Damit s' drin bleibn in der Landesliga.«

»Ich weiß nicht. Wenn die sich da mal nicht geschnittn ham. Auch wenn das Geld gebraucht wird, ich glaub nicht, dass sich die Leut hier kaufn lassn. Da glaub ich, ham s' nicht mit dem Stolz und der Sturheit von uns Waidlern gerechnet. Ich glaub, der Schuss geht nach hintn los.«

»Genau. Jetzt erst recht nicht, werdn da viele denkn.«

Ich versuche noch mehr, meine Aufmerksamkeit von den Schweinen, die sich jetzt entschlossen haben, ihr ohnehin enormes Körpergewicht noch zu steigern, auf die beiden zu lenken. Ich wundere mich nur, dass ich für sie Luft zu sein scheine.

»Aber dem Alois Huber war das egal. Der hätte verkauft. Und die Gabi, seine Tochter, wird das auch tun.«

»Kommt drauf an, wie lang s' noch lebt«, meint der eine mit verschwörerischer Stimme. »Weil dann, wenn der Gabi auch was passiert, dann kriegt die Kathrin alles und das war's dann mit dem Stromwerk.«

»Na ja. Vielleicht kommen dann ja ein paar andere zum Zug. Da soll es ja noch eine andere Variante gegeben haben, hab ich gehört.«

»Von wem?«

Seine Stimme wird leiser, sodass ich seine Worte kaum noch verstehe. »Der Breitmoser Anton hat beim Schupfafest vom Tischtennisklub so was gsagt. Hatte schon einiges getankt und da hat er große Sprüche gerissen. War aber wohl nichts dahinter, denn er ist noch immer so pleite wie zuvor.«

»Der Anton vom Moserhof droben? Na, das vergisst du mal schnell wieder. Du kennst den doch. Mit dem leg ich mich nicht an.«

»Ja, aber …«

»Komm jetzt, wir haben zu tun«, packt ihn der andere. Endlich scheint er mich bemerkt zu haben. Ich bemühe mich, den alles andere als freundlichen Blick des Großen beiläufig zu erwidern. Dann täusche ich wieder Interesse für die beiden Schweine vor, die sich unbeeindruckt von allen Mördern und Opfern dieser Welt im Schlamm suhlen. Doch in meinem Kopf beginnen sich einige kleine Räder munter zu drehen. Stimmt, es könnte ja noch weitere Grundstücksbesitzer geben, die vom Bauprojekt profitieren. Nicht nur Alois Huber. Das ist es in jedem Fall wert, überprüft zu werden.

Der Große und der Kleine machen sich an ihre verantwortungsvolle Arbeit, während ich mich der Stimme Kathrin Hubers nähere. Ich erreiche das Luchsgehege, kann jedoch keine der Katzen sehen. Kein Wunder, hat doch die Menschenmenge davor die scheuen Tiere längst in ihre Verstecke vertrieben. Mein Blick sortiert die Gäste des heutigen Tages. Auf der einen Seite der erlesene Kreis von Kommunalpolitikern und Vertretern der Behörden, die gleichsam wichtig wie verständnisvoll in die Runde blicken. Auf der anderen unverkennbar die Asylbewerber. Obwohl ich nicht weiß, aus welchen friedlosen Gegenden dieser Welt sie gekommen sind, um hier Schutz für ihre Familien zu suchen, sind sie an Kleidung und Gebaren leicht zu erkennen. Einige ringen sich ein Lächeln ab, anderen ist die Verwirrung über diese Veranstaltung deutlich ins Gesicht geschrieben. Die Gruppe ist umzingelt von Bürgern der umliegenden Gemeinden, die es sich zum Ziel gemacht haben, den Flüchtlingen zur Seite zu stehen, so gut es eben geht. Ihre Bürgermeister dokumentieren mit wichtiger Miene die Ernsthaftigkeit ihres Ansinnens. Ob die anwesenden Abgeordneten aus Landtag und Bundestag die Grußworte und den Aufruf von Kathrin Huber zu Toleranz und Hilfsbereitschaft verinnerlichen oder das Ganze nur ein weiterer lästiger Pflichttermin in ihrem prall gefüllten Kalender ist, lässt sich nicht feststellen.

Und über allem ertönt die wohlklingende Stimme von Kathrin Huber, Vorsitzende des Freundeskreises zur Integration der Asylbewerber und Organisatorin dieser Veranstaltung. Syrer und Iraker scheinen zwar ihre Worte nicht zu verstehen, ahnen jedoch, dass sie der Grund dieser Rede sind, und versuchen zuzuhören.

Ich widme mich der Rednerin. Ich muss gestehen, es fällt mir schwer, Kathrin Huber einzuschätzen. Gestern erst wurde ihr Vater ermordet und heute stellt sie sich wieder der Öffentlichkeit. Dabei wirkt sie, als sei absolut nichts geschehen. Ist die Casinodirektorin so abgebrüht? Ein eiskalter Hund, wie die Leute sagen würden? Oder war das Verhältnis zu Alois wirklich so schlecht? Gab es überhaupt noch ein Verhältnis zwischen Vater und Tochter?

Kathrin Huber ist am Schluss ihrer Rede angelangt. Die Menge zerstreut sich im weitläufigen Gelände des Tierparks. Syrer, Afghanen und Iraker schlendern unsicher an den Gehegen von Hirsch und Reh vorbei. Die bayerischen Helfer bemühen sich redlich, ihnen ein Gefühl von *Willkommen* zu vermitteln. Kathrin Huber steht mit einer Gruppe Männer abseits. Da ich ihr Gespräch aus der Entfernung nicht verfolgen kann, beschließe ich, mich zu ihnen zu gesellen.

Ein wenig Provokation kann nicht schaden. »Frau Dr. Huber, guten Tag. Wie ich sehe, haben Sie den Tod Ihres Vaters ganz gut verarbeitet.« Habe ich gehofft, sie aus der Fassung zu bringen? Weit gefehlt. Kathrin Huber ringt sich ein schwaches Lächeln ab.

»Ah, Herr Kommissar. Ich fürchte, Ihre beruflich anerzogene Beobachtungsgabe lässt Sie heute im Stich. Glauben Sie bitte nicht, der Mord an Alois würde mir nicht nahe gehen. Aber was soll es bringen, sich jetzt wie eine Maus zu verkriechen und zu trauern? Ich hoffe, meinem Terminkalender gelingt es, die trüben Gedanken von mir fernzuhalten. Wenigstens das könnte der tägliche Stress für mich tun, oder?« Ihr Blick in die Runde trifft auf verständnisvolle Gesichter. Eines muss man ihr lassen: Sie hat die Männerwelt um sich voll im Griff. So auch den sichtbar übergewichtigen Mittfünfziger neben ihr, der sich als Bürgermeister Wimmer zu erkennen gibt.

»Ah, Sie sind also der ermittelnde Kommissar in dieser Sache.« Er reicht mir die Hand, die ich bewusst kräftig schüttele. »Der Alois war beileibe kein einfacher Mensch«, erklärt er mit mitfühlender Stimme, »aber wir alle sind entsetzt über das, was man ihm angetan hat. Kathrin, du weißt, wenn du Hilfe brauchst, kannst du auf uns zählen.« Mit ernster Miene legt er seine Hand auf ihre Schulter. Zustimmendes Nicken der Runde und dankbares Lächeln der Frau. Es könnte kaum rührender sein.

»Nun gut. Ich habe auch eine ganz andere Frage zu klären. Herr Bürgermeister, Sie kennen die Verhältnisse in Ihrer Gemeinde doch sicher ganz gut.« Zustimmendes Schweigen. »Wer in Sankt Ulrich würde Ihrer Meinung nach am meisten davon profitieren, wenn das Pumpspeicherwerk nicht gebaut wird?«

»Alle.« Es ist Kathrin Huber, die antwortet, und nicht Herr Wimmer. Der wirkt plötzlich weitaus weniger freundlich. »Nichts für ungut«, nimmt er sein Recht als Gemeindeoberhaupt und Adressat meiner Frage in Anspruch, »aber das ist deine Meinung als Sprecherin des Aktionsbündnisses. Der Kommissar will aber wohl eher konkrete Namen hören.«

Oha! Bürgermeister Wimmer lässt sich doch nicht so leicht unterbuttern, wie ich dachte. Ich bestätige seine Worte mit einem Nicken.

»Viele Leute wären sicher glücklich, wenn am Osser nicht gebaut wird. Aber davon profitieren? Was verstehen Sie eigentlich darunter? Sie denken sicher an Geld, oder?«

»Geld, Einfluss«, überlege ich laut. »Es gibt viele Möglichkeiten. Wäre zum Beispiel einem Bürgermeister, der das Projekt verhindert, nicht die Wiederwahl sicher?«

Er reagiert mit der routinierten Gelassenheit des erfahrenen Kommunalpolitikers. »Ja, das wäre wohl so. Aber glauben Sie mir, die Gehaltsstufe eines Bürgermeisters einer Gemeinde von der Größe Sankt Ulrichs würde eine kriminelle Handlung zum Zwecke eines Wahlsieges mehr als töricht erscheinen lassen. Außerdem gehe ich davon aus, dass meine Verdienste um die Gemeinde für die Bürger von Sankt Ulrich Grund genug sind, mich im Amt zu bestätigen.« Ein süffisantes Lächeln begleitet seine Worte. »Denken Sie nicht, dass die Frage eher lauten müsste: Wer profitiert davon, wenn es gebaut wird?«

»Das ist sicher eine Frage, die die Menschen Ihrer Gemeinde seit Monaten beschäftigt. Als Mordmotiv ist sie jedoch ungeeignet. Haben Sie vergessen? Alois Huber wollte verkaufen! Sein Tod kann nur ein Schritt in Richtung Ende des Pumpspeicherwerks sein.«

Bewusst lange schaue ich Kathrin Huber an, die jedoch keine Regung zeigt. »Aber da wir schon mal bei dem Thema sind. Wer, Ihrer Meinung nach, hätte einen Vorteil vom Bau des Speicherwerks?«

»Da eben gehen die Meinungen auseinander«, mischt sich ein junger Mann mit Schnurrbart ein, der bisher unser Gespräch stumm verfolgte.

»Und Sie sind?« Im Allgemeinen weiß ich gern, mit wem ich es zu tun habe.

»Entschuldigung. Hubert Schneider. Leiter des Fremdenverkehrsverbundes Osserwinkel. Nun, Sie müssen wissen, es gibt Menschen, die denken, der Fremdenverkehr hier könnte durch die Speicherseen angekurbelt werden.

So wie bei den großen Stauwerken in Österreich. Andere hoffen auf die versprochenen hohen Gewerbesteuereinnahmen. Und einige wenige werden durch den Verkauf ihrer Grundstücke einen schönen Batzen Geld machen.«

»Alois Huber jetzt aber nicht mehr«, werfe ich ein.

»Aber seine Erben. Entschuldige, Kathrin«, schränkt Bürgermeister Wimmer seine Aussage sofort ein. »Wir wissen natürlich alle, dass du nie an die OBAWAG verkaufen wirst. Aber die Gabi und ihr Mann, der Jochen. Das neue Haus in Arrach muss erst einmal abbezahlt werden.«

»Woher wissen Sie das alles so genau?«, wundere ich mich.

»Es wird halt geredet«, meint er und blickt verlegen in die Runde. Nahrung für mein latent schwelendes Vorurteil, dass auf dem Land jeder alles über jeden weiß. Immerhin verhilft mir diese Eigenheit zu der Erkenntnis, dass wir Gabi und Jochen Schreiner doch nicht aus dem Fokus unserer Ermittlungen entlassen dürfen. Ein kleiner Fortschritt, aber noch bin ich nicht dort, wo ich hinwollte. »Lassen Sie mich die Frage etwas umformulieren: Wer würde davon profitieren, wenn das Projekt nicht an diesem Standort, sondern auf anderen Grundstücken verwirklicht würde?«

»Auf anderen Grundstücken?« Bürgermeister Wimmer klingt so verwirrt, wie die anderen dreinschauen. »Ich weiß nicht, was Sie meinen.«

»Es war nie die Rede von anderen Grundstücken«, meldet sich Hubert Schneider wieder zu Wort. Die OBAWAG war sich von Anfang an mit dem Alois einig. Stimmt doch, Kathrin, oder?«

»Soweit ich weiß, ja. Und er hat nicht einmal versucht, den Preis hochzutreiben. Ich höre noch heute die

Champagnerkorken bei der Geschäftsführung der OBA-WAG knallen. Die hätten sich wohl nie gedacht, dass die Grundstücksverhandlungen so problemlos verlaufen würden. Es gab für sie keinen Grund, einen Alternativstandort ins Auge zu fassen. Außer, das Raumordnungsverfahren hätte Schwierigkeiten ergeben. Naturschutz und so! Aber die Prüfung hat ja gerade erst begonnen. Ich verstehe nicht, worauf Sie hinauswollen, Herr Buchmann.«

»Ich versuche nur, den Kreis der möglichen Täter einzuschränken. Und mir ein Bild von der Stimmung in der Region zu machen«, füge ich hinzu. »Da wir schon mal beim Thema sind, Herr Bürgermeister. Die Gemeinde wird doch sicher auch am Genehmigungsverfahren beteiligt? Haben Sie bereits Unterlagen hierüber erhalten, die ich mir mal ansehen könnte?«

»Ja und ja! Natürlich werden wir am Verfahren beteiligt. So etwas kann nicht ohne die betroffene Gemeinde vonstattengehen. Und ja, wir haben bereits Pläne und Beschreibungen für eine erste Anhörung erhalten. Sie können sie gerne einsehen. Am Dienstag.«

Am Dienstag? Unmöglich!

»Sie werden sicher verstehen, dass ich nicht bis Dienstag warten kann«, versuche ich ruhig zu entgegnen. »Ich bin mir sicher, Sie können mir auch heute Zutritt zum Rathaus verschaffen.«

»Hm, ja. Mir fällt gerade ein, dass unsere Geschäftsleiterin, Frau Miethaner, heute noch die Abrechnungen für das neue Baugebiet durchsehen wollte. Wahrscheinlich ist sie sogar jetzt in diesem Augenblick im Rathaus«, meint er mit einem Blick auf seine Uhr. »Sie ist außerordentlich tüchtig, müssen Sie wissen.«

»Dann könnten Sie die tüchtige Frau Miethaner anrufen und mich anmelden, oder?«

»Ja, könnte ich.« Er zückt sein Handy und verlässt die Gruppe, um seiner Mitarbeiterin mitzuteilen, dass ein Kommissar aus München im Rathaus vorbeischauen wird.

Für mich gibt es hier nichts mehr zu tun. »Einen schönen Tag noch«, wünsche ich deshalb den Herren und Frau Huber und drehe mich um. Dann fällt mir noch etwas ein: »Frau Dr. Huber?«

»Herr Buchmann?«

»Noch einmal zu den Osserriesen. Wie fanatisch schätzen Sie deren Mitglieder ein? Käme Ihrer Meinung nach einer oder mehrere von ihnen für einen Mord infrage?«

Die Männer, die sich ebenfalls zum Gehen entschlossen haben, bleiben stehen. Ich sehe förmlich ihre Ohren auf Empfang geschaltet. »Die Osserriesen? Nach meiner Erfahrung sind einige von ihnen durchaus bereit, den Pfad der Legalität nach links oder rechts ein paar Schritte zu verlassen. Aber ein Gewaltverbrechen? Wie ich Ihnen schon sagte, kann ich mir das beim besten Willen nicht vorstellen.«

»Nach Ihrer Erfahrung?«

»Ich war selbst bei den Osserriesen. Wussten Sie das noch nicht?«

Na so was? Die Frau Doktor war mal radikal gestimmt. »Und jetzt? Warum haben Sie sich für den legalen Weg des Widerstands entschieden?«

»Sie haben Ihre Frage selbst beantwortet«, lächelt sie. »Weil er legal ist.«

»Ich verstehe. Danke für Ihre Zeit. Auf Wiedersehen.«

Kein Zweifel. Kathrin Huber hat mir bisher nichts verschwiegen. Hoffe ich jedenfalls.

Auf dem Weg hinab zum Ausgang des Tierparks begegne ich wieder dem Großen und dem Kleinen. Sie haben ihre Aufgabe erledigt. Die Plakate der Osserriesen sind entfernt. Den beiden Schweinen, die jetzt bewegungslos im Schlamm Speck ansetzen, waren sie ohnehin gleichgültig. Wie auch das Pumpspeicherwerk und der Mord an Alois Huber. Was für ein Schweineleben.

Jetzt, wo die Protestschriften den Blick auf die Reklamewand am Tierparkeingang nicht mehr versperren, springt mir eine Anzeige ins Auge. Neben der für die *spektakulären Nachtbesuche des Tierparks* wird eine Tierpflegerin als Ersatz für eine schwangere Mitarbeiterin gesucht, die den Park demnächst in freudiger Erwartung eines Kindes verlassen muss. Sicher kein schlechter Job, denke ich, so als Kollegin von dem Großen und dem Kleinen.

✻

Was Mel wohl gerade macht? Ich beschließe, sie anzurufen. Es kann nicht schaden, sie zu dem Gespräch mit Frau Miethaner mitzunehmen. Ich erreiche sie sofort und wir vereinbaren, uns in fünf Minuten vor dem Rathaus zu treffen.

Mel wartet schon, während ich meinen BMW auf dem kleinen Parkplatz neben der Sankt Ulricher Schaltzentrale abstelle. Kein Wunder, liegt diese doch nur wenige Meter neben dem Hotel *Zur Post* und somit quasi in Sichtweite meiner Kollegen.

»Guten Morgen«, begrüßt sie mich mit einem Lächeln. Kein strahlendes Lächeln, nein, aber bei Mel reicht es, um meinen Tag zu verschönern.

»Hallo, Mel. Na, wie war deine Nacht? Gut geschlafen in der *Post*?«

»Gut, aber zu kurz. Hab mir die halbe Nacht Zeitungs-
artikel und Prospekte zum Bauprojekt auf dem Osser rein-
gezogen. Ganz interessant, was hier so abgeht.«

»Ja, mir scheint, die Leute hier reden von nichts anderem. Bis gestern jedenfalls. Jetzt hat der Mord das Pumpspeicherwerk erst einmal aus den Schlagzeilen verdrängt.
Wo warst du heute schon?«

»Ich habe mich mit der hiesigen Ärztin unterhalten.
Sven hat mich darum gebeten. Er sagte, du hast ihm erlaubt,
seine Spur weiterzuverfolgen?«

»Ja, das hab ich wohl.«

»Das heißt, du glaubst auch, Kurt Obermeier könnte
etwas mit der Sache zu tun haben? Oder fängst du langsam an, Sven zu vertrauen?«

Oha! Jetzt hat sie mich kalt erwischt. Habe ich mein
latentes Misstrauen ihm gegenüber so offen zur Schau
getragen? Und woher kommt es eigentlich? Vielleicht
schätze ich ihn ja tatsächlich falsch ein. Und seinen Onkel
hat er sich schließlich auch nicht ausgesucht. Außerdem
trägt er zu unseren aktuellen Erkenntnissen im Fall Alois
Huber nicht unerheblich bei. Ehrlich gesagt, ist seine Spur
sogar die vielversprechendste bisher.

»Moritz!« Der mahnende Unterton in Mels Stimme
ist nicht zu überhören. »Das ist Svens erster Einsatz. Er
braucht ein Erfolgserlebnis. Er muss bei der Lösung des
Falles dabei sein. Falls wir ihn lösen. Lass ihn bloß nicht
abseits stehen!«

»Keine Sorge! Sven gehört zum Team.«

»Dann lass ihn das auch spüren!«

»Schon gut! Mach dir mal keine Sorgen. Vielleicht überrascht er uns ja, und seine Spur erweist sich als die richtige.
In diesem Fall habe ich nicht vor, den Ruhm selbst einzu-

sacken. Ganz bestimmt nicht. Sollte Sven den Fall lösen, wird das auch so in den Akten stehen.«

Das habe ich tatsächlich vor. Gut, der Junge wird es in meiner Sympathieskala nie bis ganz nach oben schaffen. Damit tritt er aber doch nur in meine Fußstapfen. Ich bin Realist genug zu wissen, dass ich nicht aus Zufall nur wenige Freunde habe. Marcel und Mel und seit letztem Jahr ein paar ältere Damen aus Kirchbach. Und Claudia, obwohl ich das noch immer nicht fassen kann. Was findet sie nur an mir?

»Und was ist mit dir? Was hältst du von ihm?«, werfe ich ihr den Ball zu.

»Von Sven? Nun ja …« Überrascht erkenne ich einen Hauch Verlegenheit.

»Er ist ja schon etwas überdreht und … wie soll ich sagen? … eingebildet. Aber waren wir das nicht alle am Anfang? Wollten wir nicht auch der Welt beweisen, dass sie nur auf uns gewartet hat? Ich finde ihn ganz passabel. Als Kollege natürlich«, fügt sie schnell hinzu. »Geben wir ihm etwas Zeit und warten ab, wie er sich macht, einverstanden?«

»An mir soll's nicht liegen.« Nicht zu glauben, aber Mel hat es in wenigen Minuten geschafft, den Toleranzschalter bei mir umzulegen. Bei manchen Frauen fühle ich mich hilflos wie ein Kind. Es wird Zeit, das Thema zu wechseln: »Hauptsache, wir finden den Täter! Und dazu müssen wir jetzt in dieses Rathaus, das noch immer abgeschlossen ist. Verdammt! Der Bürgermeister hat doch angerufen.«

Ich rüttle an der Tür. Als wäre dies das verabredete Signal, ertönt das Klacken des Türschlosses zum Sankt Ulricher Rathaus.

SVEN

Sven nickte zufrieden, dann klappte er sein Laptop zu. Natürlich war ihm bewusst, dass heute Morgen seine Ermittlungen den Weg der Legalität verlassen hatten. Nun gut, nicht er selbst hatte das Gesetz übertreten. Vielmehr war es sein Kumpel Thomas gewesen, der sich Zugang zu den uralten Krankenakten verschafft hatte. Thomas, der bis heute in seiner Schuld gestanden hatte, war nicht begeistert gewesen, als Sven diese eingefordert hatte. Verständlich, riskierte er doch seinen Job bei der Versicherungsgesellschaft, die ihm eine Stelle und damit einen neuen Start ins Leben ermöglicht hatte. Erst als Sven hoch und heilig versprochen hatte, dass er die Daten nicht weitergeben oder verwenden würde, und überhaupt brauche er keine medizinischen Details, hatte Thomas nachgegeben. Damit war auch seine Drogenvergangenheit und die Geschichte mit dem minderjährigen Mädchen endgültig aus Svens Gedächtnis gelöscht. Das war nur gerecht so, fand Sven. Hatte Thomas doch die Kurve noch rechtzeitig genommen, und sein anständiges Dasein mit alten Geschichten zu gefährden, hätte einfach nicht gepasst.

Mehr verblüffte ihn die Genauigkeit, mit der die Krankenversicherungsunterlagen nun schon seit fast 40 Jahren aufbewahrt wurden. Gescannt und digitalisiert hatten sie erst Thomas und dann ihm verraten, wo Korbinian Obermeier sich vor 36 Jahren aufgehalten hatte. Lang aufgehalten hatte. Lang genug jedenfalls, um seiner Frau Maria einen kleinen, aber folgenschweren Flirt mit dem Nachbarssohn zu ermöglichen. Das Bild in Svens Kopf, zuvor noch blass und schemenhaft, nahm Farbe an. Jetzt musste er nur noch Maria Obermeier damit konfrontieren. Moritz und Mels Abwesenheit passte da ausgezeichnet. Sollten sie sich ruhig mit den Osserriesen beschäftigen.

Er machte sich auf den Weg.

*

Sein Wagen parkte vor der Post, doch er entschied sich, zu Fuß zu gehen. Die kurze Wanderung hinüber nach Engelsgrub würde seine Gedanken ordnen und ihn auf die kommende Auseinandersetzung vorbereiten. Hoffentlich war Maria Obermeier zu Hause.

Sie war zu Hause.

Als Sven den Hof betrat, verteilte sie gerade die Wäsche des Tages auf eine zwischen zwei Bäumen gespannte Leine. Sven konnte sich eines kurzen Blickes hinüber zum Ledererhof nicht erwehren. Dorthin, wo Alois Huber auf so außerordentlich grauenvolle Weise ums Leben gekommen war. Mit einem Kribbeln im Nacken wandte er sich Maria zu.

»Guten Tag, Herr Kommissar«, kam sie ihm zuvor, ohne ihre Arbeit zu unterbrechen.

»Guten Tag«, erwiderte er kurz.

»Na, heute allein hier?« Hörte er da Spott in ihrer Stimme? »Ohne Ihren Boss und ohne Ihre hübsche Kollegin?« Wollte sie ihn verunsichern? Sven war jedoch nicht hierhergekommen, um sich aus der Ruhe bringen zu lassen. Maria Obermeier würde gleich einsehen, dass er hinter ihr Geheimnis gekommen war. Sie würde einsehen, dass auch er, Sven Straubmann, ein vollwertiges Mitglied dieser Mordkommission war.

»Frau Obermeier, hatte Ihr Mann eine Waffe?« Er entschloss sich, langsam zum Kern der Sache vorzudringen.

»Eine Waffe? Mein Mann? Was hat denn der Korbinian mit Ihrem Fall zu tun?« Seelenruhig befestigte sie eine weitere Wäscheklammer an einem Kissenüberzug.

»Wenn Ihr Mann eine Waffe hatte, könnte diese doch noch in Ihrem Haus sein, oder? Also: Hatte er eine Waffe? Eine Pistole vielleicht?« Sven beobachtete sie genau. Kein Zucken oder Zögern. Maria Obermeier war ein harter Brocken. Ohne es zu wissen, schien sie das Spiel zu beherrschen. Doch Sven war geschult in diesen Dingen und er hatte noch einige Karten in der Hinterhand.

»Ich weiß von keiner Pistole. Und ich kenne jeden Winkel hier im Haus.«

»Dann haben Sie sicher nichts dagegen, wenn wir das Haus durchsuchen?«

»Mit einem Durchsuchungsbefehl jederzeit«, kramte sie ihr TV-Wissen hervor, während sie Unterwäsche an die Leine klemmte.

Sven kam kurz ins Stocken. Er musste nachlegen, sie aus der Reserve locken. »Ihr Mann hatte also keine Pistole, zu der vielleicht auch Ihr Sohn Zugang hatte?«

Die Wäscheklammer zerbrach in Marias Hand. »Mist!«, schimpfte sie, nahm eine neue. »Der Kurt? Was soll denn der Kurt mit einer Pistole? Um so was hat er sich noch nie gekümmert.«

»Hat er sich auch nicht darum gekümmert, wer sein Vater war?« Er versuchte, unbeteiligt zu klingen, doch innerlich bebte er. Er hatte seinen höchsten Trumpf ausgespielt. Zu früh? Egal, jetzt lag es an Maria, zu kontern, oder ihre Karten auf den Tisch zu legen.

»Kurts Vater? Ich verstehe nicht, worauf Sie hinauswollen.«

»Kurt ist Ihr Sohn, aber Korbinian war nicht sein Vater. Habe ich recht?«

Marias Hand umschloss eine feuchte Socke und presste zwei Wassertropfen aus ihr heraus.

Ich bin auf dem richtigen Weg, frohlockte Sven. »Etwas ist mir gleich aufgefallen. Das Foto mit Kurt, Korbinian und Alois.« Fragend blickte sie ihn an. Sie hatte die Socke zurück in den Korb geworfen. Sven genoss jetzt ihre ungeteilte Aufmerksamkeit.

»Das Foto? Was soll damit sein?«

»Die Arme der drei. Alois legt seinen Arm um Kurts Schultern, Kurt seine beiden um die von Alois und von Korbinian. Der aber berührt Kurt nicht. Ihr Mann hat Kurt wie seinen eigenen Sohn aufgezogen, obwohl er wusste, dass Alois der Vater war. Ich denke, ein Gentest würde das bestätigen. Doch in Anwesenheit von Kurts leiblichem Vater hielt ihn etwas zurück, zu Kurt zu stehen. Auch im Augenblick, als der Fotograf den Auslöser bediente. Ja, Frau Obermeier, Korbinian wusste es. Beide Männer in Ihrem Leben wussten es. Korbinian war im Jahr vor Kurts Geburt im Krankenhaus. Vier Monate.«

Sie nickte schwach. »Der Max, unser Kaltblut, hat ihn getreten. Mitten auf die Brust. Stand schlecht um ihn damals. Aber er hat's geschafft.« Ihre Stimme ist jetzt leise, müde und gebrochen.

Und traurig. Unendlich traurig.

»Sie hatten ein Verhältnis mit Alois.«

»Ein Verhältnis? Wenn Sie eine Nacht ein Verhältnis nennen wollen, dann ja. Die Anna hat damals nichts bemerkt. Und auch später nicht, glaube ich.«

»Aber als dann deutlich wurde, dass Sie schwanger waren, wussten Korbinian und Alois Bescheid. Doch Sie haben nichts gesagt. Korbinian hat zu Ihnen und Ihrem Sohn gehalten.« Maria nickte stumm. »Sie können sich Ihren Gentest schenken. Es ist so, wie Sie sagen. Wir drei wussten es. Und noch ein paar mehr.«

Der alte Mann, dachte Sven.

»Aber was soll das alles mit dem Alois seinem Tod zu tun haben? Was soll der Kurt damit zu tun haben?«

Sven zögerte. Sollte er Maria mit der Ohrfeige konfrontieren, die sie ihrem Sohn gestern verpasst hatte? Nein, entschied er. Das war nicht nötig.

»Ich glaube«, sagte er, »Kurt hat herausgefunden, dass Ihr Korbinian nicht sein Vater war. Er ahnte wohl, wer es wirklich war. Vielleicht stellte er einen Zusammenhang zu seiner Behinderung her, den es in Wirklichkeit nicht gibt. Vielleicht wollte er nur ein klärendes Gespräch mit Alois Huber. Ich bin mir sicher, die Erkenntnis, dass der Mann, den er all die Jahre als Vater liebte und der ihn belogen hat, traf ihn härter, als wir uns das vorstellen können. Hinzu kommt Kurts krankhafte Aggressivität, die nur medikamentös unterdrückt werden kann. All das führte zum Streit mit Alois, der ja wohl auch kein einfacher Charakter war. Sie haben mir nicht die Wahrheit gesagt, nicht wahr? Es gibt eine Pistole und Kurt weiß von ihr.«

Sie ging zur Gredbank vor dem Haus und setzte sich. »Frau Obermeier. Ich bin mir sicher, der Streit zwischen Ihrem Sohn und seinem Vater endete tödlich. Ob sich der Schuss gelöst hat oder ob er gezielt und bewusst abgefeuert wurde, kann uns nur Kurt sagen. Und er ist nicht dumm. Was immer die Leute reden wollen. Er hat durchaus mitbekommen, was in Sankt Ulrich zurzeit vor sich geht. Er weiß von den Osserriesen und hat deren Zeichen und die Worte an Lisa hinterlassen.«

»An Lisa? Welche Worte denn?«

»Opa war nur der Erste.«

»Was?«

Richtig. Davon wusste sie ja nichts.

»Und das alles soll mein Kurt getan haben? Niemals! Sie sollten jetzt gehen! Merken Sie sich eins: Mein Kurt tut niemandem etwas an.«

»Schade.« Svens enttäuschter Blick fiel auf den Wäschekorb, in dem noch einige Socken darauf warteten, auf die Leine gehängt zu werden. »Wirklich schade, Frau Obermeier. Nicht wegen mir, glauben Sie mir. Wegen Kurt. Sie wissen, dass er die Waffe noch hat. Bedenken Sie, was er damit anrichten kann. Er ist eine Gefahr für andere und auch für sich selbst.«

Für einige Sekunden wirkte sie unsicher, doch dann sagte sie: »Sie irren sich. Gehen Sie! Gehen Sie jetzt!«

Sven nickte bedrückt. »Also gut. Ich dachte, Sie wollen Ihrem Sohn helfen. Wenn wir ihn finden und er die Waffe noch hat, kann niemand sagen, was passieren wird.« Mit dieser Warnung ließ er sie zurück. Er wusste, er hatte die Saat des Zweifels in ihr gesät. Jetzt konnte er nur noch hoffen, dass sie aufging.

Und das bald!

KATHRIN

Die sechs Zylinder des Porsche 911 S Turbo verstummten mit einem satten Blubbern. Für gewöhnlich jagte Kathrin Huber den schwarzen Männertraum die Auffahrt hinauf, kaum dass sich das elektrische Gartentor hinter die weiß getünchte Mauer geschoben hatte. Heute aber rollte sie in gemächlichem Schritttempo vor die Stufen, die zu ihrem Haus führten. Auch verzichtete sie auf den obligatorischen letzten Tritt aufs Gaspedal, welcher der hochgezüchteten Maschine unter der Haube ein letztes Fauchen entlockte. Ein Geräusch, das zahllose Männer dieser Welt mehr liebten als die Liebesschwüre einer Frau. Der heutige Tag aber zwang sie zur Mäßigung. Gut, die Veranstaltung im Tierpark war zufriedenstellend verlaufen und ihre Rede war – selbstverständlich – brillant gewesen. Sie hatte ihr Anliegen, das Anliegen des Hilfskreises, in die Köpfe der anwesenden Politiker und Entscheidungsträger gepflanzt. Wenn sie auch gestehen musste, dass sie das Schicksal der Männer, Frauen und Kinder, welches die Asylbehörden in die Hände der Menschen im Osserwinkel gelegt hatten, nicht in dem Maße beschäftigte, wie es die Ereignisse um den Osser taten, so wollte sie doch nicht abseits stehen, wenn es darum ging, Engagement zu zeigen.

Ja, das war es. Engagement. Einsatz für die Ängste und Nöte ihrer Mitbürger. Das hatte ihr einen guten Ruf eingebracht. Dank ihres Engagements für den Osser kannte jeder ihren Namen. Von ihren wahren Problemen, die sie in diesen Tagen überwältigten, wusste niemand etwas. Gott sei Dank! Sie musste den Schein des Normalen wahren.

Die Veranstaltung im Bayerwald Tierpark war dafür ideal. Doch was kam danach? Ihr Image würde jedenfalls ein ganz anderes sein. Falls sie die Sache unversehrt überstand. Genau das aber war nicht sicher. Sie hatte keine Wahl. Sie hatte die Sache begonnen, also musste sie sie auch beenden.

Heute aber gab es andere Dinge, die darauf warteten, erledigt zu werden. Unangenehme Dinge, die sich jedoch nicht umgehen ließen. Ihr Vater war tot und sie musste die Formalitäten erledigen. Ihrer Schwester konnte sie das kaum zumuten. Gabi hatte, im Gegensatz zu ihr, an ihrem Vater gehangen, und es mussten mit Sicherheit einige schneereiche Winter den Osserwinkel heimsuchen, ehe sie den grausamen Tod ihres Vaters überwinden würde. Der Behördenkram und die Organisation der Beerdigung nahmen einen großen Teil ihrer wertvollen Zeit in Anspruch. Schließlich gab es da die Sache mit der Spielbank und ja, auch diesen Moritz Buchmann musste man im Auge behalten. Das Gespräch mit ihm war freundlich, aber irgendwie auch unangenehm verlaufen. Es war ihr nicht gelungen, ihr Gegenüber zu durchschauen, und das machte sie nervös. Buchmann war ganz offensichtlich kein Anfänger. Hatte er doch im letzten Jahr den Mord oben in der Arberseewand aufgeklärt und einen Täter überführt, der fern jeden Verdachtes gestanden hatte.

Kathrin Huber öffnete die Tür zu ihrem Haus, das man getrost als luxuriös bezeichnen konnte. Der moderne Flachdachbau hatte in der Gemeinde für einige Aufregung gesorgt. Es hatte einiger Überredungskünste ihrerseits bedurft, um den Gemeinderat und das Landratsamt zu einer Genehmigung zu bewegen. Noch immer fiel es ihr schwer zu glauben, wie schnell ihr Aufstieg vonstattengegangen war. Nach Jahren eher mäßig bezahlter Jobs in ebenso mäßigen Firmen war das Angebot aus Tschechien gekommen. Sie hatte zugegriffen und das Glück oder besser das Glücksspiel mit beiden Händen – und jeder Menge Köpfchen – gepackt.

Die Umsatzbeteiligung bei gleichzeitig geringem Grundgehalt hatte sich anfangs als Risiko, bald jedoch als Goldquelle erwiesen. Das *Lucky Star* lief, auch dank ihres Managements, unfassbar gut. Spieler aus Tschechien und Deutschland und auch die Kleinmafiosi hinter den Vietnamesenmärkten standen an den Automaten und Tischen Schlange, um die Taschen der Investoren und damit auch ihre mit Geld zu füllen. Die Folgen waren unabsehbar gewesen: Auto, Haus und ein kleines Segelflugzeug waren wie ein unwirklicher Traum gewesen.

Ein bisschen viel, wie sich bald herausstellte. Das Flugzeug gehörte ihr nicht mehr, auch wenn das keiner ihrer Freunde wusste. Und das Haus: Nun ja, wenn alles gut ging, konnte sie das Schmuckstück mit Pool und Dreifachgarage behalten. Sie durfte sich bloß keine Fehler mehr erlauben. Der eine, dieser Augenblick der Gier, der Schwäche und ja, auch der Dummheit, hatte wirklich gereicht.

Achtlos warf sie die Schlüssel auf die weiße Schuhkommode und ging in die Küche. Aus dem Wohnzimmer verrieten leise Schritte, dass Jana noch hier war. Kaum dass sie ihr neues Haus bezogen hatte, war ihr klar geworden, dass sie die acht Zimmer nicht allein unterhalten konnte. Außerdem verlangte ihr neuer Status nach einer Haushälterin, na klar. Da kam es wie gelegen, dass ihr alter Kumpel Anton einen Job für seine junge ukrainische Frau suchte. Man musste kein Experte sein, um zu sehen, dass es nicht gut um den Einödhof dort droben stand. Ein Blick auf die Tageseinnahmen der Wirtshäuser der Umgebung und in die Augen des Jungbauern reichte und man wusste Bescheid. Also hatte sie ihrem Freund aus alten Schultagen einen Gefallen getan und mit Jana eine Probezeit vereinbart. Eine absolut überflüssige Vorsichtsmaßnahme, wie sich bald herausstellte. Jana war das, was man gemeinhin als *Perle* bezeichnete. Sie kam sogar an einem Feiertag wie dem heutigen Pfingstsonntag. Außerdem war sie nett, höflich und bildhübsch. Ein Umstand, den Kathrin Huber durchaus zu schätzen wusste, auch wenn niemand in ihrer Heimat davon auch nur ansatzweise etwas ahnte. Dennoch ließ sie die Finger von Jana. Dabei mochten die 100 Kilo Muskeln, die Anton auf die Waage brachte, eine Rolle spielen und auch sein ungezügelter Jähzorn, der sich, einmal entfacht, schnell zum Flächenbrand entwickeln konnte. Auch dass sie so etwas wie Kumpel waren, hielt Kathrin zurück. Schon seit ihren Kindheitstagen hatte sich das Mädchen vom Ledererhof mit dem Jungen vom Moserhof verstanden. Vielleicht verband beide mehr, als Kathrin sich selbst eingestehen wollte. Dies hätte zwar Anton kaum davon abgehalten, ihr die Hände zu brechen, hätte sie diese an Jana gelegt, aber es war wohl der Respekt, den sie der blonden Schönheit entgegenbrachte, der jeden Gedanken an ein Verhältnis mit ihr im Keim erstickte. Ihre Art, mit ihrem schweren Los umzugehen, nötigte Kathrin Bewunderung ab. Und sie hatte wahrlich ein schweres Los zu tragen dort oben auf dem Einödhof, weitab des Dorfes.

Kathrin wusste das. Alle wussten das. Also behandelte sie Jana so, wie diese die Menschen behandelte.

Auch heute verbarg sie die Schmerzen, die sie quälten. Sie hatte die blauen Flecken, wie üblich, unter den langen Ärmeln eines Sweatshirts verborgen, hoffend, dass niemand Fragen stellte. Fragen, die hätten gestellt werden müssen, hätte es jemand gewagt, sich mit ihrem Ehemann anzulegen.

»Guten Tag, Frau Doktor.« Jana sah sie mit ernster Miene an. »Tut mir leid wegen Ihrem Vater.«

Ach so, dachte sie, deshalb das ernste Gesicht! Normalerweise empfing Jana sie mit einem Lächeln, das dem Tag ein Stück Sonnenschein schenkte und ihre Willenskraft auf eine harte Probe stellte.

»Danke, Jana! Das Leben geht weiter. Was mich erschreckt, ist die Art seines Todes. Aber Alois war alt und hat sein Leben gelebt. Du musst dir keine Gedanken darüber machen.« Sie dachte ein paar Sekunden nach, dann nickte sie. »Ich bin dann fertig hier. Die Zeitungen liegen auf dem Tisch, das Mittagessen steht in der Mikrowelle.«

»Danke, Jana. Das wär's für heute. Du kannst dann gehen. Morgen brauchst du nicht zu kommen. Nimm dir einen Tag frei und komm am Dienstag wieder, okay?«

»Gut.« Jana stellte ihre Anweisungen nie infrage. Kathrin reichte ihr ihre Tasche und öffnete die Haustür. »Und Sie sind sicher, dass Sie allein zurechtkommen?« Ihre wunderschönen Augen sahen besorgt aus. »Ich meine nur. Wegen dem Mord und so.«

»Mach dir keine Gedanken! Es geht schon.« Sie hat selber Probleme genug und sorgt sich um mich. Kathrin lächelte gequält. Gedankenverloren verscheuchte sie eine Fliege, die sich an der Haustür ausruhte, und sah Jana nach, wie sie sich auf ihr Fahrrad schwang und die Auffahrt hinunterfuhr. Natürlich hätte Kathrin sie morgen gern hier gehabt, doch sie musste jetzt allein sein. Sie hatte noch eine Menge zu erledigen. Wichtige Dinge. Dinge, von denen ihr weiteres Leben abhing. Und dabei wollte sie auf keinen Fall gestört werden.

ICH

Gerlinde Miethaner führt uns in den ersten Stock des ehemaligen Schulgebäudes, dessen hohe Flure und der klackende Steinboden den Charme des vorletzten Jahrhunderts versprühen. Der Widerhall unserer Schritte würde jedem im Haus unsere Anwesenheit verraten. Nicht so heute. Das Gebäude ist dem Wochentag angemessen leer. Die Geschäftsleiterin des Marktes ist überraschend jung für diese verantwortungsvolle Aufgabe. Trotz ihrer geschätzten 30 Jahre wirkt sie in diesen Räumen, als würde sie hier seit Jahrzehnten arbeiten. Davon zeugen ein repräsentatives Büro und ein gebürtiges Maß an Selbstbewusstsein, mit dem sie uns in dieses bittet. Kein bisschen eingeschüchtert aufgrund der beiden Kriminalbeamten. Und sie kommt gleich zur Sache: »Sie brauchen also Informationen zum Pumpspeicherwerk? Was genau möchten Sie denn wissen?« Ihre Stimme klingt genervt und ihr Blick, mit dem sie Mel mustert, ist es auch.

»Bürgermeister Wimmer dachte, Sie könnten uns behilflich sein. Wir wären Ihnen sehr verbunden, wenn Sie uns die Unterlagen zum Raumordnungsverfahren zeigen könnten«, versuche ich, kein Öl ins Feuer zu gießen.

»Ja, der Gerhard hat schon angerufen, dass Sie kommen. Als ob ich nicht genug zu tun hätte. Ist ja auch nur Sonntag!«

»Es tut uns wirklich leid, Sie in Ihrer freien Zeit zu stören, aber könnten Sie uns die Unterlagen überreichen? Der Mörder wartet nicht bis nach den Feiertagen!« Der Unterton in Mels Worten klingt nach: *Mach keinen Aufstand, wir müssen auch arbeiten.* Und Gerlinde Miethaner versteht das Unausgesprochene. Mann, da drohen aber zwei aneinanderzugeraten. Wird Zeit, die Situation zu entschärfen: »Wir wissen Ihre Hilfe wirklich zu schätzen. Wir wollen doch alle nicht, dass in Ihrer Gemeinde ein Mörder ungestört sein Unwesen treibt, nur weil Pfingsten ist. Das werden Sie doch sicher verstehen?«

Ein Glück, sie versteht es. Wenngleich vor einer Sekunde noch der Vulkan in ihr drohte auszubrechen, so hat sie sich im nächsten Augenblick wieder unter Kontrolle.

»Natürlich.« Sie ringt sich sogar ein Lächeln ab. »Kommen Sie! Die Pläne liegen im nächsten Zimmer.«

Die Planunterlagen für das Pumpspeicherwerk sind nicht zu übersehen. Der Ursprung allen Streits ist auf topografischen Karten, Geländeschnitten und Lageplänen anschaulich dargestellt. Auch im digitalen Zeitalter anscheinend die übersichtlichste Art der Präsentation. Oder hinkt die Gemeindeverwaltung Sankt Ulrich der Moderne hinterher? Wohl doch nicht. Gerlinde Miethaner fährt einen PC mit riesigem Flachbildschirm hoch. Die an großen Stellwänden hängenden Karten erscheinen im Kleinformat.

»Viel gibt es noch nicht zu sehen«, erklärt sie. »Das Verfahren befindet sich noch im Anfangsstadium. Es werden erst einmal alle Behörden, die Gemeinden und wer sonst noch von dem Projekt betroffen sein könnte, beteiligt. Das allein zieht sich eine ganze Weile hin. Wonach genau suchen Sie eigentlich?«

Ja, wonach?

»Können Sie mir die Grundstücke von Alois Huber einblenden?« Ein paar Mausklicks später leuchten die Wälder und Wiesen des Ledererhofes farblich hinterlegt auf.

Deutlich sind das Oberbecken bei der Osserwiese und der Verlauf der Druckleitung hinab ins Tal zu erkennen. Alois Huber war wirklich für das Projekt unumgänglich. Abgesehen von einigen anderen Grundstücken, durch welche die Druckleitung führt, würde alles auf seinen Flächen gebaut. Und wäre damit am profitabelsten für den Eigentümer. Auf Gabi und Jochen Schreiner wartet ein schöner Batzen Geld, sollte das Projekt umgesetzt werden.

»Haben Sie auch Luftaufnahmen?« Sie hat und die Osserwiese mit ihren markanten Felszapfen erscheint. Die Bilder rufen Claudia in mein Gedächtnis. Zusammen erwanderten wir den Berg, kaum dass der Frühling die letzten Schneereste gefressen hatte. »Wo könnte man dort oben noch ein Wasserbecken errichten?«, denke ich laut nach.

»Noch eins? Eines reicht doch wohl!«

»Anderswo meine ich«, korrigiere ich meine Frage. Sie versteht.

»Sie meinen, ein anderer Standort. Einer, der nicht dem Alois gehörte.«

»Andere Grundstücke, Geld in andere Taschen.« Mel hat verstanden, worauf ich hinauswill. Aufmerksam studiert sie den Bildschirm. Der ähnelt jetzt einer Hand, deren Finger nach dem Berg greifen. Gerlinde Miethaner hat die Grundstücksgrenzen eingeblendet. Die bewaldeten Berghänge südwestlich und nordwestlich der Osserwiese teilen sich in zahllose streifenförmige Grundstücke.

»Legen Sie doch bitte noch mal den Verlauf der Druckleitung und das Oberbecken darüber«, bitte ich die Geschäftsleiterin. »Wem gehören denn die unmittelbar angrenzenden Grundstücke?« Mel deutet auf die Flächen gleich neben den Wäldern des Toten.

»Das da ist der Wald vom Günther Aschenbrenner und oben der vom Anton Breitmoser.« Die Bestätigung ihrer Worte folgt sogleich auf dem Bildschirm. Mel teilt meine Gedanken. Wieder einmal!

»Sie kennen die beiden doch sicher. Was sind das für Leute?«

Gerlinde Miethaner lehnt sich zurück. Ihre braunen Augen sprühen vor List: »Was für Leute? Hm! Den Günther kenne ich kaum. Eher unauffällig und zurückhaltend. Mit ihm hatte ich noch nie Schwierigkeiten, obwohl es um den Hof nicht gut steht. Die Sabine, seine Frau, bemüht sich zwar, alles beisammenzuhalten, wie man so sagt, aber in letzter Zeit mussten sie immer wieder Grundstücke verkaufen, damit es noch weiter geht.«

»Und mit dem anderen? Anton Breitmoser? Hatten Sie mit dem schon Schwierigkeiten?«

»Wahrscheinlich jeder hier im Ort. Anton ist ein ganz anderes Kaliber. Kommt bei fast jedem Beitragsbescheid vorbei und beschwert sich. Und das nicht leise, glauben Sie mir. Und es gibt wohl keine Schlägerei, in die er nicht verwickelt ist. Am besten, man hat nichts mit ihm zu tun.«

»Kein angenehmer Zeitgenosse also«, resümiert Mel.

Die Angesprochene schüttelt den Kopf. »Nein, es gibt beliebtere Menschen hier. Und da ist auch noch die Sache mit der Jana.«

»Jana?«

»Jana, die Frau vom Anton Breitmoser. Sie …«

»Anton Breitmoser?« Keiner von uns hat den Bürgermeister kommen hören.

»Hallo, Gerhard. Ja, der Anton. Die Kripo denkt, er könnte in den Mord verwickelt sein.« Ihr Blick geht bei diesen Worten erst zu Mel, dann zu mir.

»Nun ja, so weit sind wir noch nicht. Wir suchen lediglich nach allen, die davon profitieren, wenn das Pumpspeicherwerk nicht gebaut wird.«

»Oder anderswo gebaut wird«, fügt Mel hinzu. »Das können andere Firmen, Investoren, Banken, aber auch Privatpersonen sein.«

»Und da denken Sie an Anton Breitmoser?«

»Und Günther Aschenbrenner oder auch noch andere. Einfach jeder, der Grundstücke verkaufen könnte, wenn die von Alois Huber nicht zur Verfügung stehen.«

»Du weißt doch, dass der Günther und der Anton da oben auch Wald besitzen«, mischt sich Gerlinde Miethaner ein. »Obwohl ihre Höfe ja eigentlich ganz woanders sind. Sehen Sie!« Sie vergrößert den Maßstab der Karte auf ihrem Bildschirm und deutet auf zwei abgelegene Punkte südlich von Sankt Ulrich. »Die Einödhöfe«, erklärt sie. »Vorderwaldeck, Hinterwaldeck, Trailling, der Moserhof und Bergwies, das Anwesen der Aschenbrenners. Weit oberhalb des Dorfes sind die Einödhöfe eine Besonderheit Sankt Ulrichs in dieser Gegend.«

»Seltsam. Die liegen doch weitab vom Osser. Wie kommt es da, dass Günther Aschenbrenner und Anton Breitmoser Grundstücke auf der anderen Seite des Regentales besitzen? Die Entfernung macht doch eine Bewirtschaftung äußerst schwierig.« Mel hat recht. Der Wald am Osser erschließt sich nicht auf den ersten Blick als Teil der beiden Einödhöfe.

»Das hat historische Gründe«, erklärt Bürgermeister Wimmer. »In früheren Generationen wurden Bauernhöfe durch Heirat erweitert. Die Wälder am Osser können da schon mal als Mitgift mit in die Ehe gebracht worden sein. Aber auch Schulden wurden mit Tieren oder, wenn die

Beträge größer waren, mit Grundstücken bezahlt. Es soll sogar vorgekommen sein, dass Spielschulden mit Wiesen und Wäldern beglichen wurden. Jedenfalls gehören die Flächen, die Sie hier sehen, zum Moserhof und zum Bergwieshof, solange ich denken kann.«

»Und wie steht es um den Moserhof? Finanziell, meine ich.«

»Nicht so toll, nach allem was ich weiß.« Gerlinde Miethaner lehnt sich zurück. »Wir mussten von Anton schon des Öfteren Steuerschulden durch das Finanzamt einziehen lassen. Ob er jedoch nicht zahlen kann oder einfach nicht will, lässt sich schwer sagen.«

Bürgermeister Wimmer sieht seine Geschäftsleiterin skeptisch an. »Aber der Günther und der Anton? Das kann ich mir nun wirklich nicht vorstellen. Das sind doch beide anständige Kerle. Anton Breitmoser mag etwas raubeinig sein und ja, auch seine Fäuste sitzen manchmal etwas locker, aber ein Mörder? Niemals! Sie müssen wissen, er unterstützt die Gemeinde und auch die Vereine hier, so oft er nur kann. Bei Festen und Veranstaltungen braucht man öfters einen Traktor oder Anhänger. Und da hat er sich noch nie vergeblich bitten lassen. Für den Umzug beim Trachtenfest nächste Woche stellt er wieder einen uralten Heuwagen zur Verfügung, wie ihn nur noch der Moserhof hat.«

»Die beiden würden auch nur in die Liste der Verdächtigen aufgenommen, wenn es eine Alternativplanung zum jetzigen Oberbecken und der Druckleitung gibt. Aber aus Ihren Unterlagen hier geht nichts dergleichen hervor.«

»Eine Alternativplanung? Davon haben wir nichts gehört.« Bürgermeister Wimmer sieht seine Geschäftsleiterin an, die mit den Schultern zuckt. »Keine Ahnung!«

»Warten Sie!« Gerhard Wimmer sitzt lässig auf einer Tischkante. Sein Gesichtsausdruck verrät jedoch äußerste Konzentration. »Wenn jemand etwas darüber wissen könnte, dann Friedrich Erdhauser. Regierungsdirektor Erdhauser von der Regierung der Oberpfalz. Er war von Anfang an in die Planungen der OBAWAG eingebunden und er führt das Raumordnungsverfahren durch. Sollte es andere Planungsvarianten geben, dann müsste er davon wissen.«

»Vielen Dank, Herr Bürgermeister, damit haben Sie uns sehr geholfen. Und Sie natürlich auch, Frau Miethaner.«

In diesem Augenblick klingelt das Handy des Gemeindeoberhaupts. Nach kurzem Lauschen und zwei-, dreimaligem »Ja, ich komme« legt Wimmer wieder auf. »Auf Wiedersehen. Den Breitmoser Anton und den Aschenbrenner Günther können Sie jedenfalls vergessen. Die haben den Alois nie und nimmer umgebracht.« Mit diesem Freispruch eilt er davon und auch wir schicken uns an, das Rathaus zu verlassen.

»Ach, noch etwas.« Mel dreht sich noch einmal zu Gerlinde Miethaner um. »Können Sie sich vorstellen, dass die Osserriesen etwas mit der Sache zu tun haben?«

»Die Osserriesen?« Ihre Stimme klingt nicht überrascht ob dieser Frage. Nur nachdenklich. »Tja, die Osserriesen sind ein Fall für sich. Schwer einzuschätzen. Einigen liegt wirklich das Wohl ihrer Heimat und des Berges am Herzen. Einige wissen wahrscheinlich nicht einmal genau, um was es eigentlich geht. Für sie stehen Krawall und Aktion im Vordergrund. Und einige Wenige, vielleicht auch nur zwei oder drei, könnten durchaus gefährlich sein. Ihre bisherigen Auftritte lassen schon einen gewissen Fanatismus erkennen.«

»Und wer sind diese zwei oder drei?«

»Keine Ahnung!«

»Ach kommen Sie!« Mel ist jetzt richtig sauer. »Sie wollen mir doch nicht ernsthaft weißmachen, dass niemand die Typen kennt? Hier, wo jeder über jeden Bescheid weiß? Und Sie hier in der Schaltzentrale der Gemeinde am allermeisten. Dieses Schweigen kotzt mich langsam an. Es geht hier um Mord, schon vergessen?«

»Da täuschen Sie sich, Frau Kommissarin. Ich gebe ja zu, dass die meisten Osserriesen bekannt sind. Aber nur die harmlosen. Nicht der harte Kern. Die kennen nicht einmal die anderen. Es wird viel geredet und gemutmaßt. Aber das war's dann auch schon. Die radikalen Fanatiker sind anonym.«

*

Wir stehen wieder auf dem Marktplatz bei der Mariensäule. »Und jetzt?« Mel wirkt noch immer genervt.

»Jetzt soll Schulz mal was für uns tun. Er soll uns ein Gespräch mit diesem Regierungsdirektor vereinbaren. Wir kommen an den heute, an einem Sonntag, nicht ran. Schulz hat da bestimmt so seine Kontakte. Notfalls über den Regierungspräsidenten.«

Gut, dass ich die Nummer meines Abteilungsleiters in meinem Handy habe. Schulz ist nicht begeistert, versteht aber nach einer kurzen Schilderung die Dringlichkeit der Sache. »Keine Sorge! Dieser Erdhauser wird Sie in der nächsten halben Stunde zurückrufen. Wie macht sich Straubmann so?«

Nanu? Seit wann interessiert sich der Abteilungsleiter für einen neuen Mitarbeiter? Steckt der Landtagsonkel dahinter? Was soll ich antworten? »Sven Straubmann verfolgt eine unserer Spuren. Macht er ganz gut, denke ich.« Damit habe ich nur ein wenig gelogen. Es ist seine Spur, die er verfolgt. Egal! Hauptsache, ich bin Schulz wieder los. Was Sven wohl im Augenblick macht?

Mein Handy läutet. »Nanu, das ging aber schnell!« Mel wundert sich genauso wie ich. Es ist jedoch nicht der Mann der Regierung, sondern Karl Loibl. Ein paar Sätze später habe ich mich entschieden, kurz nach Bad Kötzting hinunterzufahren. Der Geschäftsführer der OBAWAG ist in der Spielbank, um dort eine Investorenpräsentation vorzubereiten. Es könnte für den Fall interessant sein, zu hören, was Dr. Tandetzki zu den Geschehnissen in Sankt Ulrich zu sagen hat.

»Und was ist mit Anton Breitmoser?«

Ja, was ist mit ihm? Da war doch noch etwas! Ein unvollendeter Satz, den Gerlinde Miethaner gesagt hat. Er sitzt auf einem der Zahnräder in meinem Kopf, das sich beharrlich weigert, sich zu drehen. Na, vielleicht fällt es mir später wieder ein.

Anton Breitmoser … »Du hast es doch gehört. Er ist ein anständiger Kerl.«

JANA

Zur gleichen Zeit, etwa zwei Kilometer entfernt, schlug der *anständige Kerl* seine junge Frau. Nichts Ungewöhnliches, könnte man denken. Ein freundschaftlicher Klaps auf die Schulter, sanft und zärtlich zwischen Liebenden. Nicht so Anton Breitmoser. Seine Faust traf Jana in den Magen. Sie wurde nicht ohnmächtig. Nein, das war auch nicht seine Absicht. Aber der Hieb reichte, sie zu Boden zu strecken.

»Glaub bloß nicht, ich wüsste nichts von Karl.«

Sie krümmte sich. Der Schmerz hielt sich in Grenzen, fast schon ein gewohntes Gefühl. Dennoch wurde ihr übel. Sie kämpfte dagegen an, sich zu übergeben. Diesen Triumph wollte sie ihm nicht gönnen. Jana versuchte, sich zu erinnern. Karl? Was meinte Anton? Sekunden später wusste sie es.

»Ich hab dich doch gewarnt! Und jetzt warst du wieder mit diesem Bullen zusammen. Meine liebe Januschka! Du weißt doch, dass der nichts für dich ist. Siehst du nicht, wie geil der auf dich ist? Der Loibl starrt dich an, als hättest du nichts an, außer deiner Haut.«

Was meinte er nur? Es konnte doch unmöglich ihr harmloses Gespräch im Supermarkt sein. Dort hatte sie Karl Loibl diese Woche getroffen. Das war vor dem Mord an dem alten Mann gewesen, über den jetzt alle sprachen. Einige unverbindliche Worte in der Schlange vor der Metzgerei. Es stimmte schon, Karl sah sie mit diesem besonderen Blick an. Und das jedes Mal, wenn sie sich zufällig begegneten. Er war ein durchaus sympathischer Kerl. Mehr aber auch nicht. Mehr ließ die Angst vor

Anton nicht zu. Jetzt war seine Eifersucht also schon so weit gediegen, dass sie sich mit anderen Männern nicht unterhalten durfte. Wie sollte das nur weitergehen? Wie sollte ihr Leben weitergehen? Langsam richtete sie sich auf, wollte etwas sagen.

In diesem Augenblick fuhr Günther Aschenbrenners Astra auf den Hof. In letzter Zeit war er öfter hier. Noch nie war sie so froh, den dunkelblauen Opel zu sehen. Der gefährliche Glanz in Antons Augen erlosch. »Den Karl nehm ich mir noch vor«, sagte er leise, während er sich umdrehte, um seinen Nachbarn zu empfangen. »Und wir zwei klären das heute Abend.«

ICH

Der Parkplatz der Bad Kötztinger Spielbank ist um diese Tageszeit nahezu leer. Karls Streifenwagen ist somit nicht zu übersehen. Noch bevor ich aussteigen kann, erhalte ich einen Anruf von Thorsten Schneider. Seine Stimme verrät seine Enttäuschung.

»Tut mir leid Moritz, aber wir haben nichts gefunden, was euch wirklich weiterhelfen könnte. Neben den Fingerabdrücken des Toten und seiner Enkelin nur ein paar

Haare. Die würden für eine DNA-Analyse reichen. Wenn du also einen Verdächtigen hast, gegen den du einen weiteren Beweis brauchst, könnte ich was liefern. Sollte die DNA aber zu jemandem passen, der einen Grund hat, schon früher in der Scheune gewesen zu sein, hilft uns das auch nicht weiter. Auch am Toten selbst gibt es keine Spuren. Nichts deutet auf einen Kampf oder eine Auseinandersetzung hin. Es scheint, der Täter hat Alois Huber einfach erschossen, ohne lange rum zu machen.«

»Und sonst? Telefon, Post und so weiter.«

»Haben wir natürlich auch überprüft. Nichts Ungewöhnliches. Er hat kaum mit jemandem telefoniert. Der letzte Anruf stammt von seiner Tochter Gabi Schreiner. Da haben sie wohl Lisas Besuch besprochen. In der Post lagen außer Prospekten und einem Schreiben der Gemeinde, in dem er zum Ablesen der Wasseruhr aufgefordert wird, auch nichts Besonderes.«

»Ich habe mir das schon so gedacht. Trotzdem danke Thorsten. Wenn ihr noch was findet, meldest du dich, ja?«

»Geht klar. Viel Glück.«

»Können wir gebrauchen.«

Karl wartet schon ungeduldig. In wenigen Sätzen informiere ich ihn über das Gespräch mit Thorsten, dann betreten wir das Casino. Der Herr Spielbankdirektor und der Herr Tandetzki halten sich in der Lounge des Casinos im ersten Stock auf, wie man uns freundlich mitteilt. Ein zuvorkommender Bediensteter weist uns den Weg dorthin. Auch die einladende Lounge des Casinos wirkt verlassen. Nicht ganz, denn vor der Bühne diskutieren drei Männer unterschiedlichen Alters miteinander. Während der jüngste an seiner Berufskleidung leicht als Haustechniker zu erkennen ist, gleicht sich die Kleidung der beiden anderen.

Ich unterbreche das angeregte Gespräch und stelle uns vor. Spielbankdirektor Uhlmann und Karl kennen sich bereits, alle anderen sehen sich zum ersten Mal. Dr. Holger Tandetzki bin ich bisher noch nicht begegnet, weder zufällig noch bei meinem vorherigen Fall hier im Wald. Jeder Zoll seines Äußeren verrät den eloquenten Geschäftsmann. Mel lässt sich hiervon jedoch nicht beeindrucken. Bevor ich etwas sagen kann, ergreift sie das Wort: »Dr. Tandetzki? Guten Tag! Melanie Güßbacher von der Kripo Regensburg. Das sind meine Kollegen, Herr Loibl von der hiesigen Polizeiinspektion und Herr Buchmann vom LKA München. Er leitet diese Untersuchung hier.«

Na wenigstens das hat sie nicht vergessen. Aber da sie schon mal angefangen hat, beschließe ich, sie auch weitermachen zu lassen.

»Untersuchung? Ach ja, natürlich. Dabei kann es doch sicher nur um Alois Huber gehen. Entschuldigen Sie bitte meine Unwissenheit, aber Sie sehen ja, dass ich beschäftigt bin. Herr Uhlmann ist so freundlich, uns für die Präsentation am Dienstag die Räumlichkeiten zur Verfügung zu stellen. Die Veranstaltung ist für das Projekt enorm wichtig, müssen Sie wissen.«

»Das war Alois Huber doch auch, oder?«

»Ja, sicher. Er war der Eigentümer der größten Flächen, die für das Bauprojekt benötigt werden. Aber ich bin mir sicher, das wissen Sie bereits.« Ein unverbindliches Lächeln begleitet seine Worte.

»Ja, natürlich. Mir ist aber unklar, was diese Veranstaltung hier dann noch für einen Sinn macht. Wie Ihnen sicher nicht unbekannt ist, wird Frau Kathrin Huber die Grundstücke nicht verkaufen. Sie kennen Frau Huber doch, oder?«

»Ich hatte das Vergnügen, ja.« Obwohl er im Innern kochen muss, bleibt sein Lächeln unverändert. Ein Profi durch und durch. »Frau Dr. Huber hat einen großen Teil ihrer Zeit und Energie darauf verwandt, sich dem Fortschritt in den Weg zu stellen. Ich teile Ihre Auffassung: Sie wird nicht verkaufen. Aber das muss sie auch gar nicht. Gabi und Jochen Schreiner haben uns bereits eine Kaufoption erteilt. Doch das wissen Sie sicher auch bereits.«

»Und was, wenn den beiden etwas passieren sollte?«

Oje! Mel hat sich eine Falle gestellt und Holger Tandetzki lässt sie sofort zuschnappen. »Etwas passieren? Na, das wollen wir doch nicht hoffen, oder? Ich bin mir sicher, Sie werden das zu verhindern wissen. Oder sollten Sie mein Vertrauen in die Kompetenz unserer Polizei erschüttern wollen?«

Mel sitzt in der Falle. Es wird Zeit, einzugreifen: »Keineswegs, Herr Dr. Tandetzki. Was meine Kollegin eigentlich sagen will, ist, dass wir uns fragen, ob Sie für den Fall, dass die Huber-Anwesen aus irgendeinem Grund doch nicht verfügbar sein sollten, andere Grundstücke im Auge haben. Einen Plan B sozusagen.«

»Einen Plan B? Ich verstehe nicht, wieso Sie das interessiert?«

»Nun, andere Eigentümer heißt andere Profiteure! Und damit ein Motiv, die Huber-Grundstücke aus dem Rennen zu nehmen.«

Der Haustechniker tippt Tandetzki auf die Schulter und verschafft ihm durch seine Frage, wo er denn das Mischpult aufstellen solle, etwas Zeit. Der Geschäftsführer der OBAWAG deutet auf einen der Tische an der Wand, dann wendet er sich wieder uns zu. »Ich verstehe Ihre Überlegungen, aber es gibt keinen Plan B. Gabi und Jochen Schreiner sind unsere einzigen Ansprechpartner, jetzt, nachdem Alois tot ist. Und wir brauchen keine anderen, glauben Sie mir. Außerdem laufen alle Planungen in diese Richtung. Es dauert Monate, um die Unterlagen für das Raumordnungsverfahren anfertigen zu lassen. Die Planungsbüros könnten unmöglich in annehmbarer Zeit neue Entwürfe fertigen. Wir sind auf die Huber-Grundstücke angewiesen. Ich hoffe doch, es gelingt Ihnen, den Mörder rechtzeitig zu überführen, bevor noch etwas passiert. Wenn dem Ehepaar Schreiner etwas zustößt, hätte das katastrophale Folgen für uns. Und natürlich für das Sicherheitsgefühl aller Menschen im Osserwinkel.«

Wieder ist es ihm gelungen, uns den Ball zuzuspielen. Holger Tandetzki spielt das Spiel auf höchstem Niveau.

»Wenn uns alle Beteiligten die Wahrheit sagen, bestimmt.« Auch kein schlechter Zug von mir. »Sie sind sich also sicher, dass es keine Alternativplanung gibt und auch nie gab?«

»Ich bin mit dem Projekt von Anfang an vertraut und ich weiß nur von der jetzt beantragten Variante. Nein, kein Plan B!«

»Nun gut. Vielleicht brauchen wir Sie noch mal. Sind Sie in den nächsten Tagen erreichbar?«

Er nickt. »Hier haben Sie meine Karte. Unter der Nummer können Sie mich jederzeit anrufen. Ich fahre zwar heute noch nach Regensburg, werde aber morgen wieder hier sein. Sollte ich Ihnen in irgendeiner Weise weiterhelfen können, lassen Sie es mich wissen. Vergessen Sie nicht, auch wir haben ein Interesse, dass der Mörder schnell gefunden wird. Vielleicht sogar das größte Interesse von allen.«

»Hm. Gut. Auf Wiedersehen, Herr Tandetzki. Danke für Ihre Zeit und viel Erfolg bei Ihrer Investorenparty.«

»Danke, Herr Buchmann. Es wird ein Erfolg, da bin ich mir absolut sicher. Wenn Ihre Ermittlungen genauso professionell verlaufen wie diese Veranstaltung, dann werden Sie den Mörder bald gefunden haben.«

Und wieder hat er einen kleinen Sieg in diesem Duell davongetragen. Tandetzki ist mit allen Wassern gewaschen, das muss ich zähneknirschend eingestehen. Uns bleibt keine andere Wahl, als uns zurückzuziehen.

Als wir ins Auto steigen, kann sich Mel nicht mehr zurückhalten: »Was für ein aalglatter Typ. Da läuft es mir doch kalt den Rücken hinunter.« Ich kann sie verstehen, hat sie der Geschäftsführer der OBAWAG doch mühelos rhetorisch in die Ecke gedrängt. Sie weiß das und dieses Wissen nagt an ihr.

»Ein Geschäftsmann der heutigen Generation«, versucht Karl sie zu beruhigen. Auch ihm ist die Situation nicht entgangen. Mel kocht noch immer. Vielleicht kann eine andere Aufgabe sie ablenken.

»Wir sollten es noch mal mit Lisa Schreiner versuchen«, werfe ich in den Raum.

»Sie ist noch immer in Cham in psychiatrischer Behandlung«, gibt Karl zu bedenken.

»Ich weiß. Aber vielleicht kann man sie schon sprechen. Gut, sie hat natürlich nichts gesehen, aber immerhin hat der Täter mit ihr gesprochen. Gut möglich, dass sie die Stimme erkannt hat. Blinde haben ein außergewöhnliches Gehör.«

»Das uns aber nur weiterhilft, wenn sie den Täter kennt.« Mel ist dabei, sich wieder zu beruhigen.

»Und das sollst du herausfinden. Ich glaube, mit einer Frau wird Lisa eher reden als mit uns.«

»Was meinst du damit?« Schon steigt der Zeiger ihrer Wutskala wieder in den roten Bereich.

»Wegen dem weiblichen Einfühlungsvermögen.« Karl gelingt es, diese Worte mit mehr Ernst über die Lippen zu bringen, als es mir je gelungen wäre. Unser Glück! Mel überlegt kurz, dann nickt sie.

»Ich bringe euch auf die PI, fahre nach Cham und anschließend zurück nach Sankt Ulrich. Vielleicht kann uns Lisa ja tatsächlich weiterhelfen.«

*

Mel hat die Polizeiinspektion kaum verlassen, als ein Anruf aus Regensburg meine These über die guten Kontakte unseres geehrten Kriminalrats untermauert. Schulz hat es tatsächlich am Pfingstsonntag geschafft, den leitenden Beamten für das Raumordnungsverfahren am Osser an die Strippe zu bekommen. Ich bedeute Karl mit einer Handbewegung im Zimmer zu bleiben und schalte den Lautsprecher des Handys an. Der Kleinstadtpolizist gehört für mich inzwischen wie selbstverständlich zu meinem Team. »Guten Tag, Herr Regierungsdirektor Erdhauser. Vielen Dank, dass Sie sich heute die Mühe machen, mich anzurufen.«

»Nur Erdhauser! Friedrich! Lassen Sie den Regierungsdirektor ruhig im Büro. Es ist doch selbstverständlich, dass ich Ihnen behilflich bin, soweit es in meiner Macht steht. Herr Schulz hat mir bereits gesagt, um was es geht.« Und schon ist er mir sympathisch.

»Danke, Herr Erdhauser. Ich will mich kurzfassen.« Und dann schildere ich ihm unsere Überlegungen im Hinblick auf Grundstückseigentümer, die von einer abweichenden Variante profitieren würden. »Und deshalb müssen wir wissen, ob es Überlegungen gibt oder gab, Speicherbecken und Druckleitungen auf Grundstücken zu errichten, die nicht dem verstorbenen Alois Huber gehörten«, beende ich meinen Kurzbericht. Friedrich Erdhauser schweigt einige Sekunden. Dann hat er sich anscheinend die Tatsache, dass es um Mord geht, ins Gedächtnis zurückgerufen. »Das laufende Raumordnungsverfahren ist nur auf die offiziell beantragten Baumaßnahmen beschränkt. Doch es gab tatsächlich, hm, sagen wir: Vorgespräche.«

»Sie meinen inoffizielle Vorgespräche?«

»Ja. Inoffizielle. Man bat uns dringend, diese nicht außer Haus zu tragen.«

»Wer ist *man*?«, setze ich nach, während Karl neugierig den Atem anhält. »Die OBAWAG? Ihr Geschäftsführer Tandetzki?«

»Nicht nur. Ja, Herr Tandetzki auch. Aber da waren noch mehr: Investoren. Banker und auch … Politiker. Einflussreiche Politiker.«

»Wie Inge Rohrmüller und Dr. Jürgen Keller?«

Verblüfftes Schweigen. »Sie müssen sich keine Sorgen machen. Wir haben unsere Hausaufgaben gemacht«, beruhige ich ihn. »Für uns ist nur wichtig, ob bei diesen Vorgesprächen über andere Standorte gesprochen wurde.«

»Mehr als das. Es schien mir, Tandetzki war sich mit den Eigentümern dieser Grundstücke schon handelseinig. Warum dann eine neue Planung in Angriff genommen wurde, entzieht sich aber meiner Kenntnis.«

»Diese anderen Grundstücke. Können Sie uns sagen, wo die sich befinden?«

»Aber natürlich! Ich kann mich sogar noch an die Namen der beiden Eigentümer erinnern.«

*

»Der Herr Doktor hat uns eiskalt belogen.« Karl kann es nicht fassen. Auch ich bin erstaunt, mit welcher Selbstverständlichkeit Tandetzki die Lügen über die Lippen gegangen waren. Hat er gar keine Angst, wir könnten ihm auf die Schliche kommen? Er muss doch wissen, dass wir seine Aussagen über andere Quellen überprüfen. Es gab einen Plan B. Und der war lange sogar Plan A, bis etwas dazwischengekommen ist. Was?

»Sollen wir den Burschen gleich zerlegen?«

Karl überlegt. »Im Augenblick haben wir wohl nichts davon. Ich denke, wir sollten gegen Tandetzki noch etwas mehr Munition anhäufen.« Genau mein Gedanke. Karl Loibl hätte wirklich das Zeug zum Kriminalbeamten. Warum ist er nur bei der Landpolizei gelandet?

»Dann schnappen wir uns die beiden Kerle aus Sankt Ulrich, oder was meinst du?«

»Günther Aschenbrenner und Anton Breitmoser.«

»Genau die.«

*

Wir sind uns einig, dass wir keine Zeit zu verlieren haben. Der Tag ist schon wieder weit fortgeschritten und noch immer steht der größte Teil der Maschine in meinem Kopf still. Immerhin kommt der Teil des Getriebes, auf dem Anton Breitmosers Name steht, langsam in Schwung. Und auch das Rad mit der Aufschrift *Günther Aschenbrenner* läuft jetzt an, wird jedoch schnell wieder abgebremst. Meine Erwartung schlägt in Ärger um, kaum dass Karl seinen Polizeiwagen auf den Bauernhof unseres Tatverdächtigen steuert. Alle Fenster und Türen sind verschlossen und deuten darauf hin, dass niemand zu Hause ist.

Ein zähnefletschendes Monster von einem Hund, dem ich nicht außerhalb des Schutzes unseres Wagens begegnen möchte, macht uns klar, dass wir in seinem Reich nicht willkommen sind.

Nun gut, dann fangen wir eben mit Anton Breitmoser an. In Erinnerung an Gerlinde Miethaners Beschreibung des Jungbauern bin ich froh, dass Karl dabei ist. Bereits die Auffahrt zum Moserhof lässt erahnen, dass das Anwesen einmal bessere Zeiten gesehen hat. Seit wir die gut ausgebaute Asphaltstraße hinauf in die Höhen des Klosterroter Waldes verlassen haben, mühen sich die Räder von Karls Dienstwagen ratternd über einen Schotterweg. Die Einödhöfe tragen ihre Bezeichnung nicht ohne Grund. Weitab des Ortes und hoch über diesem muss es gerade im Bayerwaldwinter eine Herausforderung sein, den Weg hinab ins Tal zu beschreiten. Eingebettet in die sie umgebenden Gipfel und Wälder scheint hier draußen die Zeit stehen geblieben zu sein.

Wir haben den Moserhof erreicht. Blühende Apfelbäume zu beiden Seiten des Weges befördern diesen zur Allee. In ihrem Schatten grasen Kühe, eingesperrt hinter Elektrozäunen. Das Anwesen verrät noch heute die stattliche Größe, die es einmal hatte. Scheune, Stall und Schober und nicht zuletzt das Wohnhaus sehnen sich nach Farbe und dem Wohlstand vergangener Tage. Wir fahren langsam auf den Hof. Ich nutze die Gelegenheit, mich umzusehen. Fensterläden, die schief in den Angeln hängen, lose Windbretter, fehlende Dachziegel auf der Scheune, zerbrochene Fensterscheiben im Stall. Und dennoch: Blumen an den Fenstern, ein gepflegter Gemüsegarten, eine Gredbank mit Sitzkissen. Offensichtlich versuchen auch hier fleißige Hände, sich dem Verfall entgegenzustemmen.

Mir ist sofort bewusst, dass es ihre Hände sind. Blondes, zum Zopf gebundenes schulterlanges Haar, dunkle Augen, das Gesicht so schön wie der Rest des Körpers, der auch in der zerschlissenen Jeans und dem langärmligen Sweatshirt einfach fabelhaft aussieht.

Unverkennbar die Frau aus dem Supermarkt.

Sie ist doch tatsächlich mit ihrem Fahrrad die steile und lange Auffahrt hier heraufgefahren.

Da ich lernbereit bin, steige ich nicht sofort aus dem Wagen. Erst als Karl zielstrebig aus eben diesem springt, weiß ich: Hier wacht kein Hund wie auf dem in Sichtweite unten am Weg liegenden Hof von Günther und Sabine Aschenbrenner. Ich bemühe mich um mein gewinnendstes Lächeln.

»Grüß Gott, Frau Breitmoser. Ich möchte mich noch mal für meine Ungeschicklichkeit entschuldigen.«

»Ist schon gut. Ist ja nichts passiert.« Auch sie lächelt und entblößt dabei strahlend weiße Zähne.

»Kleiner Unfall in der Bäckerei«, erkläre ich auf Karls fragenden Blick.

»Servus Jana«, begrüßt dieser die Frau. Sie greift zögernd die ihr angebotene Hand und weicht dann mit gesenktem Kopf einen Schritt zurück. Oha! Da stimmt doch etwas nicht. Karls Augen verraten eindeutig Sympathie für Antons Frau. Oder sogar noch mehr? Ein Blick in ihr Gesicht findet Dankbarkeit und … Angst.

Vor allem Angst.

»Ist der Anton da?«, wird Karl wieder dienstlich. Sie schüttelt den Kopf. Drinnen läutet das Telefon und sie entschuldigt sich kurz.

»War ja klar«, sagt Karl. »Anton ist sicher unten im Dorf. Um diese Zeit soll er sich bevorzugt im Wirtshaus aufhalten. Trifft sich dort mit seinen Kumpels. Dort gibt es schlaue Reden und noch schlauere Sprüche.«

Kein Wunder, dass es mit dem Hof den Bach hinab geht, denke ich. Karl fährt leise fort, mir die Zustände auf dem Moserhof zu erklären. Das hätte er auch früher erledigen können, doch es scheint, es bedurfte dieses Ortes, um seine Zunge zu lösen. »Und in diese Trostlosigkeit hat das Schicksal eine Rose wie Jana gepflanzt. Die *Frau aus dem Katalog*, wie die Burschenschaft der Gegend despektierlich zu spotten pflegte. Das war am Anfang, vor drei Jahren, als bekannt wurde, dass Anton die Einsamkeit hier oben mit einer Frau vertreiben will. Dem üblichen Spott und der Ablehnung des Dorfes sind aber bald Bewunderung und Anerkennung gewichen. Bewunderung für Janas Schönheit und Anerkennung für ihren Fleiß und ihre Höflichkeit. Jana hat sich in kürzester Zeit die Achtung und den Respekt der Dorfgemeinschaft erworben. Alle mögen sie.«

Und du besonders, Karl!

Sein Blick und seine Stimme, mit der er von ihr spricht, verraten ihn. Selbstverständlich behalte ich diese Beobachtung für mich.

»Alle, außer Anton. Zumindest in den letzten Wochen. Am Anfang, da hat er sich noch mit ihr gebrüstet. Auf Festen und Dorfveranstaltungen sind die beiden nur zusammen erschienen. Alles schien gut. Aber dann ist es schlimmer geworden mit Antons Trinkerei und ich fürchte, auch für Jana. Jetzt sieht man sie nur noch selten im Dorf und wenn dann nur noch, wenn sie Besorgungen für den Haushalt macht.«

Die Person seiner Erzählung ist noch im Haus und ermöglicht Karl damit, weiter über sie zu berichten. Er tut dies mit nun wütender werdender Stimme. »Inzwischen kursieren die wildesten Gerüchte. Es geht um Prellungen und Abschürfungen, Blutergüsse und Stauchungen. Aber es sind nur Gerüchte«, kommt er meiner Frage zuvor, »und es gibt keine Beweise. Auch keine Anzeige von Jana. Es ist wie immer in solchen Fällen. Die misshandelten Frauen schweigen aus Scham oder, wie hier wohl, aus Angst. Und ohne stichhaltige Beweise können wir nichts machen. Keiner weiß genau, was hier oben vor sich geht. Der Moserhof liegt einfach zu weit abseits des Dorfes, dass jemand etwas mitbekommen könnte. Außerdem ist es nicht leicht, sich mit Anton Breitmoser anzulegen. Das haben schon mehrere versucht, die anschließend einsehen mussten, dass man seiner rohen Gewalt besser aus dem Weg geht.«

»So schlimm?«

»Wir sind zusammen zur Schule gegangen. Auch da haben sich schon alle vor ihm gefürchtet. Die meiste Zeit war er ja ein prima Kumpel, mit dem man jeden Unfug anstellen konnte. Und er war zuverlässig. Wenn er dir etwas versprochen hat, dann konntest du dich auf ihn verlassen. Aber er hatte immer wieder diese Aussetzer. Dann ging man ihm besser aus dem Weg, wollte man sich keine Prügel einfangen. Sogar die Lehrer hatten Angst vor ihm und haben ihn lieber ignoriert. Er war schon damals größer als die meisten Erwachsenen. Und als er selbst erwachsen wurde, ist es immer schlimmer geworden. Ich glaube, der Anton kennt das gar nicht anders. Mein Vater hat mir mal erzählt, dass schon der Alte so war. Der hat den Hof mit eiserner Hand geführt. Hat seine Kinder und besonders den Anton nicht nur einmal die Woche verdroschen. Und das Vieh hat er auch nicht besser behandelt. Der alte

Breitmoser war ein Tyrann vom alten Schlag. Ein Herrscher auf dem Hof.«

Ein alter Spruch geht mir plötzlich durch den Kopf: Gewalt sät Gewalt! Anton Breitmoser steigt die Leiter zum Hauptverdächtigen eine weitere Sprosse nach oben.

Während wir auf seine Frau warten, schlendern wir über den Hof. Ich werfe einen Blick durch das offene Tor in die große Scheune. Was ist denn das? An einem dicken Strick baumelt ein schwerer Heuwagen knapp über dem Erdboden. Ein ausgeklügelter Flaschenzug hält ihn im Schwebezustand. Das andere Ende des Seiles ist an einem Traktor befestigt. Der Wagen ist mit alten Heugabeln, Sensen und Dreschflegeln dekoriert.

»Für den Umzug des Trachtenvereins«, erklärt Karl und ich erinnere mich an Bürgermeister Wimmers Worte.

Noch ehe ich mir weitere Gedanken darüber machen kann, ist Jana zurück. Und damit meine volle Aufmerksamkeit auf unseren Mordfall. »Frau Breitmoser«, beginne ich das Verhör, denn nichts anderes kann dieses Gespräch sein, »wie Sie sicher wissen, ermitteln wir im Mordfall Alois Huber. Ich hätte da ein paar Fragen an Ihren Mann. Da er nicht hier ist, können Sie uns vielleicht weiterhelfen.«

Ein Schatten huscht über ihr Gesicht und verbannt das Lächeln von ihren Lippen. »Ich weiß nichts.« Ihre Stimme und ihr Blick verraten im Gleichklang ihre Unsicherheit.

»Ich denke schon. Sehen Sie, Ihr Mann …«

Der Satz hängt unvollendet in der klaren Frühlingsluft. Anton Breitmoser ist da. Sein altersschwacher Fiesta rollt langsam auf den Hof. Beim Blick auf Jana vermeine ich Erleichterung auf ihrem Gesicht zu erkennen – und

Angst in ihren Augen. Ihr Ehemann stellt gerade den Motor ab und schält seinen riesenhaften Körper aus dem Kleinwagen. Obwohl wahrscheinlich etliche Biere und einige Bärwurz den Besitzer gewechselt haben, ist Antons Gang fest und aufrecht. Von seinem leichten Hinken mal abgesehen.

Übung macht den Meister, doch das ist es wohl nicht allein. Mehr als zwei Zentner Kraft, verteilt auf fast zwei Meter Körpergröße, schlucken eben ein deutlich größeres Quantum Alkohol als der Organismus eines gewöhnlichen Mannes. Auch Antons Stimme verrät nicht, woher er gerade kommt.

»Ah, der Herr Kommissar aus München. Und der Karl von der Polizei. Servus die beiden.«

»Servus Anton«, antwortet Karl. Ich beschränke meine Begrüßung auf ein Nicken.

»Was kann ich für euch tun? Oder hat euch meine liebe Frau schon alles erzählt, was ihr wissen wollt?« Sein Blick lässt Jana kurz zusammenzucken. »Ihr habt euch mit ihr ja schon bestens unterhalten, oder?«

»Leider nein. Wir sind soeben erst angekommen.«

»Und was wollt's hier?«

»Wir sind wegen dem Alois da«, erklärt Karl.

»Das ist mir schon klar, dass ihr nicht wegen der schönen Aussicht hier seid. Also noch mal! Was wollt's hier?«

»Tja, Herr Breitmoser«, mische ich mich in das Gespräch ein. »Wenn man in die Ermittlungen zu einem Mordfall einsteigt, dann sucht man zuallererst nach einem Motiv. Wir haben uns also gefragt, wer ein Interesse am Tod von Alois Huber haben könnte. Unsere Ermittlungen haben ergeben, dass auch Sie zu diesem Kreis zählen.«

»Ich? Soll das heißen, ihr verdächtigt's mich? Na bravo! Wenn euch nichts anderes einfällt, dann kann sich der Mörder ja freun. Der ist bei euch ja absolut sicher!« Ein höhnisches Grinsen begleitet seine Worte. Dann lässt er uns stehen und geht hinüber zum Scheunentor. »Ich hab noch zu tun«, sagt er, ohne sich umzusehen. Verblüfft blicke ich erst zu Karl, dann zu Jana. Ihr Mann scheint nicht sonderlich beeindruckt von den Vertretern der Staatsgewalt. Aus der Scheune dringen Geräusche, begleitet von gotterbärmlichem Fluchen. Dann das Tuckern des Traktors und schon rollt dieser mit dem Heuwagen im Schlepp an uns vorbei hinter den Schuppen, wo das Motorengeräusch wieder erstirbt.

Anton erscheint wieder. »Ihr seid's ja immer noch da.« Er scheint überrascht. Dann überlegt er kurz. »Obwohl, der Kurt? Des Depperl von der Rosa könnt's schon gewesen sein. Dem trau ich alles zu. Aber ich? Was für ein Motiv soll ich denn haben? Ihr müsst euch ja eins ausgedacht haben, sonst wärt ihr nicht hier.«

»Der Täter oder die Täterin muss jemand sein, der am Tod von Alois einen Vorteil hat«, springe ich noch mal an den Anfang der Unterhaltung zurück. »Und zwar Alois Huber als Eigentümer der Grundstücke am Osser, die für das Pumpspeicherwerk gebraucht werden.«

»Ach?«

»Zuerst dachten wir an alle, die das Projekt verhindern wollen.«

»Die Osserriesen?«

»Ja, die auch. Aber auch Banken, Investoren, Baufirmen anderer geplanter Pumpspeicherwerke.« Ich nehme ihn mit in unsere Gedankenwelt, um ihn zu verunsichern. Er soll wissen, dass wir ihn nicht aus einer Laune heraus als

Verdächtigen auserkoren haben. »Aber dann ist uns aufgefallen, dass auch Ihre Grundstücke am Osser für Oberbecken und Leitungen geeignet sind. Und wir haben uns gefragt, warum nicht Sie, sondern Alois Huber zum Zug gekommen ist. Dabei durften Sie sich berechtigte Hoffnungen machen, auch vom Bau des Speicherwerks zu profitieren. Wir wissen, dass nach den ersten Planungen das Oberbecken und die Druckleitungen auf Ihren Grundstücken errichtet werden sollten. Sie hätten eine Menge Geld dafür bekommen, und ich denke, Sie könnten es dringend brauchen.« Ich sehe mich bedeutungsvoll um, worauf Anton mich hasserfüllt anstarrt, jedoch nichts sagt. »Dann aber plötzlich hat sich die OBAWAG für die Grundstücke von Alois Huber entschieden. Sie waren aus dem Rennen! Warum? Haben Sie zu viel verlangt, zu hoch gepokert? Wie dem auch sei. Sie haben verloren. Alois Huber war der Gewinner. Also musste er weg!«

»Blödsinn! Ich wusste doch gleich, dass ihr nur Mist in euren Schädeln habt. Was soll es bringen, den Alois zu ermorden? Tandetzki kriegt die Grundstücke auch so. Die Gabi verkauft und die Sache ist erledigt. Ich glaub kaum, dass der Alois der Kathrin was überlassen hat. Niemals, so wie die beiden zueinandergestanden sind. Da müsst ihr euch schon was anderes ausdenken.«

Er hat recht und er weiß es.

»Ihr glaubt, wenn die Kathrin erbt, dann werden meine Grundstücke wieder gebraucht, stimmt's? Und dass ich deshalb den Alois umgebracht hab. Ihr spinnt's doch total!«

Er kann seine Wut gerade noch im Zaum halten.

»Und außerdem: Die Gabi lebt noch. Und der Jochen auch. Also, was soll das Ganze?«

»Wir gehen davon aus, dass die beiden die nächsten auf der Liste des Täters sind.« Ein Bluff, ich weiß. Obwohl, so weit hergeholt ist meine Befürchtung auch wieder nicht. Bei Anton Breitmoser jedenfalls bringt sie das Fass zum Überlaufen.

»Wissen Sie eigentlich, was Sie sich da zutrauen? Sie kommen hier auf den Moserhof, *meinen* Hof, und verdächtigen mich, ein Mörder zu sein! Das kann ganz schön gefährlich werden, Herr Buchmann.« Er macht einen Schritt auf mich zu und richtet sich zur vollen Größe seiner 200 Zentimeter auf. Er ist jetzt so nahe, dass ich den Schnaps in seinem Atem rieche.

Oha, war ich da etwa zu unvorsichtig? Der Hüne von einem Mann vor mir ist alkoholisiert und vielleicht zu einer unbedachten Handlung fähig, die mir gefährlich werden kann. Ich zwinge mich, nicht zurückzuweichen, bis sich Anton wieder unter Kontrolle hat. Vermutlich erinnert er sich an Karl Loibl, der bereit ist, einzugreifen.

Anton verzichtet lieber darauf, festgenommen zu werden. Nicht hier und nicht vor seiner Frau. Wir atmen beide tief durch. Anton, um seine Wut abzubauen, ich vor Erleichterung. Keine Handgreiflichkeiten und damit keine körperlichen Schäden, welche seine Fäuste zweifellos bei mir verursacht hätten, ehe Karl hätte dazwischengehen können.

»Wir wollten Sie auch nicht unmittelbar verdächtigen, Herr Breitmoser.« Können wir auch nicht, solange Gabi und Jochen Schreiner am Leben sind, füge ich lautlos hinzu. Er weiß es ohnehin. »Zum jetzigen Zeitpunkt gehören Sie einfach auf die Liste der Leute, die sich im Kreis von Alois Huber bewegt haben.« Und du stehst auf dieser Liste ganz weit oben! Wieder verlässt dieser Zusatz meinen Kopf nicht. »Wir können Sie von dieser

Liste ganz schnell wieder streichen, wenn Sie uns sagen können, wo Sie gestern zwischen acht Uhr und zehn Uhr vormittags waren.«

Anton grinst. Sollte er etwa für die Tatzeit ein Alibi haben?

»Gestern Vormittag, sagen Sie? Na, da war ich hier. Stimmt doch, Januschka, oder?«

Jana zuckt zusammen. Dann nickt sie mechanisch. »Ja, du warst gestern hier. Den ganzen Vormittag. Wir haben den Stall neu eingestreut. Haben früh um sieben angefangen bis zum Mittag.«

Sie hat Angst, das ist nicht zu übersehen. Kein Wunder, aber im Augenblick ist nichts zu machen.

»Vielen Dank. Wir brauchen Ihre Aussagen allerdings noch schriftlich. Ich schicke Ihnen Kollegen von der PI Bad Kötzting vorbei, die das alles zu Protokoll nehmen. Auf Wiedersehen und danke für Ihre Zeit. Es kann jedoch sein, dass wir Sie noch mal aufsuchen.« Mehr gibt es nicht zu sagen.

»Das will ich nicht hoffen! Ich möchte Sie nicht mehr auf meinem Hof sehen.«

»Das kann ich Ihnen leider nicht versprechen. Guten Tag, Frau Breitmoser.« Damit drehe ich mich um und gehe zum Wagen.

»Servus«, verabschiedet sich auch Karl.

»Du brauchst auch nicht mehr zu kommen«, schreit ihm Anton nach.

»Ich kann's dir auch nicht versprechen«, meint Karl schulterzuckend.

Langsam fahren wir vom Hof. Ein ungutes Gefühl verfolgt uns, als wir das Anwesen hinter uns lassen. Karl konzentriert sich auf die schmale Straße.

»Jana lügt«, meint er.

»Natürlich lügt sie. Sie würde es nie wagen, ihren Mann vor der Polizei bloßzustellen. Sie hat Angst vor ihm. Aber das können wir nicht beweisen. Noch nicht! Wir müssen an Anton Breitmoser dranbleiben. Günther Aschenbrenner gibt es auch noch. Den dürfen wir nicht vergessen!«

JANA

Janas Blick verfolgte den Wagen, während dieser den Hof verließ. Sie wusste, was kommen würde. Warum nur sah keiner der beiden Männer in den Rückspiegel? Warum drehte sich keiner von ihnen um? Er hätte gesehen, wie Anton ihr einen Schlag mit der flachen Hand ins Gesicht versetzte. Er hätte gesehen, wie die Kraft dieses Mannes sie zu Boden warf, wie sie die Arme um den Leib schlang, um den erwarteten Fußtritt abzufangen, und wie Anton achtlos über sie hinwegstieg und ins Haus ging. Nein, das Schicksal wollte es, dass sich die beiden Polizisten nicht umdrehten und sie all das erst später erfuhren. Zu spät für sie und Anton.

ICH

Wir betreten die PI Bad Kötzting in dem Augenblick, als mein Handy läutet.

»Hallo, Mel! Na, was rausgefunden?«

Mehr Wunsch als Hoffnung. Ich glaube nicht wirklich, dass Lisa zur Aufklärung unseres Falles beitragen kann. Zu außergewöhnlich war die Situation, in der sich das Mädchen befand, als dass sie eine verwertbare Zeugenaussage liefern könnte. Dennoch müssen wir dieser Spur nachgehen, wollen wir uns nicht eine unsaubere Arbeitsweise vorwerfen lassen. Mel bestätigt jedoch meine Befürchtung: »Nichts zu machen. Die Ärzte sind fast durchgedreht, als ich um ein Gespräch mit Lisa bat. Kann ich ja auch verstehen. Auch wenn sie den Mord nur akustisch miterlebt hat, ist sie doch schwer traumatisiert, und ich möchte, dass Lisa sich genau an die Minuten des Mordes erinnert. Und zwar ganz genau!«

»Denkst du, sie würde sich erinnern?«

»Keine Ahnung. Ich bin kein Psychologe. Aber selbst wenn, wir kommen nicht an sie ran. Sie redet noch immer nicht. Außerdem lassen Gabi und Jochen Schreiner nichts zu, was ihr schaden könnte. Einer von beiden ist immer bei ihr.«

»Verstehe! Na gut, dann müssen wir diese Möglichkeit vorerst zu den Akten legen. Wo bist du jetzt?«

»Ich fahre gerade an Hohenwarth vorbei. Bin in wenigen Minuten in Sankt Ulrich.«

Karl sieht mich fragend an, während sein Kollege Daniel Kaffee in das Büro des Polizeihauptmeisters bringt. Ich kann ein bisschen Koffein gut gebrauchen, wenngleich das Automatengetränk Rosa Geigers schwarzem Traum nicht annähernd das Wasser reichen kann. Karl wartet weiter auf eine Antwort, also schüttle ich den Kopf, während ich den ersten Schluck riskiere. »Nichts! Die Ärzte lassen eine Befragung nicht zu und die Schreiners passen auf Lisa auf wie Schießhunde.«

»Vielleicht besser, wir lassen das Mädchen vorerst in Ruhe.«

So ernst habe ich ihn in den letzten Stunden selten erlebt. »Hm. Du scheinst dir ja richtig Sorgen um sie zu machen. Fast, als wäre sie deine Tochter.«

»Irgendwie ist sie das auch«, meint er ohne eine Spur von Verlegenheit. Da mein Gesichtsausdruck anscheinend nach einer Erklärung verlangt, fährt er fort: »Lisa ist, wie soll ich sagen, irgendwie ein Kind des ganzen Dorfes. Als damals, nach ihrer Geburt, bekannt wurde, dass Albert und Manuela Gietls Mädchen blind zur Welt gekommen ist, waren alle tief betroffen. Ich kann nicht erklären warum, aber alle haben Anteil am Schicksal der Eltern und ihrer Tochter genommen. Und diese Anteilnahme ist nicht eingeschlafen. Ganz im Gegenteil! Vielleicht liegt es ja daran, dass Lisa ein Engel von einem Kind ist. Im Aussehen und im Wesen. Ich kann das nicht so gut erklären, aber selbst im Kindergarten war sie jedermanns Liebling. Alle waren dankbar, dass Gabi Schreiner die Tochter ihrer Schwester aufgenommen hat, nachdem diese mit Albert zusammen in den tschechischen Laster gerast ist. Niemand weiß, warum der auf der falschen Seite fuhr. Der Fahrer des Lkw kam ebenfalls ums Leben. Ich kann mich gut erinnern. Als die Nachricht im Polizeifunk durchgegeben wurde, war mein erster Gedanke: Was wird jetzt aus Lisa? Sie war damals vier Jahre alt. Aber es gab keinen Grund, sich zu sorgen. Gabi und Jochen haben sie zu sich genommen. Ihre Tante und ihr Onkel sind ein wahrer Glücksfall für Lisa. Sie hätte keine besseren Ersatzeltern finden können.«

»Dann gehst du davon aus, dass Jochen und Gabi Schreiner für den Mord nicht infrage kommen? Immerhin geht es um wertvolle Grundstücke, die sie erben. Der Bürgermeister meinte, sie hätten das Geld mehr als nötig. Das könnten wir leicht überprüfen. Ein paar Bankabfragen und schon hätten wir vielleicht ein astreines Motiv.«

»Ja, es gibt da einige Gerüchte über hohe Schulden bei den Schreiners. Aber selbst wenn Gabi ihren Vater getötet hätte oder Jochen seinen Schwiegervater, sie hätten niemals Lisa in die Sache hineingezogen. Niemals!«

»Bist du dir da sicher?«

»Absolut! Der Gedanke, Lisa zu schaden, ist für beide völlig ausgeschlossen.«

Ich überlege kurz, bevor ich ihm recht gebe. Zwar kenne ich Gabi und Jochen Schreiner nicht, Karl aber tut es. Und ich vertraue seiner Einschätzung.

»Gut, dann kommen wir zu Günther Aschenbrenner. Er hat nicht nur Grundstücke am Osser, die von der alten Variante profitiert hätten, er ist auch Nachbar von Anton Breitmoser. Könnten die beiden zusammen etwas ausgeheckt haben?«

»Das wäre immerhin möglich. Günthers Hof ist ebenfalls schwer überschuldet. Man hat ihn oft beim Spiel gesehen. Früher Bad Kötzting und in letzter Zeit Tschechien. Er hat sozusagen Kathrin Hubers Porsche mitfinanziert. Und er sitzt in letzter Zeit öfter mit seinem Nachbarn zusammen. Und das, obwohl sich die beiden bisher nicht gerade prächtig verstanden haben. Aber der Günther ist eigentlich das Gegenteil vom Anton. Eher ruhig und zurückhaltend. Er geht jedem Streit aus dem Weg und ist bei uns auf der PI nicht einmal als Falschparker aufgefallen.«

»Das will nichts heißen. Nur weil Anton Breitmoser ein Brutalo ist, der seine Frau misshandelt, und Günther Aschenbrenner ein unbeschriebenes Blatt, können wir nicht daraus schließen, dass der Schläger auch der Mörder ist. Dann wäre unser Beruf ja zu einfach, oder?«

Karl ringt sich ein gequältes Lächeln ab, das vom Läuten des Telefons unterbrochen wird. Besorgt registriere ich, wie sich Karls Lippen zusammenpressen und seine Pupillen weiten.

»Bleiben Sie, wo Sie sind, und unternehmen Sie nichts! Wir kommen!« Er legt auf und zögert keine Sekunde. »Maria Obermeier. Sven war bei ihr und sie hat ihm gezeigt, wo Kurt sich aufhält. Beide sind in der Scheune. Sie hat laute Stimmen gehört und es mit der Angst zu tun bekommen. Sie meinte, Kurt sei gefährlicher, als sie es sich bisher eingestehen wollte. Sie sagte etwas von krankhafter Aggressivität, Medikamenten und psychologischer Betreuung. Und Alois Huber war sein Vater! Kurt hat das herausgefunden und er sei nicht gerade glücklich darüber gewesen. Und er hat eine Waffe! Eine Pistole! Moritz, Sven ist in dieser Scheune und sollte Kurt wirklich so krank sein, wie ihn seine Mutter einschätzt, ist unser Kollege in größter Gefahr!«

*

»Ich bin diese Strecke noch nie mit Sirene und Blaulicht gefahren«, murmelt Karl. Während er sämtliche Verkehrsregeln missachtend die vor uns fahrenden Autos überholt, wähle ich Mels Nummer. Gott sei Dank hebt sie sofort ab. Meine Lieblingskollegin beweist wieder einmal, dass sie nicht nur attraktiv, sondern auch eine Spitzenpolizistin ist. Es dauert keine zehn Sekunden, bis sie die Situation erfasst hat.

»Bin schon dort!«

Ich komme nicht einmal mehr dazu, sie zu bitten, vorsichtig zu sein. Noch ehe ich Atem holen kann, hat sie aufgelegt.

Meine Gedanken rasen im Gleichklang mit dem Audi unserem Ziel entgegen. Noch vor wenigen Minuten mühte sich das Getriebe in meinem Kopf, einen Zusammenhang zwischen Anton, Günther und Alois Hubers Tod zu finden.

Alles vorbei!

Die Osserriesen? Auch vorbei!

Die Lügen des Holger Tandetzki? Vorbei!

Investoren und Banken? Alle vorbei!

Kurt? Tatsächlich Kurt!

Sven hat recht behalten. Kurt, der heimliche Sohn des Mordopfers. Geistig behindert und hochaggressiv. Sven ahnte es und ich habe ihn, den jungen, unerfahrenen Kollegen dem potenziell gefährlichen Mörder allein entgegentreten lassen. Was für ein Fehler! Ich kann nur hoffen, Mel trifft noch rechtzeitig ein, um das Schlimmste zu verhindern.

Kann sie das überhaupt?

Kann ich das überhaupt?

Meine Hände beginnen plötzlich zu zittern.

GERHARD

Gerhard Wimmer fuhr langsam die Arberstraße hinauf. Oben ließ er die Abzweigung zum Marktplatz links liegen und entschloss sich, hinüber nach Engelsgrub zu fahren. Er hatte keine Eile und gestattete seinen Gedanken in alle Richtungen zu fliehen. Dieser Moritz Buchmann war auf der Suche nach den Osserriesen, irgendwelchen Banken, Investoren und hatte sogar ihn, den Bürgermeister, ins Visier genommen. Und dabei lag er völlig falsch. Gerhard Wimmer wusste viel über die Geschehnisse in seiner Gemeinde. Und über seine Bürger. Mehr, als diese vermutet hätten. Seine Quellen waren vielfältig und seine Kontakte weitgreifend. Doch er würde sein Wissen nie gegen die betroffenen Menschen einsetzen. Das hatte er nicht nötig und es hätte seinem Naturell widersprochen. Gerhard Wimmer war das, was man gern als integeren Menschen und als verantwortungsvolles Gemeindeoberhaupt bezeichnete. Wie überall gab es auch gegen ihn Parolen und Mitbürger, denen sein Führungsstil missfiel. Er jedoch liebte seine Stellung, die er als Verpflichtung der Gemeinde gegenüber sah und die ihm viele Informationen zutrug, zu denen andere keinen Zugang hatten. Ja, er wusste Bescheid, über die Geheimnisse, die sich hinter den Türen so manches Bürgerhauses verbargen.

So auch, dass Kathrin Hubers Reichtum nur ein vermeintlicher war und nicht alles Gold war, was da in Villa und Garage glänzte. Sogar von ihrer Zuneigung Frauen gegenüber. Er dachte sich nichts dabei. Nicht in der heutigen Zeit, wo auch im Bayerischen Wald keine

Frau mehr auf dem Scheiterhaufen verbrannt wurde, weil sie Frauen mehr zugetan war als Männern. Sie hatte das bisher für sich behalten, also sah auch er keinen Anlass, die Wahrheit über Kathrins Vorlieben unter die Leute zu bringen. Genauso wenig, wie er niemandem von der Pleite von Günther Aschenbrenner und Anton Breitmoser erzählte. Die meisten seiner Mitbürger vermuteten zwar, dass es um die beiden Höfe nicht gut bestellt war. Dass der Gerichtsvollzieher seinen Fuß in beiden Türen hatte, wussten aber außer ihm nur wenige. Und noch weniger wussten über Kurt Obermeier und seinen Vater Bescheid. Außer ihm selbst wohl nur eine Handvoll der Ältesten des Ortes. Zudem wusste er von den Problemen bei Kurts Geburt, kannte seine Aggressivität und seinen wahren Vater. Und selbst dass Korbinian Obermeier eine Pistole besaß, die er nicht hatte registrieren lassen, natürlich nicht, war für ihn kein Geheimnis. Korbinian hatte damit geprahlt, im Wirtshaus, nach einer durchzechten Nacht. Lange her, aber Gerhard hatte sich das gemerkt. Viele kleine Geheimnisse in einem kleinen Ort. Und alle zusammengenommen hatten ihn zu Kurt Obermeier und seiner Mutter geführt.

Maria, die ihre Augen nicht von der Scheune losreißen konnte, als er jetzt auf ihren Hof fuhr. Er war nicht der Erste hier. Eines der Autos dieser Polizisten aus Regensburg stand schon hier. Mit einem ungutten Gefühl im Magen stieg er aus. Irgendetwas war passiert. Die alte Frau hatte die Hände vor ihr Gesicht geschlagen und schien ihn kaum zu bemerken.

»Guten Tag, Maria«, versuchte er, ihre Aufmerksamkeit auf sich zu lenken, »ist alles in Ordnung? Du siehst … verstört aus.«

»Gerhard? Herr Bürgermeister. Ja, ja! Ich weiß nicht, aber … der Kurt.«

»Kurt? Wo ist er? Und wo ist dieser junge Polizist? Das ist doch sein Wagen da.«

»Der Polizist? Ja! Sven Straubmann heißt er.« Ihre Stimme klang seltsam abwesend. Wäre er Arzt gewesen, er hätte vermutlich bei ihr einen Schock diagnostiziert.

»Maria! Wo sind die beiden?« Sein Blick folgte ihren Augen, die starr auf die Scheune gerichtet waren. »In der Scheune? Sind die beiden in der Scheune?«

»In der Scheune! Ja, Kurt und Sven! In der Scheune! Pistole! Kurt hat diese Pistole! Die vom Korbinian!«

Gerhard wollte etwas erwidern, doch wurden ihm die Worte von einem lauten Krach von den Lippen gerissen. Er ahnte, dass etwas Schreckliches im Begriff war zu geschehen, und er wusste, dass er jetzt dorthin gehen musste.

»Maria, ich gehe jetzt hinüber. Ruf du inzwischen die Polizei.« Als sie sich nicht bewegte, packte er sie bei den Schultern, drehte sie um und schob sie sanft zur Tür ihres Hauses. »Los, Maria! Die Polizei! Sag ihnen, was mit Kurt los ist und dass dieser Sven auch hier ist. Sag ihnen, sie sollen sofort herkommen.«

Maria zögerte und dann sagte sie in Erinnerung an einen kleinen Jungen in Strampelhosen, der viel mehr Mühe gemacht hatte, aber auch unendlich viel leichter zu verstehen gewesen war: »Bitte hilf Kurt! … Die Polizei. Ja, ich rufe die Polizei.« Mit seltsam staksigen Schritten wankte sie auf ihr Haus zu. Das Telefon stand auf der Anrichte neben dem Zinnteller, den der Schützenverein ihrem Korbinian für 20 Jahre Mitgliedschaft geschenkt hatte, und der Obstschale aus Porzellan, die ihr ihre Schwester Elfriede aus Österreich mitgebracht hatte. Maria nahm den Hörer und ohne Zutun ihres Kopfes wählten ihre Finger den Notruf. In diesem Augenblick setzte ihr Verstand wieder ein. Und mit ihm die Erinnerung. Wie dumm von ihr! Sie hatte die Polizei ja schon angerufen. Gleich als dieser Sven in die Scheune zu ihrem Kurt gegangen war. Langsam legte sie den Hörer wieder zurück zu Zinnteller und Obst und ging dann ebenso langsam zur Tür. Sie beobachtete Gerhard Wimmer, wie dieser zögernd auf die Scheune zuging. Währenddessen betete sie zu ihrer Namenspatronin, diese möge ihren Kurt und diesen Sven, ja auch diesen Sven, beschützen.

Es schien, als wäre sie sofort erhört worden, denn in diesem Augenblick fuhr die junge Polizistin, diese Melanie irgendwas, auf den Hof. Ohne auch nur eine Sekunde zu verlieren, sprang sie aus ihrem Wagen und wandte sich dem Bürgermeister zu. »Sven?« Mehr sagte sie nicht.

»Ihr Kollege ist dort. Zusammen mit Kurt Obermeier. Und er hat eine Pistole.« Gerhard Wimmer deutete auf die Scheune. Die Polizistin nickte nur.

»Sie bleiben hier!« Knapp und bestimmt, keinen Widerspruch duldend. Ihr Gesicht wirkte angespannt, als sie mit schnellen Schritten auf die Scheune zulief. In der rechten Hand hielt sie ihre Pistole.

SVEN

Sven wusste nicht, ob er träumte oder wach war. Falls er sich in einem Traum befand, so wünschte er sich nichts sehnlicher, als daraus zu erwachen. Eine dumpfe und leise Stimme versuchte zu ihm durchzudringen. Sein Gedächtnis verband sie mit zwei Namen: Moritz und Mel. Vergeblich mühte er sich, die Stimmen zu verstehen. Nur einzelne Wortfetzen drangen durch den Nebel:

Kurt – schwer verletzt!

Moritz – Fehler gemacht!

Mörder – gefunden!

Sven – gute Arbeit!

Sven – fast tot!

Sven – Lebensgefahr!

Sven? Er war doch Sven. Lebensgefahr? Warum das denn? Langsam schloss sich sein inneres Auge.

Die Stimmen wichen zurück und sein Traum begann wieder von vorn, in dem Moment, als Maria Obermeier ihn anrief.

»Herr Kommissar? Maria hier. Maria Obermeier.«

*

Sven atmete tief durch. Er wusste, von den nächsten Worten der Frau hing alles ab. Und von seinen. »Frau Obermeier! Was kann ich für Sie tun?«

»Sie … Sie haben gesagt, Sie sorgen dafür, dass Kurt nichts geschieht. Kann ich mich auf Sie verlassen?«

»Ja, das können Sie. Niemand will Ihren Sohn verletzen. So gehen wir nicht vor. Es geht darum, ihn vor sich selbst zu schützen. Nur wenn er eine Waffe hat und diese gegen die Polizei richtet …« Er musste den Satz nicht zu Ende führen. Maria wusste auch so Bescheid.

»Ja. Kurt hat eine Waffe. Die Pistole vom Korbinian. Lag all die Jahre oben auf dem Dachboden. Ich kann nicht sagen, woher das Ding kommt. War in so einem öligen Tuch eingewickelt. Wahrscheinlich, damit sie nicht rostet. Jedenfalls war sie in Korbinians Kiste versteckt. Ich dachte immer, niemand weiß davon. Aber der Kurt muss sie gefunden haben. Gestern, als ich nachgesehen hab …« Ein Schluchzen verschluckte ihre letzten Worte.

»Könnte jemand anders als Kurt sie genommen haben?«

»Jemand anders? Nein! Niemand außer uns weiß von der Kiste.«

»Kurt hat also die Pistole. Glauben Sie, Kurt hat Alois Huber getötet?«

»Kurt? Nein, nicht mein Kurt.« Wieder unterbricht Schluchzen ihre Worte.

»Aber Sie sind sich nicht sicher, Frau Obermeier. Sonst hätten Sie mich nicht angerufen, oder?«

Schweigen.

»Frau Obermeier, wo ist Kurt jetzt? Ich habe ihn bisher noch nicht einmal gesehen. Ich muss mit ihm sprechen. Nur so können wir herausfinden, was tatsächlich passiert ist. Ist Ihr Sohn jetzt hier?«

Wieder kurzes Zögern. »Ja, ja, er ist da. Draußen in der Scheune. Ich habe ihn die letzten Tage kaum gesehen. Jetzt ist er draußen. Kurt hat sich auf dem Heuschober ein eigenes Zuhause eingerichtet. Eine Zuflucht vor der Welt, die ihn nicht versteht und die er nicht versteht. Ich schwöre, ich war noch nie dort oben. Ich habe es ihm versprechen müssen. Es ist sein Reich. Dort ist er jetzt und ich … ich traue mich nicht zu ihm. Oh mein Gott, ich habe Angst vor meinem eigenen Sohn.«

»Frau Obermeier, beruhigen Sie sich bitte. Ich bin in ein paar Minuten bei Ihnen.«

*

Während die Turmuhr der Engelsgruber Kapelle zwölf schlug, erreichte er den Hof der Familie Obermeier. Sven hatte kein Auge für den wunderbaren Dorfanger, die uralten Bäume und die kleine Kirche. Maria erwartete ihn in der Tür ihres Hauses.

»Kurt?«, sagte Sven nur. Mit einem Nicken deutete sie wortlos zur Scheune. Es waren ihre Augen, die sprachen. »Tun Sie meinem Sohn nichts an«, schienen sie zu schreien und Sven verstand. Er nickte, doch wie sollte er das stumme Versprechen einhalten? Durfte er allein hineingehen? Hinüber in die Scheune zu einem bewaffneten mutmaßlichen Mörder? Natürlich nicht! Das Prozedere für solche Situationen stand fest und hieß: Sondereinsatzkommando.

Und dann? Wie würde Kurt, der geistig behinderte Kurt, auf eine Horde vermummter und schwer bewaffneter Männer reagieren? Beifall klatschen? Durchdrehen? Schießen? Erschossen werden? Sven wusste, dass er allein hineingehen musste. Nur so hatte er eine Chance, Maria Obermeiers sehnlichsten Wunsch zu erfüllen.

Als er sich der Scheune näherte, hoffte er inbrünstig, Kurt nicht erschießen zu müssen. Und dass er nicht selbst erschossen wurde. Natürlich.

In der Scheune war es heller, als er erwartet hatte. Und sie war leer. Lediglich die vor sich hin rostenden Maschinen, mit deren Hilfe ehemals Maria und Korbinian Obermeier Felder und Äcker bestellt hatten, füllten den Raum. Auch der Holzbau selbst vermittelte einen maroden Eindruck. Von außen war ihm der schlechte Zustand der Scheune kaum aufgefallen, doch hier drinnen war Sven umgeben von brüchigen Steinen und wurmstichigen Balken. Fehlende Dachziegel ließen nicht nur Sonnenstrahlen und Tageslicht, sondern auch Regen herein. Der Einsturz der Scheune war nur noch eine Frage der Zeit. Und auch der Holzboden über ihm erweckte nicht gerade sein Vertrauen in die Statik des Gebäudes. Leider fügte sich die Leiter in das bisherige Bild. Dennoch musste er irgendwie hinauf, wollte er in Kurts kleines Reich eindringen. Vorsichtig wagte er sich auf die ersten Sprossen, beide Hände an der Leiter. Folglich blieb seine Pistole im Halfter. Ein Zustand, der nicht zu seiner Beruhigung beitrug.

Er atmete noch einmal tief durch. »Kurt! Kurt Obermeier! Ich bin Sven Straubmann. Ich komme zu Ihnen, weil ich Ihrer Mutter versprochen habe, Ihnen zu helfen. Ich will nur mit Ihnen reden. Wenn Sie wollen, werde ich anschließend wieder gehen. Aber ich muss mit Ihnen reden. Einverstanden?«

Keine Antwort.

»Kurt? Ich komme jetzt hoch zu Ihnen. Ich bitte Sie nur, mir zuzuhören.« Und mich nicht zu erschießen, fügte er lautlos hinzu. Vorsichtig schob er sich höher, Sprosse um Sprosse, und dann hatte er den Heuschober erreicht. Die uralten, rissigen Dielenbretter knarzten verdächtig unter seinem Gewicht.

Jetzt ist der geeignete Augenblick, mir den Schädel wegzublasen, durchzuckte es seinen Kopf, als er erst diesen, dann seinen ganzen Körper über die Kante schob.

In diesen Sekunden des Ausgeliefertseins erfassten seine Augen die gesamte Szenerie. Kurt Obermeier erwartete ihn auf einem Plüschsessel sitzend, umgeben von den Dingen, die seine Welt bedeuteten. Sven sah Figuren geformt aus miteinander verbunden Steinen, geschnitzt aus Holz und gemalt auf einen Schulblock. Er war alles andere als kunstgebildet, doch er erahnte Kurts Talent. Mit wachsendem Entsetzen sah er, dass sich weder Glück noch Freude in den Gesichtern von Kurts Gestalten abzeichnete. Fratzen und Grimassen, Schmerz und Leid, Verstörung und Kummer, geboren in Kurts Albträumen. Ein Kabinett voll Grauen und in seiner Mitte sein Schöpfer. Wusste irgendjemand davon? Maria, Kurts Mutter, vielleicht? Nein, sie war nie hier heraufgekommen.

Sie kannte nur den Sohn, dessen Aggressivität zwar medikamentös behandelt werden musste, der aber ansonsten hilfsbereit und freundlich war. Von diesem Kurt hier in der Scheune, der seine seelischen Qualen den Figuren in seinem Reich anvertraute, hatte sie keine Ahnung. Waren diese Qualen zu viel geworden für den geistig behinderten Mann, als dieser erfahren musste, dass sein wahrer Vater Zeit seines Lebens nebenan wohnte und ihn all die Jahre belogen hatte? Wenn all diese Vermutungen zutrafen, dann war die Situation noch gefährlicher, als Sven es geahnt hatte. Zumal in Kurts Schoß die Pistole lag, die Mündung auf Sven gerichtet.

Doch irgendetwas war anders. Anders, als er erwartet hatte.

Es dauerte ein paar Sekunden, ehe das Bild die richtige Stelle in Svens Kopf erreichte.

Die Augen! Kurts Augen entsprachen nicht denen auf dem Foto. Nichts war mehr da von der Kälte, die Sven hatte frösteln lassen. Jetzt blickte er in das verstörte Gesicht eines Kindes, das nach Antworten und Ruhe suchte. Ein Kind im Mannesalter, das eine Waffe hatte und vielleicht seinen leiblichen Vater getötet hatte. Oder täuschte er sich? Sven kam ins Zweifeln. Er wusste, alles hing von seinen nächsten Worten ab. »Hallo, Kurt! Ich bin hier, um Ihnen zu helfen. Ich weiß, Sie können nichts dafür. Es muss Sie zutiefst getroffen haben, dass Korbinian nicht Ihr Vater war.« Ein beunruhigendes Knacken der Bretter unter ihm lenkte seine Aufmerksamkeit kurz ab.

»Er w… war mein V… Vater.« Die Stimme passte nicht zu dem großen, schwerfällig wirkenden Mann. Zu weich, zu kindlich klangen die seltsam gedehnten Worte. »N… nicht Alois. Korbinian.«

Sven nickte verstehend. »Ja, Sie haben recht. Korbinian hat Sie geliebt. Und Sie ihn. Aber Alois, Ihr leiblicher Vater, hat sich nie zu Ihnen bekannt. Das hat Sie geschmerzt. Mehr als ich es mir vorstellen kann, oder? Sie wollten auch seine Zuneigung, doch er gab sie Ihnen nicht. Nicht einmal, als Sie ihn zur Rede gestellt haben. War es nicht so?«

Er bemühte sich, ruhig und gelassen zu klingen. Sven wusste, dass die Situation jederzeit eskalieren konnte, und er wollte auf keinen Fall sein Versprechen Maria Obermeier gegenüber brechen. Er musste Kurt entwaffnen. »Kurt, Sie sollten mir die Pistole geben. Sie brauchen sie nicht, haben sie eigentlich nie gebraucht. Es ist Korbinians Pistole, nicht wahr? Die aus der Kiste auf dem Dachboden. Er hätte das nicht gewollt, Kurt. Sie sollten sie mir jetzt wirklich geben.«

Und tatsächlich. Kurt nahm die Pistole nachdenklich in die rechte Hand. Sven hielt den Atem an. »Papas P… Pistole. Hab den Alois n… nicht damit e… erschossen. Hab ich n… nicht getan!« Dann drehte er sie um und hielt Sven den Knauf der Waffe entgegen.

Svens innere Stimme, die vorhin noch zaghaft die Unschuld Kurts begehrt hatte, schrie laut auf. Sven Straubmann, den noch vor wenigen Monaten die Mitschüler auf der Polizeischule wegen seiner herausragenden Ergebnisse in Waffenkunde als Streber beschimpft hatten, dessen Wunsch es gewesen war, Moritz Buchmanns Team zugeteilt zu werden, und den die Geringschätzung seines Chefs tiefer traf, als dieser erahnen und er selbst sich eingestehen wollte, Sven, der gedacht hatte, den Täter im Alleingang zu finden, und der jede im Handel erhältliche Pistole kannte, Sven wusste in dieser Sekunde, dass er sich getäuscht hatte.

Es war eine Walther, die ihm Kurt entgegenhielt. Eine Walther PPK und keine CZ 75. Eine Waffe, die schon die Wehrmacht während des Zweiten Weltkrieges eingeführt hatte und die in Bayern noch bis in die 80er-Jahre bei der Polizei Verwendung fand. Vermutlich ein Andenken von Korbinians Vater an dessen Zeit als Soldat.

Kurt war nicht der Täter und der Beweis lag vor seinen Augen.

»Kurt …«

Weiter kam er nicht. Er hatte sich vorgebeugt, um die Pistole zu nehmen, hatte sein Gewicht verlagert und damit den neuralgischen Punkt des Dielenbodens getroffen. Die ohnehin fragilen Überreste des einst stabilen Beweises handwerklicher Zimmermannskunst gaben unter ihm nach. War er schwerer als Kurt oder lag es daran, dass sie zu zweit hier oben waren? Das morsche Gebälk weigerte sich, die ungewohnte Last weiter zu tragen. Sven sah noch, wie Kurt nach vorn schnellte – eine Bewegung, die dem behäbigen Aussehen dieses Mannes spottete –, um ihn zu packen. Kräftige Finger umschlossen Svens Handgelenk. Für Sekunden baumelte er freischwebend über dem Abgrund.

Kurt starrte ihn von oben herab an. »Nein!«, sagte er. »Keine A… Angst! Ich h… halte dich!«

Dann brachen die Dielen und die beiden Männer fielen drei Meter in die Tiefe.

＊

Vielleicht wäre der Sturz glimpflich für sie ausgegangen. Vielleicht, wenn ihnen da nicht der alte Heuwender seine rostigen Zinken entgegengestreckt hätte. Einer durchbohrte Svens Oberschenkel, ein anderer drang in seinen Bauch ein, nur um hinten am Rücken wieder auszutreten. Die ganze Zeit über ließ Kurt Svens Hand nicht los, und es war diesem, als hätte ihn der andere während des Sturzes herumgerissen, sodass der Heuwender ihn nur zweimal erwischt hatte. Der Rest war das hässliche Knacken brechender Knochen.

Kurt hatte weniger Glück. Die Eisenstäbe durchbohrten Lunge, Nieren und manch anderes Organ.

Nur das Herz nicht.

Kurts Herz schlug weiter und es schlug noch, als Mel die beiden fand.

KARL

Noch nie hatte sich Karl so hilflos gefühlt, wie in diesen Stunden. Das, was da in seinem Ort, in seiner Heimat passierte, sprengte den Horizont seiner bisherigen Weltauffassung. Nicht einmal in seinen schlimmsten Träumen hätte er die Ereignisse vorhersehen können, die ihn jetzt zu überrollen drohten.

Dabei war sein Leben privat und dienstlich bisher geregelt verlaufen. Ein freundlicher Ausdruck für langweilig. Die polizeiliche Arbeit hier in der Provinz hielt Aufregungen und Gefahr möglichst von ihm fern. Einige Randale mit Betrunkenen, eine Auseinandersetzung mit einer Motorradgang, zu der sie Verstärkung aus Regensburg hatten anfordern müssen, der übliche Streit mit Verkehrsrowdys. Und da gab es hin und wieder diese Typen, die sich die Welt mit Drogen verschönern wollten. Vor allem Ecstasy war angesagt in Diskotheken und auf Schulhöfen. Und Crystal, obwohl sich darum eher die Kollegen von der Sondereinheit in Furth im Wald kümmerten.

Und jetzt das: ein Mord in Sankt Ulrich. Die Kripo in seinem Dorf.

Die Kollegen waren ja ganz in Ordnung. Vor allem Buchmann, der im letzten Jahr bereits im Zusammenhang mit dem Mord in der Arberseewand von sich Reden gemacht hatte. Mit ihm verstand sich Karl genauso gut wie mit Melanie Güßbacher. Ja, und dann Sven. Hatte er den jungen Kriminalbeamten am Anfang noch als arrogant und affektiert eingeschätzt, so musste er seine Ansicht bald revidieren. Dann der Alleingang des unerfahrenen Burschen und wer hätte das gedacht? Er hatte recht!

Kurt.

Kurt Obermeier. Etwas schwerfällig und zurückgeblieben seit seiner Geburt, aber ansonsten harmlos und ein netter Kerl. Alois war sein Vater gewesen. Oh, Mann! Er hatte gedacht, er würde den Ort, die Menschen und ihre Geschichten kennen. Die Überraschungen dieses Tages hatten ihn eines Besseren belehrt. Und ihm Angst gemacht. Jetzt lagen Jäger und Täter im Krankenhaus. Beide mehr tot als lebendig und es blieb nur zu hoffen, dass sie den Sturz in den Heuwender überleben würden.

Beide natürlich.

Moritz und Mel waren mit nach Regensburg gefahren und hatten ihm versprochen, ihn auf dem Laufenden zu halten. Ja, es gab nichts mehr für ihn zu tun, als nach Hause zu fahren. Seit dem Tod seiner Eltern lebte er allein, wenngleich nicht ganz freiwillig. Die Richtige war ihm eben noch nicht über den Weg gelaufen, bemühte er die geflügelte Ausrede aller Alleinstehenden, um die Tatsache zu beschönigen, noch keine feste Bindung eingegangen zu sein.

Dabei gab es sie. Die Frau, die ihm in seinen Träumen erschien, an die er so oft – zu oft – dachte. Der er aus dem Weg ging, soweit es möglich war, um das Stechen in seinem Herzen nicht unerträglich werden zu lassen.

Seit drei Jahren lebte sie zum Greifen nah und doch unerreichbar auf dem Moserhof. Er musste sie vergessen, dachte er auch in dem Augenblick, da er auf das Gelände der Tankstelle in Arrach fuhr. Er hatte nicht aufgepasst und mit dem letzten Rest Benzin im Tank würde er die PI nicht mehr erreichen. Karl ließ den Audi langsam neben die Zapfsäulen rollen und stieg aus. Seine Gedanken waren auf Wanderschaft, während seine Augen über das Gelände und die anderen Autos schweiften. Erst im zweiten Anlauf drang das Bild eines grünen Fiestas in sein Blickfeld. Doch es war nicht Anton Breitmoser, es war Jana, die wie er den Zapfhahn zurück in die Tanksäule hängte.

Die Tankstelle in Arrach war die einzige zwischen hier und Bad Kötzting und somit war es kein allzu großes Wunder, sie hier zu treffen.

»Servus, Jana.« Wieder dieses Stechen in der Brust. Sie trug eine Jeans und ein T-Shirt. Die Arme versteckte sie heute unter einer blauen Sportjacke. Er ahnte, nein, er wusste warum. »Wie geht es dir?«, startete er den etwas kläglichen Versuch einer Konversation. Ihr Lächeln wirkte gequält. »Jana …« Ich weiß, was mit dir los ist, wollte er sagen. Ich weiß, was Anton mit dir macht! Ich weiß, dass er dich misshandelt, dass er dich schlägt, dass er … Du musst es uns nur sagen. Dann können wir Anton anklagen. Wir können ihn verhaften. Wir können … Ich kann …

Doch sein Mund blieb verschlossen. Seine Gedanken eingesperrt in seinem Kopf. Nein! Wir können nichts und ich kann nichts. Anton war nicht der Mensch, der vergaß. Und auch keiner, der verzieh. Wie lange würde er eingesperrt werden? Wie lange wäre Jana vor ihm sicher? Antons Zorn wäre grenzenlos und er würde ihn über sie ergießen. Gleichgültig, was mit ihm geschehen würde.

Karl wusste das und Karl schwieg. Sie sah, wie er mit sich rang, und Karl sah, wie sie mit sich rang. Die Hoffnung kämpfte in ihr gegen die Angst. Hoffnung, Anton vielleicht loszuwerden, Angst vor ihm. Karl blickte in ihre Augen. Die Angst würde siegen! Ihre Augen verrieten es. Und vielleicht waren es genau diese Augen, die ihm die nächsten Worte entlockten: »Jana! Solltest du Probleme mit Anton haben, ich bin jederzeit für dich da.« Jetzt war es raus! Er hatte den ersten Schritt getan und es gab kein Zurück mehr.

»Danke, Herr Loibl. Aber es ist alles in Ordnung. Was sollte auch sein?« Dann ließ sie seine Hände los und wandte sich mit versteinertem Gesicht von ihm ab. Er hatte gar nicht bemerkt, dass er sie die ganze Zeit über in seinen gehalten hatte. Nein, sie würde sich nie an die Polizei wenden.

Sie würde Anton nie verraten.

*

»Na sieh mal einer an!«

Benjamin Greil, den alle Welt nur Kawa-Ben nannte, achtete kaum noch auf den Schlauch, mit dem er sein Schmuckstück soeben abgespritzt hatte. Die knallrote Rennmaschine, ein wahres Fossil aus alten Tagen, war der ganze Stolz des arbeitslosen Bäckergesellen. Und so war auch der erste Teil seines allgemeinen Rufnamens schnell erklärt. Mindestens zweimal die Woche gönnte er der Kawasaki eine Vollwäsche mit Politur und allen Extras in der Waschhalle der Arracher Tankstelle. So auch heute. Und wen sah er da? Jana Breitmoser mit Karl Loibl. Und wie vertraut sie doch miteinander sprachen. Er hielt sogar ihre Hände.

Mann, Januschka! Wenn das dein Anton wüsste. Und wenn das die anderen von der Gang wüssten. Sollte er es seinen Kumpels sagen? Ben überlegte nur kurz. Dann kam er zu dem Ergebnis: Nein, er würde es lieber für sich behalten. Nicht wegen Jana. Sie war ja wirklich eine Augenweide. Rasiermesserscharf. Wahrlich ein steiler Zahn.

Nein, kein steiler Zahn.

Eine Hure! Eine Nutte!

Ja, es war Ben gewesen, der sie im Internet entdeckt hatte. Logisch, schließlich trieb er sich die meiste Zeit auf diversen Seiten herum und da hatte er, zweifellos durch Zufall, Januschka entdeckt. Er wollte seinen Augen kaum trauen, aber sie war es gewesen. Januschka, die Frau, mit der sein Kumpel Anton bei jeder Gelegenheit prahlte.

Und er, Ben, hatte nicht einmal eine Freundin. Nur seine Kawa.

Er hatte es kaum erwarten können, dem Breitmoser die Seite im Internet zu präsentieren. Und was für eine Seite! Nacktfotos in aufreizenden Posen, untertitelt mit eindeutigen Angeboten. Klar, er hatte die Schrift nicht lesen können, aber die Bilder hatten für sich gesprochen.

»So hast du deine Jana wahrscheinlich selbst noch nicht gesehen«, hatte er Anton aufgezogen. »Aber tröste dich. Sie war bestimmt eine Edelhure. Mit eigener Homepage und so. Die trieb es nicht mit jedem. Nur auf Bestellung, siehst du.« Dabei hatte er auf den Kontaktbutton in Form einer weiblichen Brust gedeutet. »Einmal auf die Titten drücken und du kannst sie haben.«

Anton hatte kein Wort gesagt, während er die Bilder auf dem Bildschirm betrachtet hatte. Dann hatte er ebenso wortlos den Computer ausgeschaltet, Ben angesehen und gesagt: »Wenn irgendjemand außer dir und mir davon erfährt, bist du tot!« Mehr nicht. Kein Gebrüll, kein Wutausbruch. Er hatte ihn nicht einmal angefasst.

Es war diese unfassbare Ruhe in Antons Worten gewesen, die Benjamin Greil klargemacht hatte, dass die Sache ernst war. Todernst! Er hatte nicht nur einmal einen Wutausbruch seines Kumpels erlebt. Er selbst war bisher von

Antons Fäusten verschont geblieben, so manch anderer hatte einen Streit mit dem Bauern vom Moserhof jedoch schmerzhaft bezahlt. Dass Anton noch auf freiem Fuß war, lag an der Eigenart der Leute hier. Keine Polizei! Und wenn sie doch kam, hatte niemand etwas gesehen. Man regelte das unter sich. So war es früher gewesen und so sollte es bleiben. Für solche Kleinigkeiten brauchte man die Bullen nicht.

Schlimm genug, dass ihnen dieser Mord jetzt die Kriminaler auf den Hals gehetzt hatte. Doch dem Anton, dem konnten die nichts. Da war sich Ben sicher. Damals, als er ihn über die Vergangenheit Janas aufgeklärt hatte, war es gerade die gefasste Haltung Antons gewesen, die Ben der Gefahr bewusst werden ließ, die von diesem Mann ausging.

Was er wohl mit der Jana machen würde?, hatte er gedacht. Doch davon wollte er lieber nichts wissen. Kawa-Ben hatte dichtgehalten. Er würde auch heute niemandem von dem Gespräch zwischen Jana und dem Loibl Karl erzählen.

Außer dem Anton, natürlich! Das gab sicher ein paar Pluspunkte für ihn. Es konnte nie schaden, etwas beim Moserbauern gut zu haben.

Und Jana? Selber schuld. Was musste sie sich auch mit diesem Bullen unterhalten. Schließlich gehörte sie Anton. Der hatte ja auch eine Stange Geld für sie hingelegt. Mit einem Schulterzucken grapschte er sein Handy aus der Innentasche seiner Lederjacke und suchte Anton Breitmosers Nummer.

JANA

»Du bist eine ganz brave.« Sanft strich Janas Hand über den Kopf des Lammes. Es war vor drei Tagen auf die Welt gekommen und damit das jüngste der Tiere auf dem Moserhof. Jana liebte Tiere. Sie gaben ihr Halt und das Gefühl, nicht allein zu sein auf dieser Welt.

Ja, sie war wieder allein. So wie damals, als sie noch ein Mädchen gewesen war und in den Straßen von Dnipropetrowsk gelebt hatte. Abgeschoben von der Mutter, die trank und die ihrer Tochter nicht hatte sagen können, welcher der vielen Männer, die bei ihr ein und aus gingen, ihr Vater war. Jana hatte sich allein durchgeschlagen, hatte im Keller eines leer stehenden Wohnblocks gehaust, hatte viele falsche und wenige echte Freunde gefunden. Mit 17 hatte sie schließlich angefangen, sich zu verkaufen. Es war nicht schwierig gewesen, Freier zu finden. Sie war schon damals bildhübsch gewesen und ihre Jugend hatte ein Übriges getan. Und sie war allein gewesen, so wie jetzt. Dann hatte sie eines Tages dieser Kerl, der einer ihrer Kunden gewesen war, auf die Möglichkeit der Flucht aus dieser Welt hingewiesen. Er hatte ihr von einem besseren Leben, einem Leben in Freiheit und Glück erzählt. Da war sie 22 gewesen, und ein Jahr später war sie in eine dieser Agenturen gegangen, die einen in den goldenen Westen vermitteln.

Und so war sie an Anton Breitmoser gelangt. Es war kein Blind Date gewesen. Nein, Anton war in ihre Stadt gekommen, um sie kennenzulernen. Der große starke Mann aus Deutschland hatte ihr imponiert und seine Fürsorge auch. Er hatte ihr ein Gefühl von Schutz geboten. Jana Rudenko hatte sich bei ihm sicher und vor allem nicht mehr allein gefühlt. Als sie in Sankt Ulrich angekommen war, schien sich alles zum Guten zu wenden. Ihr Ehemann war weiterhin zärtlich und liebevoll zu seiner neuen Frau gewesen. Nur wenn seine Freunde und Kumpel dabei waren, hatte er auf Macho und Herr im Haus gemacht. Auf dem Moserhof aber, wenn sie allein waren, konnte sie sich keinen besseren Mann wünschen.

Dann, eines Tages, war er nach Hause gekommen und sie hatte sofort bemerkt, dass etwas anders war als sonst. Sie hatte es in seinen Augen gesehen. Noch heute erinnerte sie sich an diese Augen. An den Zorn, die Wut und … die Gefahr, die sie ausgestrahlt hatten.

Sie hatte nicht alles verstanden, was er ihr ins Gesicht geschrien hatte, aber *Schlampe* und *Hure* verstand sie in jeder Sprache. Er wusste also Bescheid. Er kannte ihr Geheimnis. Anton hatte irgendwie von ihrer Zeit als Prostituierte erfahren.

Er hatte recht. Sie war eine Hure gewesen. Sie hatte sich verkauft, um zu überleben. Doch das interessierte ihn nicht. An diesem Tag hatte er sie zum ersten Mal geschlagen. Seither war körperliche Gewalt zur Gewohnheit geworden. Als diese Sache mit dem Bauprojekt losging, über das im Ort unten allen redeten, und den Grundstücken, die er hatte verkaufen wollen, wagte sie es kaum noch, ihm in die Augen zu sehen. Was sollte sie tun? Sie konnte nicht zurück in die Stadt am Dnjepr, das wusste sie. Alle Stricke in die alte Heimat hatte sie gekappt. Aber hier bleiben?

Jana hatte Angst. Vorsichtig nahm sie das Lämmchen in den Arm. Jede Bewegung schmerzte sie. Außerdem war ihr ständig übel. Antons letzter Schlag musste etwas in ihr verletzt haben. Nicht ihre Seele, die war es schon lange.

Vorhin, als Anton ins Dorf hinabgefahren war, hatte sie sich ins Haus geschleppt und war dort auf dem harten Holzboden zusammengebrochen. Seither hatte sie sich ein halbes Dutzend Mal übergeben und auch Blut erbrochen.

Jetzt war sie bei den Tieren im Stall, der einzige Ort, der ihr noch Trost versprach. Sie waren ihre einzigen Freunde. Jana blieb hier, bis ihr Peiniger zurückkam.

✳

Der Motor des alten Fiestas protestierte laut, als Anton ihn abwürgte. Ein neues Auto konnten sie sich nicht leisten. Sie wusste, dass es nicht gut um den Hof stand. Und auch, dass es daran lag, dass Anton trank.

Auch heute hatte er wieder getrunken, das sah sie sofort. Jana ahnte, dass es wieder schlimm für sie werden würde. Hätte sie gewusst wie schlimm, Jana wäre davongelaufen und nie wieder zurückgekehrt.

SVEN

Langsam, unendlich langsam näherte sich Sven dem grellen Licht. Unter ihm, um ihn war nichts als Dunkelheit. Aus dem Licht drangen Stimmen zu ihm, doch er konnte sie nicht verstehen. Da er seine Reise zum Licht offensichtlich nicht beschleunigen konnte, beschloss er, sich zu erinnern, was geschehen war. Richtig, er war gefallen. Noch einmal rasten die spitzen Zinken des Heuwenders auf ihn zu. Irgendjemand umklammerte ihn.

Wer? Sven konzentrierte sich, bis ein Name aus dem Licht auftauchte: Kurt.

Kurt fiel mit ihm und Kurt fiel in die Zinken. Schreckgeweitete Augen starrten Sven an, als er sich nach links drehte, weg von den tödlichen Krallen. Dann der Aufprall, der unfassbare Schmerz und … nichts mehr.

Dunkelheit!

Aber das Licht war noch da. Und es war wieder ein wenig näher gekommen. Bald würde er es erreichen. Bis dahin konnte er noch einmal in die Vergangenheit reisen. Was war vor dem Sturz geschehen? Sven ließ seine Gedanken treiben, drang in die Dunkelheit vor.

Kurt! Er hatte Kurt in die Scheune verfolgt. Warum? Ach ja, wegen Alois Huber. Dann war er eine Leiter hinaufgestiegen. Und da war Kurt gewesen. Er hatte ihn mit einer Pistole bedroht. Irgendetwas war mit der Pistole! Sven sah sie vor sich, sah die Mündung, die auf seinen Kopf gerichtet war. Dann schwenkte Kurt den Lauf kurz zur Seite und Sven starrte auf die Waffe.

»Nein«, sagte Kurt. »Ich habe meinen Vater nicht getötet.«

»Nein«, sagte auch Sven. Und dann brachen die Bretter, gab der Boden nach und er fiel. Er spürte den eisernen Griff von Kurts Fingern, die ihn vor dem Abgrund zurückrissen, doch dann fiel auch Kurt.

Und mit ihm die Pistole. Sven sah sie in Zeitlupe durch die Luft trudeln, wie er auch sich in Zeitlupe fallen sah. Er sah, wie die Walther PPK in den Getreideschacht, der von der Tenne hinab in das Erdgeschoss führte, schwebte und dort verschwand.

Und wieder prallte er auf den harten Boden, bissen ihn die Zinken des Heuwenders und wieder griff die Dunkelheit nach ihm.

ICH

Ich finde auf Anhieb einen Parkplatz vor dem weitläufigen Gebäudekomplex der Barmherzigen Brüder. Das Krankenhaus ist mir seit meinem letzten Abenteuer auf dem Kollerhof in Kirchbach noch bestens bekannt. Ich gehe zum Eingang und auf das Zimmer, in welchem Sven seine Wunden auskuriert. Obwohl der Fall wohl geklärt ist und der mutmaßliche Täter nur einen Stock höher liegt, fühle ich mich nicht wohl in meiner Haut.

Ein Blick auf meine Uhr zeigt mir, dass sich dieser schicksalsschwere Tag seinem Ende nähert. Wenn ich so darüber nachdenke, komme ich zu dem Schluss, dass er in der Rangliste meiner schlimmsten Tage gute Chancen auf die Spitzenposition hat. Darüber bin ich mir spätestens im Klaren, als Karl seinen Wagen mit einer Vollbremsung vor der Scheune von Maria Obermeier zum Stehen brachte. Ohne auf die alte Frau und Bürgermeister Wimmer – was machte der denn hier? – zu achten, stürmten wir hinein. Hielt zu diesem Zeitpunkt Mels Wagen und damit ihre Anwesenheit noch einen Funken Hoffnung in mir am Glühen, so erlosch dieser im Sturm der folgenden Bilder kläglich. Ein Blick reichte, um das ganze Ausmaß meiner Fehlentscheidung zu erfassen. Kurt steckte, durchbohrt von den zahllosen Zinken eines Heuwenders, auf diesem fest. Ein Bild wie aus einer mittelalterlichen Folterkammer, das mir die Beine unter dem Körper wegzöge, wäre da nicht auch noch Sven. Es gelang mir, meine Aufmerksamkeit von dem Toten – Kurt musste einfach tot sein – auf meinen Mitarbeiter zu lenken, dem Mel ihre zusammengefaltete Jacke unter den Kopf gelegt hatte. Auch aus Svens Körper ragte Metall. Arme und Beine standen unnatürlich verdreht ab. Um die beiden Körper formierten sich die Reste des zersplitterten Holzbodens und Blut. Unmengen von Blut! Noch nie zuvor war mir beim Anblick eines Opfers schwindlig geworden. Diesmal war es so weit.

Es war Mel, die mich stützte und mir half, auf den Beinen zu bleiben. »Der Rettungsdienst kommt sofort«, versuchte sie mich zu beruhigen. Und dann sagte sie das Unglaubliche: »Beide sind noch am Leben.«

Die folgenden Minuten waren eine Erinnerung an Blaulicht, Rettungsfahrzeuge und den Lärm von Hubschrauberrotoren. Dann das Warten in der PI Bad Kötzting, die Notoperationen der beiden und endlich die Gewissheit, dass Sven seinen Alleingang überleben würde. Bei Kurt steht das noch nicht fest. Es ist ein wahres Wunder, dass ihn der Heuwender nicht sofort umgebracht hat.

Jetzt stehe ich vor Svens Zimmer und zögere einzutreten. Ich gebe zu, ich habe Angst vor den kommenden Minuten. Verdammt, es fällt mir einfach schwer, Gefühle zu zeigen und ich fürchte, die Worte, die von mir erwartet werden, kleben auf meinen Lippen und weigern sich, diese zu verlassen. Umso mehr, als ich für Svens Zustand mitschuldig bin. Spätestens als ich die Übereinstimmung seiner Theorie mit der Aussage Kathrin Hubers erkannt habe, hätte ich das Gefährdungspotenzial, das von Kurt Obermeier ausging, erkennen müssen. Wahnsinnig unprofessionell! Hat dies dazu geführt, dass Sven nun um sein Leben kämpfen muss? Bin ich schuld?

Die Situation wird nicht dadurch besser, dass ich hier vor der Tür stehen bleibe. Also zwinge ich mich, nach einem leisen Klopfen, einzutreten.

Sven ist nicht allein. Melanie hat die späte Stunde ebenfalls nicht abgehalten, ihren Kollegen zu besuchen. Sie nickt mir stumm zu, ohne von ihrem Platz neben dem Krankenbett aufzustehen. Ich nicke ebenfalls, dann werfe ich einen langen Blick auf Sven. Oder auf das, was von ihm zu sehen ist. Eine dünne Decke bedeckt den Körper bis zum Kinn. Links ragen Unterarm und Unterschenkel hervor. Beide gleichen Werken moderner Künstler. Glänzende

Stahlstäbe und Schrauben durchbohren die Gliedmaßen und sollen die gebrochenen Knochen stabilisieren. Kein schöner Anblick, das muss ich zugeben. Nicht viel besser ist es um Svens Gesicht bestellt. Schwellungen und Platzwunden machen eine Identifizierung meines Mitarbeiters schwer. Beatmungsröhrchen und Mullbinden tragen auch nicht zu seiner Verschönerung bei.

»Er hat noch mal Glück gehabt«, bricht Mel das Schweigen.

Glück? Glück sieht anders aus.

»Kein Schädelbruch, keine lebenswichtigen Organe verletzt. Er ist auf die linke Seite gefallen. Deshalb der Arm und das Bein.« Sie deutet auf die Fixateure.

Ich nicke nur. »Trotzdem. So hätte es nicht kommen dürfen.«

Mel blickt mich nur an, sagt aber nichts. Klar, ich bin an der Reihe. »Sven hatte von Anfang an recht. Hätte ich seine Spur ernsthafter verfolgt, hätten wir Kurt schon gestern verhaften können.« Vergeblich warte ich auf eine Antwort Mels.

Dann endlich: »Du konntest nicht wissen, dass Kurt bewaffnet war. Sven hatte seine Aufgabe in diesem Fall, so wie ich auch. Nach dem Stand der Dinge war wohl keine Gefahr für Sven zu erwarten.«

»Aber Sven war ein Neuling. Und Kurt zuletzt der Hauptverdächtige. Die beiden zusammenzubringen, war ein Fehler.«

»Vielleicht! Ja sogar wahrscheinlich! Aber es war auch Svens Entscheidung, nicht auf Verstärkung zu warten, als er in die Scheune ging«, versucht sie mich zu beruhigen. »Und außerdem war es ja auch nicht Kurt, der Sven verletzt hat. Der Dielenboden ist eingebrochen. Damit hast du nichts zu tun. Vergiss das nicht! Beide sind Opfer eines Unfalls. Das hätte so oder so passieren können.«

Damit hat sie nicht ganz unrecht. Trotzdem fühle ich mich nicht wohl bei der Sache. Als Leiter des Teams trage ich die Verantwortung für meine Kollegen. Mel weiß das genauso wie ich. Aber sie weiß auch, dass der Ablauf der heutigen Geschehnisse wohl kaum zu verhindern war. Also scheint die Sache für sie erledigt zu sein. Stattdessen wechselt sie das Thema.

»Was passiert jetzt mit Kurt Obermeier? Falls er die Sache überleben sollte? Immerhin hat ihn der Heuwender regelrecht aufgespießt. Die Krankenschwester sagte etwas von 14 Zinken, die sich in seinen Leib gebohrt haben.«

»Ja, ein Wunder, dass er noch lebt. Seine Mutter hat jedenfalls alles gestanden. Die Vaterschaft von Alois Huber, die Pistole, die in der Kiste liegen sollte und plötzlich fort war, Kurts seltsames Verhalten in den letzten Tagen. Es gibt wohl keinen Zweifel an seiner Schuld. Nein, es ist alles so, wie Sven es vermutet hat. Die Spurensicherung muss nur noch die Pistole finden. Sie ist der letzte Beweis für Kurts Schuld. Dennoch wird er aufgrund seines geistigen Zustandes kaum ins Gefängnis gehen. Ich nehme an, eine geschlossene psychiatrische Anstalt wird es aber werden.«

»Und Sven? Wie geht es mit ihm weiter?«

Sven? Mein Blick fällt auf die bleiche Gestalt, die ohne uns wahrzunehmen, der Grund unseres Aufenthalts ist.

»Ich hoffe, mein Partner kommt bald wieder auf die Beine.«

Mel nickt. Sehe ich da Zufriedenheit in ihren Augen?

SVEN

Er hatte das Licht erreicht. Gleißend hell blendete es seine Augen. Doch auch die Stimmen waren noch da und die konnte er verstehen. Eine Frau und ein Mann. Mel und Moritz! Sie sprachen über Kurt. Kurt, den Mörder.

Plötzlich war alles wieder da. Die Ermittlungen, Maria Obermeier, Alois Huber, Kurt, die Tatwaffe.

Kurts Waffe. Er hatte sich getäuscht. Alois Huber war nicht mit einer Walther getötet worden. Es war eine CZ 75 gewesen. Die Ballistik hatte das zweifelsfrei festgestellt. Kurt hatte seinen Vater nicht getötet.

Wieder wandte sich seine Aufmerksamkeit den beiden Stimmen zu. Was sagten sie? Für sie war der Fall gelöst? Kurt schien den Sturz in den Heuwender ebenfalls überlebt zu haben, jedoch nur, um später als Mörder verurteilt zu werden.

»Nein«, sagte Sven. »Kurt war es nicht!«

Verdutzt erkannte er, dass Mel und Moritz nicht reagierten. Glaubten sie ihm nicht?

»Kurt ist nicht der Mörder«, sagte er noch einmal, diesmal lauter. »Alois wurde nicht mit seiner Pistole erschossen! Ihr müsst doch nur die Pistolen vergleichen.« Konnten sie das? Noch einmal sah er die Walther in den Getreideschacht fallen. Dieser musste mindestens drei Meter tief sein. »Verdammt«, entfuhr es ihm. »Dort findet sie nicht einmal die Spurensicherung.« Nur gut, dass er gesehen hatte, wohin die Waffe fiel. »Im Getreideschacht«, erklärte er seinen beiden Kollegen. »Ihr müsst im Getreideschacht nachsehen!«

Wieder keine Reaktion. Er versuchte, sich auf das Gespräch der beiden zu konzentrieren.

Partner? Hatte ihn Buchmann eben Partner genannt? Er musste sich täuschen.

Entsetzt bemerkte er, dass sich die Stimmen entfernten. Sie gehen!, dachte er. Sie gehen und denken, sie haben den Mörder. »Nein!« Diesmal hatte er es laut gerufen. »Nein, Kurt ist unschuldig. Der Mörder läuft noch frei herum.« Doch seine Lippen blieben verschlossen, so wie sie die ganze Zeit verschlossen waren.

»Nein!« Der Schrei verhallte wie alles andere in seinem Kopf. Und dann wich das Licht plötzlich wieder zurück. Rasend schnell entfernte sich Sven von dem kleiner werdenden Punkt. »Der Mörder ist noch da draußen.« Ein letzter, stummer Aufschrei, dann fiel er zurück in die Dunkelheit, die ihn dankbar willkommen hieß.

BANKGESCHÄFTE

Carolin Lommer saß noch in ihrem Büro. Der Ausblick aus diesem auf die nächtliche Stadt unter ihr konnte durchaus als spektakulär bezeichnet werden. Ihre Bank lag in einem der exklusiven Viertel der Stadt, so wie die vieler

Konkurrenten auch. Die WWSB zählte sicher nicht zu den ganz großen Kredithäusern, galt jedoch seit Jahren als seriös und etabliert. Und das sollte auch so bleiben. Das Volumen des Osserprojekts verschwand nicht wie bei den Globalplayern der Branche in der Gesamtbilanz. Nein, ihr Deal bedeutete eine große Nummer. Und sie gedachte nicht, sich diese durch die Finger gleiten zu lassen. Aber die Riedl-Leute kämpften mit harten Bandagen. Das Konsortium hinter dem Speicherwerk an der Donau war im Vergleich zu ihnen ein Riese, der gegen eine Mücke antrat. Entsprechend weit gestreut waren seine Möglichkeiten. Wie weit würden sie gehen? Als Carolin Lommer vom gewaltsamen Tod Alois Hubers gehört hatte, war ihr Verdacht sofort auf den Mitbewerber um Fördergelder und Genehmigungen gefallen. Nach ihrem Telefonat mit Holger Tandetzki hatte sie diesen jedoch wieder fallen lassen.

Mord? Nein!

Das war eindeutig eine Nummer zu groß. Und die Investitionssumme zu klein. Zumindest für die Leute, die hinter Riedl standen. Ihre Gedankenwelt bewegte sich in völlig anderen Dimensionen.

Und doch, auch dort gab es einen zuständigen Manager, dessen Schicksal mit diesem Projekt eng verknüpft sein könnte. So wie ihres. Ein Alleingang ohne Wissen der Spitze des Konsortiums war durchaus möglich. Und Auftragskiller zu finden war kein Problem mehr. Nicht in Zeiten der weltweiten Vernetzung. Und dann? Dann würde es weitere Morde geben: Gabi und Jochen Schreiner. Tandetzki musste den Vertrag mit ihnen unter Dach und Fach bringen. Verdrossen wählte sie seine Nummer.

JANA

Jana versuchte vergeblich, das Schnarchen ihres Mannes zu ignorieren. Ein weiteres Übel, das der Alkohol auf den Moserhof gebracht hatte, wenngleich das geringste. Obwohl die Nacht bereits fortgeschritten war, fand Jana keinen Schlaf.

Heute war es geschehen, heute hatte Anton die Grenze überschritten. Bis zu diesem Augenblick war er vorsichtig gewesen. Er beherrschte das gut, oh ja! Seine Hände und Fäuste und auch seine Füße hatten ihr Gesicht geschont. War es ihre Schönheit, die ihn davon abgehalten hatte, diese zu zerstören, oder wollte er nur seine Taten vor dem Dorf verstecken? Sie wusste es nicht. Es war ihm gelungen, ihr Schmerzen zuzufügen, ohne dass jemand davon erfuhr. Dabei gab es Spuren. Zeuge waren die unzähligen blauen Flecken, Hämatome und Stauchungen. Und seit gestern vielleicht sogar ein paar innere Verletzungen. Nichts jedoch, was man nicht unter langen Hosen, Ärmeln und Angst verstecken konnte. Ja, Anton verstand sein Handwerk und bis heute war es ihm gelungen, seine Wut unter Kontrolle zu halten.

An diesem Abend hatte er die Grenze überschritten. Diese Grenze, die auch sie sich gesetzt hatte. Sie wusste nicht mehr, was er ihr alles vorgehalten hatte, als er nach Hause gekommen war. Sie wusste auch nicht, wie viel Alkohol es gewesen war, der aus ihm gesprochen hatte, und was ihm seine sogenannten Freunde eingeimpft hatten. Es waren nur Wortfetzen, die zwischen seinen Schlägen in ihr Bewusstsein gedrungen waren: Sie habe diesen

Karl Loibl getroffen. Hinter seinem Rücken. Wo er ihr doch das ausdrücklich verboten habe. Sie verbünde sich mit diesem Polizisten gegen ihn, obwohl er doch nur geil auf sie sei. Sie habe ihn verraten! Sie habe …

Es waren seine Fäuste gewesen, die zu ihr gesprochen hatten. Und diesmal hatten sie nicht vor ihrem Gesicht Halt gemacht. Ihr linkes Auge war blau unterlaufen, über dem rechten war die Haut aufgeplatzt. Blut war ihr ins Auge gelaufen, sodass sie den einen Schlag nicht hatte kommen sehen. Den einen, der ihre Lippen getroffen hatte, ihre Zähne. Jetzt war ihr Mund geschwollen, ein Zahn abgebrochen, ein anderer locker. Die Schmerzen in ihrem Kopf übertrafen nur die in ihren Armen, die sie schützend vor ihr Gesicht gehalten hatte, als sie am Boden gelegen und seine Fußtritte abgewehrt hatte. Diesmal ist es so weit, hatte sie gedacht. Diesmal bringt er dich um!

Sie hatte Panik erwartet und Todesangst. Doch sie war ganz ruhig gewesen in diesem Augenblick, der zuerst nicht hatte enden wollen und dann schnell vorüber gewesen war.

Anton wälzte sich in seinem Bett herum. Sein Atem stank wie üblich nach einer Mischung aus Schnaps und Bier. Jana wagte es kaum, sich zu bewegen. Ihre Arme schmerzten, ihr Kopf schmerzte wie auch ihr Innerstes. Seine Tritte hatten wohl mehr Schaden angerichtet, als sie es sich eingestehen wollte. Hauptsache, ihre Hände waren nicht gebrochen. Sie benötigte sie noch bei dem, was sie morgen vorhatte.

Ihre Gedanken flohen zu den beiden Polizisten, die heute auf dem Hof gewesen waren. Sollte sie sich ihnen anvertrauen? Der eine war von der Kriminalpolizei. Obwohl sie noch nicht so lange in Deutschland war, wusste sie, dass er Spezialist für schwere Verbrechen war und wegen des Mordes in Sankt Ulrich hier war. Der andere war Karl Loibl. Sie hatte ihn heute an der Tankstelle getroffen und er hatte ihr Hilfe versprochen, aber nur Leid gebracht. Einer von Antons Freunden hatte sie gesehen.

Aber Karl? Er schien ein netter Kerl zu sein.

Ein netter Kerl, ja! Wie so viele Männer in ihrem Leben nette Kerle gewesen waren. Damals in den Straßen der Millionenstadt im Herzen der Ukraine. Alle hatten ihr Liebe vorgespielt und versprochen, ihr jeden Wunsch von den Lippen abzulesen. Am Ende hatten sich alle als das erwiesen, was sie nun einmal waren: brutale Machos, die sich mit ihr schmücken wollten und sie nach ein paar Monaten weggeworfen hatten. Aufgewachsen ohne Vater und Geschwister blieb nur die Erinnerung an ihre Mutter, eine ständig alkoholisierte und dem Tode entgegensiechende Frau. Nicht wenige betrunkene Männer waren in der winzigen Wohnung in einer der trostlosen Vorstädte Dnipropetrowsks ein und aus gegangen. Jana hatte es dort nicht ausgehalten und war durch die Straßen und Keller der Betonruinen und Plattenbauten gezogen. Dort hatte sie gelernt, sich gegen die anderen Mädchen und schließlich auch gegen die Jungen durchzusetzen. Und sie hatte gelernt, niemandem zu vertrauen. Niemals würde die Erinnerung an Viktor Sayenko und Ihor Suprunyock verblassen. Sie hatte die beiden Jungen gekannt, war mit ihnen durch die Straßen gezogen. Als dann bekannt geworden war, dass die beiden 21 unschuldige Menschen mit Hammer und Schraubenzieher getötet hatten, um – wie sie sagten – *Erinnerungswürdiges* zu tun, da war ihr bewusst geworden, wie nahe am Tod sie sich schon damals bewegt hatte.

Schließlich war sie so weit gegangen, sich selbst zu verkaufen. Ja, Jana Rudenko hatte gelernt zu kämpfen und sie hatte die Kämpfe in den Armenvierteln der Stadt nicht überlebt, um hier in Deutschland zu sterben. Und sie hatte noch etwas gelernt: Verlass dich nie auf die Polizei. Diesen Fehler hatte sie einmal gemacht, damals zu Hause. Sie verdrängte die Erinnerung an jene schreckliche Nacht in der Polizeistation von Nowokodak. Nein, nie mehr wollte sie diese Bilder in ihren Kopf lassen, nie mehr Männer gegen ihren Willen an ihren Körper. Gleichgültig, was danach passieren würde, Jana würde sich wehren.

Sie beschloss, nicht hier in Deutschland, nicht hier auf dem Moserhof zu sterben. Doch dazu musste Anton verschwinden. Er war gefährlich! Mehr noch, als die Menschen hier im Dorf ahnten. Nicht nur seine Fäuste bewiesen dies, er besaß auch eine Pistole. Auch von ihr ahnten die Leute nichts. Und dieser alte Mann, Alois Huber? Er war Anton im Weg gewesen. Nicht nur einmal hatte er im Alkoholrausch den Alten verflucht.

Ihr Kopf schmerzte noch immer und dennoch reifte in ihm ein Plan. Es würde schwierig und gefährlich werden, das wusste sie. Aber es musste sein.

Anton drehte sich wieder grunzend auf die andere Seite.

In dieser Nacht beschloss Jana Breitmoser, geborene Rudenko, ihren Ehemann Anton zu töten.

ICH

Claudia ist wieder da. Aber natürlich! Es ist Sonntag und ich wusste doch, dass sie heute zurückkehrt. Normalerweise würde ich jetzt freudestrahlend ins Haus stürmen und sie in die Arme nehmen. Normalerweise! Doch die Ereignisse der letzten Stunden haben jedes Gefühl in mir betäubt. Hoffentlich bleibt das nicht so. Auf jeden Fall sieht man mir meinen Zustand sofort an.

Claudia spürt gleich, dass etwas nicht stimmt. Auch sie sieht müde aus, aber ich weiß, dahinter stecken der Flug und die Reise. Sie sitzt in der Stube mit ihren Eltern, die bis zu dieser späten Stunde auf ihre Tochter gewartet haben, und berichtet ihnen von ihrem Aufenthalt in Norwegen. Als ich das Zimmer betrete, umarmt sie mich und schenkt mir einen Kuss. Spätestens hier verrate ich meinen Zustand.

Sie weicht ein Stück zurück. »Hallo, Schatz. Du siehst furchtbar aus. Was ist passiert?«

»Hallo, Liebling.« Ich ringe mir ein schwaches Lächeln ab.

»Hallo, Gisela, servus, Ludwig.« Die Schedlbauers nicken mir zu. Ich sehe Claudia bittend an und sie versteht.

»Wir sollten nach oben gehen.« Ja, das sollten wir. Ich folge ihr in ihre kleine Dachwohnung, die seit einem halben Jahr mein zweites Zuhause ist.

»Was ist passiert?« Claudia setzt sich auf die Couch, die uns schon so manch schlaflose Nacht beschert hat, und zieht mich zu sich hinab. Ich lehne mich an sie und genieße ihre Nähe. Fast gelingt es ihr, meine Gedanken in ruhige Bahnen zu lenken, doch eben nur fast. Sven schwebt wie ein dunkler Schatten zwischen uns.

Ich beginne meine Erzählung und lasse nichts unerwähnt. Die Rekapitulation der Ereignisse erschöpft mich. Seelisch und körperlich. Noch einmal die zerstörten Körper Svens und Kurts zu sehen, lässt die Zweifel um die Richtigkeit meiner Entscheidung, meinem unerfahrenen Kollegen freie Hand zu lassen, wieder wachsen. Mels beruhigende Argumente drängen in den Hintergrund.

Endlich am Ende meiner Geschichte angekommen, lehne ich mich müde zurück. Ich spüre Claudias schweigenden Blick auf mir. Nach endlosen Minuten nimmt sie meine Hand in ihre.

»Und jetzt gibst du dir die Schuld am Unglück der beiden!« Kennt sie mich schon so gut? Bin ich so leicht zu durchschauen?

»Ich leite dieses Team. Damit bin ich für alles verantwortlich. Auch für das Wohl meiner Kollegen.«

»Es war ein Unfall. Nicht Kurt hat Sven verletzt. Die beiden sind abgestürzt. Das hätte auch dir oder Mel passieren können.«

Ihre Gedanken laufen parallel zu denen Mels. Es ist schon erstaunlich, wie gleich sich Frauen doch manchmal sind. Und dennoch: »Sven hatte Kurt Obermeier von Anfang an in Verdacht. Hätte ich ihn ernst genommen und diese Spur genauer verfolgt, wäre es vielleicht nicht so weit gekommen.«

»Vielleicht. Aber du kannst nicht alle Eventualitäten berücksichtigen. Du hattest Zweifel, und Sven war sich sicher. Das ist nun mal so. Du kannst das Geschehene nicht mehr ändern. Nur die Zukunft.«

Ich weiß, was sie meint. Akzeptiere ihn als vollwertigen Kollegen und Partner, lautet ihr unausgesprochener Auftrag.

»Und außerdem habt ihr den Täter. Svens Erfolg! Das wird so manche Wunde heilen helfen.«

Ja, Claudia hat recht. Wir haben den Täter. Und das bedeutet, keine weiteren Morde in Sankt Ulrich. Mit diesem tröstlichen Gedanken schlafe ich in ihren Armen ein.

JOCHEN

Jochen Schreiner sank benommen auf das Sofa. Binnen weniger Stunden war seine bisher so heile Welt in sich zusammengebrochen. Dabei war doch alles so gut für ihn und Gabi gelaufen in den letzten Wochen. Die Zeiten waren nicht immer so gewesen und das war zum Teil auch seine Schuld. Der Neubau des Wohnhauses in Arrach hatte ihre finanziellen Möglichkeiten gesprengt. Er hatte die folgende Verschuldung unterschätzt.

Und dann die Sache mit Lisa! Gabi hatte ihn nicht bitten müssen, die blinde Tochter ihrer verunglückten Schwester aufzunehmen. Es war gleichsam ein stillschweigendes Übereinkommen gewesen zwischen ihm und seiner Frau. Sie selbst hatten keine Kinder – auch das lag an ihm. Die

Aufnahme Lisas hatte ihn und Gabi noch mehr verbunden, falls dies überhaupt möglich gewesen war.

Sie hatten diese Entscheidung nie bereut. Nicht eine Sekunde. Selbst als ihr Leben von da an geprägt war von unvorhergesehenen Komplikationen, mit denen man mit einem blinden Mädchen konfrontiert wurde. Doch Gabi und er waren gewachsen an der Aufgabe, Lisa zur Seite zu stehen in den schweren Stunden, in denen die ewige Dunkelheit in ihrem Leben Tränen in ihre Augen trieb. Ja, Jochen liebte seine Frau und er liebte das Mädchen. Ihr Mädchen! Und auf einmal tat sich eine Lösung für ihre finanziellen Probleme auf. Alois wollte seine Grundstücke am Osser verkaufen, und Jochen wusste, er hätte das Geld Gabi gegeben.

Dann das Unbegreifliche: Alois ermordet! Lisa Zeuge des grauenvollen Geschehens!

Was hatte sein Mädchen mit anhören müssen? Er wusste es nicht. Niemand wusste es. Lisa sprach mit niemandem seit diesen letzten Unheil verkündenden Worten: *Opa war nur der Erste!* Jochen hatte ihre Hand gehalten, dort in der psychiatrischen Abteilung des Chamer Krankenhauses. Er hatte mit sich gerungen und am Ende doch eingesehen, dass er nach Hause fahren musste, um sich auszuruhen. Wie viele Stunden hatte er nicht geschlafen? Gleichgültig! Er musste versuchen, Ruhe zu finden. Konnte er schlafen? Er fürchtete die Träume, die kommen würden. Doch es musste weitergehen! Es würde weitergehen! Jochen richtete sich auf. Er musste sich zusammennehmen. Das war er den beiden Frauen in seinem Leben schuldig. Ja, jetzt würden eben sie verkaufen, wie Gabi es ihrem Vater versprochen hatte. Nicht gern, das musste er zugeben. Auch er war im Schatten des Berges aufgewachsen und wollte, dass dieser so blieb, wie er ihn seit Kindheitstagen kannte. Aber er hatte keine Wahl.

Und Gabi? Sie würde den Schmerz, den der gewaltsame Tod ihres Vaters mit sich gebracht hatte, früher oder später überwinden. Ihre Sorge um Lisa würde ihr dabei helfen.

Und Lisa selbst? Auch sie würde wieder gesund werden, wieder vergessen. Alles würde wieder so wie früher sein. Ja, Jochen Schreiner nahm sich vor, alles dafür zu tun, damit dieser Wunsch in Erfüllung ging.

ZWEITES ZWISCHENSPIEL

Der Anruf war genauso überraschend gewesen wie der Inhalt des Gespräches. Der Telefonhörer hatte Glück, noch nicht in der Ecke gelandet zu sein. Was wollten sie eigentlich? Alles lief doch wie geplant. Alois Huber war tot. Das mussten sie doch mitbekommen haben. So weit waren sie auch wieder nicht von Sankt Ulrich entfernt. Außerdem war die Todesart spektakulär genug gewesen, um auch in den überregionalen Medien Aufmerksamkeit zu erregen. Wie konnten sie jetzt von Untätigkeit reden? Und davon, dass die Zeit ablief? Warum überhaupt ein Zeitlimit? Geld verrottet nicht! Sie würden ihres schon noch bekommen. Verdammt, sie mussten eben noch ein paar Tage warten.

Ein paar Tage Geduld.

Geduld war aber das Letzte, was die Stimme am Telefon ausgezeichnet hatte. Kühl und emotionslos war sie gewesen. Und das, was sie gesagt hatte, war eine Warnung. Eine eindeutige Warnung. Langsam wandelte sich Wut in Angst. Würde die Sache am Ende doch gefährlicher werden, als bisher angenommen? Die Summe, um die es ging, war beträchtlich. Es wurden bereits Verbrechen für weitaus weniger begangen.

Angst wich Panik. Unaufhaltsam kroch sie herbei und packte zu. Der Hörer landete vorsichtig dort, wo er hingehörte. Verflucht! Es dauerte einfach noch ein paar Tage. Da ließ sich nichts machen. Es blieb keine andere Wahl, als sie zu beruhigen. Sie mussten Fortschritte sehen. Spektakuläre Fortschritte. Die Pistole lag in der Garage, versteckt unter Kisten und Gerümpel. Und unter einer Büchse weißer Farbe. Der dazugehörige Pinsel in einer Schublade der Werkbank. Halt! Da lag ja noch ein Seil.

Vielleicht konnte man ja …?

Genau! Der Flaschenzug aus dem Baumarkt! Wie praktisch! Das würde für Aufsehen sorgen. Die Idee barg jene Grausamkeit in sich, welche die Tat nicht gerade leichter machte. Aber sie war gut. Und es schien die einzige Möglichkeit, ihnen zu beweisen, dass die Sache kurz vor dem Abschluss stand. Die Kirchturmuhr schlug zweimal. Ein Blick zum Himmel. Der Mond versteckte sich hinter einer Wolke. Es war Zeit, zu handeln.

PFINGSTMONTAG

BISCHOF VORDERHOLZER

Es war einer dieser Tage, die ihm bewusst machten, dass sich all die Arbeit und Mühe seines Lebens gelohnt hatten, auch wenn es ein weiter Weg gewesen war vom schlichten Schwarz zum prächtigen Purpur, das jetzt die Blicke der Massen am Wegesrand auf sich zog. Das klare Wetter hatte Tausende angelockt, der Prozession beizuwohnen. Die morgendliche Sonne hatte sich gegen die Wolken der letzten Nacht durchgesetzt. Sie schickte ihre ersten Strahlen über die Bergspitzen zu seiner Linken und tauchte die das Tal zur Rechten begrenzenden Hügel in sanftes Licht. Am Horizont war die Spitze des Kirchturms hinter Obstbäumen und Hecken zu erkennen und kündete vom Ziel ihres Ritts. Die dichter werdende Menschenmenge verriet die Ankunft des Zuges am dritten Evangelium, auf das er sich nun geistig vorbereitete. In seinem Rücken wusste er tausend Berittene, die ihm und dem Kreuz, welches die Männer vor ihm trugen, folgten.

So mussten sich die Kardinäle des Mittelalters gefühlt haben, auf ihren Reisen und Eroberungszügen. Im Zeichen des Kreuzes, im Zeichen Gottes, dem er sein Leben gewidmet hatte, umjubelt von den Massen. Eine Minute noch wollte er sich gestatten, in diesem Gefühl zu schwelgen, ehe er sich wieder zu Bescheidenheit und Demut rufen würde.

Er wagte es, kurz die Augen zu schließen, sich dem Traum hinzugeben und sein Pferd den Weg allein finden zu lassen, als seine Gedanken jäh unterbrochen wurden. In den sonoren Klang der betenden Männer mischte sich erst Gemurmel, dann Unruhe und schließlich Geschrei. Er öffnete die Augen und sah sich um. Männer, Frauen und Kinder wandten sich von ihm ab, rannten zu einer Scheune am Wegesrand.

Was passierte hier?

Entschlossen packte er die Zügel und lenkte sein Pferd dorthin, weg vom Zug der Tausend. Er konnte nicht ahnen, was ihn erwartete.

ICH

Der heutige Morgen brachte die Entscheidung, noch ein paar Tage hier zu bleiben. Kurz, ganz kurz nur, habe ich überlegt, mit Claudia heute Abend nach München zurückzufahren. Schließlich glaube ich, hoffen zu können, dass der Fall gelöst ist, und außerdem war ich hier im Urlaub, bevor Kurt Obermeier den Entschluss fasste, seinen Vater zu töten. Ich könnte die Tage der Ermittlungen einfach hinten dranhängen. Schulz wird schon nichts dagegen haben.

Doch was soll ich in München? Den Bericht über den Fall schreiben? Das kann ich auch hier. Ich kann ohnehin nur meine Sicht der Dinge darstellen. Den Rest muss Sven hinzufügen, wenn er wieder bei Bewusstsein ist. Noch fehlt das entscheidende Indiz in unserer Beweiskette. Die Waffe! Korbinian Obermeiers Pistole ist noch nicht gefunden. Erst mit ihr können wir Kurt als Täter überführen. Falls sie die Tatwaffe ist. Dann hätte Sven von Anfang an recht gehabt. Und wenn nicht? Daran will ich gar nicht denken.

Ich werde meinen neuen Kollegen sicher noch mal in Regensburg besuchen. Nicht zu oft, schließlich will ich mein noch immer leise bohrendes schlechtes Gewissen nicht nach außen tragen. Aber es wird mehr sein als ein Anstandsbesuch. Die Gesundheit meines Partners – diese Bezeichnung geht mir inzwischen wie selbstverständlich über die Lippen – liegt mir wirklich am Herzen.

Also bleibe ich noch hier in Kirchbach. Außerdem habe ich Karl Loibl versprochen, mir den Pfingstritt in Bad Kötzting anzusehen. Das hätte ich schon deshalb, weil auch Claudia dem Zug der Reiter seit ihrer Kindheit traditionell jedes Jahr huldigt. Also habe ich, die frühe Stunde ignorierend, meinen zu kurzen Schlaf unterbrochen, und jetzt sind wir hier im Zellertal und warten auf das Kreuz, welches die Spitze der Prozession ankündigt. Claudia und ich sind umgeben von erwartungsvollen Einheimischen und Touristen, die zwischen dem zweiten und dem dritten Evangelium auf alle Warm- und Kaltblüter und deren Reiter warten.

Mel ist zu Hause in Regensburg und holt an diesem Feiertag sicher den in den letzten Tagen vermissten Schlaf nach. Dann wird sie wohl Sven besuchen. Karl Loibl muss seinen freien Tag verschieben. Obwohl er maßgeblich an der Aufklärung des Falles Alois Huber beteiligt gewesen war, gönnt das heutige Spektakel ihm und seinen Kollegen von der PI Bad Kötzting keine Pause. Das Chaos von tausend Pferden, noch mehr Autos und noch mehr Menschen will schließlich gelenkt werden. An diesem Morgen steht auch Karl draußen im Tal zwischen Bad Kötzting und Steinbühl, um die Straße zu sperren und den Schaulustigen den Weg zur Prozession zu weisen. Für ihn jährliches Ritual, für mich befremdliches Neuland.

Ein Teppich monotoner Männerstimmen, über den sich laut eine einzelne erhebt, kündet von der Ankunft der Prozession. Ich lasse meinen Blick nach rechts schweifen, wo die Spitze des Steinbühler Kirchturms den Wallfahrern das Ziel zeigt. Zu meiner Linken taucht, schwankend und doch stolz erhoben, das Kreuz des ersten Reiters hinter einer Straßenbiegung auf. Flankiert von zwei Laternenträgern intoniert er den Rosenkranz. Seine Worte werden von den anderen aufgenommen und mit einschüchternder Lautstärke beantwortet. Hinter ihnen wird der Zug vom Anblick des Regensburger Bischofs beherrscht, der es sich auch in diesem Jahr nicht nehmen lässt, Nähe zu seinen Schäflein zu demonstrieren. Und dann kommen sie: rassige Zuchtpferde, schwere Kaltblüter, schwarze, braune und gescheckte Pferde. Alle geschmückt, wie ihre Reiter. Fahnenträger und Väter mit ihren Söhnen vor sich im Sattel, auf das diese zeitlebens dieses Brauchtum pflegen sollen.

Ein riesiger Kaltblüter beginnt zu tänzeln, schert aus der geordneten Reihe aus. Nicht nur ich weiche einige Schritte zurück, ehe sein Reiter die wilde Kraft unter ihm mit einem Schnalzen der Peitsche und einem markigen *Hou* wieder unter Kontrolle bringt.

Weiter geht die Prozession und noch immer sind es die ersten Pferde, die an uns vorbeiziehen. Es werden Hunderte folgen, Pferdereihe um Pferdereihe in endlosem Zug. Alles in allem ein beeindruckendes Spektakel.

Erst verhaltenes, dann schnell anschwellendes Geschrei lenkt meine Aufmerksamkeit auf die Spitze des Zuges. Claudia streckt sich, um besser sehen zu können.

»Was macht der denn?«

Sie ist nicht die Einzige, die sich das fragt. Die rote Mütze des Bischofs schwenkt plötzlich aus der geordneten Reihe der Reiter aus. Der geistliche Würdenträger hat den Zug verlassen. Jetzt trägt ihn sein stolzes Pferd auf eine Scheune zu, die sich bisher unbeachtet vom alljährlichen Spektakel auf der Wiese neben dem Weg unter ein paar wilde Kirschbäume duckt.

»Komm!« Zur Bekräftigung dieser Aufforderung packt Claudia meine Hand und zieht mich zum Zentrum des Geschehens. So gern ich ihre Nähe normalerweise spüre, so unangenehm ist mir ihr Verhalten in diesem Moment.

Irgendetwas ist passiert!

Etwas Schreckliches!

Ich spüre das. Wir sollten von hier verschwinden. Doch das ist nicht möglich. Ich bin Polizist. Vergiss das nicht, Moritz!

Also folge ich ihr widerwillig. Ich wage es nicht, ihre Hand loszulassen oder sie zurückzuhalten. Vorbei an aufgeregt gestikulierenden Menschen jeden Alters bahnen wir uns einen Weg zu der Scheune.

Und dort? Ist das nicht Karl? Und mit ihm das Rot des Bischofs und das Blau einiger weiterer Reiter. Gemeinsam betreten sie die Scheune.

»Was ist das?« Claudia deutet fragend auf die grauen Bretter. Jetzt sehe ich es auch! Mein Herz setzt für einige Schläge aus und mein Magen rebelliert.

Oh Gott, nein!

Es ist ein Zeichen. Mit weißer Farbe auf die Scheunenwand gemalt.

Das Zeichen der Osserriesen!

Ich ahne, was mich erwartet und doch muss ich in diese Scheune. In dem Moment, da ich das Zeichen sehe, weiß ich, dass es noch nicht vorbei ist.

»Opa war nur der Erste!«, flüstere ich.

Also doch!

Ich habe Claudia für einen Herzschlag vergessen und sie nicht davon abgehalten hineinzugehen. Es wäre besser für sie. Jetzt steht sie da, die Hände vor das kreidebleiche Gesicht geschlagen. Nicht viel besser ergeht es den Männern um sie herum. Der Anblick, der sich uns bietet, entringt selbst dem hohen Würdenträger der Kirche ein entsetztes Stöhnen.

KARL

Karl beobachtete das schwankende Kreuz auf dem ersten Pferd, das leuchtende Purpur des Bischofs und die Menge, die nicht ahnend, welche Sorgen ihn bewegten, Ross und Reiter bewunderte. Wie jedes Jahr, so auch an diesem herrlichen und zugleich so dunklen Frühlingstag, waren er und alle verfügbaren Kollegen eingeteilt, um die betenden Männer sicher durch das Zellertal zu geleiten. Irgendwo in der Menge am Wegesrand musste auch Moritz stehen. Schließlich hatte sein neuer Freund es ihm versprochen. Nicht mit Begeisterung in der Stimme, aber immerhin.

Langsam schlenderte er über eine Wiese in Richtung des dritten Evangeliums, als erst zaghafte, dann entsetzte Schreie seine Aufmerksamkeit auf eine Scheune am Wegesrand lenkten.

Oh mein Gott!, durchfuhr es ihn. Ohne zu wissen, was die Menschen dazu brachte, zu dem halb verfallenen Schober zu laufen, sagte ihm sein Gefühl, dass wieder etwas geschehen war. Er hatte gehofft, Alois Hubers Tod wäre doch ein Einzelfall gewesen.

»Oh Gott, bitte nicht!«, schickte er seinen Wunsch noch einmal nach oben, doch dieser erhörte ihn nicht. Kein Wunder, war doch seine Aufmerksamkeit abgelenkt durch tausend betende Reiter.

Karl erreichte die Scheune, sah Dreieck und Kreis in weißer Farbe an die Wand gepinselt und trieb eine Gruppe Jugendlicher zurück. Vier oder fünf Pferde waren ebenfalls da, ihre Reiter abgesessen, unschlüssig vor der Scheune wartend. Karls Beine wollten ihm den Dienst versagen, doch er erinnerte sich seines Berufes und zwang sich, in das Halbdunkel vor ihm zu treten. Er war überrascht, das Rot des Bischofs zu sehen, daneben ein paar Männer in Tracht. Sie alle starrten nach oben, und als Karls Blick den ihren folgte, wusste er, warum. Zum dritten Mal wandte er sich an den Herrn, doch dieser hatte ihn und Jochen Schreiner verlassen.

ICH

Irgendwo habe ich gelesen, die meisten Gehängten sterben an Genickbruch. Die Glücklichen unter diesen Unglücklichen wohlgemerkt. Die anderen ersticken. Jämmerlich und unter unsäglichen Qualen. Der Körper wehrt sich gegen die immer enger werdende Schlinge, nach Luft gierend, mit verkrampfenden Muskeln um sich tretend, das Leben festhalten wollend, und unterliegt am Ende doch.

Die blaue wie ein Lappen aus dem Mund hängende Zunge und die aus ihren Höhlen quellenden Augen verraten, dass der Mann diesen Tod erlitten hat. Da wirkt das dünne Rinnsal Blut, das sich seitlich über Ohr und Kinn des Toten zieht, fast schon harmlos.

Auch Claudia hat den ganzen Schrecken dieses Todes erfasst. Benommen taumelt sie aus der Scheune. Drinnen hebt Bischof Vorderholzer die Hände, um dem Toten das Kreuzzeichen zu spenden. Die Pfingstreiter um ihn tun es ihm gleich.

*

»Jochen Schreiner?« Ich kenne die Antwort, noch bevor Karl zustimmend nickt. Sein Blick verrät alles. Das Idyll seiner Heimat, nach den Geschehnissen der letzten Tage sehnsüchtig von ihm zurückgewünscht, es ist wieder in weite Ferne gerückt. Das, was wir alle insgeheim befürchtet und doch nicht wahrhaben wollten, ist eingetreten: Es ist noch nicht vorbei!

Ohne darüber nachzudenken, greife ich zum Handy. Die Nummer der Spurensicherung ist eingespeichert.

»Ruf ein paar deiner Kollegen und lass den Tatort absperren«, weise ich Karl mit Blick auf die rasch wachsende Menge Schaulustiger an. Kein Wunder! Pfingstritt ist jedes Jahr, über einen Gehängten aber lässt sich beim anschließenden Bierzeltbesuch ungleich heftiger diskutieren. Karl wirkt abwesend, als er sein Handy an den Mund führt. Aber ich weiß, er wird das Nötige veranlassen.

Bei mir meldet sich die Spurensicherung und ein paar Sätze später packen die Kollegen aus Regensburg auch schon ihre Koffer. Während Karl versucht, die Gaffer von der Scheune fernzuhalten, gehe ich zu Claudia. Der Schrecken in ihren Augen erübrigt die Frage nach ihrem Befinden.

»Du solltest nach Hause fahren.« Ich nehme ihre Hände in meine und warte auf eine Antwort.

»Wer …?«, stammelt sie.

»Jochen Schreiner. Alois Hubers Schwiegersohn.«

»Erhängt? Mein Gott! Hast du gesehen …?« Ihre Hände verkrampfen sich.

»Ja. Kein schöner Anblick, ich weiß. Du hättest das nicht sehen sollen. Ich hätte dich nicht nach drinnen gehen lassen dürfen.«

Sie schluckt, ihre Lippen zittern. »Jochen Schreiner? Der Mann von Gabi Schreiner und der Onkel des blinden Mädchens?«

»Lisa. Ja.«

»Mein Gott!«

Ich ahne, es ist nicht das letzte Mal an diesem Tag, dass Gott angerufen wird.

»Das arme Mädchen. Hat jetzt auch noch ihren Vater verloren. Und die Frau ... Oh Gott!«

Claudia hat recht. Gabi Schreiner hat binnen weniger Tage Vater und Ehemann verloren. Und wenn man glauben darf, was im Osserwinkel über das Ehepaar Schreiner gesprochen wird, war er ein Ideal von einem Ehemann. Die große Liebe, auch nach Jahren noch. Die Schreiners waren das, was man gemeinhin als gute Menschen bezeichnet. Das macht das Ganze nur noch schlimmer.

Und Lisa? Sie hat jetzt nur noch Gabi.

Wir ... nein ich, ich habe nicht verhindert, dass ihr der Vater genommen wurde. Bei dem Gedanken wird mir übel und die Welt um mich beginnt sich zu drehen. Das monotone Gemurmel der betenden Männer schwillt an und ab, Lichter tanzen vor meinen Augen. Die Horde Menschen vor der Scheune missachtend, ziehen die Reiter unbeeindruckt am Ort des Schreckens vorbei. Auch das Fehlen des Bischofs hindert sie nicht daran, das uralte Gelübde einzulösen.

Reiß dich zusammen Moritz! Du bist hier der ermittelnde Kommissar und darfst auf keinen Fall Schwäche zeigen. Ein paar tiefe Atemzüge später komme ich wieder zu mir. Verzweiflung, Entsetzen und Panik sind Wut und Entschlossenheit gewichen. Es reicht jetzt!

Kurt ist nicht der Täter. Zumindest hier und heute nicht! Das heißt, die übrigen Verdächtigen, die ich schon aufs Abstellgleis geschoben habe, rücken wieder in den Fokus unserer Ermittlungen.

»Ist alles in Ordnung mit dir?« Ich öffne die Augen und blicke in Claudias. Noch immer halte ich ihre Hände.

»Du solltest nach Hause fahren.«

»Das sagtest du schon.«

»Bitte, geh nach Hause! Ich muss mich hier um alles kümmern! Kannst du das verstehen?« Sie blickt mich stumm an. »Ich habe das hier nicht verhindert. Es darf kein weiteres Opfer geben. Verstehst du das?«

»Gabi Schreiner?« Angst schwingt in ihrer Stimme mit. Dann folgt die Frage, deren Antwort ich fürchte: »Musst *du* es ihr sagen?«

*

Der Pfingstritt Anno Domini 2015 ist Geschichte. Und er wird in die Bücher dieses Brauchtums eingehen. Das dürfte sogar den Besuchern, die sich langsam zerstreuen, bewusst sein. Bischof Vorderholzer beweist Mut und Glaube. Er ist nach Steinbühl geritten, um dort dem Gottesdienst beizuwohnen. Was soll er auch noch hier, an diesem Ort des Schreckens? Seine Aufgabe gilt der Seele des Opfers, meine der des Täters.

Claudia hat schließlich eingesehen, dass sie mich meiner Pflicht überlassen muss, und ist nach Kirchbach zurückgefahren.

Karls Verstärkung ist eingetroffen. Zu dritt bemühen sie sich, die Scheune mit Trassierbändern abzusperren und die Schaulustigen zu vertreiben. In sicherem Abstand sehe ich heftig diskutierende Menschengruppen, die erahnen lassen, über was heute im Kötztinger Land gesprochen werden wird.

Ich nicke Karl zu und ziehe mich etwas abseits zurück. Ich muss mich konzentrieren, die Räder, auf denen *Banken, Investoren, Osserriesen, Günther Aschenbrenner* und *Anton Breitmoser* steht, zum Laufen zu bringen. Letzteres bedarf keines großen Anschubs. Bereitwillig, gerade so, als habe es schon darauf gewartet, dreht es sich schwungvoll und gleichmäßig. Ich muss mir den Bauern vom Moserhof noch einmal vorknöpfen.

Doch zuerst werde ich Mel über die neue Entwicklung der Dinge informieren. Auch keine schöne Aufgabe. Bis vor einer Stunde habe ich gedacht, der gestrige Tag sei der schlimmste in meinem bisher an freudlosen Tagen gar nicht so armen Leben, so sagt mir eine dunkle Ahnung, dass dieser Pfingstmontag sich anschickt, seinen Vorgänger von der Spitze zu verdrängen.

Wenigstens erreiche ich Mel nach wenigen Klingeltönen. Wie immer in solchen Situationen lauscht sie atemlos meinem Bericht. Auch das schätze ich an ihr: keine Unterbrechungen, keine unnötigen Fragen.

»Das bedeutet, Kurt war doch nicht der Täter.« Ihre Stimme klingt emotionslos. Enttäuschung, den Mörder nicht gefunden zu haben, und Erleichterung, dass es der unglückselige Sohn von Maria Obermeier nicht war, halten sich die Waage.

»Nicht unbedingt. Wir haben zwei Opfer, also sind auch zwei Täter denkbar.« Ich hoffe, ich täusche mich.

»Was hast du als Nächstes vor?«, unterbricht sie mein Schweigen.

»Ich muss noch mal hinauf nach Sankt Ulrich. Und du solltest auch kommen.«

»Sieht ganz so aus. Ich mach mich gleich auf den Weg. Leider habe ich mein Zimmer in der *Post* schon gekündigt. Svens Sachen habe ich auch mitgenommen. Und so wie es aussieht, ist das Hotel derzeit ausgebucht.«

»Hm. Die eine Nacht kannst du sicher bei uns bleiben. Im Haus von Claudias Eltern gibt es einige freie Zimmer.«

»Du glaubst, wir brauchen nur noch eine Nacht?«

»Ich hoffe es. Es muss einfach so sein! Wenn wir den Täter bis morgen nicht finden …« Ich lasse den Satz unvollendet im Raum zwischen hier und Regensburg schweben. Mel weiß, was ich meine. Jeder verlorene Tag verringert die Chance auf eine Aufklärung des Falles. Und erhöht die Gefahr auf weitere Opfer. Ja, wir müssen den Täter schnell finden.

»Wir sehen uns in Sankt Ulrich.«

»Ich bin in eineinhalb Stunden da.«

✲

Wir quälen uns noch einmal in die Scheune. Karl wirkt wie immer abgeklärt. Wie es in seinem Innern aussieht, kann ich mir nur vorstellen. Ich vermeide es, in Jochen Schreiners Gesicht zu blicken, konzentriere mich auf die Details der Umgebung. Die Scheune ist bis auf eine verrostete Egge und einen uralten Pflug leer. Unbeachtet wartete sie hier im Schatten der wilden Obstbäume, bis unser Unbekannter sie zum Tatort erhob. Und das sorgfältig im Voraus geplant. Er hat Jochen bewusst auf diese grausame Art erledigt. Beweis dafür ist unter anderem der zweirädrige Flaschenzug, der es dem Täter ermöglichte, das Gewicht eines ausgewachsenen Mannes in die Höhe zu ziehen. Ein Gerät, wie es in jedem Baumarkt zu haben ist und das jetzt an einem der Querbalken über dem Toten hängt. Die Holzleiter daneben erklärt, wie der Täter hinaufgekommen ist. Jochen konnte sich zu diesem Zeitpunkt nicht mehr wehren. Seine Hände sind mit Kabelbindern auf den Rücken gebunden, die Beine mit einem Stück Seil zur Bewegungslosigkeit verdammt. Hatte er irgendwann in dieser seiner letzten Nacht die Chance gehabt, seinem

Schicksal zu entrinnen? Hätte er seinem Mörder entkommen können?

»Was denkst du, Karl?« Sein Blick wandert gleich meinem durch die Scheune. »Denkst du, das war nur einer? Kann nur eine Person einen erwachsenen Mann hierher bringen, ihn fesseln und dann da hinaufziehen?«

Sein Blick bleibt an der einfachen Galgenkonstruktion hängen. »Du glaubst, sie waren zu zweit? Oder noch mehr? Damit wären wir dann wieder bei den Osserriesen.«

Ich versuche, mir das Geschehen dieser Nacht vorzustellen. »Weißt du, ich kann mir die Osserriesen einfach nicht als Mörder vorstellen. Nehmen wir an, es war ein Täter. Er hat Jochen mit einer Waffe gezwungen, hierher zu kommen. Mit dem Lauf der Pistole im Rücken leistest du nicht viel Gegenwehr. Und vielleicht kannte er den Täter ja? Vielleicht konnte er sich einfach nicht vorstellen, wie diese Nacht für ihn enden würde. Hier angekommen, hat ihm sein Mörder eine über den Schädel gezogen.«

»Was nicht zu übersehen ist«, bestätigt Karl mit einem Blick auf das geronnene Blut in Jochens Haar und Gesicht. Dann vollendet er meine gedankliche Rekonstruktion des Tathergangs: »Dann hat er Jochen gefesselt, den Flaschenzug dort oben angebracht, dem armen Kerl die Schlinge um den Hals gelegt, ihn hinaufgezogen und das Seil hier drüben«, er deutet auf einen Metallring, der an einem der Balken befestigt ist, »festgemacht.«

»Ich denke, dass Jochen aufgewacht ist. Sieh dir sein Gesicht an. Er muss diesen qualvollen Tod voll mitbekommen haben. Ich bin mir sicher, die Autopsie wird das bestätigen.«

»Hoffentlich täuschst du dich!« Karl dreht sich um und geht hinaus.

Ich folge ihm und als ich wieder draußen im Sonnenschein stehe, läuft ein Schauer der Erleichterung über meinen Körper. »Vielleicht kann die Spusi ja herausfinden, wo der Flaschenzug oder das Seil gekauft wurde? Das würde uns weiterhelfen.« Eine trügerische Hoffnung, aber immerhin. Jedenfalls macht es wenig Sinn, hier auf die Kollegen aus Regensburg zu warten. Die Ergebnisse ihrer Untersuchungen erfahre ich noch früh genug. »Ich muss jetzt los! Würdest du bitte hierbleiben, bis die Kollegen von der Spurensicherung da sind?«

»Geht klar! Viel Glück!«

Er weiß, was mich erwartet. Mit einem mulmigen Gefühl im Magen stapfe ich über die Wiese in Richtung der Straße nach Bodenmais. Das Gespräch mit Gabi Schreiner, die seit heute Witwe ist, liegt vor mir. Die Straße in Richtung Bad Kötzting ist kaum zu erkennen. Menschenmassen machen ein Vorankommen unmöglich. Also entscheide ich mich, über Arnbruck und die Passstraße am Eck nach Arrach zu fahren. So kann ich Bad Kötzting und damit das Zentrum des heutigen Trubels umgehen. Ein letzter Blick auf die Scheune. Gestern noch eine unbeachtete Ansammlung von Balken und Brettern – jetzt ein Tatort. Das heutige Geschehen wird noch Jahre eingebrannt sein in das Gedächtnis der Menschen hier im Zellertal. Fast schon stolz prangt an der Wand das Zeichen der Osserriesen. Ohne das Symbol wäre wohl niemand auf diesen Ort aufmerksam geworden. Der Täter wollte, dass Jochen Schreiner gefunden wird. Und er wollte, dass er heute gefunden wird! Vor großem Publikum. Warum auch immer. Ich bin mir sicher: Alles war genau geplant. Der Mord musste hier und heute stattfinden. Und er musste spektakulär sein. Genau wie bei Alois.

Warum? Ich weiß es nicht. Noch nicht.

Jedenfalls hätten wir die Leiche heute nicht gefunden, wenn der Täter dies nicht beabsichtigt hätte. Er wollte, dass alles genauso ablief, wie es dann auch passiert ist.

Ich wünschte, ich wüsste, warum.

*

Ich stehe vor dem Haus der Schreiners. Nein, eigentlich lehne ich an der Wand. Zum Stehen fehlt mir in diesen Sekunden die Kraft. Gabi und Jochen Schreiner haben sich hier in Arrach mit dem Bau eines schicken Eigenheimes ihren Lebenstraum verwirklicht und sich dabei etwas übernommen. Zumindest wenn die Aussage von Bürgermeister Wimmer zutrifft. Vielleicht wollten sie auch deshalb an die OBAWAG verkaufen? Schulden begleichen und ohne Sorgen leben. Vermutlich waren die beiden die Einzigen, denen es die Menschen hier verziehen hätten. Der Bonus ihrer blinden Nichte und Ziehtochter wiegt schwer. Doch das alles ist jetzt Vergangenheit. Gabi wird dieses Haus mit dem großen Garten nicht mehr halten können.

Gabi Schreiner hat auf die Nachricht vom Tod ihres Mannes nicht wie erwartet reagiert. Eine Nachricht, die ich ihr nicht allein überbringen musste. Karl hat einmal mehr Umsicht bewiesen und den Trauerdienst des Roten Kreuzes sowie den örtlichen Geistlichen benachrichtigt. Am Ende waren es vier Menschen, die vor Gabis Haustür standen und deren ernste Mienen keiner weiteren Erklärung bedurften. Nicht zum ersten Mal erlebe ich diesen Augenblick tiefster Verzweiflung in der Erkenntnis des gewaltsamen Ablebens eines nahen Angehörigen. Noch nie aber hat mich dieser für einen Menschen so existenzielle Moment so getroffen wie bei Gabi Schreiner.

Was hatte ich erwartet?

Das Übliche: Schreie, Weinkrämpfe, Ohnmacht, körperlicher Zusammenbruch. Zumindest Fassungslosigkeit.

Nicht bei Gabi Schreiner!

Und doch! Ich weiß nicht, ob nur ich es bemerkt habe. Ob nur ich ihre Augen gesehen habe, in dieser einen Sekunde des Erkennens. Ja, ich habe in ihre Augen gesehen und ich habe gesehen, wie all das, was das Glück dieser beiden Menschen in den vielen gemeinsamen Jahren ausgemacht hatte, in dieser einen Sekunde zerbrach: Freude, Hoffnung, Geborgenheit, Liebe.

Alles hinweggewischt mit dem Tod von Jochen Schreiner. Nein, Gabi schreit nicht und sie weint nicht. Es bedarf keiner Tränen. Der Blick in ihre Augen in jenem Herzschlag reicht, um zu wissen: Der Mörder hat nicht nur Jochen Schreiner getötet.

Vor dem Anwesen hält ein Streifenwagen der Polizei. Nachbarn und Anwohner werfen neugierige Blicke in meine Richtung. Der Wagen des Roten Kreuzes und das ortsbekannte Auto des Pfarrers haben allen verdeutlicht, dass bei den Schreiners etwas nicht in Ordnung ist. Schon wieder! Ich hole noch einmal tief Luft, dann gehe ich den Kollegen entgegen. Mit knappen Worten erkläre ich, was geschehen ist und dass ich weiter nach Sankt Ulrich fahre.

Im Wagen brauche ich noch einmal einen tiefen Atemzug, bevor ich losfahre. Meine Hände zittern zwar nicht, sind aber kurz davor. Wieder so ein Gefühl, das unterdrückt werden will: Wut!

Als ich endlich das Anwesen verlasse, hat mir dieser eine Blick in die Augen von Gabi Schreiner bewiesen: Alles, was die Menschen dieser Gegend über Gabi und Jochen Schreiner zu wissen glauben und sich erzählen, ist nichts als die Wahrheit.

Gabi Schreiner hat ihren Mann unendlich geliebt.

*

In weniger als zehn Minuten erreiche ich den heute komplett zugeparkten Marktplatz von Sankt Ulrich. Also fahre ich zurück in die Arberstraße und hinab zum Parkhaus, dessen sich der kleine Ort rühmt. Auf dem Weg hinauf zum Rathaus passiere ich einen Buch- und Schreibwarenladen. Vor dem Schaufenster steht ein bemüht unauffällig wirkendes Pärchen. Während er krampfhaft die Auslage studiert, kann sie es kaum vermeiden, den Blick von mir zu wenden. Mein Gesicht sagt wohl inzwischen einigen in der Gegend etwas. Ohne die beiden weiter zu beachten, betrete ich die enge Gasse, deren Stufen hinauf zur Mariensäule führen. Ich komme nicht weit, denn mein Handy klingelt und ich muss anhalten, um es aus einer Tasche zu ziehen.

Schulz. Wenn der Boss ruft, muss man ran.

»Hallo, Buchmann.« Achtung, nur Buchmann! Das bedeutet, der Chef ist nicht gerade blendend gelaunt.

»Guten Tag, Herr Schulz. Ich nehme an, Sie wissen bereits Bescheid?«

»Über Jochen Schreiner? Ganz Bayern weiß, dass es einen zweiten Toten gibt.« Ganz Bayern? Wie das denn? »Oder haben Sie nicht mitbekommen, dass ein Team von Radio Charivari vor Ort war? Wollten über den Pfingstritt berichten. Die haben sich sicher die Hände gerieben, als sie mitbekommen haben, was für eine Story ihnen da geliefert wird.«

Na, immerhin behauptet er nicht, ich hätte sie ihnen geliefert. Aber er denkt es sich. Ganz sicher.

»Dann berichten Sie mal!«

Ich folge seiner Aufforderung, so gut es geht. Eigentlich sogar sehr gut, denn meine Schilderung der Geschehnisse der letzten Stunden dauert 15 Minuten. Als ich bei Gabi Schreiner angelange, spüre ich förmlich, wie Schulz den Atem anhält. Sollte er vielleicht doch so etwas wie Gefühle entwickeln?

»Ihnen ist hoffentlich bewusst, was das bedeutet?«

»Selbstverständlich! Gabi Schreiner wird noch in dieser Stunde in die Tagespsychiatrie nach Cham gebracht. Wir haben veranlasst, dass sie, ebenso wie Lisa, länger dort bleiben kann. Die Kollegen von der Inspektion Cham bewachen die beiden rund um die Uhr. Sollte die beiden eine ihnen unbekannte Person besuchen wollen, werde ich sofort informiert.«

»Gut! Wir können uns nicht noch ein Opfer leisten«, sagt er, meint jedoch, *ich* kann mir kein weiteres Opfer leisten. Und verdammt noch mal, damit hat er absolut recht!

»Was haben Sie jetzt vor, Moritz?« Aha! Jetzt also wieder *Moritz*.

»Ich treffe mich gleich mit Bürgermeister Wimmer. Ich werde den Eindruck nicht los, er weiß bestens über jeden in seinem Ort Bescheid. Er weiß noch mehr über Anton und Jana Breitmoser und auch über Günther und Sabine Aschenbrenner, als in den Akten zu finden ist. Inzwischen sollte die Spusi den Tatort untersucht haben. Vielleicht kann sie uns ja etwas Brauchbares liefern.« Die Worte widersprechen meinen Gedanken. Der Täter hat schon bei Alois Huber bewiesen, dass er äußerst sorgfältig vorgeht. Es wäre zu schön, wäre ihm diesmal ein Fehler unterlaufen.

»Dieser Anton Breitmoser? Nach allem, was Sie mir geschildert haben, erscheint er mir als Hauptverdächtiger. Er hat ein Motiv! Er scheint ein wirklich übler Charakter zu sein und dem Alibi seiner Frau dürfte doch wohl Angst zugrunde liegen. Sie sollten sich diese Jana noch mal vorknöpfen. Vielleicht schaffen Sie es ja, etwas anderes aus ihr herauszukitzeln.«

Diese Hoffnung von Kriminalrat Schulz kann ich nicht teilen. Zu tief sitzt die Angst bei Jana Breitmoser. Und sie tut gut daran, ihren Mann nicht zu verraten. Nicht auszudenken, welche Folgen das für sie hätte. Nein, ich nehme mir nicht Jana, sondern Anton vor. Dazu erhoffe ich mir etwas von dem Wissen, das Bürgermeister Wimmer besitzen müsste. Doch das sage ich Schulz nicht.

»Sie liegen sicher richtig. Anton Breitmoser drängt sich als Täter förmlich auf. Ich denke, wir werden sein Alibi noch zerpflücken. Um ihn dingfest machen zu können, brauchen wir aber noch einige Indizien. Ich halte Sie auf dem Laufenden. Wenn ich so weit bin, müssen Sie den Haftbefehl erwirken!«

»Sie können sich auf mich verlassen. Soweit ich weiß, hat beim Landgericht Regensburg heute Dr. Greiner Dienst. Ich kenne ihn seit unserer gemeinsamen Studienzeit. Er wird mir diesen Gefallen nicht abschlagen. Besorgen Sie nur die Beweise.«

»Bin schon dabei.« Mit diesen Worten lege ich auf. Worte, die weitaus zuversichtlicher klingen, als ich es bin. Anton zu verhaften, ist eine Sache. Ihn zu verurteilen eine andere. Dazu reichen die Ergebnisse unserer bisherigen Ermittlungen nicht aus. Und deshalb muss ich jetzt ins Rathaus.

*

Ich habe kaum die Schaltzentrale Sankt Ulrichs betreten, da kommt mir Bürgermeister Gerhard Wimmer bereits entgegen. Sein Gang ist seltsam vorsichtig, und als wir uns auf der Treppe treffen, wirkt er verunsichert. Nichts ist zu sehen vom selbstbewussten, abgezockten Kommunalpolitiker unseres letzten Treffens.

»Herr Kommissar? Ich habe Sie nicht so schnell hier erwartet. Als Sie mich vorhin gebeten haben, auf Sie im Rathaus zu warten, dachte ich, Sie sind noch eine Weile am Tatort beschäftigt.«

»Der Tatort ist jetzt Sache der Spurensicherung. Danke, dass Sie sich an diesem Feiertag die Zeit für mich nehmen. Wo wollen Sie denn hin?«

»Zu Gabi Schreiner. Schrecklich, die Sache mit Jochen. Gabi braucht jetzt jede Unterstützung. Ich will ihr sagen, dass sie auf mich, auf uns alle zählen kann.«

»Sehr löblich, aber Frau Schreiner wird zur Stunde nach Cham ins Krankenhaus gebracht. Sie werden sie jetzt nicht antreffen.«

»Dann … dann besuche ich sie eben dort. Später natürlich. Wenn es ihr etwas besser geht.« Seine Stimme, seine ganze Haltung verrät ehrliche Betroffenheit.

»Sie können sich sicher denken, warum ich Sie angerufen habe.«

»Ich wüsste nicht, wie ich Ihnen helfen könnte. Alles, was wir zum Pumpspeicherwerk wissen, haben wir Ihnen gesagt.«

»Ich bin nicht wegen des Pumpspeicherwerks hier.«

»Nein?«

»Nein, es geht um Anton Breitmoser. Ich denke, Sie haben mir nicht alles gesagt, was Sie über ihn wissen.«

»Über Anton? Was sollte ich über ihn wissen?«

»Hören Sie, Herr Bürgermeister, langsam habe ich die Nase gestrichen voll. In Ihrem Ort wütet ein skrupelloser Mörder, der nicht davor zurückschreckt, Ihre Mitbürger auf grauenvolle Weise zu töten. Denken Sie nicht, es ist Ihre Pflicht, mir alles zu sagen, was Sie wissen? Und ich bin mir sicher, Sie wissen ein Menge über die Menschen hier.«

Gerhard Wimmer sieht betroffen auf die Spitzen seiner Schuhe, dann aus dem Fenster, bevor er mich anblickt. »Kommen Sie! Wir sollten nicht hier im Treppenhaus über solche Dinge sprechen.« Er führt mich hinauf in den ersten Stock, in das Vorzimmer seines Büros. Gerlinde Miethaner und die Vorzimmerdame des Bürgermeisters unterhalten sich mit gedämpften Stimmen. Auch sie haben die jüngsten Ereignisse an diesem Feiertag ins Rathaus gelockt. Unser Erscheinen lässt die beiden verstummen.

»Herr Buchmann.« Die Geschäftsleiterin reicht mir die Hand.

»Frau Miethaner.« Die Erschütterung dieser Menschen hier ist fast körperlich zu spüren.

»Herr Buchmann?« Gerhard Wimmer schiebt mich in sein Büro. »Wir wollen nicht gestört werden. Heidi, nimm alle Telefonate entgegen«, weist er seine Sekretärin an. Blickfang seines Büros ist ein runder Besprechungstisch, an den wir uns setzen. »Was also müssen Sie wissen, um meine Leute vor diesem Verbrecher zu schützen? Wer immer das auch ist.«

»Sagen Sie mir, was Sie von Günther Aschenbrenner und Anton Breitmoser wirklich halten. Ohne die beiden zu unbescholtenen Bürgern zu stilisieren.«

»Günther und Anton?« Bedächtig faltet er die Hände vor seinem stattlichen Bauch. »Hm. Beiden gemein ist, dass sie pleite sind. Ich bin sicher, das wissen Sie bereits. Beiden steht das Wasser bis zum Hals und beide haben sich erhofft, das Pumpspeicherwerk könnte sie retten. Dabei haben sie ihre Anwesen in bestem Zustand geerbt.«

»Aber?«

»Aber … Günther spielt und Anton säuft. So einfach ist das. Beide haben anständige und fleißige Frauen, wie man sie sich nur wünschen kann. Das hält die Idioten nicht davon ab, ihre Existenz aufs Spiel zu setzen. Das ist aber schon die einzige Gemeinsamkeit der beiden. Günther Aschenbrenner ist ein völlig anderer Typ als Anton Breitmoser. Ruhig, unauffällig und geriet noch nie mit der Polizei in Konflikt. Ich glaube, er würde nicht einmal falsch parken, nur um nicht gegen das Gesetz zu verstoßen. Sein einziger Fehler ist nun mal seine Spielsucht. Anton dagegen ist brutal, aggressiv und unberechenbar.«

»Damit bestätigen Sie nur unsere bisherigen Erkenntnisse. Gibt es vielleicht noch etwas? Etwas, das wir noch nicht wissen?«

Wimmer zögert kurz. »Vor ein paar Jahren, da gab es in der Gegend einen wahren Waffenrausch.«

Jetzt kommen wir endlich zur Sache, denke ich.

»Irgendeiner der Burschen hat angefangen. Hat sich drüben bei den Tschechen einen Revolver gekauft und natürlich damit mächtig angegeben. Da wollten die anderen nicht zurückstehen. Ich glaube, unter den Burschen des Ortes würden Sie wenige finden, die nicht zu Hause eine Knarre versteckt haben. Sind ja bei den Vietnamesen drüben leicht zu bekommen. Erstaunlicherweise haben damals alle dichtgehalten. Normalerweise kauft man sich ja so ein Ding, um damit anzugeben. Aber so dumm waren die Kerle dann doch nicht. Nur ein paar Eingeweihte wussten davon. Darunter auch ich.«

»Waffen in jedem Haus. Na toll! Amerikanische Verhältnisse in Sankt Ulrich.«

»Kann man so sagen. Wenngleich nicht offen im Schrank. Na, jedenfalls gehört auch Anton Breitmoser zum erlesenen Kreis der illegalen Waffenbesitzer. Keine Ahnung, ob er je mit seiner Pistole geschossen hat.«

»Anton hat eine Pistole? Und das erzählen Sie mir erst jetzt? Mann! Mann! Wissen Sie, was das bedeutet? Immerhin scheinen Sie ihm die Morde zuzutrauen, oder?«

»Eigentlich nicht. Ich kenne ihn schon seit seiner Kindheit. Er ist ein Großmaul und Schläger. Und warum? Wissen Sie, dass er von seinem Vater regelmäßig verdroschen wurde? Wegen Nichtigkeiten oder einfach ohne Grund. Und nicht nur mit der Hand. Gürtel und Stock waren Antons Begleiter durch die Kindheit. Aber ein Mord? Ich kann mir das beim besten Willen nicht vorstellen.«

»Das wird sich noch zeigen.« Jetzt, wo wir wissen, dass er eine Waffe hat, habe ich ein Ass im Ärmel, das ich nicht lange zurückhalten werde. Ich werde es ausspielen und sollte Anton der Mörder sein, dann werde ich ihn überführen. Koste es, was es wolle. Der Richter kann dann ja Antons brutalen Vater bei der Bemessung der Strafe berücksichtigen. Meine Aufgabe ist das nicht. Ich muss ihn überführen. Nicht mehr und nicht weniger.

»Danke, Herr Bürgermeister. Sie haben mir sehr geholfen. Wenn auch etwas spät.«

»Ich hoffe, nicht zu spät. Es tut mir leid.« Er reicht mir die Hand. »Herr Buchmann, finden Sie den Kerl. So schnell wie möglich. So etwas wie mit dem Jochen darf nicht mehr passieren.«

»Auf Wiedersehen.« Ich nicke noch den beiden Damen zu, bevor ich mich auf den Weg zu Anton Breitmoser mache.

Mel sollte jeden Augenblick hier eintreffen. Ich nehme sie mit. Wenigstens das habe ich aus der Sache mit Sven gelernt.

*

Ich verlasse das Rathaus und eile zurück zu meinem Wagen. Auf dem Marktplatz angelangt, komme ich keine 20 Schritte, als ein klapperiger Fiesta auf den Behindertenparkplatz neben der Mariensäule einbiegt. Die massige Gestalt Anton Breitmosers windet sich aus dem Wagen. Na, das passt ja! Mel ist noch nicht da, aber hier, mitten im Dorf, erscheint mir die Gelegenheit günstig, ihm auf den Zahn zu fühlen. Ein Verhör auf dem Revier wäre zwar angebracht, aber nach allem, was ich bisher über den Mann vom Moserhof gehört habe, zeichnet er sich durch eine ausgeprägte Abneigung gegen den Rechtsstaat aus. Möglich, dass Antons Zunge hier, auf dem Marktplatz, etwas lockerer sitzt. Außerdem kann ich ihn überraschen und unvorbereitet befragen. Also los!

»Herr Breitmoser?«, halte ich ihn zurück, während ich im Laufschritt die Straße überquere. »Hätten Sie ein paar Minuten?«

Seine Augen verraten erst Überraschung, dann Ärger und Unmut. Seine Hände stecken in den Taschen einer speckigen Arbeitshose. Ich verzichte auf einen Versuch, ihm die Hand zu reichen, und da weder Gruß noch Frage seine Lippen verlassen, ist es an mir, das Gespräch zu eröffnen.

»Herr Breitmoser, ich muss noch einmal auf Ihre Grundstücke am Osser zu sprechen kommen.«

Nichts, um seine Verärgerung zu dämpfen. Die Hände in den Taschen, lehnt er sich provozierend an sein Auto.

Ich nehme die stumme Aufforderung an und rede weiter: »Jochen Schreiner ist tot! Ermordet wie Alois Huber.«

»Der Jochen! Ja, hab ich schon im Radio gehört. Nicht gut für Sie, was? Da sind Sie mit Ihren Leuten hier und können nicht verhindern, dass noch jemand umgebracht wird. Tolle Glanzleistung!«

Kein Nadelstich, fast schon ein Lanzenhieb in mein Selbstbewusstsein. Und er weiß das. Ich darf mich dadurch nicht von meinem Ziel abbringen lassen.

»Jetzt steht nur noch Gabi Schreiner zwischen Ihnen und dem Deal mit der OBAWAG. Die Dinge entwickeln sich nicht gerade schlecht für Sie, oder?«

»Wie meinen Sie das? Ihre Unterstellungen sind eine Frechheit! Haben Sie vielleicht etwas Neues zu bieten, oder halten Sie mich einfach zum Spaß von der Arbeit ab?«

Obwohl ich kaum glaube, dass er zur Arbeit unterwegs ist, muss ich eingestehen, dass er recht hat. Ich muss mehr bieten als bisher. »Nun, Herr Breitmoser. Neu ist, dass Sie das Geld dringend benötigen. Sie haben beträchtliche Schulden und Ihr Hof steht vor dem Aus.«

»Ach ja? Wer sagt das?«

Jetzt ist es an mir, die Schultern zu zucken. »Übliche Ermittlungsergebnisse.«

»So? Und das soll ich glauben?«

»Natürlich. Was denken Sie denn?«

»Und? Deshalb soll ich den Alois umgebracht haben? Nur wegen eines finanziellen Engpasses? Und wo Sie doch sofort auf mich als Verdächtigen kommen? Halten Sie mich für so blöd?«

»Ihr finanzieller Engpass dauert jetzt schon recht lange, meinen Sie nicht? Haben Sie keine Angst um Ihren Hof? Immerhin befindet er sich seit Generationen im Familienbesitz und ausgerechnet Sie verlieren Grund und Boden an die Banken. Dabei haben Ihnen Ihre Eltern den Moserhof in voller Blüte übergeben. Die Leute werden reden oder tun es hinter Ihrem Rücken bereits. Einem Mann wie Ihnen kann so etwas kaum gefallen.«

»Einem Mann wie mir? Mir gefällt vieles nicht.« Er stößt sich vom Auto ab und baut seine beeindruckende Gestalt drohend vor mir auf. »Zum Beispiel gefällt mir nicht, wie Sie mit mir reden. Was glauben Sie eigentlich über mich zu wissen? Sie kommen hierher und wagen es, mir ins Gesicht zu sagen, ich wäre ein Mörder. Was erlauben Sie sich eigentlich?«

Inzwischen genießen wir die Aufmerksamkeit einiger der Leute, die um diese Zeit den Marktplatz bevölkern. Aus sicherer Entfernung beobachten sie, wie mir Anton auf den Leib rückt. Er ist jetzt so nahe, dass ich Bier und Schnaps in seinem Atem rieche. Und dann passiert es: Seine Hände haben seine Taschen verlassen und verpassen mir einen Schubser. Einen kleinen Schubser in seinen Augen, der auf mich jedoch wie ein Schlag wirkt, der mich straucheln lässt.

Überrascht fange ich mich wieder. Und auch Anton gewinnt die Kontrolle über sich so schnell zurück, wie er sie verloren hat. Zum Glück für mich und für ihn. Immerhin bin ich ermittelnder Kommissar und ich glaube kaum, dass er wegen eines Angriffs auf mich ins Gefängnis wandern will. Und sei es nur für ein paar Tage. Deswegen nicht!

Wenn ich eine Entschuldigung erwarte, so werde ich enttäuscht.

Egal! Anton ist wütend und das muss ich für mich nutzen. Vielleicht gelingt es mir, ihn doch noch zu einer unbedachten Aussage zu reizen. »Ach übrigens. Ihre Pistole!

Die Kollegen kommen gleich zu Ihnen auf den Hof, um sie abzuholen. Ich rate Ihnen, sie ihnen freiwillig zu geben. Die Ballistik wird dann feststellen, ob Alois Huber mit Ihrer Waffe getötet wurde. Das könnte Sie schlagartig entlasten.«

»Meine Pistole? Welche ... woher ... wer hat Ihnen das ...?« Noch bevor ich etwas sagen kann, beantwortet er seine Frage selbst.

»Jana, oder? Sie haben doch mit ihr gesprochen, gestern in der Bäckerei im Supermarkt. Glauben Sie nicht, ich wüsste das nicht. Oder hat sie es Karl verraten? Drunten an der Tankstelle in Arrach?«

»Jana? Was soll Ihre Frau mir denn gesagt haben?« Meine Verblüffung ist echt. Verdammt! So habe ich mir das nicht vorgestellt. Ich wollte Anton mit der Waffe konfrontieren in der Hoffnung, er werde einen Fehler begehen. Jetzt gleich oder später. Versuchen, die Pistole loszuwerden und uns so zu ihr zu führen, zum Beispiel. Auf keinen Fall wollte ich Jana ins Spiel bringen.

Anton scheint mich nicht zu hören. Seine nächsten Worte künden Unheil an: »Hat mich das Miststück also bei der Polizei angeschwärzt. Hat sie vielleicht sogar behauptet, ich hätte mit dem Tod vom Alois zu tun? Na warte! Darüber werden wir noch reden. Nein, Mädel, so wirst du mich nicht los!« Bei diesen Worten betrachtet er nachdenklich seine zu Fäusten geballten Hände. Ein Detail, dem ich keine Aufmerksamkeit schenke.

Anton Breitmoser hat mich in diesem Augenblick aus seinem Bewusstsein gestrichen. »Aber erst muss ich noch zur Frau Doktor«, murmelt er kaum hörbar. Ohne mich noch einmal zu beachten, dreht er sich um und hinkt davon.

Verdammt! Das ist gründlich danebengegangen. Nicht nur, dass ich nichts Brauchbares von Anton erfahren habe. Nein, jetzt habe ich ihn auch noch gegen seine Frau aufgebracht. Und was das bedeutet, kann ich mir gut vorstellen. Von einem Beweis gegen ihn bin ich weit entfernt. Aber dass seine Frau wegen mir Prügel zu erwarten hat, werde ich nicht zulassen. Auf keinen Fall! Anton sagte etwas von einer *Frau Doktor*. Wenn er zum Arzt muss, schenkt mir das die Zeit, die ich brauche, um Jana vielleicht zu überzeugen, gegen ihn auszusagen. Sollte er wegen Mordes verurteilt werden, wäre sie ihn los.

Wenn sie das will.

Wir werden sehen. Auf jeden Fall muss ich jetzt endlich hinauf zum Moserhof.

Wo Mel nur bleibt?

BANKGESCHÄFTE

Carolin Lommer hatte sich diesen Pfingstmontag wahrlich anders vorgestellt. Dabei hätte sie sich den ersten wirklich freien Tag nach all dem Stress der vergangenen Wochen redlich verdient. Joggen im Englischen Garten mit Laura, ihrer Pudeldame, für die sie zu selten Zeit hatte. Ein Mittagessen im *Le Café* mit ihrer Freundin Jessica, für die sie noch weniger Zeit hatte. Am Nachmittag noch ein Museumsbesuch oder eine Ausstellung – in der Galerie *van de Loo Projekte* gab es eine Vernissage von Henri Michaux – *Mit Rätseln antworten* –, das passte zu ihrer Situation. Alles hätte so schön sein können!

Sie hatte sich vom Radio wecken lassen. Ein Fehler, wie sich schnell herausstellte. Die Nachricht vom neuerlichen Mord im Bayerischen Wald war vom Regensburger Lokalsender Charivari verbreitet und von allen anderen Sendern aufgegriffen worden. Eine tolle Schlagzeile für die Medien. Für sie eine Katastrophe. Das Projekt *Osser*, das Multimillionending, in das sie so viel Zeit und Kraft investiert hatte und an dem ihr berufliches Schicksal hing, drohte zu scheitern. Und es waren nicht rechtliche Hürden, der Widerstand der Bevölkerung oder Finanzierungsfragen. Mit all dem hatte sie gerechnet. All diese Fragen ließen sich mehr oder weniger mit Geld beantworten. Wie aber sollten sie die Grundstücke bekommen, wenn ihre Vertragspartner starben wie die Fliegen? Natürlich gab es Gegner und Konkurrenten. Ein mächtiges Konsortium wollte das Projekt *Riedl* durchdrücken. Das Aktionsbündnis in Sankt Ulrich den Berg schützen. Die Naturschützer bei den Genehmigungsbehörden waren ohnehin gegen alles, was in irgendeiner Weise die Landschaft veränderte. Und da gab es ja auch noch diese Osserriesen. Ja, sie wusste über all diese Vorkommnisse, diese Hindernisse Bescheid. Aber Mord? Wer würde so weit gehen? Nicht auszudenken, wenn jetzt auch noch Gabi Schreiner sterben sollte! Nach allem, was sie wusste, würde die andere Tochter von Alois Huber nicht verkaufen. Dr. Kathrin Huber, Sprecherin des Aktionsbündnisses.

Sie war nicht die Einzige, der der Tod von Jochen Schreiner den Morgen verdorben hatte. Seither hatte sie mehr Anrufe auf ihrer Privatnummer erhalten, als ihr lieb sein konnte. Inge Rohrmüller hatte ihre Tätigkeit im Deutschen Bundestag ebenso unterbrochen wie Jürgen Keller die seine im Umweltministerium. Und auch die Mitarbeiter des Bankenverbandes hatten heute frei, sodass Martin Schweiger die Zeit genutzt hatte, ihr seine Sorgen über die Zukunft ihres gemeinsamen Projektes mitzuteilen. Allen Gesprächen gemeinsam war der ungehaltene bis ärgerliche Ton. Und die Angst vor dem Scheitern. Kein Wunder, hatten sie alle doch eine Menge Geld in das Projekt investiert.

Und was tat Tandetzki? Auf seinen Anruf wartete sie vergeblich.

Bis jetzt! Sie hatte sich eben entschlossen, den Geschäftsführer der OBAWAG zur Rede zu stellen, als dessen Nummer auf dem Display ihres Telefons aufleuchtete. »Tandetzki«, ließ sie ihn erst gar nicht zu Wort kommen. »Was ist los bei Ihnen da hinten? Können Sie mir sagen, wie es jetzt weitergehen soll?«

»Ihnen auch einen guten Tag, Frau Lommer.«

Verdutzt starrte sie auf den Hörer in ihrer Hand. Tandetzki klang in keiner Weise beunruhigt. Die letzten Ereignisse schienen spurlos an ihm vorübergegangen zu sein. Entweder war er ein eiskalter Hund oder ein begnadeter Schauspieler. Vermutlich beides.

»Warum haben Sie den Vertrag mit den Schreiners noch nicht abgeschlossen? Jetzt bleibt uns nur noch Gabi Schreiner. Sie sollten, nein, Sie müssen die Sache jetzt in trockene Tücher bringen! Ich hoffe, das ist Ihnen klar!« Und dann erklärte ihr Holger Tandetzki, dass der Vertrag unterschriftsreif vorlag und am zweiten Tag nach Pfingsten, also übermorgen, der Termin mit dem Notar in Bad Kötzting vereinbart sei. Doch der Mörder war ihnen um ein paar Stunden zuvorgekommen. Und jetzt? Die nächsten Worte Tandetzkis waren nicht geeignet, ihre Laune zu verbessern. Gabi Schreiner sei in psychologischer Behandlung und damit zurzeit kaum in der Lage, einen rechtskräftigen Kaufvertrag zu unterschreiben. Doch keine Sorge, ihr würde nichts passieren. Sie stehe unter Polizeischutz.

»Na prima«, wandte sie ein. »Polizeischutz! Man sieht ja, was die Polizei bisher geleistet hat. Jochen Schreiners Tod konnte sie jedenfalls nicht verhindern.«

»Ja, das stimmt. Aber dieser Buchmann ist nicht ohne. Ich bin zuversichtlich, dass er den Täter bald überführt. Und dann können wir das Projekt wie bisher weiterführen.«

Noch immer vermisste sie jeglichen Unterton von Sorge oder Unsicherheit in seiner Stimme.

»Machen Sie sich mal keine Sorgen, Frau Lommer. Egal, wie es mit Gabi Schreiner weitergeht. Wir bekommen die Grundstücke auf jeden Fall.«

KATHRIN

Zur gleichen Zeit an einem anderen Ort erwachte Kathrin Huber aus einer kurzen Ohnmacht, nur um sich zu wünschen, sofort wieder in die Dunkelheit abtauchen zu können. Sie saß auf einem Stuhl und konnte sich nicht bewegen. Ihre linke Hand war mit einer dünnen Kette auf einer Tischplatte fixiert, die sie als ihren Esszimmertisch erkannte. Vorsichtig versuchte sie sich zu bewegen.

Vergeblich. Sie war mit Kabelbindern an die Beine ihres Küchenstuhls gefesselt. Ihr linkes Auge war blutunterlaufen, ihr Magen rebellierte und ihre Nase fühlte sich gebrochen an. Ihr fiel es schwer, Luft zu holen.

Durch ein Gewitter aus Blitzen bemühte sie sich zu erinnern. Der Tag hatte wie geplant begonnen. Sie hatte die ihr selbst gestellte Aufgabe perfekt erledigt, auch wenn es ihr nicht leicht gefallen war. Sie hatte den Wagen in der Garage abgestellt und war ins Haus gegangen.

Dort hatte sie das Unheil erwartet! Wie hatte sie nur so unvorsichtig sein können? Das Leben als Direktorin der erfolgreichsten Spielbank der Gegend barg Gefahren, das hätte ihr bewusst sein müssen. Natürlich waren die Syndikate, welche die anderen Casinos betrieben, nicht erbaut über das *Lucky Star* gewesen, doch hatten sie dessen Bau letztendlich nicht verhindern können. Sie wollte sich gar nicht vorstellen, welche Summen Schmiergelder in welche Kanäle geflossen waren, um die Genehmigung für ihre Geldmaschine zu erhalten. Denn als solche hatte sich das *Lucky Star* schon bald nach der Eröffnung herausgestellt. Und das war nicht zuletzt ihr Verdienst. Sie hatte irgendwie ein Händchen und exzellentes Gespür für die Seele der Spieler bewiesen, um das Casino auf die Erfolgswelle zu hieven. Da konnte es schon passieren, dass einem die Konkurrenz auf die etwas derbere Art nahebringen wollte, man solle ihr doch auch ein Stück vom Kuchen überlassen. Hatten sie deshalb den Mann mit der Skimütze geschickt?

Natürlich nicht! Kathrin Huber kannte den Grund ihrer misslichen Situation genau. Na, jedenfalls hatte der Angreifer feststellen müssen, dass Kathrin Huber nicht gewillt war, sich kampflos in ihr Schicksal zu ergeben. Es war zu einem kurzen, aber heftigen Gerangel gekommen, ehe sie ein Schlag gegen die Schläfe ausgeknockt hatte. Auch wenn ihr Gegner nicht mit Kathrins Geschicklichkeit und ihrer Nahkampfausbildung gerechnet hatte. Am Ende hatte sie sich der Kraft des Hünen beugen müssen. Ihr Widerstand hatte ihr nur ein paar Schrammen mehr eingebracht.

»Bitte nicht«, röchelte sie, als der Vermummte zu einem weiteren Schlag ausholte. Ein irrationaler Wunsch angesichts dessen, was ihr heute noch bevorstand, das wusste sie. Und außerdem vergeblich. Die flache Hand traf ihre Wange, riss ihren Kopf zu Seite. Blut sickerte aus ihrem Mund. »Ich kümmere mich um alles! Nur ein paar Tage noch. Sie brauchen sich keine Gedanken zu machen! Die Geschäfte werden so laufen, wie Sie es wollen.«

Der Mann machte keine Anstalten, sein Tun zu unterbrechen. Und er sagte kein Wort.

Musste er ihr nicht sagen, was er wollte, was sie wollten? Warum? Sie wusste, was sie wollten.

Aus einer Tasche, die sie bisher nicht bemerkt hatte, holte er zwei Gegenstände. Werkzeuge. Einen Hammer und einen Meißel. Es dauerte einen Augenblick, dann verstand sie.

»Nein.«

Ihr Blick sprang zu ihrer Hand, dann zu dem Mann.

»Nein! Sagen Sie ihnen, es tut mir leid. Sagen Sie ihnen, sie bekommen ihr Geld. Sagen Sie ihnen, alles läuft nach Plan.«

Entsetzen schwang in ihrer Stimme, als der Mann den Meißel an der Handwurzel des kleinen Fingers ansetzte. »Sagen Sie doch etwas!« Der Hammer hob sich und fror ihren Blick ein. Sie spürte das kalte Metall des Meißels auf ihrer Haut.

Als die scharfe Schneide den Knochen zersplitterte und ihren Finger abtrennte, fuhr ein glühender Schmerz hinauf bis in Kathrins Schulter. Ihr gellender Schrei verhallte in der Weite ihres Prachthauses. Dann sank sie in den Stuhl und sehnte verzweifelt die Ohnmacht herbei. Doch sie war noch nicht erlöst. Der Mann packte ihren Kopf und zwang sie, ihre Augen auf den Tisch zu richten. Dort lag ihr abgetrennter Finger. Und noch einmal fuhr der schwere Hammer herab. Mit einem hässlichen Knacken verwandelte er das, was einmal zu ihr gehört hatte, in eine blutige Masse.

Durch den Schleier aus Schmerz hörte sie, wie der Mann ging. Überrascht stellt sie fest, dass er die Fessel an ihrer rechten Hand gelöst hatte.

Man braucht mich noch, dachte sie.

Die Ohnmacht wollte sich nicht einstellen, während die Schmerzen sie unablässig quälten. Sie hatte die Chance, Hilfe zu rufen, und hoffte, nicht vorher zu verbluten. Da lag das Telefon. Drüben auf der Anrichte. Vorsichtig ruckte sie mit den Beinen, schaffte es, den Stuhl zu bewegen. Ihr Arm straffte sich. Ihre linke Hand ... Sie war noch immer am Tisch befestigt! Doch Kathrin Huber hatte gelernt, nicht aufzugeben. Nie! Sie schob den Stuhl mit kleinen Bewegungen ihrer Füße weiter. Als ihre linke Hand begann, den Tisch mit sich zu schleifen, rasten glühende Pfeile durch ihren Arm. Der Schmerz entlockte ihr Stöhnen und Schreie und trieb ihr Schweiß auf die Stirn. Immer wieder blitzten Sterne vor ihren Augen auf und Schwärze umfing sie.

Doch sie schaffte es. Sie schaffte es, das Telefon mit der rechten Hand zu greifen. Niemand hinderte sie daran. Ihr Peiniger war längst verschwunden. Sie legte es auf die Anrichte, begann, die rettende Nummer einzutippen: 1 1 ... und dann rutschte das Telefon weg, fiel zu Boden. Stöhnend bückte sie sich danach.

Ruf nach Hilfe!

Der Befehl war unmissverständlich. Doch sie kam nicht mehr dazu. Als sie sich aufrichten wollte, schlug eine schwarze Welle über ihr zusammen und riss sie in eine dankbare Ohnmacht.

ICH

Ein kurzer Anruf genügt und ich weiß, dass ich mich mit meinem Besuch auf dem Moserhof gedulden muss. Melanie hängt noch irgendwo an einer Baustelle zwischen Roding und Cham fest. Ich beschließe, die Zeit zu nutzen, um das Getriebe in meinem Kopf mit einer Tasse Kaffee zu schmieren.

Ich erinnere mich an ein Café unten an der Treppe. Anton Breitmoser weiter im Kopf steige ich die Stufen hinab in die Gasse. Der Versuch, mir eine Gesprächstaktik für die anstehende Befragung bereitzulegen, lenkt meine Aufmerksamkeit ab. Als ich das Ende der Gasse erreiche und zwischen Buchladen und Café stehe, bemerke ich erst, dass die Frau von vorhin noch immer vor dem Laden steht. Auf der gegenüberliegenden Seite parkt ein SUV, dessen Fahrer vergeblich versucht, unbeteiligt zu wirken. Also gut: Ich werde beobachtet. Ich werde ihnen eine Falle stellen. Entschlossen betrete ich den Laden. Was soll ich kaufen? Eine Tageszeitung. Ich nehme eine der regionalen Ausgaben und blättere interessiert darin. Die Dame im Laden berät gerade fachkundig einige Touristen über den besten Wanderführer zwischen Rachel und Hoher Bogen und verschafft mir dadurch etwas Zeit. Der Heimatteil der Zeitung ist gespickt mit Leserbriefen für und wider Pumpspeicherwerk. Die wanderlustigen Urlauber können sich noch nicht einigen, welchen Ratgeber sie für gelungene Ferien kaufen sollen. Ich lasse meinen Blick durch den erstaunlich gut sortierten Laden schweifen. Neben diverser Büro- und Schulausstattung sowie dem ausgewählten Buchangebot fällt mir auf einem kleinen Tisch neben der Kassentheke ein Stapel von Zeitungsausschnitten, Plakaten und Werbeflyern auf. Ein Blick auf die farblich markierten Textpassagen verrät die kritische Einstellung des Ladenbesitzers zum Jahrhundertprojekt. Endlich hat sich das wanderbereite Ehepaar aus Norddeutschland für ein Buch entschieden. Ich bezahle meine Zeitung und trete vor den Laden.

Meine Verfolger sind doch tatsächlich noch immer da. Nicht zu glauben, wie stümperhaft sie vorgehen. Was soll ich tun? Mich weiter nichts ahnend geben oder die Konfrontation mit ihnen suchen? Verständlicherweise ist meine Laune nicht die Beste an diesem Tag. Dieser Fall geht an meine Substanz. Ich gebe offen zu, zwei Tote und zwei Schwerverletzte sind hart an der Grenze des Erträglichen. Und dazu kommt noch Jana Breitmoser. Ich bin überzeugt, sie hat ihrem Mann ein falsches Alibi gegeben. Ihr Schicksal trifft mich. Und wie es scheint, habe ich ihr hartes Los vor wenigen Minuten noch härter gemacht.

Meine Gedanken schweifen ab. Ich lenke sie wieder auf meine beiden Hobbyobservierer und entscheide mich für die Konfrontation. Mit energischen Schritten wende ich mich der Frau zu. Ich kann mir ein Grinsen kaum verkneifen. Ihre Blicke wirken gehetzt. Zu spät! Als sie erkennt, dass Flucht nicht mehr möglich ist, spielt sie noch einmal die Unbeteiligte. Wie naiv kann man nur sein? Nicht mit mir.

»Guten Tag«, nehme ich ihr die letzte Hoffnung, ich könne einfach vorbeigehen.

»Ja?« Die Frau ist deutlich jünger als ihr Begleiter, der unschlüssig in seinem Protzwagen sitzt.

»Sie scheinen ja sehr interessiert an meiner Arbeit zu sein.«

»Was? Wie kommen Sie darauf?« Ihre Worte klingen so wenig überzeugend, dass es ihr selbst peinlich sein müsste. Stattdessen versucht sie, entschlossen und selbstsicher zu wirken.

»Sie haben sich nicht sehr geschickt angestellt. Denken Sie wirklich, Sie könnten einen Kriminalbeamten beobachten, ohne dass dieser es bemerkt? Also, was wollen Sie?« Das Café ist nur wenige Meter entfernt und lockt mit einem Spezialangebot für Kaffee und Kuchen. »Kommen Sie! Ich glaube, ich kann ein paar Minuten entbehren, und eine Tasse Kaffee wird jetzt nicht schaden. Und dann erzählen Sie mir endlich, was Sie von mir wollen, verstanden? Und Ihren Partner da drüben können Sie auch mitnehmen.« Ich verleihe meiner Stimme den Nachdruck, der ihr keine Möglichkeit lässt, abzulehnen. Sie gibt sich geschlagen. Mit einem Achselzucken winkt sie dem Mann, dem die Unentschlossenheit ins Gesicht geschrieben steht. Zögernd nähert er sich uns. »Also los jetzt!«

Im liebevoll eingerichteten Innern des Lokals finden wir im winzigen Wintergarten eine Ecke, die ein ungestörtes Gespräch verspricht. Eine zuvorkommende Frau nimmt unsere Bestellungen auf und noch während sich der Duft von frischem Kaffee verbreitet, wiederhole ich meine Aufforderung: »Wer sind Sie und was wollen Sie? Wenn Sie nicht mit der Wahrheit herausrücken, kann ich Sie auch mit auf die Wache nehmen.«

Die beiden sehen sich einige Sekunden stumm an, dann nickt der Mann der Frau zu. »Wir … wir gehören zu den Osserriesen.« Ihr Tonfall klingt, als hätte sie erklärt, ihr Freund hier sei Elvis. Dabei bin ich nicht überrascht. So

mancher Einwohner dieser Gegend gehört zur Wider-
standsbewegung gegen das Pumpspeicherwerk. Keiner
von ihnen stand jedoch je ernsthaft auf meiner Verdäch-
tigenliste.

»Zum inneren Zirkel der Osserriesen«, fügt der Mann
leise hinzu, als ich nicht reagiere. Na, das klingt zumindest
interessant. Mal sehen, was die beiden bedrückt.

»Zum inneren Zirkel? Zum gewaltbereiten Zirkel, meinen Sie?«

»Was heißt hier gewaltbereit?« Es scheint, ich habe einen
Schalter bei der Frau umgelegt. Ihre Stimme wirkt jetzt
hart und entschlossen. »Wir sind bereit, alles zu tun, um
die Zerstörung unserer Heimat zu verhindern. Es sind
doch die anderen, die Gewalt ausüben. Die wollen uns
etwas aufdrücken, was wir hier nicht wollen. Wir leben hier
und das sind unsere Berge. Niemand darf uns das nehmen.«

»Na ja, immerhin leben wir in einem Rechtsstaat«, wage
ich einzuwenden. »Es gibt Genehmigungsverfahren und
da wird alles geprüft. Naturschutz, Wasserschutz und so
weiter. Wenn alles in Ordnung ist, wird eine Genehmigung
erteilt und wenn nicht, na ja, dann eben nicht.«

»Genehmigungen! Alle verstecken sich hinter Gesetzen
und Richtlinien. Und keiner fragt, ob diese Technik überhaupt sinnvoll ist, ob man Pumpspeicherwerke überhaupt
benötigt.« Ihre Augen glänzen starr und ihre Stimme hat
einen fanatischen Ton angenommen.

Jetzt habe ich mich auf eine Grundsatzdiskussion über
das Pumpspeicherwerk eingelassen. Genau das wollte ich
nicht. Ich bin hier, um einen Mord – inzwischen zwei
Morde – aufzuklären. Nicht mehr und nicht weniger. Der
Streit um das Bauprojekt am Osser geht mich nichts an.
Und genau das sage ich den beiden. »Ich bin hierherge-

kommen, um einen Mörder zu finden. Nichts weiter. Wenn ich ihn habe, sieht mich der Osserwinkel wieder nur als Urlauber wie all die anderen Touristen auch.« Kaffee und Kuchen kommen und verschaffen mir etwas Luft.

»Sie glauben also, Sie haben den Täter?«, meint der Mann, nachdem wir wieder allein an unserem Tisch sind. »Den Breitmoser Anton, was?«

Mein Schweigen ist Zustimmung genug.

»Der Anton ist schon ein sehr passender Verdächtiger, finden Sie nicht auch? Gewalttätig, jähzornig und alle wissen, dass er Geld braucht. Er hat den Huber Alois gehasst, seit ihm dieser das Geschäft mit den Grundstücken abgeluchst hat.«

Ich bin doch etwas überrascht. Woher wissen die Osserriesen davon? Kannten auch sie die Pläne um die Alternativtrasse? Anscheinend reichen ihre Kanäle und Verbindungen weiter, als ich angenommen habe. Die Osserriesen sind offensichtlich nicht nur eine Gruppierung mit Hang zu handgreiflichen Aktivitäten, sondern verfügen über ausgeprägtes Wissen über das Projekt am Osser. Arbeiten vielleicht sogar ein paar der Riesen bei Banken und Genehmigungsbehörden? Damit sind sie für die Investoren gefährlicher, als es sich diese vorstellen können. Und auch ich ihnen zugetraut habe.

»Wer verdächtig ist und wer nicht, werde ich hier mit Ihnen nicht besprechen. Warum interessiert Sie das alles? Ihr Kampf gilt doch dem Pumpspeicherwerk. Die Morde haben mit Ihnen nichts zu tun.«

»Auf den ersten Blick nicht, da haben Sie recht.« Wieder sehen sich die beiden an. Sie sind sich nicht sicher, wie weit sie mich an den Geheimnissen ihrer Organisation teilhaben lassen können.

»Die Morde«, meint die Frau schließlich, »lassen die Stimmung in der Bevölkerung kippen. Ihre Unterstützung für unsere Aktionen schwindet.«

»Unterstützung? Sie meinen, die Leute hier unterstützen die illegalen Aktionen der Osserriesen? Das glauben Sie doch selber nicht.«

»Zumindest dulden sie uns«, wirft der Mann nun ein. »Alles, was wir bisher unternommen haben, wurde für akzeptabel erachtet. *Die tun wenigstens was,* heißt es hinter vorgehaltener Hand. Und das nicht nur an den Stammtischen. Und so weit ab vom Gesetz sind unsere Methoden auch wieder nicht. Bis Alois ermordet wurde.«

»Es muss den Leuten doch klar sein, dass Sie, dass die Osserriesen mit dem Mord nichts zu tun haben. Oder haben Sie tatsächlich jemanden in Ihren Reihen, der so weit gehen würde?« Beide schütteln den Kopf.

»Nein! Uns war von Anfang an bewusst, dass sich unser Widerstand auf Sachgüter und aggressive Meinungsbildung beschränken muss. Sollten wir damit scheitern, müssen wir uns eben geschlagen geben.«

Aggressive Meinungsbildung! Ein tolle Umschreibung für Farbbeutel, Drohbriefe und öffentliche Beleidigungen. Ich behalte diesen Gedanken jedoch für mich. Meine Meinung bringt mich hier nicht weiter. Es geht um meinen Fall und nichts weiter.

»Aber«, fährt die Frau fort, »die Parole, wir könnten doch etwas mit den jüngsten Verbrechen zu tun haben, geht im Ort um, und das allein reicht, die Leute gegen uns aufzubringen.«

»Vor allem, seit auch Jochen ermordet wurde«, erklärt der Mann. »Alois Huber war nicht sonderlich beliebt in der Gegend, aber bei den Schreiners ist das etwas ganz anderes. Spätestens seit sie das blinde Mädchen aufgenommen haben, gibt es niemanden hier, der die beiden nicht unterstützen würde. Und jetzt ist Jochen tot. Das hat die Menschen mehr getroffen, als Sie sich vorstellen können.«

»Auch uns«, fügt die Frau hinzu.

Ich sehe in ihre Augen und lese Wahrheit darin. »Und jetzt soll ich die Morde aufklären, um die Osserriesen zu entlasten? Das meinen Sie doch.«

»Es gibt schon erste Stimmen, die meinen, man solle das Pumpspeicherwerk doch bauen, wenn es denn sein muss. Hauptsache, es kehrt wieder Ruhe im Ort ein. Man macht die aggressive Stimmung und den Streit der letzten Wochen für die Morde verantwortlich. Das Ganze spielt den Investoren plötzlich in die Hand. Damit haben die wohl selbst nicht gerechnet. Der Mörder schadet unserer Sache.« Der Mann klingt nicht nur niedergeschlagen, er sieht auch so aus.

»Nun, ich kann Sie beruhigen. Wir sind uns ziemlich sicher, den Täter zu kennen. Es wird keine weiteren Morde mehr geben. Und die Bevölkerung hier wird bald wissen, dass Sie nichts mit der Sache zu tun haben. Dann können Sie wieder Autoreifen zerstechen und Fenster einwerfen.« Ich kann meine Wut nicht mehr verbergen. Die beiden Aktivisten hier schaffen es nicht, über ihren Tellerrand zu blicken. Menschen sind gestorben und schwer verletzt. Menschen aus ihrem Dorf. Es scheint die beiden kaum zu interessieren. Sie sehen nur den Schaden für ihr Vorhaben, ihre Ziele schwinden.

»Den Anton Breitmoser? Sind Sie sich sicher, nicht den Falschen zu verdächtigen? Wie bei Kurt Obermeier?«

Das kommt für mich nun doch überraschend. Bleibt hier in der Provinz nichts länger als ein paar Stunden verborgen oder haben die Osserriesen auch bei der Polizei Informanten sitzen?

»Haben Sie schon an Kathrin Huber gedacht?« Die Frau beugt sich über den Tisch. Ihre Worte sind so leise, dass ich sie kaum verstehen kann.

»Dr. Kathrin Huber?«

»Sie sollten sich etwas intensiver mit ihr beschäftigen. Haben Sie sich nie gefragt, woher sie all das Geld hat?«

»Das Geld? Das Casino läuft gut und ihr Vertrag garantiert ihr eine stattliche Gewinnbeteiligung.« Sagt jedenfalls Karl, füge ich in Gedanken hinzu. Und woher weiß er das? Gerüchte. Das Wort klammert sich zäh in meinem Kopf fest. Verdammt! Ich hätte die Einkommensverhältnisse von Kathrin Huber genauer überprüfen sollen. Nun, das lässt sich ja noch machen. Lieber spät als nie.

»Und selbst wenn«, unterbricht die Frau meinen Ärger, »sehen Sie sich doch mal ihr Haus an, ihren Wagen und all das andere. Bei Frau Doktor ist nicht alles Gold, was glänzt.«

In meinem Kopf beginnen sich ein paar Räder zu drehen. Unbeabsichtigt und ohne mein Zutun nehmen sie ihre Arbeit auf. »Sie denken, Kathrin Huber hat Geldsorgen?« Die beiden schweigen einige Herzschläge.

»Die Osserriesen sind sich jedenfalls nicht sicher, dass der Tod von Alois Huber und auch der seiner Erben zwangsläufig bedeutet, dass seine Grundstücke nicht an die OBAWAG verkauft werden.« Seiner Erben? Das wäre im Augenblick nur noch Gabi Schreiner.

»Ich hoffe für uns und für Sie, dass wir uns täuschen.« Die Frau ringt sich ein schmales Lächeln ab. Dann stehen beide unverhofft auf und gehen ohne ein weiteres

Wort. Sie haben das Getriebe in meinem Kopf angeworfen. Kathrin Huber in Geldnot? Ein Umstand, der beachtet werden muss. Und dennoch: Würde Kathrin Huber verkaufen? Sie, die Sprecherin des Aktionsbündnisses? Sie könnte sich in Sankt Ulrich nie mehr sehen lassen. Da müsste mehr dahinterstecken als bloße Geldsorgen. Nein, ich denke, die Osserriesen täuschen sich. Anton Breitmoser hat das Motiv, das Potenzial und das Profil zum Täter. Ich bin mir sicher, wir verfolgen den richtigen Mann. Erst als ich der netten Dame winke, mir die Rechnung zu bringen, bemerke ich, dass die beiden Osserriesen nicht bezahlt haben.

*

Das Handy läutet in dem Augenblick, da ich das Café verlasse. Mel ist endlich da. Wir verabreden uns im Parkhaus. Als ich dort ankomme, steht ihr Wagen bereits neben meinem.

»Hallo, Moritz«, meint sie ernster als sonst, kaum dass ich in ihrem Dienstwagen sitze. Die neueste Entwicklung der Dinge lässt aber auch wenig Platz für gute Laune. »Wie geht's jetzt weiter?«

»Wir sollten uns Jana Breitmoser noch mal vornehmen. Ich bin sicher, das Alibi für ihren Mann ist falsch. Und der sitzt gerade beim Arzt. Das sollten wir für uns nutzen.«

»Beim Arzt? Woher weißt du das?«

»Er hat es mir selbst gesagt. Freilich, ohne es zu wollen.« Ich berichte ihr von meiner unerfreulichen Begegnung mit Antons Kraft. »Frau Dr. Strauß? Na, die wird sich aber freuen. Auch nicht gerade die Art Patient, die man sich erträumt.«

»Eben. Sie wird vielleicht versuchen, ihn so schnell wie möglich wieder loszuwerden. Wir wissen also nicht, wie viel Zeit wir haben.«

»Verstehe. Nicht trödeln, Mel! Das willst du doch damit sagen.« Ohne eine Antwort abzuwarten, lässt sie den Polizei-Audi aus dem Parkhaus rollen und sich von mir den Weg zum Moserhof zeigen. Irgendwie fürchte ich mich vor dem, was uns dort erwartet.

*

Während Mel sich auf die schmale Straße vorbei am Bahnhof und dann hinauf zu den Einödhöfen konzentriert, überlege ich, wie ich Jana zum Reden bringen könnte.

Das Gespräch wird nicht zustande kommen. Vorerst wenigstens nicht. Denn wir passieren gerade die Abzweigung nach Bergwies, als ein roter Traktor um die Ecke tuckert und uns den Weg versperrt. Es ist jedoch nicht Günther Aschenbrenner, der in grüner Schnittschutzhose und mit einer Motorsäge in den Händen herabspringt, sondern eine junge Frau. Sabine Aschenbrenner scheint bei den anfallenden Arbeiten in Wald und Flur anzupacken. Ein kurzes Erschrecken huscht über ihr Gesicht, als sie uns sieht. Ich steige aus dem Wagen. »Guten Tag, Frau Aschenbrenner!«

»Ja? Herr Buchmann, oder? Was wollen Sie hier?« Sie wischt sich die öligen Hände erfolglos an einem Putzlappen ab. Ein Händedruck zur Begrüßung erübrigt sich damit. Oder will sie mir die Hand gar nicht reichen? Na, egal.

»Wenn Sie bitte zur Seite fahren könnten! Wir müssen hinauf zum Moserhof!«

»Zum Anton?« Sie spricht den Namen mit einer Mischung aus Angst und Verachtung aus. Und dann, ohne ersichtlichen Grund, reift in Sekundenschnelle in ihr die Entscheidung, alles zu beichten. Ich kann mir nicht erklären, warum überhaupt und warum jetzt. Es scheint, als haben Angst und Sorgen in Sabine Aschenbrenner den oberen Rand des Gefäßes erreicht. Jetzt läuft dieses Gefäß über und Mel und ich sind in diesem Augenblick da, um alles aufzufangen.

»Herr Buchmann! Könnten Sie schnell mit mir kommen?«

»Warum? Wir haben es eilig und müssen wirklich dringend weiter.« Sie ahnt wohl, dass dies der einzige Augenblick in ihrem Leben sein könnte, in dem sie den Mut aufbringt, alles loszuwerden, was ihr die Seele abdrückt. Es gibt nur diese Gelegenheit. Kein Morgen und kein Übermorgen. Jetzt und hier muss es sein! »Bitte! Es dauert nur ein paar Minuten!«

»Wenn es nur ein paar Minuten sind«, sage ich und steige wieder in den Wagen. Sabine Aschenbrenner fährt voraus und wir folgen ihr.

Kaum dass wir auf die Zufahrt zum Bauernhof der Familie Aschenbrenner einbiegen, quält Anton seinen Wagen den Weg herauf. Im Rückspiegel versuche ich, sein Gesicht zu erkennen, aber er ist zu schnell vorbei. Damit haben wir die Gelegenheit verpasst, mit Jana allein zu sprechen. In wenigen Sekunden wird ihr Ehemann zu Hause sein.

Wir müssten sie beschützen.

Das Schicksal aber will es, dass wir Sabine Aschenbrenner getroffen haben. Wir erreichen den Hof und warten darauf, dass sie ihren riesigen Hund an die Leine nimmt. Erst dann wagen wir uns aus der Sicherheit unseres Wagens. Währenddessen nimmt einen Steinwurf entfernt das Unheil auf dem Moserhof seinen Lauf.

ANTON

Anton trieb den Fiesta nach Hause. Räder und Stoßdämpfer interessierten ihn in diesem Augenblick genauso wenig wie die Meinung der Leute über ihn. Was gingen ihn diese Maden drunten im Dorf an? Er war der Moserbauer und auf dem Hof war er der Herr! Das sollte auch diese ukrainische Schlampe noch lernen! Sie hatte ihn verraten! Nicht einmal, nein, zweimal hatte sie ihn verraten! Sie hatte ihm unterschlagen, dass sie eine Nutte gewesen war.

Er dachte, seine Fäuste hätten ihr in den letzten Monaten deutlich gemacht, was er davon hielt. Er dachte, sie hätte kapiert, dass sie so etwas mit ihm nicht machen kann. So wie früher sein Vater allen gezeigt hatte, was es heißt, der Moserbauer zu sein. Auch Anton, seinem Sohn.

Der hatte sich getäuscht: Seine Frau hatte den Bullen von der Pistole erzählt. Woher sonst sollten sie das wissen? Es konnte nur seine Januschka gewesen sein. Seit Neuestem verstand sie sich blendend mit diesem Dorfsheriff, diesem

Karl Loibl. Hatte er ihr nicht deutlich zu spüren gegeben, dass sie sich von ihm fernhalten sollte? Und dann musste er erfahren, dass sie sich wieder mit dem Bullen getroffen hatte. Ben hatte sich bemüht, ernst zu klingen, was ihm nicht ganz gelungen war. Der Spott in seiner Stimme war nicht zu überhören gewesen, als er ihm seine Beobachtungen von der Tankstelle gemeldet hatte. Verdammt, Jana, lernst du denn nie? Willst du es nicht kapieren? Oder nimmst du mich nicht ernst? Damals, als er ihr die Pistole gezeigt hatte, wollte er sie davon überzeugen, dass es nicht gut wäre, ihn zu verlassen. Sie gehörte ihm und das sollte sie auch wissen.

Der Anblick der Waffe hatte sie nicht in dem Maße erschreckt, wie er es erwartet hatte. Dennoch war er sicher, dass die Knarre aus tschechischer Produktion ein besseres Argument war, als seine Fäuste es je sein konnten. Jetzt hatte sie also den Spieß umgedreht. Sie wollte die Waffe gegen ihn einsetzen, indem sie ihn bei den Bullen anschwärzte. Doch sie hatte nicht mit ihm gerechnet.

Nein, mit Anton Breitmoser konnte man so etwas nicht machen! Sie würde bei ihm bleiben, was immer auch passierte. Dessen war er sich sicher. Doch wenn sie schon unter seinem Dach wohnen wollte, dann nach seinen Spielregeln. Diese Lektion hatte ihm bereits sein Vater beigebracht, als er noch ein Junge gewesen war. Noch heute zeugten die Narben auf seinem Rücken von den Lehrmethoden des Ernst Breitmoser.

Ja, er hatte seine Lektion gelernt und Jana würde sie auch noch lernen. Und auch dieser Buchmann! Dieser Bulle nervte ihn, seit er ihn zum ersten Mal getroffen hatte. Und da gab es ja auch noch Karl.

Zuerst aber Jana. Eins nach dem andern. Immer der Reihe nach, dachte er.

Bei seinen bisherigen Bestrafungen hatte er seine Schläge wohlüberlegt gesetzt. Die Folgen sollten unsichtbar bleiben. Er wollte ihr hübsches Gesicht nicht ruinieren. War es doch der Grund gewesen, warum er sich für Jana Rudenko entschieden hatte. Gut, er hatte sie nie wirklich geliebt, aber sie war nützlich. Sie brachte Leben ins Haus und auch ins Bett. Mehr hatte er nicht gewollt. Also hatte er sie so anständig behandelt, wie es ihm nur möglich gewesen war.

Dann hatte er von ihrer Vergangenheit erfahren und alles war anders geworden. Irgendwie einfacher, dachte er. Er musste sich nicht mehr verstellen. Endlich konnte er ihr zeigen, wer der Herr auf dem Hof ist. Aber anscheinend hat sie es noch nicht kapiert. Sie hat mit den Bullen geredet. Diesmal würde er sie nicht so rücksichtsvoll behandeln.

Gestern hatten seine Fäuste ihren Weg in ihr Gesicht gefunden. Nur ein wenig! Ein blaues Auge und vielleicht etwas mit den Zähnen. Nicht der Rede wert. Heute würde sich seine Januschka nach gestern sehnen.

Scheiß auf ihr Gesicht, dachte er. Und wenn die Leute reden? Scheiß auch auf die Leute und scheiß auf die Bullen!

BANKGESCHÄFTE

Sie hatten vereinbart, sich nicht zu treffen. Der Vorstandsvorsitzende der Wind-Wasser-Sonne-Förderbank WWSB hatte das für eine völlig überzogene Vorsichtsmaßnahme gehalten. Schließlich tue man ja nichts Unrechtes. Auch moralisch sei ihr Vorhaben nicht zu beanstanden. Dennoch hatten die anderen darauf bestanden, so wenig Aufsehen wie möglich zu erregen. Typisch Politiker!, dachte sich der Präsident des Bankenverbandes. Kaum war ersichtlich geworden, dass ihr Projekt nicht so aalglatt, wie von Tandetzki versprochen, durchgehen würde, wollten sie nicht mehr in der Öffentlichkeit erscheinen. Wieder einmal war zu Tage getreten, dass die gewählten Volksvertreter nichts mehr fürchteten als das Volk selbst. Das kritische und denkende Wahlvolk wohlgemerkt. Und negative Presse. Das auch.

Das Vorhaben im Bayerischen Wald lieferte im Moment sogar mehr als die Flüchtlingspolitik der EU. Die Bundestagsabgeordnete hatte ausweichend geantwortet, als die Frage nach dem grundsätzlichen Sinn der Pumpspeichertechnik in einer dieser lästigen Fernsehreportagen aufgeworfen worden war. *Monitor* oder so. Ihr war der Herr Staatssekretär auf dem Fuß gefolgt. Der Herr Doktor hatte sich im bisherigen Verlauf der Angelegenheit als wahrer Bedenkenträger erwiesen. Dabei sollte er sich doch lediglich um die erforderlichen Genehmigungen kümmern. Hatte Tandetzki sich verschätzt, als er den Mann vom Umweltministerium ins Boot geholt hatte? Als der massive Widerstand der *Ureinwohner* des Osserwinkels angefangen hatte, ihnen stärker ins Gesicht zu blasen, hätte er beinahe die Segel gestrichen.

Die drei Männer und die Frau, die sich auf einem abgelegenen Parkplatz in der Nähe von Freising trafen, hatten deshalb nur noch per Handy miteinander konferiert. Untereinander genauso wie mit Carolin Lommer und Holger Tandetzki. Heute aber hatte sie die Nachricht vom Mord an Jochen Schreiner alle Vorsicht vergessen lassen und hier zusammengeführt.

»Ist Tandetzki verrückt geworden?«, ereiferte sich die Frau Abgeordnete gerade. »Glaubt er wirklich, ich fahre morgen zu dieser Veranstaltung in den Bayerischen Wald? Nach allem, was passiert ist?«

»Im Augenblick habe ich nicht den Eindruck, dass Tandetzki die Sache noch unter Kontrolle hat«, schloss sich ihr der Staatssekretär an. »Unsere Geschäftspartner sterben wie die Fliegen. Wie gedenkt er da die Grundstücke zu bekommen? Ein Mörder. Stellen Sie sich das nur vor! Es scheint, da hinten hat sich alles gegen unser Projekt verschworen.«

»Und die Presse. Denken Sie an die Presse. Wenn wir mit der Sache in Verbindung gebracht werden. Und es sind nicht nur Lokalzeitungen und Regionalsender. Diese Art Schlagzeilen erfreut das Gesindel der ganzen Republik. Glauben Sie mir! Ich weiß, wovon ich rede.«

Der Präsident des Bankenverbandes und der Vorstandsvorsitzende der WWSB sahen sich grinsend an. Die Frau Bundestagsabgeordnete wusste natürlich, wovon sie redete. Schließlich war die versammelte nationale Medienlandschaft über sie hergefallen, als sie den Vater ihrer drei Vorzeigekinder mit einem blutjungen Mitarbeiter des Kenianischen Konsulats betrogen hatte. So viel Aufmerksamkeit hatte die für gewöhnlich in der Masse der anderen Abgeordneten untertauchende Volksvertreterin weder vorher noch nachher je wieder genossen. Und so sollte es nach ihrem Willen auch bleiben. Schließlich ließen sich die Fäden im Umweltfinanzierungsausschuss besser aus dem Hintergrund ziehen.

Der Vorstandsvorsitzende der WWSB schien nun genug zu haben: »Nun machen Sie sich mal nicht ins Hemd! Natürlich seid ihr Politiker von euren Wählern abhängig und geht mit Fernsehen und Presse ins Bett. Aber jetzt einen Rückzieher zu machen, kommt überhaupt nicht infrage! Die Vorbereitungen für das Osserprojekt sind zu weit fortgeschritten. Es ist bereits zu viel Geld geflossen. Es gibt kein Zurück mehr!« Der Präsident des Bankenverbandes nickte zustimmend.

»Nehmen Sie sich zusammen! Wenn Sie zu viel Geld in die Sache investiert haben, ist das Ihr Problem«, startete der Staatssekretär den Versuch einer Zurechtweisung. Ergebnislos!

Der Präsident des Bankenverbandes lächelte süffisant: »Was seid ihr Politiker doch für Angsthasen. Es wurden ein paar Leute ermordet. Ja, und jetzt? Was hat das mit dem Pumpspeicherwerk zu tun? Die Polizei wird den Mörder finden und dann geht alles seinen Gang. Tandetzki wird die Grundstücke kaufen, das Raumordnungsverfahren wird beweisen, dass der Osser nur auf ein Pumpspeicherwerk gewartet hat. Und in ein paar Jahren werden alle einsehen, dass dies die einzig richtige Entscheidung im Sinne unserer Umwelt und unserer Geldbeutel war. Alles andere ist nicht akzeptabel.«

»Ihr Geldbeutel interessiert mich nicht! Ich lasse mich nicht in Verbindung bringen mit Mord und Totschlag!«

Die Bundestagsabgeordnete wollte sich nicht so schnell einschüchtern lassen.

»Es ist auch Ihr Geldbeutel. Vergessen Sie das nicht«, hielt der Vorstandsvorsitzende der WWSB dagegen. »Bedenken Sie den Skandal und die Schlagzeilen, die ein Scheitern des Projektes nach sich ziehen würde. Es ließe sich kaum vermeiden, dass unsere Namen dabei ins Spiel gebracht werden. Ein wahrhaft grandioses Scheitern. Wollen Sie das?« Der Präsident des Bankenverbandes frohlockte. Damit hatte er die beiden Politiker an der Kandare. Der Staatssekretär und die Bundestagsabgeordnete sahen sich an, dann gaben sie sich geschlagen.

»Warum will uns Tandetzki eigentlich morgen in Bad Kötzting haben?«, begehrte die Frau mit dem Arbeitsplatz in Berlin noch einmal kleinlaut auf.

»Was sollen sich die vielen unentschlossenen Kleininvestoren denken, wenn wir nicht hinter der Sache stehen? Es geht um Vertrauen, Frau Abgeordnete! Nur wer überzeugt ist von der Rentabilität des Unternehmens, ist bereit, sein Geld dafür zu riskieren. Umwelt hin oder her: Am Ende geht es doch nur um Profit.«

»Also gut«, meinte der Staatssekretär. »Aber wir sollten Tandetzki noch einmal deutlich machen, dass wir jetzt Ergebnisse sehen wollen. Ich will den Kaufvertrag für die Grundstücke. Notariell und wasserdicht! Und das bald! Sonst ziehe ich mich aus dem Geschäft zurück. Mit allen Konsequenzen.« Und das hieße dann, keine Genehmigungen, dachte er. Er musste diesen Gedanken nicht aussprechen. Die anderen kannten ihn auch so.

»Ich werde Frau Lommer entsprechend instruieren«, ging der Vorstandsvorsitzende der WWSB auf den kläglichen Erpressungsversuch des Staatssekretärs ein. »Sie wird Tandetzki klarmachen, dass unsere Geduld begrenzt ist.«

Damit war alles gesagt. Die drei Männer und die Frau stiegen in ihre schwarzen Limousinen und fuhren ihrer Wege.

Holger Tandetzki hatte die vier nach ihrer Nützlichkeit für sein Projekt ausgesucht. Nur das, und eine gehörige Portion Gier auf satte Gewinne, hatte sie zusammenge-führt. Eigentlich konnten sie sich nicht ausstehen. Dennoch mussten sie sich bereits morgen wieder freundlich grinsend in die Augen sehen. »Wenn nur diese Präsentation schon vorüber wäre«, sagte der Staatssekretär zu seinem Fahrer.

JANA

Als Jana die Autotür hörte, wusste sie, dass es schlimm werden würde. Durch den Spalt des nicht ganz geschlossenen Scheunentores wagte sie einen Blick hinaus auf den Hof. Nicht nur Antons schwankender Gang, mit dem er dem Haus zusteuerte, ließ die permanente Angst in ihr zu einer erdrückenden Panik ansteigen. Sie hatte noch sein Gespräch mit Günther vom Nachbarhof im Kopf, das sie vor ein paar Tagen belauscht hatte. Sie hatten über Alois Huber gesprochen. Über den Mann, der jetzt tot war. Erschossen! Die Erkenntnis, dass der Mann, der jetzt voller Wut ihren Namen rief, zu allem fähig war, ließ den Schlag ihres Herzens ins Stocken geraten. Anton wollte ihr eine Abreibung verpassen. Wieder einmal. Und wieder einmal wusste sie den Grund dafür nicht. Vielleicht hatten ihn seine Freunde verspottet, vielleicht hatte er Geld beim Kartenspiel verloren. Oder es war nur die Einsicht bei ihrem Mann, dass sein Leben in eine Sackgasse führte, aus der es bald keine Umkehr mehr geben würde. In jedem Fall würde er seine Wut wieder an ihr auslassen. Hätte Jana von Antons Gespräch mit Moritz Buchmann gewusst, hätte sie geahnt, dass seine Wut in blanken Hass umgeschlagen war, sie wäre vor ihm geflohen. Aber sie wusste von nichts und so wunderte sie sich über den neuen Ton in Antons Stimme, als er sie erneut rief. Es war zu spät, um davonzulaufen.

Wollte sie das überhaupt?

Nein!

Nicht mehr!

Nicht heute!

Sie wollte ihr Schicksal besiegen.

Sie wollte den Tod von Anton.

Alles war bereit.

Jana war bereit.

BANKGESCHÄFTE

Die Vorbereitungen für die Präsentation liefen wie geplant. Anders hatte es Dr. Holger Tandetzki auch nicht erwartet. Alles, was er anfasste, funktionierte. Musste es auch, denn niemand investierte so viel Zeit und Arbeit, so viel von seinem Leben für das Projekt am Osser wie der Geschäftsführer der OBAWAG. Und wenn er etwas anpackte, dann mit beiden Händen und mit vollem Einsatz. Ursprünglich sollte das ökologische Gewissen von Geldgebern und Investoren in Regensburg gekitzelt werden. Man musste den Leuten verdeutlichen, dass ihr Engagement nicht nur ihren Geldbörsen – denen vor allem natürlich –, sondern auch der Umwelt und der Zukunft des Planeten zugutekommt. Multimediale Videoinstallationen, Schautafeln und ein aufwendiges und beeindruckendes Diorama des Ossers sollten allen potenziellen Finanziers zu einem reinen Gewissen verhelfen. Ein Gewissen, das im Übrigen auch Holger Tandetzki auszeichnete. Natürlich wollte er mit dem 150-Millionen-Projekt Geld verdienen. Aber er war auch von der Notwendigkeit des Pumpspeicherwerks für die saubere Speisung des Energiehungers des Landes überzeugt. Selbst wenn ihm das die Gegner des Bauvorhabens nie abkaufen würden. Und es gab dieser Gegner viele. Besonnene und fanatische.

Aber damit konnte er leben. Die Zukunft würde ihm recht geben. Alle würden sie einsehen müssen, dass sein Lebenswerk nicht nur profitabel arbeiten, sondern auch im Sinne der Zukunft kommender Generationen für saubere Energie sorgen würde. Doch dazu musste er das Quartett der Hauptinvestoren bei Laune halten. Nicht einfach in einer Zeit, in der ihre Verhandlungspartner reihum dahingerafft wurden. War der Mord an Alois Huber noch ein Kratzer im Lack gewesen, so hatte der Tod von Jochen Schreiner die glänzende Schicht auf dem von Holger Tandetzki entworfenen Bild sehr beeinträchtigt.

Carolin Lommers Anruf hatte nicht lange auf sich warten lassen. Sie sei zutiefst beunruhigt – und nicht nur sie. Ja, die anderen auch, und dabei ging es bei diesen nicht nur um Geld, das sie investieren. Schließlich handelte es sich bei ihnen um politische Mandatsträger, deren Ansehen und Reputation auf dem Spiel standen. In Verbindung mit einem Projekt gebracht zu werden, dessen Realisierung mit Blut getränkt sei, passe so gar nicht in das Erscheinungsbild eines Staatssekretärs. Und auch die Frau Bundestagsabgeordnete könne sich Erbaulicheres vorstellen, als mit Mord und Totschlag und vielleicht sogar mit einem bereits im Ansatz gescheiterten Vorhaben konfrontiert zu werden. Wo man sich doch so für die nötigen Genehmigungen einsetze. Und bei ihrem großen Bankvorsitzenden in Person müsse sie, Carolin Lommer, ihre ganze Persönlichkeit in den Ring werfen, damit sich die WWSB nicht auch aus dem Projekt zurückziehe.

Tandetzki hatte all seine Beherrschung aufbringen müssen, um nicht zu explodieren. Mit mühsam unterdrückter Wut in der Stimme hatte er Frau Lommer zum wiederholten Male erklärt, die Herrschaften könnten beruhigt ihren verantwortungsvollen Tätigkeiten nachgehen. Die OBA-WAG werde die Grundstücke erhalten, gleich was noch passieren möge. Die Morde werden aufhören. Dafür wird dieser Kommissar Buchmann, ein äußerst fähiger Ermittler, sorgen.

Ja, auch wenn er den grausamen Tod von Jochen Schreiner nicht verhindern konnte.

Ja, auch wenn Gabi Schreiner damit die letzte Hoffnung ist, bevor ihre Schwester Kathrin erbt; Kathrin, die Sprecherin des Aktionsbündnisses.

Ja, er habe noch alles im Griff.

Und ja, das Pumpspeicherwerk wird gebaut.

Dafür wird er, Holger Tandetzki, sorgen. Aber dafür mussten diese Angsthasen morgen nach Bad Kötzting kommen. Dort in der Spielbank mussten sie mit ihrer Anwesenheit noch unentschlossene Kleininvestoren, beunruhigte Bewohner des Osserwinkels und so manchen Vertreter der örtlichen Politprominenz von seinem Projekt überzeugen. Die Zeit des Versteckspiels war vorbei.

Er hatte sich für das Casino der Pfingstrittstadt entschieden. Dieses lag nahe genug am Osser, um die Nähe zum Ort des Geschehens zu spüren, und weit genug entfernt, um eine neutrale Distanz zu wahren. Foyer und Casinolounge der Spielbank wurden seither von Technikern diverser Medienfirmen bevölkert, die das Equipment aufbauten. Es war Zeit für ihn, ebenfalls nach Bad Kötzting zu fahren. Holger Tandetzki war nicht bereit, sein Lebenswerk scheitern zu lassen. Denn es würde auch sein Scheitern bedeuten. Er würde alles dafür tun, dass es nicht dazu kam. Entschlossen machte er sich auf den Weg. Er war zu allem bereit.

ANTON

Er hatte sie nicht im Haus gefunden. Das Miststück hielt sich sicher wieder im Stall auf. Dort, bei den Tieren und dem neugeborenen Schaf. Ja, da fühlte sie sich sicher. Sie würde schon sehen, dass sie nirgends vor ihm sicher war. Niemand war vor dem Moserbauern sicher!

Was sie wohl sagt, wenn er das Lamm töten würde? Vielleicht sollte er diese Möglichkeit im Auge behalten. Schon mit der Androhung konnte er sie bestimmt gefügig machen.

Aber nicht heute! Heute war sie dran! Nicht so wie an den vorherigen Tagen, als er sie mal leicht auf die Arme geboxt hatte, ihr eine Ohrfeige verpasst oder auch mal in den Magen geschlagen hatte. Bis gestern! Ja, gestern hatte er ihr deutlicher gezeigt, wer das Sagen hatte. Aber das war nur ein Vorgeschmack gewesen auf das, was er heute mit ihr vorhatte.

Er riss die Stalltür auf, die krachend gegen die Wand schlug, nur um festzustellen, dass seine Frau auch hier nicht war. Also gut, dann eben die Scheune! Getrieben von Alkohol und Wut stapfte er auf das Tor zu, hinter dem Jana zitternd wartete.

JANA

Obwohl er noch einige Schritte entfernt war, sah sie den Hass in seinen Augen. Mit wutverzerrtem Gesicht hastete er auf sie zu, stolperte fast, fing sich unter Flüchen wieder und dann war er da. Vielleicht hätte sie doch davonlaufen sollen?

Aber sie konnte nicht weg!

Nicht heute!

Nicht nach allem, was ihr dieser Mann angetan hatte. Nein, heute sollte Anton dafür bezahlen. Jana wich in das Dunkel der Scheune zurück.

ANTON

Wenn sie auch hier nicht war?

Wenn sie ihm entkommen war?

Oder – er wagte den Gedanken kaum zu Ende zu führen – wenn sie zur Polizei gegangen war? Zu diesem Buchmann!

Oder zu Karl!

Ja, zu Karl! Die Wut, die wie ein Vulkan in ihm brodelte und die ihn zu seinem Vorhaben trieb, stand kurz vor der Explosion. Dass er Jana nicht sofort fand, ließ sie nur noch steigen. Seine Frau konnte nur hoffen, nicht hinter dem Tor zu stehen, das er mit aller Kraft aufriss. Nur das konnte sie jetzt noch retten.

JANA

Antons Grinsen glich einer Fratze des Wahnsinns. Es war dieses Grinsen, das Jana bewusst machte, dass sie hier und heute sterben könnte. Hier in dieser dunklen Scheune, fern ihrer Heimat, die sie verlassen hatte, um das Glück zu finden. Der Mann, der ihr dieses Glück versprochen hatte, der Mann, von dem sie sich Liebe und Geborgenheit erhofft hatte, würde sie töten. Es waren nicht mehr Alkohol und Jähzorn, die sein Gesicht verzerrten. Es waren Hass und blanke Mordgier, die Jana zurücktrieben, bis ihr Rücken an einem der Holzpfeiler lehnte, die das Dach der Scheune trugen. Ihre rechte Hand tastete nach hinten, bekam den Strick zu spüren, an dem in den nächsten Sekunden ihr Leben hing.

ICH

»Günther ist draußen auf dem Feld«, empfängt uns Frau Aschenbrenner, kaum dass wir ausgestiegen sind. Zur Verdeutlichung nickt sie in Richtung der den Hof umgebenden Felder und Wiesen. Unbewusst folgt ihr mein Blick. Tadellos gepflegte und bewirtschaftete Flächen. Der Hof scheint gesund zu sein und seine Besitzer scheuen harte Arbeit nicht. Und dennoch: »Frau Aschenbrenner. Wir wissen, dass Sie in finanziellen Schwierigkeiten stecken.« Mel konfrontiert sie mit dem Ergebnis ihrer Anfrage bei der Bank. Bei Mord zögern die Richter nicht lange, wenn es darum geht, das Bankgeheimnis aufzuweichen. Ich beobachte sie genau. Sich zu verstellen gehört nicht zu ihren bevorzugten Talenten. Ihr Blick senkt sich kurz.

»Ja, es macht keinen Sinn, das zu leugnen. Sie haben ja Ihre Quellen, oder? Aber Sie liegen völlig falsch, wenn Sie meinen Mann verdächtigen.«

»Nun, er gehört nun mal zum Kreise derjenigen, die vom Tod von Alois Huber und Jochen Schreiner profitieren. Und Sie übrigens auch.«

Ihre Augen weiten sich vor Entsetzen. »Jochen? Jochen Schreiner ist tot?«

Sie wusste es noch nicht.

»Ja«, bestätigt Mel. »Er wurde heute tot aufgefunden.«

Sabine Aschenbrenner taumelt zu der Bank, die vor dem Bauernhaus steht. »Mein Gott, Gabi! Und Lisa! Oh, mein Gott!« Dann wird ihr Blick starr, ihre Lippen beben. »Damit hat Günther nichts zu tun! Niemals würde er Jochen etwas antun. Niemals.« Es fällt mir schwer, ihr nicht zu glauben. Noch nie habe ich eine so vorbehaltlose Unterstützung erlebt, wie sie die Familie Schreiner in dieser Gegend erfährt. Und dennoch! Ich muss mich von der Sach- und nicht von der Gefühlslage leiten lassen.

»Es lässt sich trotzdem nicht leugnen, dass der Tod der beiden Ihnen ganz gelegen kommt, oder?«

»Sie glauben ernsthaft, der Tod eines anderen Menschen kommt mir gelegen?« Wut blitzt in ihren Augen. »Nur wegen des blöden Geldes? Was denken Sie sich eigentlich? Dass wir alle Verbrecher sind?« Ich vermeine ein paar Tränen in ihren Augen zu erkennen.

Es wird Zeit, ein paar Gänge zurückzuschalten. »Sehen Sie, Frau Aschenbrenner. Wenn ich mich hier umsehe, erkenne ich einen Bauernhof, der in voller Blüte zu stehen scheint. Ihr Mann und Sie sind fleißige Leute. Alles hier ist einwandfrei in Schuss. Und trotzdem stehen Sie kurz vor dem Aus. Da stellt sich doch unweigerlich die Frage nach dem Warum, meinen Sie nicht?« Ihr Blick sucht betreten ihre Stiefelspitzen. Ich beschließe, jetzt die Vertrauensschiene zu fahren. »Ich halte Sie nicht für die Täterin. Und Ihren Mann auch nicht. Obwohl Bergwies, das seit Generationen die Familie Aschenbrenner beherbergt hat, unter seiner Regie verloren geht. Würde er nicht alles tun, um den Hof zu erhalten? Sie müssen zugeben, dass so ein starkes Motiv unsere Aufmerksamkeit auf ihn lenken muss.«

»Den Hof erhalten?«, flüstert sie leise. »Alles dafür tun? Das habe ich zuerst auch gedacht. Ja, ich habe die Hoffnung lange nicht aufgegeben. Zu lange, fürchte ich. Ich habe gebettelt und sogar gedroht, ihn zu verlassen. Und jetzt? Jetzt, Herr Kommissar, habe ich aufgegeben.«

Endlich sind wir dort angelangt, wo sie hinwollte. Ihre Geschichte beginnt, derentwegen sie uns hergeholt hat.

»Günther hat alles verspielt. So ist das. Er ist kein Säufer wie der Anton drüben.« Sie deutet den Weg entlang hinauf, wo der Moserhof und Jana auf uns warten. »Und er fährt keine großen Autos«, fährt sie unaufgefordert fort. »Bei meinem Mann heißt der Dämon Glücksspiel. Erst war es nur Schafkopf. Harmlos und nur einmal in der Woche. Doch als ihn dann der Sascha Pfeffer mitgenommen hat in die Casinos drüben in Tschechien, da ist es richtig losgegangen. Erst langsam. Kleine Beträge und nur einmal im Monat. Ich war selbst dabei. Alles schien nur eine Freizeitbeschäftigung zu sein. Ich habe zu spät bemerkt, dass er bald öfter heimlich drüben war.« Die Worte sprudeln aus ihr heraus. Es scheint, sie habe nur darauf gewartet, uns ihr Leid zu klagen. »Das Casino in Kötzting hat ihm ja bald Lokalverbot erteilt, aber denen drüben in Tschechien, denen ist es egal, ob sich jemand zugrunde richtet oder nicht. Hauptsache, die Kasse stimmt«, fährt Sabine Aschenbrenner fort. »Und dann ist der Anton gekommen.« Jetzt hat sie meine volle Aufmerksamkeit. »Früher haben sich die beiden ja nicht leiden können. Der Günther ist dem Anton aus dem Weg gegangen, so gut es eben ging. Aber als das mit dem Osser losging, da haben die beiden auf den großen Gewinn gehofft.«

Wie wir es vermutet haben. Mel und ich tauschen bestätigende Blicke.

»Der Anton ist zu uns gekommen und sie haben Pläne geschmiedet. Wie viel Geld sie verlangen würden und so. Sie wollen die OBAWAG richtig melken, haben sie gesagt. Meinem Günther war nicht wohl bei dem Gedanken, mit dem Breitmoser gemeinsame Sache zu machen, aber es blieb ihm nichts anderes übrig. Das Wasser stand uns schon damals bis zum Hals. Und jetzt ertrinken wir bereits darin.« Erschöpft stützt sie ihren Kopf auf ihre Hände.

»Und dann wurde die Trasse verlegt und Alois Huber bekam den Zuschlag«, übernimmt Mel das Resümee des Berichts. »So haben wir uns die Sache schon selbst zusammengereimt. Frau Aschenbrenner, das wissen wir alles.«

Sabine Aschenbrenner steht auf. Es scheint, ein wenig Leben und Kampfgeist ist in sie zurückgekehrt. »Was Sie nicht wissen, ist, dass Anton Breitmoser eine Pistole hat. Er hat sie versteckt, aber gleich als er sie sich gekauft hat, dachte er sich wohl, er müsse ein paar Schüsse damit abgeben. Ich war damals zu Fuß unterwegs und bin am Moserhof vorbeigekommen, da habe ich es gehört. Er hat vermutlich in der Scheune geübt oder so. Jedenfalls hat er eine Waffe.«

Damit bestätigt sie nur die Aussage von Bürgermeister Wimmer. Aber das muss ich ihr ja nicht sagen. Dennoch sieht mir die Frau unseres Mitverdächtigen an, dass ich nicht überrascht bin. Wohl auch deshalb setzt sie noch einen drauf: »Und er schlägt seine Frau.«

Auch das weiß ich.

»Das haben wir schon vermutet«, meint Mel.

»Nein, Sie verstehen nicht! Ich rede nicht von ein paar Prügeln oder Ohrfeigen. Sie können sich nicht vorstellen, wie der Anton sein kann, wenn er wütend ist. Er kennt dann keine Grenzen. Wenn ich sage, er schlägt Jana, dann meine ich, er kann sie auch erschlagen.«

Sie sieht mich bei diesen Worten ernst an, doch meine Gedanken sind längst hinauf zum Moserhof gerichtet. Antons Wut nach unserem Treffen bei der Mariensäule erscheint vor meinem geistigen Auge. Sein Auftreten bei unseren bisherigen Treffen. Die Beschreibungen von Ger-

linde Miethaner, von Karl. Und jetzt von Sabine Aschenbrenner.

Oh nein! Warum bin ich noch hier unten? Ich sollte
längst auf dem Moserhof sein! Möglichweise denkt Anton,
seine Frau habe uns von der Pistole erzählt.

Er denkt, sie habe ihn verraten.

Oh Gott! Wir müssen da hinauf.

Jetzt!

Sofort!

Ein Blick zu Mel genügt. Sekunden später rasen wir den
Feldweg hinauf. Hoffentlich kommen wir noch rechtzeitig. Hoffentlich nicht zu spät für Jana.

ANTON

Da war sie ja endlich! Sie war also nicht abgehauen. Ihr
Pech!

»Warum meldest du dich nicht, wenn ich dich rufe?«,
fuhr er sie an. Er bemühte sich, nicht zu schreien. Es war
dieses Bemühen um Selbstkontrolle, das ihn noch gefährlicher machte. »Was versteckst du dich hier?« Er wartete
erst gar nicht eine mögliche Antwort ab. Sie sagte auch
jetzt nichts, sah ihn nur an. Irgendetwas stimmte nicht mit

ihr. Ihre Augen drückten Entschlossenheit aus. Hätte nicht Angst aus ihnen sprechen sollen? So wie in all den vergangenen Tagen, als es diese Angst gewesen war, die ihm das Gefühl von Macht und Überlegenheit verschafft hatte?

Und doch hatte sie mit der Polizei über ihn gesprochen. Sie hatte vergessen, wer hier der Herr war. Sie hatte vergessen, Angst zu haben, wo sie doch allen Grund dazu gehabt hätte. Gerade heute! Nun, er würde schon dafür sorgen, dass sie das bald erkennen würde.

Anton trat auf sie zu. Sein Kopf war jetzt völlig klar. Er wusste, was er zu tun hatte.

GERHARD

»Hallo, Gerd!«

Gerlinde Miethaner hatte sich entschlossen, nicht ihren kompletten freien Tag im Rathaus zu verbringen. Was sollte sie dort auch zur Tätersuche beitragen? Und sie war es mittlerweile leid, auf Neuigkeiten zu warten, die nicht so schnell zu erwarten waren. Sie wollte eben ihr Auto aufsperren, als Gerhard Wimmer auf den Parkplatz fuhr. »Servus, Gerlinde. Du gehst nach Hause?«

»Ja! Was soll ich noch hier? Ich glaube nicht, dass sich

heute noch was tut. Und irgendwann brauche ich auch ein paar Stunden für mich. Ich schlafe nicht besonders gut in letzter Zeit.«

Wer schon?, dachte sich Gerhard Wimmer.

Sollte sie ihm von ihren Sorgen erzählen? Ihren Sorgen um Gabi und Lisa? Sie kannte Gabi seit der gemeinsamen Zeit auf dem Gymnasium in Bad Kötzting. Und auch später war der Kontakt nie abgerissen. Gerlinde wusste, sie konnte die Freundin nicht im Stich lassen. Auf keinen Fall! Den ganzen Vormittag waren ihre Gedanken bei ihr gewesen. Und bei dem Hilfsverein, den sie gründen wollte. Sie wusste, sie würde schnell viel Unterstützung für ihre Idee finden.

Gerlinde Miethaner quälten an diesem Pfingstmontag aber noch andere Gedanken. Gedanken über Sankt Ulrich, über die Gemeinde, in der sie zwar nicht wohnte, aber doch lebte. Im Nachbardorf geboren und dort zu Hause, kannte sie die Nöte und Sorgen der Sankt Ulricher dank zahlloser Arbeitstage im Rathaus besser als so manch Einheimischer. Und sie spürte die Stimmung im Ort bis herauf in ihr Büro im ersten Stock des ehemaligen Schulgebäudes. Es waren die Morde, welche das Dorf veränderten, die Menschen veränderten. War Sankt Ulrich bisher mit Ausnahme der Osserriesen in zwei gemäßigte Lager gespalten, so radikalisierten die Verbrechen diese mehr und mehr. Ehedem neutrale Stimmen flüchteten sich in zunehmende Lethargie getreu dem Motto: *Baut das Ding endlich, damit wieder Ruhe wird im Dorf!* Vernünftig argumentierende und agierende Gegner des Projekts dagegen sahen sich in eine Ecke gedrängt mit den Osserriesen, unter denen nicht wenige den oder die Täter vermuteten. Ein Verdacht, den Gerlinde Miethaner für völlig absurd hielt.

Die Osserriesen selbst sahen die bisherige stillschweigende Zustimmung für ihre Aktionen und damit den Rückhalt in der Bevölkerung rapide schwinden. Kurz, Sankt Ulrich brodelte unter der sorgsam gehüteten Fassade des schmucken Ferienortes und der Vulkan heizte sich stündlich weiter auf. Waren bisher nur leichte seismische Ausschläge auf den Messgeräten zu verzeichnen, so ließ der Mord an Jochen Schreiner eine unkontrollierte Eruption befürchten. Es waren Gedanken und Gefühle, die auch Gerhard Wimmer beschäftigten. Gerlinde Miethaner kannte ihren Chef gut genug, um zu erkennen, dass er angeschlagen war, dass er nahezu hilf- und ratlos war. Sie bemühte sich um Worte des Trostes, doch kam ihr angesichts der Geschehnisse nichts in den Sinn. »Gibt's schon etwas Neues?«, war alles, was ihr in diesem Moment einfallen wollte.

Nach kurzem Zögern antwortete er mit einer Frage: »Wusstest du, dass der Anton Breitmoser eine Pistole hat?«

»Anton? Nein. Woher …?«

»Ich weiß es«, unterbrach er sie. »Schon seit Langem. Es gab eine Zeit in Sankt Ulrich, da haben sich alle Waffen gekauft. Das war damals, als die Vietnamesen drüben in Tschechien groß ins Geschäft eingestiegen sind. Die meisten haben das für sich behalten, aber ich weiß es. Und jetzt auch die Polizei. Ich habe es Buchmann erzählt.«

»Du glaubst, der Anton hat …?«

»Du kennst ihn doch. Würdest du ihm so was nicht auch zutrauen?«

»Mord? Na, ich weiß nicht recht.«

»Was soll's? Das ist nicht unsere Sache. Darum muss sich Buchmann kümmern.«

»Ich hoffe, er findet den Mörder bald. Das ganze Dorf spielt sonst noch verrückt.«

»Ja«, nickte Bürgermeister Wimmer. »Ich frage mich, ob die Kripo die Angelegenheit nicht unterschätzt hat. Buchmann und Güßbacher. Nur zwei Ermittler. Vielleicht sollte ich mal in Regensburg anrufen, ob sie nicht Verstärkung schicken können?«

»Ich weiß nicht. Ich habe den Eindruck, die beiden sind dicht dran. Hoffentlich.«

Bürgermeister Wimmer ließ seinen Blick über den Marktplatz schweifen. Stille hatte die Menschen dort erfasst. Nicht nur die Sankt Ulricher, auch die Touristen schienen sich nur noch bedächtig und leise zu bewegen.

Vor dem Kirchenwirt entstiegen Neuankömmlinge einem Bus. Ihr Gelächter und Geschrei wirkte seltsam fremd und deplatziert. Gerhard Wimmer wünschte sich zurück in die Zeit vor dem Pumpspeicherwerk. Eine Zeit, in der in seinem Dorf Ruhe und Frieden geherrscht hatte. Abgesehen von den üblichen Streitigkeiten und Problemen natürlich. Nichts, worüber man außerhalb von Stammtischen und Kaffeekränzchen berichten musste.

»Ja, hoffentlich«, zwang er seine Gedanken zurück in die Gegenwart. »Geh nach Hause und ruh dich aus.«

»Und was machst du?«

»Ich schau mal bei der Kathrin vorbei. Ist auch für sie eine schwere Zeit. Vielleicht freut sie sich über einen kurzen Besuch.«

Wie sollte er auch wissen, dass Kathrin Huber heute schon Besuch hatte? Und dass dieser alles andere als erfreulich gewesen war.

»Du könntest sie gleich fragen, ob sie sich an einer Hilfsaktion für Gabi und Lisa beteiligen würde.«

»Hilfsaktion?«

Einige erklärende Sätze später nickte er. »Gute Idee! Da sollte auch die Gemeinde nicht zurückstehen. Ich kann mir nicht vorstellen, dass im Gemeinderat auch nur einer seine Hand gegen diesen Vorschlag hebt. Bis später dann.«

»Bis später. Und richte Kathrin einen schönen Gruß von mir aus.«

Mit diesem Auftrag machte er sich auf den Weg zu Kathrin Huber, die in dieser Sekunde bewusstlos neben ihrem Telefon zusammenbrach.

Aber auch das konnte Gerhard Wimmer natürlich nicht wissen.

JANA

»Anton, bleib stehen!«

Er blieb tatsächlich genau dort stehen, wo sie es erhofft hatte. Jetzt musste sie nur dafür sorgen, dass er dort blieb. Sie musste mit ihm sprechen. »Anton, was ist los? Was willst du von mir?«

Er sah sie verständnislos an. »Was ich von dir will? Was soll das? Du weißt genau, was ich will.«

Janas Finger hatten den Haken erreicht, der das Seil hielt. Eine alte Konstruktion, die das Seil mit einer an einem der Stützbalken befestigten Öse verband. Gesichert durch eine Flügelmutter, welche verhindern sollte, dass sich der Haken unbeabsichtigt löste. Und die sich jetzt nicht bewegen ließ! Ihr Magen verkrampfte sich und sie begann zu zittern. »Was habe ich dir getan, Anton? Warum lässt du mich nicht in Frieden?«

ANTON

Sie wollte also plaudern! Nun, warum nicht? Und jetzt begann sie auch zu zittern. Na also! Warum nicht gleich? Und waren das nicht Tränen in ihren Augen. Diesen Augen, die einen Mann in die Tiefe ziehen konnten. »Was du getan hast? Da fragst du noch! Du verfluchtes Miststück hast mich heute bei den Bullen verpfiffen! Denkst du wirklich, ich weiß nicht, dass du Karl heute getroffen hast? Hast ihm von unseren Schulden und von meinen Grundstücken und von dem Geld, das ich dafür bekommen würde, erzählt. Und von der Pistole.«

JANA

Anton war jetzt nicht mehr zu bremsen, doch Jana hörte ihn kaum. Ihre Verzweiflung wuchs mit jeder Sekunde. Schweiß stand auf ihrer Stirn. Mit aller Kraft versuchte sie, die Mutter zu lockern. Der Fingernagel an ihrem Zeigefinger brach und sie spürte etwas Blut über ihre Hand laufen.

Sie wusste, jeder Widerspruch war sinnlos. Dennoch musste sie das Gespräch in Gang halten: »Ich habe dich verraten? Nein, Anton, das habe ich nicht. Glaub mir, ich habe mit niemandem über dich und den Hof gesprochen.« Sie wusste, dass ihre Worte in den Wind gesprochen waren. Anton hatte seine Meinung und würde sich von dieser durch nichts auf der Welt abbringen lassen. Schon gar nicht durch seine Frau.

»Du Hure! Jetzt lügst du mich auch noch an! Und was ist mit dem Karl? Der macht dir schöne Augen, seit er hier auf dem Hof war. Aber warte nur! Um den kümmere ich mich auch noch. Der wird schon sehen, dass du mir gehörst und nur mir. Ich hoffe, wenigstens das weißt du.«

Jana war irritiert. Karl Loibl? Ja, es stimmte. Er war immer ausgesprochen höflich zu ihr, und heute hatte er angeboten, ihr zur Seite zu stehen. Sie hatte das für einen Teil seiner Aufgabe als Polizist gehalten. Konnte da mehr sein?

Es war nur ein kurzer Ausflug ihrer Gedanken, jeder weitere wäre tödlich gewesen. Sie wusste nicht, wie lange Anton noch sprechen würde, wie lange sie ihn dort halten konnte, dort unter dem Heuwagen, der unter der Decke hing, gehalten vom Strick und dem Haken, der sich noch immer nicht lösen ließ.

Es war Anton selbst gewesen, der sie auf diese Idee gebracht hatte. Vor einigen Tagen war er schimpfend nach Hause gekommen. Trachtenverein und Bürgermeister hatten ihn gebeten, den alten Wagen wieder für irgendeinen Umzug, dessen Sinn Jana nicht verstand, benutzen zu dürfen. Und da dies bereits zu Zeiten von Antons Vater Tradition auf dem Moserhof gewesen war, hatte sich ihr Ehemann fluchend an die Arbeit gemacht. Sie hatte ihn beobachtet, wie er den Wagen, der an einer Flaschenzugkonstruktion unter der Decke der großen Scheune hing, mithilfe des Traktors herabgeholt hatte. Das war an dem Tag gewesen, als dieser Kommissar und Karl Loibl das erste Mal auf den Hof gekommen waren. Ein Besuch, den Anton zum Anlass genommen hatte, sie zu verprügeln. Wieder einmal! Aber sie hatte sich die Konstruktion gemerkt, mit der der Heuwagen in der Luft hing. Und dann hatte sie sich unter unsäglichen Schmerzen, welche die letzten Schläge Antons nicht in Vergessenheit geraten ließen, an die Arbeit gemacht. Sie hatte den Traktor in die Scheune gefahren, den Heuwagen unter die Umlenkrolle gezogen, das Seil eingehängt und den Wagen bis zur Decke gezogen. Sie hatte den Haken am Ende des Seiles in der dafür vorgesehenen Metallöse an einem der Stützbalken befestigt und mit der Flügelmutter gesichert. Ganz so, wie sie es bei Anton gesehen hatte. Dann hatte sie unter Aufbietung ihrer letzten Kräfte alle Spuren beseitigt, war ins Haus gegangen und hatte auf die Rückkehr ihres Mannes gewartet.

Sie zwang sich, den Blick nicht zur Decke zu richten, dorthin, wo der Wagen hing, um nicht alles zu verraten. Der Wagen, den Anton hinter der Scheune wähnte und unter dem er jetzt stand.

Doch wie lange noch? Sollte er auch nur zwei Schritte weitergehen, sollte er gar ihr Vorhaben bemerken, er würde sie zu Tode prügeln. Ohne jeden Zweifel! Und so musste sie weiterreden, ihn ablenken. Und so plapperte sie drauflos und wusste doch nicht, was sie sagte. Ihre Gedanken und ihre Worte bewegten sich in zwei verschiedenen Welten.

Und da war noch etwas! Jana spürte ihr Kräfte schwinden. Am Rande ihres Blickfeldes trübte sich das von ihren Augen wahrgenommene Bild langsam ein. Erst war es nur ein Schleier, kaum wahrnehmbar, doch langsam färbte er sich grau und undurchsichtig. Die Anspannung der letzten Stunden, seit sie beschlossen hatte, ihren Mann zu töten, die Anstrengungen dieses Tages und nicht zuletzt Antons Misshandlungen forderten ihren Tribut. Jana war stark, aber auch ihr Wille konnte gebrochen werden.

Geh auf!, raste es durch ihren Kopf.

Geh auf!

Geh auf!

Und dann endlich spürte sie, wie sich die Flügelmutter zu drehen begann. Ihre Finger bluteten, doch sie durfte nicht aufhören, weiter, immer weiter drehen.

Eine Umdrehung! Eine weitere Umdrehung!

Noch hielt der Haken.

Und ein zweiter Wunsch. Flehentlich, verzweifelt: Bleib stehen!

Dieser jedoch schien vergebens zu sein.

Anton hatte genug.

»Halt's Maul!«, schrie er sie an und riss sie damit endgültig zurück ins Hier und Jetzt. »Halt dein blödes Maul! Du denkst, du kannst mich hier verarschen, was? Du hältst mich wohl für einen Schlappschwanz! Ich zeige dir gleich, wer ich wirklich bin! Ich bin der Moserbauer und lass mir von niemandem was sagen. Schon gar nicht von dir!« Bei den letzten Worten hob er drohend seine gewaltigen Hände.

Zu spät, dachte sie. Wenn er jetzt auch nur einen Schritt machte, war es zu spät für sie. Ein letzter hoffnungsloser Versuch: »Anton, warum liebst du mich nicht?« Es war die Frage, die sie seit Wochen mit sich trug und die sie nicht gewagt hatte zu stellen.

Der Gefragte verharrte eine Sekunde. In dieser einen Sekunde vermeinte Jana all das in Antons Augen zu erkennen, was sie so sehr vermisste: Liebe, Vertrauen, Zuneigung, Zärtlichkeit und Geborgenheit. Dann war auch dieser Augenblick vorüber.

»Du bist eine dumme Schlampe«, murmelte Anton kaum hörbar. »Aber damit ist jetzt Schluss! Es wird Zeit, dass ich dir zeige, wo dein Platz auf dem Hof ist! Sei froh, wenn ich dich nicht umbringe.«

»So, wie du den Huber Alois umgebracht hast?« Die Worte trafen ihn wie ein Hieb. Seine Pupillen vergrößerten sich, seine Augen traten hervor und sein Mund verzerrte sich. Sein Gesicht drückte nun blanken Hass aus.

»Was?«, keuchte er. »Was sagst du … du …« Und dann hob er seine Arme, sein Körper setzte sich in Bewegung, um auf sie loszustürmen, um ihr jeden Knochen im Leib zu brechen. Sein Angriff wurde begleitet von einem wilden Heulen. Er glich nun einem Tier, und einem Tier gleich würde er sie töten.

Und dann spürte Jana, wie sich die Flügelmutter löste. Mit einem kurzen Klacken schnappte der Haken auf. Eine blutige Spur nach sich ziehend glitt das Seil zwischen Janas Finger hindurch.

Sie hörte Antons entsetzten Schrei, der abrupt abbrach, als ihn der schwere Wagen unter sich zermalmte.

Sie wollte weg hier, nur weg! Taumelnd stolperte sie auf das offene Tor zu. Dann war die Dunkelheit da und löschte jeden weiteren Gedanken.

ICH

Ich springe aus dem Wagen, noch ehe die Räder still stehen. Stolpernd falle ich auf die Knie, nur um mich fluchend wieder hochzurappeln. Inzwischen ist auch Mel da, die Pistole in der rechten Hand. Richtig, so eine hab ich ja auch! Ich ziehe die Heckler & Koch aus dem Halfter und halte den Lauf vorschriftsmäßig nach oben. Noch nie musste ich meine Dienstwaffe außerhalb des Schießstandes abfeuern. Ich kann nur hoffen, dass es auch heute dabei bleibt.

Mit einem Nicken deutet Mel an, sie versuche es im Haus. Ich nähere mich vorsichtig der Scheune. Aus dem Augenwinkel beobachte ich meine Lieblingskollegin durch die offene Tür im Wohnhaus des Anwesens verschwinden. Auch das Tor der Scheune steht offen. Bemüht um Lautlosigkeit trete ich näher. Der Übergang vom Licht des Tages ins Halbdunkel des Holzgebäudes ringt meinen Augen einige Sekunden ab. Staubpartikel schweben in der Luft. Ich kann einen Hustenreiz kaum unterdrücken.

Und dann sehe ich mit zwinkernden Augen das Unglaubliche! Obwohl es der Bilder viele sind, nehme ich das gesamte Szenario in wenigen Sekunden auf.

Da liegt Jana. Direkt vor mir, nahe am Tor. Ich bücke mich, drehe sie herum, zucke erschrocken zurück. Wo ist das Engelsgesicht von einst? Ich starre auf ein blutunterlaufenes Auge, abgebrochene Zähne, aufgeplatzte Lippen, blutige Schrammen. Antons Werk!

Langsam nähere ich mich dem Moserbauern. Auch er liegt auf dem Boden. Verdrehte Arme, ebensolche Beine, zerquetschter Brustkorb, leblose Augen. Der mächtige Körper deformiert, unkenntlich, gebrochen. Der Heuwagen auf ihm, über ihm, in ihm. Ein Rad, eisenbeschlagen, durchgeschlagen bis auf sein Herz. Splitter in Beinen und Armen. Blut! Unmengen Blut! Dann ist Mel da, reißt mich aus diesem Albtraum.

»Mein Gott! Was ist denn hier passiert?« Die junge Kollegin weitaus sachlicher, routinierter als der alte Polizist. Und noch ehe ich antworten kann, hat sie das Handy in der Hand, ruft die 112.

»Der Heuwagen«, erkläre ich das Offensichtliche. »Hängt normalerweise da oben.«

Mels Blick folgt meiner ausgestreckten Hand. »Dann ist er genau in dem Augenblick heruntergefallen, als Anton unter ihm stand?« Wir sehen uns ungläubig an. Erst jetzt betrachtet Mel Janas Gesicht. Nun ringt auch sie um Fassung: »Er wollte sie tatsächlich …« Sie lässt den Satz unvollendet in der staubigen Luft schweben.

»Ja! Wir sind zu spät gekommen. Das hier war der finale Showdown zwischen den beiden.« Noch einmal blicke ich zur Decke. Dann knie ich mich neben Jana, nehme ihre Hände in meine. Ich schaue zu Mel. »Sie hat ihn erledigt! Sie dir das an!« Mel sieht die blutigen Striemen in Janas Händen und versteht. »Sie hat das Seil gelöst! Anton stand unter dem Wagen, als er Jana fand.«

»Wäre er von der anderen Seite gekommen, Jana hätte diesen Tag nicht überlebt. So wie Anton heute drauf war.«

»Du denkst, er hätte die Kontrolle verloren?«

»Ich weiß nicht, aber ich fürchte, er hat die Kontrolle über sich und sein Leben schon seit einiger Zeit verloren. Und heute? Ja, ich glaube, heute wäre es das Ende für Jana gewesen.«

»Du denkst also, es war Notwehr?«, meint Mel nachdenklich.

»Sieht ganz so aus. Oder was meinst du?«

Mel lässt ihren Blick noch einmal zu Anton, Jana und zur Decke schweifen. »Ja, sieht ganz so aus. Um den Rest soll sich die Spurensicherung kümmern. Ich hoffe, der Notarzt kommt bald.«

Noch einmal lasse ich meinen Blick durch die Scheune schweifen. Der vom Aufprall des Heuwagens aufgewirbelte Staub beginnt sich wieder auf seinen angestammten Platz zu legen.

»Wenn es ihr nicht gelungen wäre, das Seil zu lösen …« Damit lasse ich Mel mit den beiden im Halbdunkel zurück. Ihr Schweigen ist Antwort genug.

✳

Das letzte Blaulicht verlässt den Moserhof. Ich bleibe allein zurück. Christoph 15 ist mit Antons zerschmettertem Leib an Bord bereits unterwegs nach Straubing ins Krankenhaus St. Elisabeth. Der Helikopter hat auch dem Letzten in Sankt Ulrich verraten, dass Außergewöhnliches passiert ist.

Jana wird nach Cham gebracht. Ihre Verletzungen verlangen nach keiner Klinik der höchsten Versorgungsstufe, wohl aber Jahre des Vergessens. Mel folgt dem Rettungswagen. Sollte Jana wieder zu Bewusstsein kommen, möchte meine Kollegin als Erste mit ihr sprechen.

Ich sitze auf der Bank vor dem seit heute leeren Bauernhaus und versuche, meine Gedanken zu sortieren. Diese weigern sich im Augenblick jedoch, sich mit meinem Fall zu beschäftigen. Unbegreiflich, aber ich sorge mich um die Tiere auf dem Hof. Wer wird sich um sie kümmern, jetzt, da niemand mehr da ist, sie zu füttern und zu melken? Ach was, Moritz! Nachbarn und Bekannte hegen sicher die gleichen Gedanken. Hier auf dem Land hilft man sich in solchen Situationen. Notfalls wird Bürgermeister Gerhard Wimmer das Nötige in die Wege leiten. Ganz sicher. Irgendwie wird sich alles zum Guten wenden.

Wie zur Bestätigung meiner Hoffnung wagt die Sonne einen kurzen Blick durch den jetzt wieder bedeckten Himmel. Will sie nachsehen, ob der Kriminalfall Alois Huber und Jochen Schreiner abgeschlossen ist?

Alles deutet darauf hin. Empfinde ich Triumph oder Freude? Nein! Dazu sind es der Opfer zu viele. Erleichterung ist das Wort, das meinem Gemütszustand am nächsten kommt. Ihr unmittelbar auf den Fersen folgt Verbitterung. Anton Breitmoser hat sich gerade selbst gerichtet. Und er ist der Täter! Alle Indizien sprechen gegen ihn. Wir müssen nur noch die Pistole finden. Sollte die Ballistik sie als Tatwaffe identifizieren, wird auch Janas Alibi schmelzen wie Schnee an der Costa del Sol. Anton wird verurteilt werden, sollte er wieder verhandlungsfähig werden. Ob das je der Fall sein wird, steht jedoch in den Sternen.

Ein Wunder, dass er noch lebt. Eines der eisenbeschlagenen Räder des Heuwagens hat seine Brust zerschmettert. Wäre Anton ein normaler Mann, der Körper, den wir unter den Resten des Wagens hervorgezogen haben, wäre nicht mehr als Mensch zu erkennen gewesen. Der Sohn von Ernst Breitmoser ist jedoch kein normaler Mann. Die pure Kraft seines Körpers war es, die verhindert hat, dass Jana sofort zur Witwe wurde. Dennoch hat sich der Anblick Antons in mein Gedächtnis gebrannt. Vor meinen Augen zerschlägt ein Hammer eine Melone. Ich versuche, das Bild aus meinem Kopf zu drängen.

Und auch die Bilder von Jana. Ihr geschundener Körper, gekrümmt am Boden liegend, das einst schöne Gesicht von Schlägen entstellt. Nicht auszudenken, wäre der Heuwagen nicht auf Anton gefallen. Es war unbändiger Überlebenswille, der Jana gerettet hat. Und der Heuwagen an der Decke.

An der Decke? Ein kleines Rädchen in meinem Kopf beginnt sich zu drehen. Es versucht, andere mitzunehmen, in das Getriebe meines Verstandes einzurasten. Ein kurzes Rattern. Dann wieder Stillstand. Und damit wieder Platz für die Verbitterung.

Ich hätte das finale Unglück für Jana und Anton verhindern können. Ein paar Minuten nur haben mir gefehlt. Minuten, die Mel und ich bei Sabine Aschenbrenner verbracht haben. Abgelenkt durch die Sorgen und Nöte der Nachbarin habe ich die Gefahr für das Ehepaar Breitmoser aus den Augen verloren.

Ein Fehler! Schon wieder! Noch vor wenigen Tagen

habe ich mich für einen sehr guten Ermittler gehalten. Kein Superbulle, aber doch ganz passabel. Und jetzt? Dieser Fall hat meine Schwächen gnadenlos aufgedeckt. Den Tod von Alois Huber konnte ich nicht verhindern. Den von Jochen Schreiner schon. Jetzt die beiden hier. Und auch die Sache mit Sven wird noch lange nachwirken.

Müde stehe ich auf. Obwohl die Sonne ihren Zenit noch nicht erreicht hat, fühle ich mich erschöpft. Nachdenklich gehe ich noch einmal in die Scheune. Der Tatort wartet mit Bändern abgesichert auf die Spurensicherung.

Draußen fährt ein Auto vor. Das ging aber schnell! Doch es ist nur Karl. Ausführlich schildere ich ihm das Geschehen. Sein verblüffter Blick wandert zu den Balken, die das Dach der Scheune tragen.

»Der Heuwagen? Aber …«

Der Satz hängt unvollendet in der noch vom aufgewirbelten Staub geschwängerten Luft.

»Und Jana?«

Ich zucke mit den Schultern. Keine Frage nach Anton. Stumm verlassen wir den Ort. Die Geschehnisse der letzten Tage und Minuten gehen uns beiden an die Nieren.

»Wenigstens ist es jetzt vorbei.« Karls Blick reicht in die Ferne, dorthin, wo ein verirrter Sonnenstrahl das Gipfelkreuz des Ossers kurz aufblitzen lässt. Als wäre dies ein Signal, summt mein Handy.

Mel! Sollte Jana bereit für eine Aussage sein? Jetzt schon? Mel berichtet. Kurz und knapp wie immer.

Ihre Worte zaubern Schweiß auf meine Stirn und Krämpfe in meinen Magen.

»Was ist los?« Ich kann mein Entsetzen nicht vor Karl verbergen.

Jana? Er muss den Namen nicht aussprechen. Er steht in sein Gesicht geschrieben.

Nein, nicht Jana. Kathrin!

»Kathrin Huber! Sie wurde soeben ins Krankenhaus eingeliefert.«

»Kathrin?«

»Zumindest der größte Teil von ihr.« Karls Gesichtsfarbe passt sich meiner Gemütslage an. »Gerhard Wimmer hat sie zu Hause gefunden. Jemand hat sie überfallen und übel zugerichtet. Und er hat ihr einen Finger abgehackt.«

∗

»Warum Kathrin Huber?« Mel stellt die Frage, die Karl und ich während der Fahrt nach Cham diskutiert haben, ohne zu einem schlüssigen Ergebnis zu kommen. Am Ende sind wir uns uneinig, ob der Überfall auf die Casinochefin überhaupt etwas mit dem Pumpspeicherwerk zu tun hat.

Als ich Mel dieses dürftige Ergebnis unserer Überlegungen mitteile, versteht sie sofort: »Klar! Sie lebt ja auch noch. Und außerdem ist sie gegen das Projekt. Warum aber dann der Überfall? Um ihr noch mal zu verdeutlichen, dass sie auf keinen Fall verkaufen darf? Ziemlich drastische Methode, oder?«

»Hm! Der Täter hat ja nicht einmal vor Mord Halt gemacht. Da erscheint ein abgetrennter Finger gar nicht mal so fürchterlich«, flüchtet sich Karl in Sarkasmus. Doch er hat recht. Mittlerweile ist dem oder den Gegnern des Pumpspeicherwerks alles zuzutrauen. Aber das würde dann auch bedeuten, dass Anton nicht der Mörder ist und wir den Falschen verdächtigen.

Schon wieder! Nicht auszudenken! Ich kann nur hoffen, Kathrin Huber kann uns weiterhelfen. Vielleicht hat sie den Angreifer ja erkannt oder zumindest eine Vermutung, wer ihr das angetan haben könnte.

Vor wenigen Minuten wurde sie aus dem Operationsraum in ein Stationszimmer verlegt, vor dem wir jetzt darauf warten, zu ihr gelassen zu werden. Endlich erscheint die behandelnde Ärztin.

»Guten Tag! Wie kann ich Ihnen helfen?« Ihre Erscheinung verrät puren Stress.

»Guten Tag! Wie Sie sich sicher vorstellen können, würden wir gerne mit Frau Huber sprechen. Denken Sie, sie ist bereits ansprechbar?«

Ihr Gesichtsausdruck lässt eine genervte Antwort erwarten, doch wir täuschen uns. Mit professioneller Routine erklärt sie uns: »Die Operation von Frau Huber ist ohne Komplikation verlaufen. Das liegt auch daran, dass wir erst gar nicht versuchen mussten, den abgetrennten Finger wieder anzunähen. Anscheinend wollte der Täter das nicht.«

»Wie kommen Sie darauf?«

»Ihnen sind die Einzelheiten des Überfalls anscheinend noch nicht bekannt.« Karl und ich schütteln gleichzeitig den Kopf. »Nun, der Täter hat den Finger, nachdem er diesen abgetrennt hatte, mit dem Hammer zertrümmert. Das lässt für mich nur diesen Schluss zu, oder?«

Seltsam, denke ich, ohne jedoch mit diesem Detail etwas anfangen zu können.

»Die übrigen Verletzungen von Frau Huber beschränken sich auf durch Schläge hervorgerufene Hämatome und Schürfungen. Trotzdem! Frau Huber wurde Opfer eines Überfalls! Eines ziemlich brutalen Überfalls! Sie ist soeben aus der Narkose aufgewacht. Ich denke nein, Sie können Sie jetzt nicht sprechen.«

Erstaunlich, aber es gelingt mir, die Ruhe selbst zu bleiben. Ganz im Gegensatz zu Mel, die schon Luft zu einer unpassenden Antwort holt. Ich komme ihr zuvor: »Natürlich verstehen wir Ihre Bedenken. Sie sind für Frau Hubers gesundheitliches Wohlergehen verantwortlich. Aber sehen Sie: Ein beträchtlicher Anteil der Patienten dieses Krankenhauses und einiger anderer Kliniken kommt inzwischen aus Sankt Ulrich. Und auch die Gerichtsmedizin ist ganz ordentlich mit ehemaligen Bürgern des Osserwinkels beschäftigt. Keiner von uns, und ich nehme an, ich spreche da auch für Sie, ist daran interessiert, dass es noch mehr werden. Weder hier auf Ihrer Station noch bei den Kollegen mit den Leichen!«

Zaghaftes Nicken.

»Frau Dr. Huber ist unser einziges Opfer, das noch am Leben ist. Sie könnte uns vielleicht einen wichtigen Hinweis auf den Mörder geben.« *Vielleicht* ist das entscheidende Wort in meiner kurzen Ansprache. Insgeheim ersetze ich es jedoch durch *wahrscheinlich nicht*.

»Ich denke, Sie sollten Frau Huber fragen, ob sie sich in der Lage sieht, uns ein paar Fragen zu beantworten«, mischt sich Mel mit wieder gefasster Stimme ein.

»Also gut!« Erfreut klingt anders und dennoch verschwindet sie in einem der Krankenzimmer, um gleich darauf wieder zu erscheinen. »Frau Huber ist wach und ansprechbar. Sie ist einverstanden und wird mit Ihnen sprechen.« Und dann der unvermeidliche Standardspruch unzähliger Fernsehfilme: »Fünf Minuten! Mehr werde ich nicht dulden.« Ich zeige ihr die fünf Finger meiner linken Hand zum Zeichen, dass die Nachricht angekommen ist.

※

Kathrin Huber leidet in einem abgedunkelten Einzelzimmer. Ihre verletzte Hand ruht in weißem Verbandszeug auf einem ebenso weißen Laken. Die Farbe ihres Gesichtes unterscheidet sich kaum davon, sieht man von den blauen Flecken und der rot geschwollenen Wange ab. Entgegen der Aussage ihrer Ärztin scheint sie zu schlafen.

»Frau Dr. Huber?«, beginnt Mel die Konversation und versetzt damit ein Rad im Getriebe meines Kopfes in rasende Bewegung. Frau Doktor! Aber natürlich! Anton Breitmoser hat unser unfreiwilliges Treffen an der Mariensäule mit dem Hinweis auf eine *Frau Doktor* beendet. Und ich habe das mit einem Besuch bei der Ärztin des Dorfes in Verbindung gebracht. Es ist, als würde ich meine Gedanken auf Melanie übertragen. Ihr Kopf ruckt herum: »Anton Breitmoser ist gar nicht zu Frau Dr. Strauß gegangen! Er musste nicht zum Arzt. Er hat Kathrin Huber gemeint. *Doktor* – Kathrin Huber.«

»Warum sollte Anton die Kathrin so zurichten?« Karl tritt näher an das Bett heran. Vielleicht um sie zu überzeugen, ja nicht zu verkaufen. So, wie ich ihn inzwischen zu kennen glaube, ist er zu allem fähig. Diese zugegeben etwas unprofessionelle Einschätzung werden sicher auch die Profiler beim LKA bestätigen.

»Der Zeitablauf würde passen«, führe ich Mels Überlegung fort. »Nachdem Anton vom Marktplatz verschwunden ist, habe ich noch die beiden Osserriesen getroffen. Dann bist du gekommen und wir sind zum Moserhof gefahren, wurden aber von Sabine Aschenbrenner aufgehalten. Macht ein gute Dreiviertelstunde.«

»Zeit genug für Anton.«

»Zeit genug für das hier.« Karl deutet mit einem Nicken auf Kathrin Huber. Hat sie unser Gespräch mitbekommen?

Sie erweckt den Anschein, vor sich hin zu dämmern. Nach Narkosen nichts Ungewöhnliches. Ich hoffe, es ist so. Gut, wir haben uns leise unterhalten, fast geflüstert, aber wer weiß? Der Inhalt unseres Gesprächs könnte sie als Zeugin jedenfalls in eine vorbestimmte Richtung lenken, ohne dass sie es will. Verdammt! Wir hätten uns draußen besprechen sollen. Zu spät. Jetzt muss ich bei ihrer Befragung aufpassen. Keine weiteren Hinweise auf Anton Breitmoser.

Ich trete an ihr Bett heran. Kathrin Hubers Augen sind geschlossen, die Lippen zwei dünne Linien in einem verwüsteten Gesicht. Über dem rechten Auge müht sich ein Pflaster, eine genähte Platzwunde abzudecken. Das alles sind jedoch nur Kleinigkeiten. Temporäre Wunden, von denen bald kaum sichtbare Narben erzählen werden. Nicht so die linke Hand. Der kleine Finger fehlt und er wird für den Rest ihres Lebens fehlen.

Ihre Augen öffnen sich zu schmalen Schlitzen und sehen mich an. »Herr Buchmann. Ich habe den Eindruck, Ihr Fall läuft langsam aus dem Ruder.«

Ich bemühe mich, ihre leise geflüsterten Worte zu verstehen. Worte, welche die Wahrheit sagen.

Sie dreht den Kopf zur Seite: »Servus, Karl! Na, du bist auch hier? Hast auch keine Ahnung, wer das getan hat, was?«

»Servus, Kathrin.« Mehr fällt ihm nicht ein.

»Frau Dr. Huber. Danke, dass Sie sich bereit erklären, mit uns zu sprechen. Darf ich Ihnen Melanie Güßbacher vorstellen? Meine Kollegin von der Kripo Regensburg.«

Mel nickt ihr freundlich zu. »Vielleicht können Sie uns ja einen entscheidenden Hinweis geben.«

Tapfer ringt sie sich ein Lächeln ab. »Weil ich noch lebe, richtig? Jetzt fragen Sie sich sicher, warum?«

Ich habe sie von Anfang an für eine intelligente Frau gehalten. Und sie enttäuscht mich nicht. »Ja! Das fragen wir uns tatsächlich.«

»Warum wohl? Weil ich nicht verkaufe. Warum sollte mich ein Gegner des Pumpspeicherwerks also tot sehen wollen?«

»Genau das haben wir uns auch gefragt. Das würde aber bedeuten, der Überfall auf Sie wurde nicht vom Mörder von Alois und Jochen begangen. Außer Sie können uns eine logische Erklärung dafür liefern, dass Ihnen nur das«, ich deute auf ihre Hand, »passiert ist.«

»Nur?« Sie dreht ihren Kopf zum Fenster. Will sie Schwäche vor uns verbergen? Nein! Als sie mich wieder ansieht, sind es keine Tränen, die in ihren Augen funkeln. Es ist Wut. »Eine Erklärung? Es gibt nur eine Erklärung: Man will mir deutlich machen, dass ich nicht verkaufen darf. Irgendjemand befürchtet, ich könnte meine Meinung ändern. Dabei ist das doch völlig sinnlos.«

»Sie glauben also, wer auch immer hinter den Taten steckt, zweifelt an Ihrem Versprechen, die Grundstücke am Osser nicht zu verkaufen. Hat er einen Grund dafür?«

Sie schüttelt stumm den Kopf. »Passen Sie auf Gabi auf. Der Plan dieses Wahnsinnigen geht doch nur auf, wenn er sie auch noch tötet.«

»Keine Sorge. Ihre Schwester liegt nur ein paar Zimmer weiter. Sie wird ständig von unseren Leuten bewacht.«

»Gut«, flüstert sie erleichtert.

»Können Sie uns etwas über den Mann sagen, der Ihnen das angetan hat?« Mel will endlich zur Sache kommen und tritt näher an das Bett heran.

Kathrin schließt die Augen. »Groß, sehr groß. Und kräftig. Dabei etwas ungeschickt. Kein Sportler. Eher ein Mann, dessen Kraft von harter Arbeit rührt. Kein Gesicht. Nur eine Stoffmaske. Schwarz. Keine Stimme. Er hat nichts gesagt. Kein Wort. Nicht ein Wort.«

»Sonst nichts? Keine Auffälligkeiten? Körperhaltung? Tätowierungen?«

Wieder schüttelt sie den Kopf.

»Danke, Frau Huber. Wir lassen Sie dann fürs Erste in Ruhe. Sollte Ihnen noch etwas einfallen, rufen Sie mich an, ja?«

»Gute Besserung, Kathrin!« Karl nickt ihr noch aufmunternd zu.

»Karl?«

»Kathrin?«

»Ich glaube, der Kerl hat ein Bein nachgezogen. Irgendwie hat er leicht gehumpelt.«

ICH

Rosa Geigers Stube ist gut gefüllt an diesem Abend. Die Wirtin der *Pension Sonnenschein* hat zu ihrer berühmten Bohnensuppe geladen. Damit stand nicht nur für Claudia fest, wo sie diesen Abend verbringen würde. Auch Theresa Bielmeier taucht gleich Karl, Mel und mir ihren Löffel in ihren Teller, um der dicken Brühe aus Kraut, Bohnen, Fleisch und was weiß ich noch allem ein Stück Knödel zu entlocken. Doch es ist nicht nur Rosas Spezialgericht, das uns in die Gemütlichkeit ihrer Stube gelockt hat. So wie es bei mir der Wunsch ist, diesen Stunden wenigstens einen Hauch Normalität zu entlocken, ist es bei Resi die Neugier auf Neuigkeiten im Zusammenhang mit unseren Ermittlungen. Mel wirkt noch etwas unschlüssig ob der beiden alten Frauen und der ihr unbekannten Speise in ihrem Teller. Erst mein aufmunterndes Nicken und das genüssliche Schlürfen der anderen können sie dazu bewegen, einen ersten Löffel zu testen. Erst skeptisch, dann mit zunehmend zufriedenerem Gesichtsausdruck beginnt sie, die eigenwillige Suppenkomposition zu genießen.

Karl hat meinen Vorschlag, den Abend mit uns zu verbringen, bereitwillig angenommen. Der Gedanke, ihn diese ersten Stunden nach dem Schrecken allein zu Hause zu wissen, widerstrebte mir. Rosa Geiger war sofort einverstanden, auch den Polizeihauptmeister aus Bad Kötzting in den Kreis der Erlesenen aufzunehmen – sicher in der Hoffnung auf noch mehr Details zu den Mordfällen. Ein bisschen Hintergrundwissen ist beim kommenden Kaffeekränzchen sicher nützlich.

Jetzt sitzen wir auf Rosas Eckbank an ihrem Tisch und es fehlt nur noch der Zitherspieler oder das Akkordeon, um auf den unwissenden Betrachter den Eindruck eines gemütlichen Hüttenabends zu vermitteln. Dieser würde jedoch schnell bemerken, dass dem beileibe nicht so ist. Zu auffällig ist die Stille in der Stube, zu geflüstert sind die Gespräche. Noch huschen unsere Blicke unstet hin und her. Keiner will dem Schrecken der letzten Tage und Stunden neue Nahrung geben.

Und dennoch! Wir müssen darüber reden! Wie sonst sollen wir ihn vergessen machen? Es ist Resi Bielmeier, die das nur durch Essgeräusche unterbrochene Schweigen bricht: »Stimmt es, dass sie der Huber-Tochter den Finger abgeschnitten haben? Wer tut denn so was?«

Wieder einmal bin ich überrascht. Die Verstümmelung von Kathrin Huber hat als Flüsterparole nur wenige Stunden benötigt, um die Distanz von Sankt Ulrich nach Kirchbach zu überwinden.

Karl sieht mich an. Macht es Sinn, vor meinen beiden alten Freundinnen einen auf *dienstliche Schweigepflicht* zu machen? Dann hätten wir aber auch nicht zu Rosa kommen dürfen.

»Mit einem Stemmeisen«, erzeuge ich einen nicht zu übersehenden wohligen Schauer bei Resi und Rosa. Claudia verzieht angewidert das Gesicht.

»Das ist ja wie bei der Mafia«, meint Rosa mit sachlicher Stimme.

»Ja«, bestätigt sie Resi. »Das kennt man doch aus dem Fernsehen. Ich hab da mal einen Film gesehen. Die haben das auch gemacht. Die haben einem Typen, der sie betrogen hat, einen Finger abgeschnitten. Zack und weg. Einfach so. In Amerika war das, glaube ich. Las Vegas oder so. Keine Ahnung, wie der Film geheißen hat«, meint sie mit bedauernder Stimme, während Rosa den Tisch abräumt. Claudia hilft ihr dabei. Vielleicht, um dem Bild des strangulierten Jochen Schreiner nicht das von Kathrin Hubers verstümmelter Hand hinzufügen zu müssen. Eine Sammlung, die keinen Anspruch auf weitere Exponate erhebt.

»Sie ist jetzt in Cham im Krankenhaus«, erklärt Mel. »Zusammen mit Lisa und Gabi.«

»Dann sind alle noch lebenden Nachfahren von Alois Huber dort«, meint Karl nachdenklich.

Richtig. Sollte mir das zu denken geben? Ich komme zu dem Schluss, dass es reiner Zufall ist. Ist es ja auch. Es gibt nun mal kein anderes Krankenhaus in der Nähe. Nun ja, Viechtach vielleicht und Zwiesel. Aber sie sind nun mal in Cham.

»Hoffentlich werden sie wieder gesund.«

Wir alle teilen Resis Wunsch.

»Ich will mir ja gar nicht vorstellen, wie es der Gabi Schreiner jetzt geht. Wie soll es mit ihr und Lisa weitergehen? Schulden auf dem Haus, das Mädchen blind und der Lebenswille gebrochen. Sie haben beide Jochen ziemlich gern gehabt, müsst ihr wissen.«

Da hast du verdammt recht, Karl. Mehr, als du dir vorstellen kannst. Gedankenverloren blicke ich hinaus in die Nacht, aus der mich Gabi Schreiners gebrochene Augen durch das Fenster anstarren.

»Das Dorf wird die beiden nicht im Stich lassen.« Claudia sieht mich verstehend an.

Karl nickt. »Nein, werden sie nicht. Die Menschen im Osserwinkel mögen auf Außenstehende etwas verschroben wirken, aber wenn einer der ihren in Not ist, dann sind sie zur Stelle. Moritz hat recht. Die beiden werden nicht allein sein.«

Sie sind schon allein, mein Freund. Jochen wird ihnen niemand ersetzen können, erwidere ich in Gedanken. Die Sache steht auch so schon an der Spitze der deprimierenden Ereignisse des Jahres.

Und Jana? Wie wird es mit ihr weitergehen? Als ich die Frage stelle, schließt Karl die Augen. Was denkt er? Ich ahne, was er fühlt. Jana. Irgendwie werde ich das

Gefühl nicht los, etwas übersehen zu haben. Ein Detail nur, aber ein wichtiges in der Tragödie um Jana und Anton.

»Solange ihr Mann lebt, kann sie den Moserhof nicht verkaufen«, überlegt Rosa.

»Warum sollte sie ihn verkaufen?« Claudia nimmt einen tiefen Schluck aus ihrem Weißbierglas.

»Ich kann mir beim besten Willen nicht vorstellen, dass sie bei Anton bleibt. Sie wird die Scheidung einreichen und Sankt Ulrich den Rücken kehren. Das würde ich jedenfalls tun.« Mels Ton lässt keinen Zweifel aufkommen, was sie von Anton Breitmoser hält. Erkenne ich bei ihren Worten ein Zucken in Karls Gesicht?

Die Bäuerin Theresa Bielmeier beweist ihre Abstammung: »Wer kümmert sich dann um die Tiere?«

»Die Nachbarn machen das schon«, beruhigt sie Karl. »Nachdem jetzt erwiesen ist, dass Günther und Sabine Aschenbrenner nichts mit den Verbrechen zu tun haben, werden sie das übernehmen. Auch wenn Anton ihnen keinen Grund für außerordentliche Nachbarschaftshilfe geliefert hat.«

Ohne auf die anderen zu achten, stehe ich auf und beginne, auf und ab zu gehen. Claudia sieht mir erstaunt zu. »Was ist denn los? Du bist so unruhig. Es ist doch vorbei. Endlich ist es vorbei.«

»Genau.« Schwimmt da ein Tropfen Stolz in Rosa Geigers Stimme?

»Und? Zu welchem Preis? Erkennt ihr nicht, dass wir eine Spur aus Blut und Leid zurücklassen?«

»Alois, Jana, Anton, Jochen, Kathrin, Kurt, Sven.« Hat Mel die beiden letzten Namen besonders betont? Oder rede ich mir das nur ein?

»Wir können nichts dafür«, beendet Karl diesen Augenblick des Selbstzweifels. Und er sagt *wir*! Nicht *du*! »Wir haben Anton überführt. Schneller ging es einfach nicht.«

»Anton. Ja. Ein Mann, der seine Frau misshandelt, sie halb totschlägt. Aber auch ein Mörder? Letztendlich hat er sich doch selbst gerichtet.«

»Was soll das jetzt?« Mel ist verärgert. »Alle Beweise sprechen gegen ihn. Er hat ein Motiv und ich wette, das psychologische Profil wird aussagen, dass er zu solchen Taten jederzeit fähig ist. Er hat eine Pistole, mit der er Alois erschossen haben könnte, und die körperlichen Voraussetzungen, Jochen zu strangulieren. Laut Bürgermeister Wimmer hat er die Waffe in Tschechien gekauft. Würde mich wundern, wenn es keine CZ 75 wäre. Der zeitliche Ablauf der Morde und des Überfalls auf Kathrin Huber passt. Alois Huber und Jochen Schreiner wollten verkaufen und standen ihm im Weg. Gabi Schreiner wäre die Nächste gewesen. Kathrin Huber wollte nicht verkaufen. Damit wären er und Günther am Zug gewesen. Und um Kathrin das noch einmal klar zu machen, hat er sie überfallen und ihr den Finger abgetrennt. Hat er nicht am Marktplatz zu dir gesagt, er gehe jetzt zu ihr? Und hat Kathrin Huber nicht gesagt, der Vermummte habe gehumpelt und kein Wort gesprochen? Warum wohl? Doch nur, weil er wusste, sie würde ihn an der Stimme erkennen. Und Antons Alibi? Hat den Wahrheitsgehalt einer Aussage Joseph Blatters vor einem Untersuchungsausschuss. Alles passt!«

»Mag sein, aber um die Anklage wasserdicht zu machen, brauchen wir die Pistole. Vielleicht solltest du morgen zu Jana fahren. Falls sie in der Lage und bereit ist, mit dir zu sprechen, könnte uns das eine Menge Arbeit ersparen. Ich bin mir sicher, sie weiß, wo die Waffe versteckt ist.«

»Ich verstehe nicht, was das Ganze soll. So wie es aussieht, wird Anton Breitmoser so schnell nicht verhandlungsfähig sein. Geschweige denn haftfähig«, meint Claudia.

»Wenn er eine Anklage überhaupt erlebt«, fügt Karl hinzu.

»Trotzdem müssen wir herausfinden, ob er der Täter ist. Und deshalb werde ich morgen früh zu Frau Dr. Strauß fahren und klären, ob Anton nicht doch bei ihr zu einem Arztbesuch war, während Kathrin Huber überfallen wurde.«

»Was aber?«, meldet sich Resi Bielmeier zaghaft aus der Ecke unter dem Herrgottswinkel. »Was aber, wenn ihr die Pistole findet und sich herausstellt, dass sie nicht die Tatwaffe ist?«

»Dann haben wir wieder den Falschen«, meint Mel und ringt sich ein verbissenes Grinsen ab.

Richtig!

Dann heißt es: alles wieder auf Anfang.

LETZTES ZWISCHENSPIEL

Manchmal weiß man nicht, was mehr schmerzt. Die Wunden des Körpers, so schlimm sie auch sein mögen, oder das Wissen um die eigene Unzulänglichkeit. Doch während die moderne Medizin in der Lage war, den Körper zu heilen, vermochte sie das nicht im Kampf gegen das menschliche Versagen. Wie konnte die Situation derart außer Kontrolle geraten? Wie konnte der eine Fehler passieren, der alle anderen Fehler nach sich zog? Jetzt gab es kein Zurück mehr! Der Weg hatte unweigerlich in eine Sackgasse geführt, aus der man nur entkommen konnte, indem man die Mauer am Ende der Straße durchbrach. Mit Gewalt, wenn es sein musste. Und es musste sein!

Gewalt schien von Anfang an der einzige Ausweg zu sein und da sie nun mal als Lösung aller Probleme eingesetzt worden war, konnte man ihrer nicht mehr lassen. Der körperliche Schmerz tobte in der Dunkelheit des Zimmers. Er musste unterdrückt werden, sollte ihm nicht der Tod folgen.

Die Ziffern der Digitaluhr, das einzige Licht im Raum, kündeten mit grausamer Präzision vom Ablauf der Frist. Sie wollten ihr Geld und nichts konnte sie davon abhalten. Es bedurfte eines Beweises, dass sie es bekommen würden. Es war der letzte Schritt auf diesem Weg. Die Ziffern sprangen auf 4:30 Uhr.

DIENSTAG

ICH

Die Nacht brachte überraschend das, womit ich am wenigsten gerechnet habe: erholsamen Schlaf, der von Blitz und Donner beendet wurde. Ein verschlafener Blick aus dem Fenster sah dunkle Wolken nach Osten ziehen. In wenigen Minuten würde der Osserwinkel in den Genuss eines frühmorgendlichen Regengusses kommen.

Dem Gespräch gestern Abend ist es nicht gelungen, Zweifel in mir zu wecken. Selbst Resis Mischung aus Skepsis und Provokation nicht. Vielleicht spielen dabei auch die zwei Flaschen Wein eine nicht unbedeutende Rolle. Sie haben es geschafft, unsere Gespräche auf andere Themen zu lenken, die besprochen werden wollten. Karl versprach, mich in München zu besuchen, wie ich ihn in Sankt Ulrich. Die beiden älteren Damen erzählten von vermeintlich wichtigen Dingen aus Kirchbach. Die ganze Zeit über jedoch lag das Schicksal der Opfer unseres Falles über unseren Gesprächen wie atmosphärisches Hintergrundrauschen. Wenigstes waren wir uns sicher, in Anton den Täter überführt zu haben. Oder hatten wir uns wieder getäuscht?

Letzte Nacht hätte ich auf diese Frage mit einem klaren *Nein* geantwortet.

✳

Der Morgen nach dem Aufwachen verlief ungewöhnlich leise. Abwechselnd benutzten wir die Dusche, dann zogen wir uns an und saßen mit Mel und Claudias Eltern beim

Frühstück. Auch dort nur belangloser Small Talk, den Mel mit der Entscheidung, nach Cham zu fahren und Jana im Krankenhaus aufzusuchen, beendete. Vielleicht ist sie inzwischen ansprechbar und vielleicht weiß sie etwas über den Verbleib von Antons Pistole.

Karl kehrt heute zurück zu seinem früheren Dienstplan und seinem früheren Leben, und ich habe mich auf den Weg gemacht, Frau Dr. Strauß einen Besuch abzustatten.

Jetzt stehe ich vor dem Haus mit dem kupferglänzenden Hinweisschild, das die Praxiszeiten der Sankt Ulricher Allgemeinärztin verrät. Mein Handy und Mels Anruf berauben mich jedoch ihrer Bekanntschaft. »Hallo, Mel! Was gibt's Neues von Jana?« Ihre Worte lassen eine Woge unvorhergesehener Ereignisse über mir zusammenschlagen.

*

Ich gehe, nein ich laufe zu meinem Wagen. Frau Dr. Strauß spielt jetzt keine Rolle mehr. Mels Nachricht hat die Maschine in meinem Kopf angeworfen. Fast alle Räder drehen sich. Sie entwerfen ein beängstigendes Szenario. Ab jetzt zählt jede Minute, jede Sekunde. Noch im Laufen wähle ich Karls Nummer. Er meldet sich, als ich den Wagen starte und mit durchdrehenden Reifen über die Pflastersteine des Marktplatzes von Sankt Ulrich davonjage.

»Moritz, was gibt's?« Er ist die Ahnungslosigkeit in Person. Ich halte mich nicht lange mit Höflichkeitsfloskeln auf: »Gabi und Kathrin sind verschwunden. Mel hat soeben aus Cham angerufen. Dort ist alles in Aufruhr. Sie versucht noch herauszufinden, wer bei Gabi gewesen ist und wie das passieren konnte.«

»Und jetzt?«

»Jetzt muss ich Tandetzki von der OBAWAG sprechen. So schnell wie möglich.«

»Das trifft sich gut. Heute findet in der Spielbank die Investorenveranstaltung statt. Da ist Tandetzki ganz sicher mit von der Partie. Und er ist bestimmt schon jetzt hier, um die Vorbereitungen zu leiten.«

»Gut! Wir treffen uns in 15 Minuten vor dem Casino.«

»Was ist denn los? Was willst du von Tandetzki?«

»Wirst du dann schon sehen. Komm bitte vorbei. Ich brauch dich dort!«

»Klar doch.«

Das Ortsschild von Bad Kötzting taucht vor mir auf, als Mel sich zum zweiten Mal meldet: »Hallo, Moritz! Die beiden sind noch immer nicht aufgetaucht. Die PI Cham hat alle verfügbaren Leute abgestellt. Sie durchkämmen die Umgebung des Krankenhauses. Die Fahndung ist auch schon raus.«

»Wie konnte Gabi verschwinden? Ich dachte, sie wird rund um die Uhr bewacht?«

»Na ja! Nachdem gestern die Meldung über die Geschehnisse auf dem Moserhof rauskam und alle dachten, Anton sei der Täter, haben die Kollegen das mit dem Schutz von Gabi Schreiner anscheinend nicht mehr so genau genommen. Trotzdem war ein Beamter vor Ort. Er sagt, Kathrin habe ihre Schwester besucht. Mitten in der Nacht! Da hat er die Zeit, die Gabi nicht allein war, genutzt, um sich einen Kaffee zu holen. Er behauptet zwar, gleich wieder zurück gewesen zu sein, aber ich nehme an, er hat sich mit einer der Nachtschwestern verplaudert. Jedenfalls, als die Stationsschwester nach Gabi sehen wollte, war sie fort.

Der Kollege war dann wenigstens so schlau, auf Kathrins Station nachzufragen. Als die auch nicht mehr da war, hat er das ganze Krankenhaus rebellisch gemacht. Die haben das Gebäude von oben bis unten durchkämmt. Keine Spur von den zwei Schwestern.«

»Und Kathrin? Sie war doch gestern Abend kaum in der Lage, sich zu bewegen. Ich kann mir nicht vorstellen, dass sie ein paar Stunden später das Krankenhaus verlassen haben soll. Nicht freiwillig.«

»Du denkst, die beiden wurden entführt?«

»Alle beide? Hm, nein. Das wäre aufgefallen. Wie sollte ein Entführer zwei Frauen, die sicher nicht freiwillig mitgegangen wären, aus dem Gebäude schaffen? Außerdem war das Zeitfenster zu klein. Woher sollte er auch wissen, wann beide Schwestern zusammen in einem Raum sind?«

»Und wann unser Mann beim Kaffeetrinken ist«, ergänzt Mel meine Gedanken.

»Das wusste nur Kathrin.«

»Kathrin? Kathrin Huber?«

Das passt in meine Überlegungen wie Schnee im Januar auf den Arber. Das letzte Zahnrad wird vom Getriebe mitgenommen. Jetzt brauche ich nur noch Tandetzkis Aussage. Sie ist der Schmierstoff, der die Maschine am Laufen halten muss.

*

Karls Streifenwagen versteckt sich zwischen weißen Kleinlastern, deren Schriftzüge sie als Eigentum diverser Medien- und Werbefirmen ausweisen. Mein Partner wartet eigentümlich entspannt auf der Motorhaube des Audis sitzend. Sein Gesichtsausdruck straft jedoch seine Körperhaltung

Lügen. Wie ich ihn inzwischen kenne, hat er sich ebenfalls Gedanken über den neuen Stand der Dinge gemacht.

»Du denkst, Kathrin hat etwas mit dem ganzen Schlamassel hier zu tun?« Wieder einmal hat er die richtigen Schlüsse gezogen.

»Ja, das denke ich. Kathrin Huber steckt da ganz tief drin. Komm! Hoffen wir, dass Tandetzki da ist.«

Wir haben die Tür zum Glück jedes Spielers noch nicht erreicht, als ich mich noch einmal zu ihm umdrehe. »Hey, Mann! Willst du nicht zur Kripo kommen?« Sein verblüfftes Gesicht entlockt dem Ernst der Situation ein Lächeln. »Das ist mein Ernst. Du würdest bestimmt einen tollen Ermittler abgeben.«

Mit einem noch immer verblüfften Polizeihauptmeister im Gefolge betrete ich die Spielbank. Die Eingangshalle ist gefüllt mit Videoleinwänden, Großbildschirmen und Ständen mit Flyern, Hochglanzbroschüren und anderem Werbematerial. Eine Empfangsdame im Dress des Casinos fängt uns ab. Es ist wieder Zeit für meine Dienstmarke, obwohl Karls Uniform ein dienstliches Anliegen bereits erahnen lässt. »Dr. Tandetzki?«, frage ich, und sie deutet auf den Fahrstuhl. »Oben in der Lounge. Sie können den Aufzug nehmen.«

Holger Tandetzki erteilt letzte Anweisungen. Umringt von wichtig aussehenden Frauen und Männern ist er offensichtlich in seinem Element. Sein Blick scheint überall zu sein, seiner Aufmerksamkeit nichts zu entgehen. So verwundert es nicht, dass er uns zwischen all dem nach Chaos anmutenden Durcheinander sofort bemerkt. Ohne auch nur ein winziges Anzeichen von Überraschung dirigiert er das Orchester der Techniker, Hausmeister und Dekorateure unbeirrt weiter. Gleichgültig, wie beschäftig er auch sein mag, ich habe keine Zeit zu verlieren.

»Herr Tandetzki! Hätten Sie ein paar Minuten Zeit für uns?«

»Herr Buchmann.«

»Darf ich Ihnen Herrn Loibl vorstellen? Mitarbeiter der hiesigen Polizeiinspektion und Mitglied unseres Ermittlungsteams.«

»Herr Loibl, freut mich. Aber wie Sie sehen, stehen wir kurz vor der Eröffnung der Präsentation. Es ist im Augenblick wirklich sehr unpassend.«

Für Gabi Schreiner kam der Besuch ihrer Schwester sicher auch unpassend. Also Schluss mit den Höflichkeiten. »Herr Tandetzki! Sofort! Jetzt! Oder soll ich Sie wegen Behinderung polizeilicher Ermittlungen vorläufig festnehmen?«

»Wie wollen Sie das denn begründen?«

»Keine Sorge, das werden Sie gleich erfahren. Wir können das hier machen oder auf der Polizeiinspektion. Aber dann müsste die Show hier ohne Sie stattfinden.«

Und schon hab ich ihn.

»Nun gut! Was wollen Sie von mir?«

»Zuallererst mal raus hier.« Ich verlasse die Lounge, einen verblüfften Manager und einen nicht weniger erstaunten Polizeihauptmeister im Gefolge. Ein Stockwerk tiefer weise ich einen Angestellten des Casinos an, uns in den Saal des großen Spiels zu lassen und jede Störung von uns fernzuhalten. Keine schwierige Aufgabe für ihn. Um diese Tageszeit stauben Poker- und Roulettetische auf Spieler wartend vor sich hin.

Tandetzki lümmelt sich lässig an einen der Tische und sieht mich herausfordernd an. »Also! Was ist passiert? Ich hoffe, es ist wichtig.«

»Zuerst einmal ist passiert, dass Sie uns belogen haben. Sie wussten von der Alternativvariante für das Pumpspeicherwerk. Sie wussten von Günther Aschenbrenner und Anton Breitmoser.«

»Na und! Was hat das schon zu bedeuten? Reine Geschäftsbeziehungen, die noch dazu vorzeitig geplatzt sind.«

»Was das zu bedeuten hat? Anton Breitmoser liegt im Krankenhaus, wo sie noch immer versuchen, wenigstens einen heilen Knochen in seinem Leib zu finden. Nicht viel besser geht es Jana, seiner Frau. Das hätte verhindert werden können, hätten Sie uns die Wahrheit gesagt. Das allein reicht für eine Anklage.«

»Nicht wenn es sich vermeiden lässt.« Er ist weiter der coole Geschäftsmann. Aber ich bin noch nicht mit ihm fertig. Noch lange nicht.

»Warum ist das Geschäft mit Aschenbrenner und Breitmoser nicht zustande gekommen? Ihr Pumpspeicherwerk könnte doch auch auf den Grundstücken der beiden errichtet werden. Warum plötzlich Alois Huber?«

Tandetzkis Blick schweift über die uns umgebenden Glücksspielgeräte. »Die beiden haben sich verzockt. Wollten den Preis hochtreiben. Dabei haben wir von Anfang an die Grundstücke des Ledererhofs favorisiert. Als dann Alois Huber Verkaufsbereitschaft signalisierte, waren die beiden aus dem Rennen. Hätten sie gleich unterschrieben, wäre ihnen einiges erspart geblieben.«

Und Sankt Ulrich, mir, Jochen und all den anderen auch!

»Jetzt also die Grundstücke der Familie Huber. Machen Sie sich keine Sorgen, dass Sie diese nicht bekommen könnten? Gabi Schreiner ist zurzeit nicht geschäftsfähig. Kathrin Huber verkauft nicht. Ihnen läuft die Zeit davon. Und dennoch scheinen Sie sich Ihrer Sache recht sicher zu sein.«

»Die Präsentation heute wird die letzten Zweifler über-zeugen. Und um die Grundstücke muss sich niemand sor-gen. Wir werden sie bekommen. Dafür garantiere ich.«

»Und das können Sie auch, nicht wahr? Weil nämlich Kathrin Huber entgegen aller öffentlicher Meinung an Sie verkaufen wird.«

Jetzt ist es raus! Karl schluckt überrascht und auch Tan-detzkis arrogante Fassade scheint einen Kratzer abbekom-men zu haben.

»Wie kommen Sie denn auf so was?«, will er wissen. Für einen Augenblick wirkt er verunsichert.

»Das werde ich Ihnen gleich erklären.«

»Na, da bin ich aber gespannt!« Da ist sie wieder. Diese überhebliche Selbstsicherheit.

Ich habe jetzt genug! Gabi Schreiner hat keine Zeit zu verlieren. Langsam beginne ich wieder, auf und ab zu gehen. »Kathrin Huber ist, wie wir alle wissen, Direk-torin des *Lucky Star* und damit des lukrativsten Casinos der Gegend. Sie hat damit nicht nur Karriere gemacht, sondern auch Geld. Hat das ihren Vater beeindruckt? Nein! Alois Huber wollte von jeher, dass seine Tochter den Ledererhof übernimmt. Er war ein Dickkopf vom alten Schlag, der nicht einmal dann zugegeben hat, dass Kathrin den richtigen Weg gegangen war, als diese pro-moviert hatte. Auch seine anderen Töchter konnten seine Hoffnungen auf eine Fortführung der Familientradition und damit des Ledererhofs nicht erfüllen. Manuela kam bei einem Autounfall ums Leben, Gabi heiratete Jochen und zog nach Arrach. Wenigstens hat sie Lisa aufge-nommen. Damit hat sie sich mit ihrem Vater versöhnt. Alois hat seine blinde Enkelin vergöttert. Also Kathrin! Doch sie war nicht gewillt, ihr Leben den Wünschen des

Vaters unterzuordnen. Sie verließ Sankt Ulrich und als sie zurückkehrte, war sie eine erfolgreiche Geschäftsfrau mit Doktortitel. Alois war das gleichgültig, und Kathrin fragte sich verzweifelt, was sie noch tun musste, um die Liebe und Anerkennung des Vaters zurückzugewinnen. Sie ging den falschen Weg, indem sie sich dachte, noch mehr Erfolg, noch mehr Geld, noch mehr Ansehen würden es bewirken. Und dann machte sie den Fehler ihres Lebens: Sie beraubte ihr eigenes Casino. Nicht auf die plumpe Art. Ich bin mir sicher, am Anfang waren es nur kleinere Beträge, die sie unauffällig vertuschen konnte. Als Direktorin hatte sie zu allen Unterlagen Zugang. Dann jedoch stiegen ihre Ansprüche und mit ihnen die veruntreuten Summen. Die Villa in Sankt Ulrich, der Porsche, das Flugzeug in Arnbruck, großzügige Spenden an die örtlichen Vereine, Wohltaten allerorten. Irgendwann hat sie eine Grenze überschritten und die Besitzer des Casinos sind ihr auf die Schliche gekommen.« Ich unterstreiche meine Worte, indem ich das Rouletterad langsam kreisen lasse. »Kathrins Hoffnung, nicht erwischt zu werden, erwies sich als naiv und dumm. Und es stellte sich heraus, dass die Leute hinter dem *Lucky Star* keine seriösen Geschäftsleute sind, die ihre untreue Angestellte vor Gericht ziehen. Nein, Kathrin Huber hat sich mit der Mafia eingelassen. Vietnamesen, Chinesen oder Russen? Es spielt keine Rolle. In der Wahl ihrer Mittel sind sie alle gleich. Und wenn sie eines nicht abkönnen, ist es bestohlen zu werden. Kathrin hat es dennoch geschafft, die Hintermänner des Casinos davon zu überzeugen, sie am Leben zu lassen. Vorerst! Sie konnte ihnen glaubhaft machen, dass sie das Geld zurückzahlen kann. Sie hat ihnen vom Bauprojekt am Osser erzählt und davon, dass die Grundstücke ihres Vaters dafür benötigt werden. Und, dass sie mit der OBAWAG bereits handelseinig ist. Mit Ihnen, Herr Tandetzki! Oder wollen Sie leugnen, dass Sie sich nach allen Seiten abgesichert haben? Sollte etwas mit Alois Huber schiefgehen, haben Sie mit allen potenziellen Erben verhandelt. Und Sie haben sich auch Kathrin Huber gekauft. Gleichgültig, was die Leute in Sankt Ulrich von der Sprecherin des Aktionsbündnisses auch denken. Sie hätte verkauft. Sie muss verkaufen! Es geht um ihr Leben.«

Karl schluckt erneut. Seine Gesichtsfarbe nähert sich dem Weiß der Roulettekugel. Selbst Holger Tandetzki wirkt verunsichert. »Sie denken, Kathrin Huber hat ihren Vater getötet, um den Hof zu erben und damit ihre Schulden bezahlen zu können?«

»Und sie hat Jochen stranguliert und jetzt ist Gabi an der Reihe. Die letzte, die noch zwischen ihr und dem Erbe steht.«

Karl schüttelt ungläubig den Kopf.

»Aber es ging nicht schnell genug«, fahre ich fort. »Die Mafia wollte Geld sehen. Diese Leute sind nicht gerade für ihre Geduld und Rücksicht bekannt. Kathrin musste ihnen beweisen, dass sie auf jeden Fall das Geld besorgen kann. Ich habe mich die ganze Zeit gefragt, warum der Mord an Jochen Schreiner so spektakulär, so öffentlich sein musste. Kathrin wollte damit ihren Willen, das Geld zu besorgen, auch in den Augen der Mafia unter Beweis stellen. Ich bin mir sicher, der grausame Tod ihres Vaters war so nicht geplant. Sie ging in die Scheune und hat ihn erschossen.«

»Ohne ein Wort der Erklärung oder des Abschieds, meinst du?« Karl kann es noch immer nicht fassen.

»Auch das war so nicht geplant. Doch dann kam Lisa dazwischen. Ein finaler Streit mit ihrem Vater hätte Kathrin verraten. Und Lisa etwas anzutun, kommt auch für sie niemals infrage. Die Sache mit dem Sappie war Zufall und das Zeichen der Osserriesen auf der Brust von Alois ein spontaner Einfall. Ebenso der Hinweis auf weitere Opfer.«

»Aber das ist doch alles Wahnsinn!« Karl lässt sich in einen der bequemen Sessel der Spielbank fallen.

»Ja, ich denke, Wahnsinn ist das Wort, das den Zustand von Kathrin Huber am besten beschreibt: Wahnsinn vor Angst um ihr Leben! Die Besitzer des *Lucky Star* haben ihr spätestens mit ihrem Finger den letzten Rest rationellen Denkens genommen. Kathrin weiß, dass diese Leute vor nichts zurückschrecken und dass ihr Tod ein langsamer und grausamer sein kann. Sie ist jetzt zu allem bereit.«

»Und Jochen Schreiner musste sterben, weil auch er erben würde?« Holger Tandetzkis Blick geht zu seinen Schuhspitzen.

»Dann, wenn auch Gabi Schreiner tot ist«, vervollständige ich seine Schlussfolgerung. »Hätten Sie uns eher die Wahrheit gesagt, hätten wir Jochen vielleicht retten können. Jetzt geht es um Gabi. Also?«

Der Geschäftsführer der OBAWAG fährt sich mit beiden Händen übers Gesicht. »Es ist so, wie Sie sagen. Kathrin Huber ist mein Ass im Ärmel. Ihretwegen konnte ich mir die ganze Zeit über sicher sein, die Grundstücke für das Pumpspeicherwerk zu bekommen.«

Mein Blick geht zu Karl. »Komm, wir müssen los!«

Tandetzki hält mich zurück. »Herr Buchmann. Es tut mir leid. Beeilen Sie sich! Retten Sie Gabi Schreiner.«

*

»Du bist dir sicher, dass Kathrin all diese schrecklichen Dinge getan hat?« Karl sieht mich ungläubig an. »Dass sie ihren Vater erschossen hat?«

»Ihren Vater, der sie verstoßen und nie mehr in den Kreis der Familie aufgenommen hat. Ich denke, ihre Versuche, seine Anerkennung zu gewinnen, sind irgendwann in Hass umgeschlagen. Als Alois dann zwischen ihr und dem Ledererhof stand, fiel es ihr nicht so schwer, ihn aus dem Weg zu räumen, wie wir uns das vorstellen.«

»Und Jochen? Sie hatte mit ihm und Gabi stets ein gutes Verhältnis. Schon wegen Lisa.«

»Ja, die Sache mit Jochen war für sie sicher weitaus schwieriger. Ihn zu töten, stellte für ihr Gewissen bestimmt eine hohe Hürde dar. Aber zu diesem Zeitpunkt haben ihr die Hintermänner des Casinos wohl bereits die Daumenschrauben angesetzt. Kathrin hat diesen Weg sehr viel früher eingeschlagen, und sie wusste, dass es kein Zurück gab.«

»Aber wie soll sie Jochen stranguliert haben? Er ist ein ausgewachsener Mann.«

»Kathrin hat Jochen mit einer Pistole gezwungen, mitzukommen. Er war allein zu Hause, während Gabi bei Lisa im Krankenhaus war. Die beiden haben sie abwechselnd besucht. Kathrin arbeitet in Tschechien. Es war für sie ein Leichtes, sich dort eine Waffe zu besorgen. Und sie ist kräftig. Ihr Büro ist vollgestopft mit Pokalen und Urkunden. Nahkampf- und andere Sportarten. Kathrin Huber ist stärker als viele Männer. Oh ja, sie hat die Kraft, Jochen niederzuschlagen und ihn zu fesseln. Es ist alles so abgelaufen, wie wir zwei uns das gestern ausgemalt haben. Allein für diese Tat müssen wir Kathrin Huber zur Rechenschaft ziehen. Ganz gleich, welche Motive, welche

Angst sie dazu getrieben hat. Jochens qualvoller Tod ist ein unverzeihliches Verbrechen.«

»Dann hat sie uns also belogen, als sie sagte, der Mann, der sie überfallen hat, hätte gehumpelt?«

»Ja, ich denke, sie hat unser Gespräch über Anton belauscht. Leider. Wir waren nicht vorsichtig genug. Ihr Hinweis sollte uns endgültig von Antons Schuld überzeugen. Sie ist gerissen und eiskalt. In dieser Situation so schnell zu schalten, verlangt schon einiges an Kaltschnäuzigkeit.«

»Ich kann das nicht verstehen. Was denkt sich Kathrin eigentlich? Es muss ihr doch klar sein, dass wir sie sofort verdächtigen, wenn Gabi etwas passiert. Und wenn sie an die OBAWAG verkauft, kann sie sich in Sankt Ulrich ohnehin nie mehr sehen lassen.«

»Das, denke ich, war ihr durchaus bewusst. Ich glaube nicht, dass sie in Sankt Ulrich bleiben wollte. Und ab einem bestimmten Punkt war sie ohnehin kaum noch zu logischen und vernünftigen Schlussfolgerungen fähig. Kathrin Huber wird beherrscht von der Angst vor einem grausamen Tod. Spätestens der Überfall auf sie und der abgeschnittene Finger haben ihr das bewiesen und sie endgültig in den Wahnsinn getrieben.«

»Unglaublich! Wann und wie bist du auf das alles gekommen?«

Hm! Gute Frage. »Es war heute Morgen. Und es war etwas, das Theresa Bielmeier und Rosa Geiger gestern gesagt haben.«

»Resi und Rosa?« Überraschungen sind heute Karls ständige Begleiter.

»Die beiden haben sich über die Amputation von Kathrins Finger unterhalten. Es erinnere sie an einen Film, in dem die Mafia ihre Opfer auf die gleiche Weise bestraft habe. Sinnigerweise spielte der Film in Las Vegas. Also lag der Schluss nahe, dass es sich bei den Verbrechern meiner beiden Freundinnen um die Mafia der Casinos dort handelt. Das Räderwerk hier drinnen«, ich deute mit dem Finger an meine Schläfe, »hat die Parallelen zum *Lucky Star* und zu Kathrin Huber hergestellt. Außerdem hatte ich gestern ein Gespräch mit zwei Osserriesen.«

»Was?«

»Gehören laut eigener Aussage zum inneren Zirkel und haben gedacht, sie müssten mich beschatten. Na, jedenfalls verfügen die Osserriesen über erstaunlich gute Informationen über das Geschehen in Sankt Ulrich. Übrigens auch über die finanzielle Situation von Kathrin Huber, die nicht so rosig ist, wie es den Anschein hat.«

»Und jetzt? Wenn das alles zutrifft, wohin denkst du, hat Kathrin ihre Schwester entführt?«

Ja, wohin?

»Sie ist verzweifelt«, überlege ich laut.

»Und zu allem entschlossen«, fügt Karl hinzu.

»Sie sieht ihre letzte Chance darin, noch einmal ein Zeichen zu setzen. Die Mafia muss sehen, dass das letzte Hindernis aus dem Weg geräumt ist.«

»Gabi!«

»Ja! Es muss spektakulär sein. Unübersehbar ihren Willen beweisen, alles zu tun, um das Geld zu bekommen.«

»Aber wo?«

»Alles, was geschehen ist, hängt mit dem Projekt am Osser zusammen. Wo würdest du ein Fanal setzen?«

Karl sieht mich an. »Auf dem Osser!«

*

Ich schweige seit fünf Minuten. Karl jagt den Dienstwagen der PI Bad Kötzting Richtung Sankt Ulrich. Blaulicht und Martinshorn schaufeln uns den Weg frei. Ab Grafenwiesen lädt der ausgebaute Teil der Staatsstraße den Gasfuß zu verstärkter Tätigkeit ein und Karl nutzt dies ausgiebig. Der Audi fährt nicht in Richtung Osten, er fliegt. Unter diesen Umständen halte ich es für besser, die Konzentration des Fahrers nicht zu stören. In Rekordzeit erreichen wir die Abzweigung des Schotterweges von der Lambacher Straße zum Osser. Mit nur marginal herabgesetztem Tempo jagt Karl den kurvigen Waldweg hinauf. Der Unterbodenschutz und die Stoßdämpfer des Audi werden demnächst einer Auffrischung bedürfen. Das morgendliche Gewitter hält heute Touristen und Wanderer vom Berg fern. Nur vereinzelte Unverdrossene springen entrüstet zur Seite, um sich vor dem schlingernden Polizeiwagen in Sicherheit zu bringen. Wir haben den Gipfelbereich fast erreicht, als uns ein verlassener Traktor mit angehängtem Rückewagen den Weg versperrt. Schimpfend springen wir aus dem Wagen und laufen hinauf zur Wegekreuzung.

Meine noch immer nicht perfekte Kondition verfluchend, erreichen wir die Osserkapelle.

»Kleiner oder Großer?«, ächze ich zwischen zwei Atemzügen. Karl schaut fragend zu beiden Gipfeln. »Wir müssen uns aufteilen«, entscheide ich. »Ich steige auf den Großen Osser, du läufst zum Kleinen.« Er nickt und ohne ein weiteres Wort rennt er los. »Und sei vorsichtig!«, gebe ich ihm noch mit auf den Weg. Dann nehme ich den steilen Weg hinauf zum Ossergipfel in Angriff. Wenige Meter nach der scharfen Kehre mit der Hinweistafel auf Kyrill, den Sturm, der im Januar 2007 auch den Osser seines Baumkleides beraubte, höre ich Stimmen. Ein Pärchen in Wanderausrüstung, bemüht, auf den regennassen Felsen nicht auszurutschen, kommt mir entgegen.

»Guten Tag«, begrüßen sie mich mit erstauntem Gesichtsausdruck.

»Grüß Gott! Entschuldigen Sie. Kommen Sie vom Gipfel?«

»Ja. Wir haben auf der Hütte übernachtet und müssen jetzt hinunter nach Sankt Ulrich.«

»Ist Ihnen droben etwas Außergewöhnliches aufgefallen? War noch jemand oben am Gipfel?«

»Außergewöhnliches? Nein, außer, dass das Wetter mies ist. Und gesehen haben wir auch niemanden.«

Mit einem knappen »Danke« drehe ich mich um und laufe, so schnell es mein Körper und der nasse Untergrund zulassen, hinüber zum Gipfel des Kleinen Ossers. »Komischer Typ«, höre ich die Frau noch zu ihrem kopfschüttelnden Mann sagen, dann bin ich wieder unten, bei der Wegekreuzung. Das einsetzende Seitenstechen ignorierend, kämpfe ich mich an einer kleinen Kapelle vorbei durch den Wald hinauf zum niedrigeren der beiden Gipfel. Einer inneren Eingebung folgend, bemühe ich mich, auf den letzten Metern unter den Bäumen keinen Lärm zu machen.

Endlich erreiche ich den Übergang des Waldes in die felsige Mütze des Berges. Und ganz oben, auf einem Fels befestigt, grüßt das Gipfelkreuz hinab ins Tal. Und an diesem Kreuz hängt gefesselt Gabi Schreiner! Bewusstlos, von einem weißen Strick in aufrechter Position gehalten, der Kopf auf ihrer Brust baumelnd. Daneben die finale Szene aus *Spiel mir das Lied vom Tod.* Nur sind es eben nicht Henry Fonda und Charles Bronson, die sich gegenüberstehen.

Es sind Kathrin Huber und Karl Loibl! Auch haben sie ihre Pistolen nicht im Halfter, das Duell entscheidet sich nicht im Ziehen der Waffen. Karl steht neben dem Kreuz, neben Gabi, ein Schutzengel, der selbst des Schutzes bedarf. Die Hand mit der Pistole ausgestreckt, die Mündung auf Kathrin Huber gerichtet. Sie in der gleichen Haltung, neben einem Felsen, an den sie das Zeichen der Osserriesen gemalt hat. Als bedürfte es dieses letzten Beweises ob des geistigen Zustandes von Kathrin Huber. Als könnte sie die Schuld noch immer von sich weisen.

Sie haben mich noch nicht bemerkt. Es ist besser, es vorerst dabei zu belassen. Die Spannung zwischen den beiden, die zusammen die Schulbank gedrückt haben, die sich von Kindesbeinen an kennen und die in diesem Augenblick bereit sind, einander zu töten, sie ist spürbar, fast schon greifbar.

Jede noch so kleine Störung kann zur Katastrophe führen. Vorsichtig ducke ich mich hinter einen Busch. Ich lehne mich an einen der Felsen dort, als es passiert!

In diesem Moment bin ich der ungeschickteste Mensch auf diesem Erdball. Mein Fuß rutscht ab und verklemmt sich zwischen zwei Steinen. Und ich mit ihm. Ich kann die beiden nicht mehr sehen, nur noch hören. Nur ein paar Zentimeter fehlen zu einem freien Sichtfeld und doch könnten es Kilometer sein. Zaghaft versuche ich, meinen Fuß hervorzuziehen und lasse es sofort wieder sein. Einer der beiden Steine bewegt sich. Es wäre kein Problem, ihn wieder freizubekommen. Was aber, wenn der Stein ins Rollen kommt? Würde der Schrecken die Finger der beiden da oben krümmen und dazu führen, dass sie sich gegenseitig Kugeln in den Leib jagen? Also bewege ich mich nicht und lausche den Worten von Karl und Kathrin, deren Stimme kaum wiederzuerkennen ist.

»Mein Vater?«, kreischt sie. »Ob ich meinen Vater gehasst habe? Was denkst du? Ich habe ihn geliebt, wie eine Tochter ihren Vater nur lieben kann. Und was habe ich dafür bekommen? Er hat Manuela geliebt. Immer nur Manuela! Als ihr idiotischer Mann sich entschlossen hat, sich mit einem tschechischen Lastwagen zu duellieren, hat Papa das nie verwunden.«

Papa. Nicht mehr Alois.

»Und dann kam Lisa und mit ihr hat er seine Liebe Gabi geschenkt. Ich war nur die Rebellische, die Unangepasste. Dennoch wollte er mir den Hof geben, als er einsehen musste, dass Gabi ihn nicht wollte. Ich sollte den Martin heiraten. Es war schon fast alles beschlossen. Wie vor hundert Jahren wollte er mich verkaufen! Und als ich das nicht wollte, was hat er getan? Hat mich im Stich gelassen. Kein Wort, als ich gegangen bin. Kein: Bitte bleib hier! Er hat mich gehasst, Karl! Er hat mich gehasst! Und dabei wollte ich doch nur zurück zu ihm. Ein Wort hätte genügt. Ein Willkommen zu Hause. Er hat es nie gesagt! Warum nicht? Bin ich nicht erfolgreich gewesen? Habe ich nicht alles erreicht, worauf ein Vater hätte stolz sein können? Nein! Es hat nicht gereicht. Nie hat es das. Nicht mein Geld, nicht die Anerkennung, die mir alle anderen entgegenbringen. Alle bewundern mich, alle mögen mich. Nur er nicht.«

»Aber Jochen! Wie konntest du das Gabi antun?«

»Jochen?« Ihre Stimme wird leiser, fast wieder normal. »Ja, das mit Jochen tut mir leid. Er war ein anständiger Kerl. Ich wollte ihm nichts tun, aber er war nun mal im Weg. So wie Gabi auch.«

»Und Lisa?«

»Lisa? Sie hätte nicht da sein dürfen, als es geschah. Ich wusste nicht, dass sie in der Scheune war. Sie kam erst hervor, als ich schon geschossen hatte. Ich habe mit Papa nicht gesprochen. Trotz allem wollte ich, dass er nicht leidet. Es ging ganz schnell. Als er mich sah, war es schon passiert. Zum Glück habe ich Lisa früh genug gesehen. Ich hätte ihr diesen blöden Satz nicht sagen dürfen.« Ihre Stimme ist jetzt ein Schluchzen.

Ich muss sehen, was da oben passiert. Langsam beuge ich mich hinab und ertaste mit der Hand den Stein. Vorsichtig rücke ich ihn beiseite. Langsam! Nur langsam, Moritz!

»Lisa darf von all dem nichts erfahren. Hast du verstanden, Karl? Lisa darf nichts erfahren!«

Wie soll sie nicht erfahren, dass du ihre neue Mutter töten willst, dass du ihren Ersatzvater getötet hast?

»Und was ist mit Gabi? Das kannst du doch deiner eigenen Schwester nicht antun. Du hast dich doch mit ihr immer gut verstanden.«

Zu früh, Karl!, denke ich hinter meinem Felsen. Mein Fuß ist gleich wieder frei, aber Karl hat Kathrins Aufmerksamkeit zu früh auf die hilflose Gabi gelenkt.

»Gabi!« Kathrin spuckt das Wort verächtlich aus. »Nach Manuelas Tod war sie Papas Liebling. Aber das ist es nicht. Du hast recht. Gabi verdient es, zu leben.«

»Und Lisa braucht sie. Sie braucht eine Mutter.«

Guter Schachzug!, denke ich. Mein Fuß ist frei. Langsam ziehe ich mich wieder auf den Felsen hoch, blicke über die Kante. Beide stehen unverändert da. Nein, Kathrin senkt ihren Arm mit der Waffe. Langsam richtet sich der Lauf der CZ 75 zu Boden. Dennoch bin ich vorsichtig. Längst habe auch ich meine Pistole gezogen und entsichert. Ich halte Kathrins Schulter im Visier und versuche, so ruhig wie möglich zu bleiben.

Hoffentlich muss ich nicht schießen! Ich wünschte, ich hätte mehr Stunden auf dem Schießstand des LKA verbracht. Mich einen guten Schützen zu nennen, wäre mehr als verwegen.

»Sie wird eine neue Familie finden.« Kathrin Hubers Stimme wirkt plötzlich ganz sachlich. »Ich bin schon zu weit gegangen. Gabi ist mir im Weg. Ich kann nicht zurück. Das musst du verstehen. Sie lassen mich nicht zurück.«

»Sie?«

»Ich habe mich auf diesen Weg gemacht, als ich ihr Geld genommen habe. Ich konnte mir nicht vorstellen, dass sie es bemerken würden. Nicht bei den Summen, die das *Lucky Star* umsetzt. Auch dank mir. Sie haben es mir zu verdanken, dass sie so viel Geld machen. Ich habe das Casino zu einer Goldgrube gemacht.« Sie wird wieder lauter. »Warum sollte da nicht auch etwas für mich abfallen? Aber sie haben es gemerkt. Sie sind schlauer, als ich dachte.« Ihr von Schlägen und Schmerz verunstaltetes Gesicht verzieht sich zu einer resignierten Grimasse. »Und sie werden nicht lockerlassen, bis sie das Geld wiederhaben. Schau, was sie mir angetan haben!« Sie streckt Karl die linke Hand entgegen. »Oh nein! Die töten dich nicht einfach. Die machen ganz andere Sachen mit dir. Du kannst dir nicht vorstellen, was für Sachen sie mit dir machen. Sie haben es mir gezeigt. Sie haben mir Bilder gezeigt von anderen, die ihnen Geld gestohlen haben.«

Kathrin Hubers Gesicht ist jetzt eine Fratze des Wahnsinns. Wahnsinn, geboren aus unsäglicher Angst.

»Nein! Gabi ist mir im Weg. Sie muss sterben! Sie oder ich! Sie ist mir im Weg! Und du auch, Karl!«

Beim letzten Wort ruckt ihre Hand nach oben, der Lauf ihrer Waffe zeigt direkt auf Karl.

Schieß, Karl! Schieß!

Habe ich die Worte laut ausgerufen? Ein Schuss zerreißt die Stille der Wälder ringsum. Auf einem der Wipfel über mir hebt ein Falke erschrocken ab und segelt davon.

Kathrin Huber wirbelt getroffen herum, kippt über den Abgrund und verschwindet in der Tiefe. Erstaunt sehe ich Rauch aus der Mündung meiner Pistole qualmen. Nanu? Scheint, als habe ich geschossen.

Ich rapple mich auf und stolpere auf Karl zu. Der hält noch immer die Pistole dorthin gerichtet, wo Kathrin eben noch stand. Seine Augen blicken starr, seine Hand zittert. Vorsorglich nehme ich ihm die Waffe ab und sichere sie. »Alles in Ordnung, Karl. Es ist vorbei.«

Dann wende ich mich Gabi zu. Ein Griff an ihre Halsschlagader lässt mich aufatmen. Sie lebt. Ich tausche meine Pistole gegen das Handy und rufe Mel. Soll sie sich doch um die Rettungsdienste kümmern. »Hallo, Mel. Wir sind hier oben auf dem Gipfel des Kleinen Ossers. Gabi Schreiner ist bewusstlos, aber nach meinem Eindruck nicht verwundet. Ich habe Kathrin Huber angeschossen und Karl steht unter Schock. Wir brauchen den Notarzt, die Bergwacht und ein paar Kollegen von der Polizei.« Das war's! Mehr Informationen braucht Mel nicht, um alles Nötige in die Wege zu leiten.

Ich löse Gabis Fesseln und lege sie in eine möglichst bequeme Stellung. Ihren Kopf bette ich auf meine Jacke.

Dann gehe ich zur Felskante und suche nach Kathrin. Sie liegt regungslos vier Meter unter mir auf einem Felsvorsprung. Ihre Beine sind seltsam verdreht, Blut läuft über ihr Gesicht. Ich kann ihr von hier aus nicht helfen. Hoffentlich kommt die Bergwacht bald. Hoffentlich lebt sie noch. Langsam fällt die Anspannung von mir. Meine

Hände und Knie beginnen zu zittern, mein Magen verkrampft sich. Ich habe auf einen Menschen geschossen. Hatte ich eine andere Wahl? Nein, und dennoch: Ich bete darum, dass ich sie nicht getötet habe. Dann zwinge ich meine Gedanken zurück zu Gabi und Karl. Mein neuer Freund lehnt an einem Felsen, seine Hand neben dem Zeichen der Osserriesen an den Fels gestützt. Seine Augen blicken ins Leere, sein Mund spricht leise sinnloses Zeug. Er steht unter einem schweren Schock. Wen wundert's! Vor wenigen Sekunden hätte ihn Kathrin beinahe getötet. Oder er hätte Kathrin töten müssen. Hätte Karl geschossen?

Rechtzeitig geschossen? Ich weiß es nicht, und Karl weiß es auch nicht. Seine Hand streichelt den Fels. »Was wohl der Berg sich jetzt denkt?«

Seine Worte sind geflüstert, doch ich verstehe sie genau. »Wir Menschen verstümmeln die Berge. Wir bauen Liftanlagen, Straßen, Berghütten und Pumpspeicherwerke auf sie. Wir fällen ihre Bäume und zerschneiden ihre Hänge mit Straßen. Und wir denken, wir zerstören die Berge.«

Karl dreht sich um, sieht mir in die Augen. »Dem Berg macht das nichts! Wir sind für ihn nur eine Sekunde in seinem langen Leben. All unsere Bauwerke werden wieder verschwinden. Der Berg holt sich alles zurück. Der Osser holt sich alles zurück. Nein, Moritz! Dem Berg macht das nichts! Der Berg ist ewig!«

EPILOG

Die untergehende Sonne projiziert ein Flammenmeer auf die Berggipfel am Horizont. Es gelingt dem Naturschauspiel nicht, Trübsinn und Zweifel aus meinem Kopf zu verbannen. Wieder einmal sitze ich auf meinem Balkon, die Füße auf das verschnörkelte Metallgeländer gelegt, das Handy griffbereit neben mir. Würde mir jemand in die Augen sehen, er würde sagen, ich bin nicht hier. Und er hätte recht. Kaum nehme ich die im Minutentakt wechselnden Farbspiele an der Nordflanke der Alpen wahr. Ich bin weit entfernt, sowohl räumlich als auch zeitlich. Und ich bin alles andere als entspannt. Und das, obwohl mein Fall geklärt ist und ich wieder in München bin.

Der Fall!

Was für ein verharmlosendes Wort für vier Tage Angst und Schrecken. Im Nachhinein empfinde ich das Geschehen als Krieg, in dem ich die ein oder andere Schlacht verloren habe.

Gut, Kathrin Huber wurde als Mörderin überführt, aber zu welchem Preis? Wir haben einen Trümmerhaufen hinterlassen! Nach der Schlacht werden die Toten und Verletzten gezählt, heißt es und es waren derer zu viele:

Anton Breitmoser – vermutlich gelähmt bis ans Ende seiner Tage.

Sven Straubmann – schwer verletzt; die Hoffnung auf eine baldige Genesung bleibt.

Jana Breitmoser – verletzt an Leib und Seele.

Kathrin Huber – hat den Sturz vom Gipfel des kleinen Ossers überlebt, befindet sich mit einer schweren Schuss-

und einer Kopfverletzung im Krankentrakt der Justizvollzugsanstalt Aichach.

Alois Huber, Jochen Schreiner und Kurt Obermeier: Tot!

Ja, auch Kurt hat es nicht geschafft! Kurt, der unschuldig gewesen war, der seinen Vater nicht getötet hat, der nur in Frieden leben wollte und der Maria Obermeier als gebrochene Mutter und einsame Frau zurücklässt.

Gabi Schreiner und Lisa, das blinde Mädchen, die jetzt nur noch sich haben.

Und Moritz Buchmann? – Mit einem blauen Auge davongekommen! Ein paar Fragen der Vorgesetzten zu den Ereignissen um Sven Straubmann, eine eher mäßige Bewertung meiner Führungsqualitäten, ein lädiertes Selbstbewusstsein, einige Albträume. Alles in allem betrachtet Bagatellschäden, selbst verschuldet. Es könnte schlimmer sein.

Und ich weiß, es kann noch schlimmer werden. Das hängt von den beiden Anrufen ab, die ich erwarte.

Den einen erhoffe ich. Ja, ich hoffe, Claudias Nummer auf dem Display zu sehen, wenn mich der Klingelton aus der Lethargie dieses Augenblicks reißt. Das Handy schweigt und lässt meinen Gedanken Raum, zu einer anderen Frau zu fliehen: Jana.

Das Handy summt. Ein zögernder Blick auf das Display. Es ist nicht Claudias Nummer. Es ist die andere. Die, vor der ich mich gefürchtet habe. Der Anruf, der über das weitere Schicksal von drei Menschen entscheiden kann. Es dauert vier Summintervalle, ehe sich meine Hand durchringen kann, den Anruf entgegenzunehmen. »Servus, Karl.« Meine Stimme ist belegt. Ein Schluck Rotwein schafft Abhilfe.

»Servus! Du bist schon wieder in München?«

»Ja. Sitze auf dem Balkon und schaue in den Abend. Und du? Wie steht's am Osser?«

»Ich hoffe, die Lage beruhigt sich bald wieder. Du kennst das ja. Kathrin Hubers Gegner und Neider sind jetzt obenauf. Nach dem Motto: *Ich hab's ja schon immer gewusst!* Das ist wahrscheinlich überall gleich. Bei den anderen ist es … wie soll ich sagen? Eine sprachlose Betroffenheit. Wobei *sprachlos* das richtige Wort ist. Ich glaube, die meisten würden das Geschehene am liebsten einfach vergessen. Im Augenblick liegen sogar die Diskussionen um das Pumpspeicherwerk auf Eis. Irgendwie die Ruhe *nach* dem Sturm, du verstehst?«

»Wird aber nicht lange anhalten, denke ich.«

»Das befürchte ich auch. Die Situation soll ja jetzt über einen Bürgerentscheid gelöst werden. Spätestens dann wird es wieder rundgehen.«

»Hm. Vielleicht ist das Thema ja dann vom Tisch. Ich hoffe, die Menschen bei euch können sich dann wieder in die Augen sehen. Mir scheint, es haben sich doch einige tiefe Gräben aufgetan.«

»Ich kann deine Hoffnung nur teilen. Vielleicht kann die Zeit sie ja wieder zuschütten.«

»Und wie geht es bei dir weiter?«

»Na ja! Schulz hat natürlich gleich erkannt, dass die Sache mit Sven zumindest unglücklich gelaufen ist. Er wollte ganz genau wissen, warum ich dieser Spur nicht ernsthaft gefolgt bin und auch, wie es sein konnte, dass Sven allein auf Kurt traf. Irgendwie schmeckt ihm der Ablauf der Aktion nicht. Wird wohl einen eher negativen Eintrag in meine Personalakte geben.«

Ein Problem, aber nur ein nichtiges, verglichen mit der Entscheidung, die mir bevorsteht. Auch Karl weiß das.

Und ich weiß, nur deshalb hat er angerufen. Ihn quält das gleiche Dilemma und unser bisheriges Gespräch war nur ein Hinsteuern auf die eine Frage: Kannst du dich erinnern?

Wir haben diese Worte großzügig umschifft wie eine gefährliche Klippe und uns ihnen noch nicht genähert. Es ist die Angst vor der Antwort, die uns bisher davon abgehalten hat.

Es ist Karl, der den Kurs neu setzt und uns näher ans Ziel bringt. »Ich war gestern bei … Jana Breitmoser im Krankenhaus.« Endlich ist der Name gefallen. Er wartet drei Atemzüge auf eine Reaktion meinerseits. Als diese nicht kommt, fährt er fort: »Anton hat sie ganz schön zugerichtet. Sie werden wohl ihr Gesicht wieder hinbekommen und auch die Knochenbrüche sollten wieder heilen. Die Ärzte haben aber einen Riss in der Niere und Quetschungen an der Leber festgestellt. Ein Abschiedsgeschenk von Antons Fäusten und Füßen.« Seine Stimme klingt verbittert.

»Ich hoffe, das wird wieder.« Eine belanglosere Floskel hätte mir nun wirklich nicht einfallen können, ich weiß. Aber ich hoffe es wirklich.

»Ja, ich hoffe, sie wird wieder gesund.« Bei Karl sind es nicht nur die Worte, die diesen Wunsch ausdrücken.

Ja, Karl! Ich weiß, dass du das wahrlich hoffst. Ich weiß, was du für Jana empfindest, dass du auf mehr hoffst als bloße Bekanntschaft. Jetzt, da ihr Mann nicht mehr im Wege steht. Jana hat schließlich alles, was sich ein Mann wünschen kann: Sie ist schön, fleißig, nett. Aber auch … gefährlich! Ja, Jana ist gefährlich! Du weißt das und du weißt, dass ich es weiß. Und damit sind wir endlich beim wahren Grund unseres Gesprächs angelangt.

Kannst du dich erinnern?

Karl wird mir diese Frage gleich stellen. Die Antwort darauf bestimmt seine Zukunft, Janas Zukunft, meine Zukunft. Kannst du dich erinnern, Moritz?, wird er sagen. Erinnerst du dich daran, wie wir zum ersten Mal auf den Moserhof gefahren sind, um Anton Breitmoser zu vernehmen? An Anton und den Heuwagen? Den Heuwagen, eine der Attraktionen des Trachtenumzugs. Den Heuwagen, der normalerweise an der Decke der Scheune hing und den Anton hinter diese gezogen hat, als wir beide auf dem Hof waren. Den Heuwagen, der zwei Tage später auf wundersame Weise wieder an seinem angestammten Platz hing, genau richtig, um auf Anton zu fallen und diesen unter sich zu zermalmen. Im einzig möglichen Augenblick für Jana und im unglücklichsten für ihren Ehemann. Es waren diese Räder in meinem Kopf, die sich beharrlich geweigert hatten, sich zu drehen, und die gestern ohne mein Zutun doch noch in Schwung geraten waren. Seither versuche ich vergeblich, mir einzureden, dass es Anton selbst gewesen war, der den schweren Wagen wieder an seinen angestammten Platz befördert hat. Vielleicht hatte er es sich ja anders überlegt? Vielleicht hatte er mit dem Dorf und den Leuten endgültig gebrochen. Vielleicht wollte er den Wagen niemandem mehr zur Verfügung stellen? Vielleicht …? Zu oft *vielleicht*, ich weiß!

Es steht außer Frage, dass es nicht Anton gewesen war, der den Wagen wieder an der Decke befestigt hat. Nein, es war Jana. Jana, die trotz Prellungen, Quetschungen und inneren Verletzungen die schier übermenschliche Kraft aufgebrachte, den Traktor vor den Wagen zu spannen, diesen in die Scheune zu ziehen, dort an Seil und Kette zu befestigen, den Traktor wieder vorzuspannen und den

Wagen hochzuziehen und so zu sichern, dass es ihr möglich war, das Seil zum richtigen Zeitpunkt wieder zu lösen. Es heißt, Liebe könne Berge versetzen. Ich weiß jetzt: Auch Hass ist dazu in der Lage. Ich wage es kaum, mir Janas Angst und Verzweiflung vorzustellen.

Angst, dass Anton nicht in die Scheune kommt.

Angst, dass er den Wagen an der Decke und damit ihre Absicht bemerkt.

Angst, dass er nicht an der richtigen Stelle stehen bleibt.

Angst, seine Fäuste könnten sie erreichen, bevor sie den Strick lösen kann.

Angst, dass er seinem herabstürzenden Unheil entwischt.

Angst vor Anton!

Ich weiß, all diese Gedanken beschäftigen nicht nur mich. Karl hat das Gleiche gesehen, die gleichen Schlussfolgerungen gezogen. Ein guter Polizist muss aus diesen Beobachtungen einfach zu diesem Ergebnis kommen. Und Karl Loibl ist ein guter Polizist.

Was er nicht weiß, ist, wie ich auf all das reagieren werde. Ich vermute, er will Jana schützen. Aus Liebe, aus Mitgefühl, aus Mitleid oder aus irgendeinem anderen dieser irrationalen Gefühle, die mit Recht und Gesetz so oft nicht in Einklang zu bringen sind. Karl ist sich jedoch nicht sicher. Er ist Polizist und seine Entscheidung schwankt zwischen diesen Gefühlen und treuer Pflichterfüllung. Und er kennt meine Entscheidung nicht.

Kenne ich sie? Kann ich den versuchten Totschlag an Anton Breitmoser übersehen? Kann ich Janas Tat übersehen?

Denn sie hat es getan!

Sie hat ihren Ehemann in die Scheune gelockt und ihn

dann unter dem Heuwagen begraben. Anton hat überlebt, aber sie hat seinen Tod billigend in Kauf genommen.

Nein! Sie hat ihn sich gewünscht.

Für uns aber war es Notwehr, geboren aus dem Geschehen des Augenblicks.

Vielleicht war es das ja auch? Nicht in dieser Sekunde, wohl aber über all die Monate betrachtet, die Jana auf dem Moserhof lebte und überlebte. Und was geschah an diesem Pfingstmontag? Jana verteidigte sich.

Aber sie stellte Anton eine Falle, protestiert meine Polizistenseele.

Was hätte sie tun sollen? Hoffen, dass Anton zur Vernunft kommt? Nach all den Erfahrungen mit ihm? Nein, sie hat nur ihr Leben verteidigt. So wollten wir es glauben und so steht es in den Akten. Und so bleibt es dort auch, wenn Karl und ich uns nicht erinnern.

Kannst du dich erinnern, Moritz?

Lautet die Antwort ja, wandert Jana ins Gefängnis. Mildernde Umstände hin oder her. Wie ich Karl einschätze, würde er sogar auf sie warten.

Aber kann sie warten? Kann sie nach drei Jahren Anton Breitmoser diesen weiteren Schlag in ihrem Leben verkraften? Vielleicht! Immerhin nahm sie dieses Szenario in Kauf, als sie diese Verzweiflungstat plante.

Und wenn nein?

Es war Selbstjustiz! Eine Tat, die ich unter keinen Umständen dulde! Nicht als Deutscher! Nicht als Polizist! Nicht als deutscher Polizist!

Aber sie hat sich doch nur verteidigt! Was hätte sie tun können? Zur Polizei gehen! Anton anzeigen? Einen Mann, der sie nach Beendigung seiner Gefängnisstrafe aufgesucht hätte und das sicher nicht, um ihr Blumen zu bringen.

Na und! Jana und Anton sind kein Einzelfall. Wie oft befinden sich Frauen in dieser Situation? Nehmen sie jedes Mal das Recht in die eigene Hand? Wo kämen wir da hin? Anarchie in Deutschland?

Kannst du dich erinnern, Moritz?

Es ist nur ein Wort und es entscheidet über Janas Schicksal. All diese Gedanken rasen ungleich schneller durch meinen Kopf, als ich sie sagen kann. Ich weiß genau, was kommt, und dennoch lassen mich seine Worte zusammenzucken. »Kannst du dich erinnern, Moritz?«

Ja, ich erinnere mich, denke ich

und

sage:

»Nein!«

Weitere Titel finden Sie auf den folgenden Seiten und im Internet:

WWW.GMEINER-VERLAG.DE

Kommissar Moritz Buchmann ermittelt:

1. Fall: Osserblut
ISBN 978-3-8392-2111-2

2. Fall: Bayerisch Kalt
ISBN 978-3-8392-2287-4

3. Fall: Bayerisch Tot
ISBN 978-3-8392-2563-9

4. Fall: Gnadenlos im Bayerwald
ISBN 978-3-8392-0365-1

SPANNUNG

GMEINER

WWW.GMEINER-VERLAG.DE
Wir machen's spannend

Elizabeth Horn
Verliebt, verlobt, verblichen
Kriminalroman
288 Seiten, 12,5 x 20,5 cm,
Broschur
ISBN 978-3-8392-0794-9

Die verunglückte Besitzerin eines Wurstimperiums,
ein herumlungernder Privatdetektiv und beunruhi-
gende Vorgänge um ihre Jugendliebe – Wilhelmines
beschauliches Leben in Bad Kissingen wird auf den
Kopf gestellt. Alles beginnt mit der Beisetzung ihrer
Freundin Greta, die durch einen mysteriösen Sturz
ums Leben kam. Als es einen weiteren Todesfall in
Wilhelmines Umfeld gibt, befürchtet sie Gefahr für
Gretas Witwer und stellt Nachforschungen an. Gut,
dass sie Mitstreiter an ihrer Seite hat, denn die Lage
wird schnell gefährlich.

GMEINER SPANNUNG

WWW.GMEINER-VERLAG.DE
Wir machen's spannend